Marc Levy a publié onze romans : *Et si c'était vrai...* (2000), *Où es-tu ?* (2001), *Sept jours pour une éternité...* (2003), *La prochaine fois* (2004), *Vous revoir* (2005), *Mes Amis Mes Amours* (2006), *Les enfants de la liberté* (2007), *Toutes ces choses qu'on ne s'est pas dites* (2008), *Le premier jour* et *La première nuit* (2009) et *Le Voleur d'ombres* (2010). Traduit dans le monde entier, adapté au cinéma, Marc Levy est depuis dix ans l'auteur français le plus lu dans le monde.

Retrouvez toute l'actualité de Marc Levy sur :
www.marclevy.info

LA PREMIÈRE NUIT

MARC LEVY

LA PREMIÈRE NUIT

ROBERT LAFFONT

© 2009, Éditions Robert Laffont, S.A., Susanna Lea Associates, Paris.
ISBN : 978-2-266-20336-4

À Pauline et à Louis.
Et à Rafaël.

« Chacun de nous a en lui un peu de Robinson
avec un nouveau monde à découvrir
et un Vendredi à rencontrer. »

Eléonore WOOLFIELD

« Cette histoire est vraie,
puisque je l'ai inventée. »

Boris VIAN

Je m'appelle Walter Glencorse, je suis gestionnaire à l'Académie royale des sciences de Londres. J'ai rencontré Adrian il y a un peu moins d'un an alors que ce dernier était rapatrié d'urgence en Angleterre du site astronomique d'Atacama au Chili, où il explorait le ciel à la recherche de l'étoile originelle.

Adrian est un astrophysicien de grand talent, et au fil des mois nous sommes devenus de véritables amis.

Parce qu'il ne rêvait que d'une seule chose, poursuivre ses travaux sur l'origine de l'Univers, et parce que je me trouvais dans une situation professionnelle embarrassante, ma gestion budgétaire étant désastreuse, je l'ai convaincu de se présenter devant les membres d'une fondation scientifique qui organisait, à Londres, un concours généreusement doté.

Nous avons révisé la présentation de son projet des semaines entières au cours desquelles une belle amitié s'est nouée entre lui et moi, mais j'ai déjà dit que nous étions amis, n'est-ce pas ?

Nous n'avons pas gagné ce concours et le prix fut attribué à une jeune femme, une archéologue aussi impétueuse que déterminée. Elle menait une campagne

11

de fouilles dans la vallée de l'Omo en Éthiopie lorsqu'une tempête de sable détruisit son campement et la força à rentrer en France.

Le soir où tout a commencé, elle aussi se trouvait à Londres dans l'espoir de remporter la dotation et de repartir en Afrique poursuivre ses recherches sur l'origine de l'humanité.

Les hasards de la vie sont étranges, Adrian avait rencontré dans le passé cette jeune archéologue, Keira ; ils avaient vécu un amour d'été mais ne s'étaient jamais revus depuis.

L'une fêtait sa victoire, l'autre son échec, ils passèrent la nuit ensemble et Keira repartit au matin, laissant à Adrian le souvenir ravivé d'une ancienne idylle et un étrange pendentif ramené d'Afrique ; une sorte de pierre trouvée dans le cratère d'un volcan par un petit garçon éthiopien, Harry, que Keira avait recueilli et auquel elle s'était profondément attachée.

Après le départ de Keira, Adrian découvrit, par une nuit d'orage, des propriétés étonnantes à ce pendentif. Lorsqu'une source de lumière vive, comme la foudre par exemple, le traverse, il projette des millions de petits points lumineux.

Adrian ne tarda pas à comprendre de quoi il s'agissait. Aussi étonnant que cela puisse paraître, ces points correspondaient à une carte de la voûte céleste ; mais pas n'importe laquelle, un fragment du ciel, une représentation des étoiles telles qu'elles se trouvaient au-dessus de la Terre il y a de cela quatre cents millions d'années.

Fort de cette découverte extraordinaire, Adrian partit retrouver Keira dans la vallée de l'Omo.

Hélas, Adrian et Keira n'étaient pas seuls à s'intéresser à cet étrange objet. Lors d'un séjour à Paris où elle rendait visite à sa sœur, Keira fit la connaissance d'un vieux professeur d'ethnologie, un certain Ivory. Cet homme me contacta et finit par me convaincre de la façon la plus vile, je l'avoue, à encourager Adrian à poursuivre ses recherches.

En échange de mes services, il me remit une petite somme d'argent et me promit de faire une généreuse donation à l'Académie si Adrian et Keira aboutissaient dans leurs travaux. J'ai accepté ce marché. J'ignorais alors qu'Adrian et Keira avaient à leurs trousses une organisation secrète qui, à l'opposé d'Ivory, ne voulait à aucun prix qu'ils atteignent leur but et découvrent d'autres fragments.

Car Keira et Adrian, éclairés par ce vieux professeur, apprirent vite que l'objet trouvé dans l'ancien volcan n'était pas unique en son genre. Quatre ou cinq autres semblables se trouvaient quelque part sur cette planète. Ils prirent la décision de les retrouver.

Cette quête les entraîna d'Afrique en Allemagne, d'Allemagne en Angleterre, d'Angleterre à la frontière du Tibet, puis, volant clandestinement au-dessus de la Birmanie, jusqu'à l'archipel d'Andaman, où Keira déterra sur l'île de Narcondam une seconde pierre comparable à la sienne.

Sitôt les deux fragments réunis, un étrange phénomène se produisit : ils s'attirèrent comme deux aimants, prirent une couleur d'un bleu inouï et se mirent à scintiller de mille éclats. Encore plus motivés par cette nouvelle découverte, Adrian et Keira repartirent en Chine, en dépit des avertissements et menaces que leur adressait l'organisation secrète.

Parmi ses membres, qui tous se font appeler par un nom de grande ville, un Lord anglais, Sir Ashton, fait cavalier seul, décidé coûte que coûte à mettre un terme au voyage de Keira et d'Adrian.

Qu'ai-je fait en les poussant à continuer ? Pourquoi

n'ai-je pas compris le message lorsqu'un prêtre fut assassiné sous nos yeux ? Pourquoi n'ai-je pas réalisé la gravité de la situation, pourquoi n'ai-je pas dit alors au professeur Ivory de se débrouiller sans moi ? Comment n'ai-je pas prévenu Adrian qu'il était manipulé par ce vieil homme... et par moi, qui me dis être son ami.

Alors qu'ils s'apprêtaient à quitter la Chine, Adrian et Keira furent victimes d'un terrible attentat. Sur une route de montagne, une voiture précipita leur 4 × 4 dans un ravin. Il s'abîma dans les eaux de la rivière Jaune. Adrian fut sauvé de la noyade par des moines qui se trouvaient sur la berge au moment de l'accident, mais le corps de Keira ne réapparut pas.

Rapatrié de Chine après sa convalescence, Adrian refusa de reprendre son travail à Londres. Meurtri par la disparition de Keira, il alla trouver refuge dans sa maison d'enfance sur la petite île grecque d'Hydra. Adrian est né de père anglais et de mère grecque.

Trois mois passèrent. Pendant qu'il souffrait de l'absence de celle qu'il aimait, je rongeais mon frein, fou de culpabilité, lorsque je reçus à l'Académie un colis envoyé anonymement de Chine à son intention.

À l'intérieur, se trouvaient les affaires que Keira et lui avaient abandonnées dans un monastère et une série de photos sur lesquelles je reconnus aussitôt Keira. Elle portait au front une étrange cicatrice. Une cicatrice que je n'avais jamais vue jusque-là. J'en informai Ivory, qui finit par me convaincre qu'il s'agissait peut-être d'une preuve que Keira avait survécu.

Cent fois, j'ai voulu me taire, laisser Adrian en paix ; mais comment lui cacher pareille chose ?

Alors, je me suis rendu à Hydra et, à nouveau à

cause de moi, Adrian, plein d'espoir, s'envola pour Pékin.

Si j'écris ces lignes, c'est avec l'intention de les remettre un jour à Adrian, lui faisant ainsi l'aveu de ma culpabilité. Je prie chaque soir qu'il puisse les lire et me pardonner le mal que je lui ai fait.

À Athènes, ce 25 septembre,
Walter Glencorse
Gestionnaire à l'Académie royale des sciences.

Cahier d'Adrian

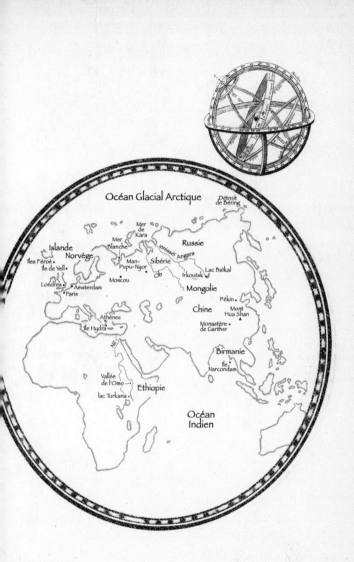

Chambre 307. La première fois que j'ai dormi ici, je n'avais prêté aucune attention à la vue, j'étais heureux à l'époque et le bonheur rend distrait. Je suis assis devant ce petit bureau, face à la fenêtre, Pékin s'étend devant moi et je ne me suis jamais senti aussi perdu de ma vie. La seule idée de tourner la tête vers le lit m'est insupportable. Ton absence est entrée en moi comme une petite mort qui ne cesse de creuser son chemin. Une taupe dans le ventre. J'ai bien tenté de l'anesthésier en arrosant copieusement mon petit déjeuner de baijiu, mais même l'alcool de riz n'y fait rien.

Dix heures d'avion sans fermer l'œil, il faut que je dorme avant de prendre la route. Quelques instants d'inconscience, c'est tout ce que je demande, un moment d'abandon où je ne verrai plus défiler ce que nous avons vécu ici.

Tu es là ?

Tu m'avais posé cette question à travers la porte de la salle de bains, c'était il y a quelques mois. Je n'entends plus aujourd'hui que le clapotis des gouttes d'eau qui fuient d'une robinetterie usée et claquent contre la faïence d'un lavabo défraîchi.

Je repousse la chaise, enfile un pardessus et quitte

l'hôtel. Un taxi me dépose dans le parc de Jingshan. Je traverse la roseraie et emprunte le pont de pierre qui enjambe un bassin.

Je suis heureuse d'être ici.

Je l'étais aussi. Si seulement j'avais su vers quel destin nous nous précipitions, inconscients, épris de découvertes. *Si l'on pouvait figer le temps, je l'arrêterais à ce moment précis. Si l'on pouvait revenir en arrière, c'est là que je retournerais...*

Je suis revenu à l'endroit où j'avais formé ce vœu, devant ce rosier blanc, dans une allée du parc de Jingshan. Mais le temps ne s'est pas arrêté.

J'entre dans la Cité interdite par la porte nord et me dirige à travers les allées, avec quelques souvenirs de toi pour seuls guides.

Je cherche un banc de pierre près d'un grand arbre, un récif singulier où, il n'y a pas si longtemps, avait pris place un couple de très vieux Chinois. Peut-être qu'en les retrouvant je connaîtrais un certain apaisement, j'avais cru lire dans leur sourire la promesse d'un avenir pour nous deux ; peut-être riaient-ils simplement du sort qui nous attendait.

J'ai fini par trouver ce banc, inoccupé. Je m'y suis allongé. Les branches d'un saule se balancent dans le vent et leur danse indolente me berce. Les yeux fermés, ton visage m'apparaît intact et je m'endors.

Un policier me réveille, me priant de quitter les lieux. La nuit tombe, les visiteurs ne sont plus les bienvenus.

De retour à l'hôtel, je retrouve ma chambre. Les lumières de la ville repoussent l'obscurité. J'ai arraché la couverture du lit, l'ai étendue à même le sol et m'y suis blotti. Les phares des voitures dessinent de drôles de motifs au plafond. À quoi bon perdre davantage de temps, je ne dormirai plus.

J'ai pris mon bagage, réglé ma note à la réception et récupéré mon véhicule dans le parking.

Le GPS de bord m'indique la direction de Xi'an. À l'approche des villes industrielles, la nuit s'efface et reparaît dans la noirceur des campagnes.

Je me suis arrêté à Shijiazhuang pour faire un plein de carburant, sans acheter de nourriture. Tu m'aurais traité de lâche, tu n'aurais peut-être pas eu tort, mais je n'ai pas faim alors pourquoi tenter le diable.

Cent kilomètres plus tard, je repère le petit village abandonné au sommet d'une colline. J'emprunte le chemin cabossé, décidé à aller y regarder le soleil se lever sur la vallée. On dit que les lieux conservent la mémoire des instants vécus par ceux qui s'y sont aimés, c'est peut-être une lubie, mais j'ai besoin d'y croire ce matin-là.

Je parcours les ruelles fantômes et dépasse l'abreuvoir de la place principale. La coupe que tu avais trouvée dans les ruines du temple confucéen a disparu. Tu l'avais prédit, quelqu'un l'a emportée et a dû en faire ce que bon lui semblait.

Je m'assieds sur un rocher au bord de la falaise et je guette le jour, il est immense ; puis je reprends la route.

La traversée de Linfen est aussi nauséabonde qu'au cours du premier voyage, un nuage de pollution âcre me brûle la gorge. Je prends dans ma poche le morceau d'étoffe avec lequel tu nous avais confectionné des masques de fortune. Je l'ai retrouvé dans les affaires que l'on m'a réexpédiées en Grèce ; nulle trace de ton parfum n'y subsiste, mais en le posant sur ma bouche, je revois chacun de tes gestes.

En traversant Linfen tu t'étais plainte :

C'est infernal cette odeur...

... mais tout t'était prétexte à râler. À présent, je voudrais encore entendre tes reproches.

C'est alors que nous passions par ici que tu t'étais piqué le doigt en fouillant ton bagage et avais découvert un micro caché dans ton sac. J'aurais dû prendre, ce soir-là, la décision de rebrousser chemin ; nous n'étions pas préparés à ce qui nous attendait, nous n'étions pas des aventuriers, seulement deux scientifiques qui se comportaient comme des gamins inconscients.

La visibilité est toujours aussi mauvaise, et il me faut chasser ces mauvaises pensées pour me concentrer sur la route.

Je me souviens, en sortant de Linfen, je m'étais rangé sur le bas-côté et m'étais contenté de me débarrasser du micro, sans me soucier du danger qu'il représentait, seulement préoccupé par cette intrusion dans notre intimité. C'était là que je t'avais fait l'aveu que je te désirais, là que je m'étais refusé à te dire tout ce que j'aimais en toi, par pudeur plus que par jeu.

Je me rapproche de l'endroit où l'accident s'est produit, là où des assassins nous ont poussés dans un ravin, et mes mains tremblent.

Tu devrais le laisser nous doubler.

La moiteur perle à mon front.

Ralentis, Adrian, je t'en supplie.

Les yeux me piquent.

Ce n'est pas possible, ils en ont après nous.

Tu es attachée ?

Et tu avais répondu oui à cette question en forme d'injonction. Le premier choc nous avait projetés en avant. Je revois tes doigts serrer la dragonne, si fort que tes phalanges en ont pâli. Combien de coups de pare-chocs avons-nous reçus avant que les roues ne viennent heurter le parapet, avant que nous ne glissions dans l'abîme ?

Je t'ai embrassée alors que les eaux de la rivière Jaune nous submergeaient, j'ai plongé mes yeux dans les tiens alors que nous nous noyions, je suis resté avec toi jusqu'au dernier instant, mon amour.

Les lacets s'enchaînent, à chaque virage je m'efforce de contrôler des gestes trop nerveux, de ramener la voiture dans le droit chemin. Ai-je dépassé l'embranchement où un petit sentier mène jusqu'au monastère ? Depuis mon départ pour la Chine ce lieu occupe toutes mes pensées. Le lama qui nous y avait accueillis est ma seule connaissance en ces terres étrangères. Qui, sinon lui, pourra me fournir une piste pour te retrouver, me donner une information qui viendra conforter le mince espoir que tu sois en vie ? Une photo de toi avec une cicatrice au front, ce n'est pas grand-chose, un petit bout de papier que je sors de ma poche cent fois par jour. Je reconnais sur ma droite l'entrée du chemin. J'ai freiné trop tard, la voiture dérape et je fais marche arrière.

Les roues du 4×4 s'enfoncent dans la boue automnale. Il a plu toute la nuit. Je me range à l'entrée d'un sous-bois et continue à pied. Si mes souvenirs sont intacts, je traverserai un gué et grimperai le flanc d'une seconde colline ; au sommet, j'apercevrai alors le toit du monastère.

Il m'a fallu une petite heure de marche pour y arriver. En cette saison, le ruisseau est plus haut et le franchir n'a pas été une mince affaire. De grosses pierres rondes dépassaient à peine des eaux tumultueuses, leur surface était glissante. Si tu m'avais vu en équilibre dans cette position peu élégante, je devine que tu te serais moquée de moi.

Cette pensée me donne le courage de continuer.

La terre grasse colle sous mes pas et j'ai la sensation de reculer plus que d'avancer. Bien des efforts sont nécessaires pour atteindre le sommet. Trempé, boueux, je dois avoir l'apparence d'un vagabond et je m'interroge sur l'accueil que me réserveront les trois moines qui viennent à ma rencontre.

Sans un mot, ils m'enjoignent de les suivre. Nous arrivons devant la porte du monastère et celui qui n'a cessé de vérifier en chemin que je ne leur faussais pas compagnie me conduit dans une petite salle. Elle ressemble à celle où nous avons dormi. Il m'invite à m'asseoir, remplit une écuelle d'eau claire, s'agenouille devant moi, me lave les mains, les pieds et le visage. Puis il m'offre un pantalon en lin, une chemise propre et quitte la pièce ; je ne le reverrai plus du reste de l'après-midi.

Un peu plus tard, un autre moine vient m'apporter de quoi me restaurer ; il étend une natte sur le sol, je comprends alors que cet endroit sera aussi ma chambre pour la nuit.

Le soleil décline et, quand ses dernières lueurs disparaissent par-delà la ligne d'horizon, celui que j'étais venu rencontrer se présente enfin.

– Je ne sais pas ce qui vous ramène ici, mais à moins que vous ne m'annonciez votre intention de faire une retraite, je vous serais reconnaissant de repartir dès demain. Nous avons eu assez d'ennuis comme cela à cause de vous.

– Avez-vous eu des nouvelles de Keira, la jeune femme qui m'accompagnait ? L'avez-vous revue ? dis-je, anxieux.

– Je suis désolé de ce qui vous est arrivé à tous deux, mais si quelqu'un vous a laissé entendre que votre amie avait survécu à ce terrible accident, c'est un mensonge. Je ne prétends pas être informé de tout ce qui se passe dans la région, mais cela, croyez-moi, je le saurais.

– Ce n'était pas un accident ! Vous nous aviez

expliqué que votre religion vous interdisait le mensonge, alors je vous repose ma question, avez-vous la certitude que Keira est morte ?

– Inutile de hausser le ton en ces lieux, cela n'aura aucun effet sur moi, ni sur nos disciples d'ailleurs. Je n'ai pas de certitude, comment en aurais-je ? Le fleuve n'a pas restitué le corps de votre amie, c'est tout ce que je sais. Compte tenu de la vitesse des courants et de la profondeur du fleuve, cela n'a rien d'étonnant. Pardon de devoir insister sur ce genre de détails, j'imagine qu'ils sont pénibles à entendre, mais vous m'avez interrogé.

– Et la voiture, l'a-t-on retrouvée ?

– Si la réponse vous importe vraiment, c'est une question qu'il faudra poser aux autorités, même si je vous le déconseille fortement.

– Pourquoi ?

– Je vous ai dit que nous avions eu des ennuis, mais cela ne semble pas vous intéresser plus que cela.

– Quel genre d'ennuis ?

– Croyez-vous que votre accident soit resté sans conséquence ? La police spéciale a mené son enquête. La disparition d'une ressortissante étrangère en territoire chinois n'est pas un fait anodin. Et, comme les autorités n'aiment guère nos monastères, nous avons eu droit à des visites d'un genre plutôt désagréable. Nos moines ont été interrogés avec force, nous avons reconnu vous avoir hébergés, puisqu'il nous est interdit de mentir. Vous comprendrez que nos disciples ne voient pas d'un très bon œil votre retour parmi nous.

– Keira est vivante, vous devez me croire et m'aider.

– C'est votre cœur qui parle, je comprends la nécessité de vous raccrocher à cet espoir, mais, en refusant de faire face à la réalité, vous entretenez une souffrance qui vous rongera de l'intérieur. Si votre amie avait survécu, elle serait réapparue quelque part et nous en aurions été avisés. Tout se sait dans ces montagnes. Je crains hélas que la rivière ne l'ait gardée prisonnière, j'en suis sincèrement peiné et je me joins à votre chagrin. Je vois maintenant pourquoi vous avez entrepris ce voyage et je suis confus d'être celui qui doit vous ramener à la raison. Il est difficile de faire son deuil sans un corps à enterrer, sans une tombe où se recueillir, mais l'âme de votre amie est toujours près de vous, elle y restera tant que vous la chérirez.

– Ah, je vous en prie, épargnez-moi ces foutaises ! Je ne crois ni en Dieu, ni en un ailleurs meilleur qu'ici.

– C'est votre droit le plus strict ; mais pour un homme sans lumières, vous voilà bien souvent dans l'enceinte d'un monastère.

– Si votre Dieu existait, rien de tout cela ne serait arrivé.

– Si vous m'aviez écouté alors que je vous conseillais de ne pas entreprendre ce périple sur le mont Hua Shan, vous auriez évité le drame qui vous touche aujourd'hui. Puisque vous n'êtes pas venu faire une retraite, il est inutile de prolonger votre séjour ici. Reposez-vous cette nuit et partez. Je ne vous chasse pas, cela n'est pas en mon pouvoir, mais je vous serais reconnaissant de ne pas abuser de notre hospitalité.

– Si elle a survécu, où pourrait-elle se trouver ?

– Rentrez chez vous !

Le moine se retire.

J'ai passé presque toute la nuit les yeux grands ouverts à chercher une solution. Cette photographie ne peut pas mentir. Durant les dix heures de vol d'Athènes à Pékin, je n'ai cessé de la regarder et je continue encore à la lueur d'une bougie. Cette cicatrice à ton front est une preuve que je voudrais irréfutable. Incapable de dormir, je me relève sans faire de bruit, je fais coulisser le panneau en feuille de riz qui sert de porte. Une faible lumière me guide, j'avance dans un couloir vers une salle où dorment six moines. L'un d'eux a dû sentir ma présence, car il se retourne sur sa couche et inspire profondément, heureusement il ne se réveille pas. Je poursuis mon chemin, enjambe à pas feutrés les corps allongés à même le sol, pour aboutir dans la cour du monastère. La lune est aux deux tiers pleine ce soir, il y a un puits au centre de la cour, je m'assieds sur le rebord.

Un bruit me fait sursauter, une main se pose sur ma bouche, étouffant toute parole. Je reconnais mon lama, il me fait signe de le suivre. Nous quittons le monastère et marchons à travers la campagne jusqu'au grand saule où il se retourne enfin pour me faire face.

Je lui présente la photographie de Keira.

– Quand comprendrez-vous que vous nous mettez tous en danger, et vous le premier ? Vous devez repartir, vous avez fait assez de dégâts comme cela.

– Quels dégâts ?

– Ne m'avez-vous pas dit que votre accident n'en était pas un ? Pourquoi pensez-vous que je vous entraîne à l'écart du monastère ? Je ne peux plus faire confiance à personne. Ceux qui s'en sont pris à vous ne manqueront pas leur coup une seconde fois si vous leur en offrez l'opportunité. Vous n'êtes pas très discret et je crains que votre présence dans la région n'ait déjà été repérée ; le cas contraire serait un miracle. Pourvu qu'il dure le temps que vous regagniez Pékin et repreniez un avion.

– Je n'irai nulle part avant d'avoir retrouvé Keira.

– C'était avant qu'il fallait la protéger, il est trop tard maintenant. Je ne sais pas ce que votre amie et vous avez découvert, et je ne veux pas le savoir, mais une fois encore, je vous en conjure, allez-vous-en !

– Donnez-moi un indice, aussi infime soit-il, une piste à suivre et je vous promets d'être parti au lever du jour.

Le moine me regarde fixement et se tait ; il fait demi-tour et repart vers le temple, je le suis. De retour dans la cour, silencieux, il me raccompagne à ma chambre.

Il fait déjà grand jour, le décalage horaire et la fatigue du voyage ont eu raison de moi. Il doit être près de midi quand le lama entre dans la pièce avec un bol de riz et un bouillon, disposés sur une planchette en bois.

– Si l'on me surprenait en train de vous servir votre petit déjeuner au lit, on m'accuserait de vouloir transformer ce lieu de prière en chambre d'hôtes, dit-il en souriant. Voilà de quoi vous nourrir avant de reprendre la route. Car vous reprenez bien la route aujourd'hui, n'est-ce pas ?

J'acquiesce de la tête. Inutile de m'obstiner, je n'obtiendrai plus rien de lui.

– Alors bon retour, dit le lama avant de se retirer.

En soulevant le bol de bouillon, je découvre un papier plié en quatre. D'instinct, je le glisse dans le creux de ma main et le fais discrètement passer dans ma poche. Mon repas avalé, je m'habille. Je meurs d'impatience de lire ce que le lama m'a écrit mais deux disciples attendent devant ma porte et me reconduisent à l'orée du bois.

En me quittant, ils me remettent un colis empaqueté dans du papier kraft, noué par une ficelle de chanvre. Une fois au volant, j'attends que les moines s'éloignent pour déplier le billet et prendre connaissance du texte qui m'est destiné.

Si vous renoncez à suivre mes recommandations, sachez que j'ai entendu dire qu'un jeune moine était entré au monastère de Garther quelques semaines après votre accident. Cela est probablement sans rapport avec votre quête, mais il est assez rare que ce temple accueille de nouveaux disciples. Il est venu à mes oreilles que celui-ci ne semblait pas heureux de sa retraite. Personne ne peut me dire qui il est. Si vous décidez de vous entêter et de poursuivre cette enquête déraisonnable, roulez vers Chengdu. Une fois là-bas, je vous recommande d'y abandonner votre véhicule. La région vers laquelle vous vous dirigerez ensuite est très pauvre et votre 4×4 attirerait une attention dont vous préférerez vous passer. À Chengdu, revêtez les habits que je vous ai fait remettre, ils vous aideront à vous fondre plus aisément parmi les habitants de la vallée. Prenez un autocar en direction du mont Yala. Je ne sais que vous conseiller ensuite, il est impossible pour un étranger de pénétrer dans le monastère de Garther, mais qui sait, peut-être que la chance vous sourira.

Soyez prudent, vous n'êtes pas seul. Et surtout, brûlez ce papier.

Huit cents kilomètres me séparent de Chengdu, il me faudra neuf heures pour y arriver.

Le message du lama ne me laisse pas beaucoup d'espoir, il a très bien pu écrire ces lignes dans le seul but de m'éloigner, mais je ne le crois pas capable d'une telle cruauté. Combien de fois sur la route de Chengdu vais-je me reposer la question...

À ma gauche, la chaîne de montagnes étend ses ombres effrayantes sur la vallée grise et poussiéreuse. La route traverse la plaine d'est en ouest. Devant moi, les cheminées de deux hauts fourneaux s'imposent au milieu du paysage.

Liuzhizhen, carrières à ciel ouvert, ciel sombre sur des parcelles de champs, champs d'extraction minière, paysages d'une tristesse infinie, vestiges d'anciennes usines abandonnées.

Il pleut, il n'a cessé de pleuvoir et les essuie-glaces peinent à chasser l'eau qui ruisselle, la route est glissante. Lorsque je double un camion, les chauffeurs me regardent étrangement. Il ne doit pas y avoir beaucoup de touristes qui circulent dans cette région.

Deux cents kilomètres derrière moi, encore six heures de route. Je voudrais appeler Walter, lui demander de me rejoindre ; la solitude m'oppresse, je ne la supporte plus. J'ai perdu l'égoïsme de ma jeunesse dans les eaux troubles de la rivière Jaune. Un regard dans le rétroviseur, mon visage a changé. Walter me dirait que c'est la fatigue, mais je sais que j'ai passé un cap, il n'y aura pas de retour en arrière. J'aurais voulu connaître Keira plus tôt, ne pas avoir perdu toutes ces années à croire que le bonheur était dans ce que j'accomplissais. Le bonheur est plus humble, il est dans l'autre.

Au bout de la plaine s'élève devant moi une barrière de montagnes. Un panneau indique, en caractères occidentaux, que Chengdu est encore à six cent soixante kilomètres. Un tunnel, l'autoroute pénètre dans la roche, impossible désormais d'écouter la radio, qu'importe, ces mélodies de pop asiatique me sont insupportables. Les ponts qui surplombent de profonds canyons s'enchaînent sur deux cent cinquante kilomètres. Je m'arrêterai dans une station-service à Guangyuan.

Le café n'y est pas si mauvais.

Une boîte de biscuits posée à côté de moi, je reprends la route.

Chaque fois que je m'enfonce vers un étroit vallon,

je découvre de minuscules hameaux. Il est 20 heures passées quand j'arrive à Mianyang. Dans cette cité de sciences et hautes technologies, la modernité est saisissante. Au bord d'une rivière se dressent de longues tours de verre et d'acier. La nuit tombe et la fatigue me pèse. Je devrais m'arrêter pour dormir, reprendre des forces. J'étudie la carte ; une fois arrivé à Chengdu, rejoindre le monastère de Garther en autocar prendra plusieurs heures. Même avec la meilleure volonté, je n'y arriverai pas ce soir.

J'ai trouvé un hôtel. J'y ai laissé la voiture et je marche le long de la promenade cimentée qui borde la rivière. La pluie a cessé. Quelques restaurants servent à dîner sur des terrasses humides, chauffées par des lampes à gaz.

La nourriture est un peu trop grasse à mon goût. Au loin, un avion décolle dans un bruit assourdissant ; il s'élève au-dessus de la ville et vire au sud. Probablement le dernier vol du soir. Où vont ses passagers assis derrière ces hublots illuminés ? Londres et Hydra sont si loin. Coup de cafard. Si Keira est vivante, pourquoi ce silence ? Pourquoi serait-elle restée sans donner signe de vie ? Que lui est-il arrivé qui justifie de disparaître ainsi ? Ce moine a peut-être raison, je dois être fou pour entretenir une telle illusion. Le manque de sommeil exacerbe les idées noires, et la noirceur de la nuit me gagne. Mes mains sont moites, cette moiteur pénètre mon corps tout entier. Je frissonne, j'ai chaud, j'ai froid ; le serveur s'approche de moi et je devine qu'il me demande si tout va bien. Je voudrais lui répondre, mais je n'arrive pas à articuler le moindre mot. Je continue d'éponger ma nuque avec ma serviette de table, mon dos ruisselle de sueur et la voix de ce serveur me paraît de plus en plus lointaine ;

la lumière de la terrasse devient diaphane, tout tourne autour de moi puis, le néant.

L'éclipse se dissipe, peu à peu le jour renaît, j'entends des voix, deux, trois ? On me parle dans une langue que je ne comprends pas. Une fraîcheur se pose sur mon visage, il faut que j'ouvre les yeux.

Les traits d'une vieille femme. Elle caresse ma joue, me fait comprendre que le pire est passé. Elle humecte mes lèvres et me murmure des mots que je devine rassurants.

Je sens des picotements, le sang circule à nouveau dans mes veines. J'ai fait un malaise. La fatigue, une maladie qui couve ou quelque chose que je n'aurais pas dû manger, je suis trop faible pour réfléchir. On m'a allongé sur un canapé en moleskine dans l'arrière-salle du restaurant. Un homme a rejoint la vieille dame qui s'occupe de moi, son mari. Lui aussi me sourit, il a le visage encore plus fripé qu'elle.

J'essaie de leur parler, je voudrais les remercier.

Le vieil homme approche une tasse de ma bouche et me force à boire. Le breuvage est amer, mais la médecine chinoise a des vertus insoupçonnées, alors je me laisse faire.

Ce couple de Chinois ressemble tant à celui que Keira et moi avons croisé un jour dans le parc de Jingshan, on croirait leurs jumeaux, et cette impression me rassure.

Mes paupières se ferment, je sens le sommeil me gagner.

Dormir, attendre de reprendre des forces, c'est ce que j'ai de mieux à faire, alors j'attends.

*

Paris

Ivory faisait les cent pas dans son salon. La partie d'échecs n'évoluait pas en sa faveur et Vackeers venait de déplacer son cavalier, mettant sa reine en danger. Il s'approcha de la fenêtre, écarta le rideau et regarda le bateau-mouche qui descendait la Seine.

– Voulez-vous que nous en parlions ? demanda Vackeers.

– De quoi ? répondit Ivory.

– De ce qui vous préoccupe à ce point.

– J'ai l'air préoccupé ?

– Votre façon de jouer le laisse supposer, à moins que vous ne souhaitiez me faire gagner ; dans ce cas, l'ostentation avec laquelle vous m'offrez cette victoire est presque insultante, je préférerais que vous me disiez ce qui vous tracasse.

– Rien, j'ai peu dormi la nuit dernière. Dire qu'avant je pouvais rester deux jours sans sommeil. Qu'avons-nous fait à Dieu pour mériter un châtiment aussi cruel que de vieillir ?

– Sans vouloir nous flatter, en ce qui nous concerne, je trouve que Dieu a été plutôt clément.

– Ne m'en voulez pas. Il serait peut-être préférable que nous mettions un terme à cette soirée. De toute façon, vous m'aurez mis mat en quatre coups.

– Trois ! Vous êtes donc encore plus soucieux que je ne l'imaginais, mais je ne veux pas vous forcer la main. Je suis votre ami, vous me parlerez de ce qui vous préoccupe quand bon vous semblera.

Vackeers se leva et se dirigea vers le vestibule. Il enfila son imperméable et se retourna, Ivory regardait toujours par la fenêtre.

– Je repars demain pour Amsterdam, venez y passer quelques jours, la fraîcheur des canaux vous aidera peut-être à retrouver le sommeil. Vous êtes mon hôte.

– Je croyais préférable que nous ne soyons pas aperçus ensemble.

– Le dossier est clos, nous n'avons plus de raison de jouer à ces jeux compliqués. Et puis cessez de culpabiliser ainsi, vous n'êtes pas responsable. Nous aurions dû deviner que Sir Ashton prendrait les devants. Je suis tout aussi désolé que vous de la façon dont cette affaire s'est achevée, mais vous n'y pouvez plus rien.

– Tout le monde se doutait que Sir Ashton interviendrait tôt ou tard et cette hypocrisie arrangeait tout le monde. Vous le savez autant que moi.

– Je vous promets, Ivory, que si j'avais soupçonné ses méthodes expéditives, j'aurais fait ce qui était en mon pouvoir pour l'en empêcher.

– Et qu'est-ce qui était en votre pouvoir ?

Vackeers regarda fixement Ivory, puis il baissa les yeux.

– Mon invitation à Amsterdam tient toujours, venez quand vous le souhaitez. Une dernière chose : notre partie de ce soir, je préfère qu'elle ne soit pas inscrite dans notre tableau de scores. Bonsoir, Ivory.

Ivory ne répondit pas. Vackeers referma la porte de

l'appartement, entra dans l'ascenseur et appuya sur le bouton du rez-de-chaussée. Ses pas résonnèrent sur les pavés du hall, il tira à lui la lourde porte cochère et traversa la rue.

La nuit était douce, Vackeers marcha le long du quai d'Orléans et se retourna vers la façade de l'immeuble ; au cinquième étage, les lumières du salon d'Ivory venaient de s'éteindre. Il haussa les épaules et continua sa promenade. Lorsqu'il tourna au coin de la rue Le Regrattier, deux appels de phares rapides le guidèrent vers une Citroën garée le long du trottoir. Vackeers ouvrit la portière passager et s'installa à bord. Le conducteur posa sa main sur la clé de contact, mais Vackeers interrompit son geste.

– Attendons quelques instants, si vous le voulez bien.

Les deux hommes restèrent silencieux. Celui qui était au volant prit un paquet de cigarettes de sa poche, en porta une à ses lèvres et craqua une allumette.

– Qu'est-ce qui vous intéresse autant, pour que nous restions ici ?

– Cette cabine, juste en face de nous.

– Qu'est-ce que vous racontez ? Il n'y a pas de cabine sur ces quais.

– Soyez gentil d'écraser cette cigarette.

– Le tabac vous gêne, maintenant ?

– Non, mais le bout incandescent, oui.

Un homme avançait le long du quai, il s'accouda au parapet.

– C'est Ivory ? demanda le chauffeur de Vackeers.

– Non, c'est le pape !

– Il parle tout seul ?

– Il téléphone.

– À qui ?

– Vous faites exprès d'être aussi con ? S'il ressort

de chez lui au beau milieu de la nuit pour passer un appel depuis les quais, c'est probablement pour que personne ne sache avec qui il s'entretient.

– Alors à quoi cela sert-il de rester en planque, si nous ne pouvons pas entendre sa conversation ?

– À vérifier une intuition.

– Et on peut y aller, maintenant que vous avez vérifié votre intuition ?

– Non, ce qui va se passer après m'intéresse aussi.

– Parce que vous avez une idée de ce qui va se passer après ?

– Ce que vous êtes bavard, Lorenzo ! Dès qu'il aura raccroché, il jettera la puce de son portable dans la Seine.

– Et vous comptez plonger dans le fleuve pour aller la récupérer ?

– Vous êtes vraiment idiot, mon pauvre ami.

– Si au lieu de m'insulter vous m'expliquiez ce que nous attendons ?

– Vous allez le découvrir dans quelques instants.

*

Londres

La sonnerie du téléphone retentit dans un petit appartement sur Old Brompton Road. Walter se leva de son lit, passa une robe de chambre et entra dans son salon.

– Voilà, voilà, cria-t-il en s'approchant du guéridon où se trouvait l'appareil.

Il reconnut immédiatement la voix de son interlocuteur.

– Toujours rien ?

– Non monsieur, je suis rentré d'Athènes en fin d'après-midi. Quatre jours seulement se sont écoulés depuis qu'il est là-bas, j'espère que nous aurons bientôt de bonnes nouvelles.

– Je le souhaite aussi, mais je ne peux m'empêcher d'être inquiet, je n'ai pas fermé l'œil de la nuit. Je me sens impuissant et j'ai horreur de ça.

– Pour tout vous dire, monsieur, je n'ai pas beaucoup dormi non plus ces derniers temps.

– Vous pensez qu'il est en danger ?

– On me dit le contraire, qu'il faut être patient, mais c'est dur de le voir ainsi. Le diagnostic est réservé, il s'en est fallu de peu.

— Je veux savoir si quelqu'un a fomenté ce coup. Je m'y attelle. Quand retournerez-vous à Athènes ?

— Demain soir, au plus tard après-demain si je n'ai pas réussi à boucler tout ce que je dois faire à l'Académie.

— Appelez-moi dès que vous y serez et essayez de vous reposer d'ici là.

— Vous de même, monsieur. À demain, j'espère.

*

Paris

Ivory se débarrassa de la puce de son portable et retourna sur ses pas. Vackeers et son chauffeur se tassèrent dans leurs fauteuils, par réflexe, mais, à cette distance, il était peu probable que celui qu'ils observaient puisse les voir. La silhouette d'Ivory disparut à l'angle de la rue.

– C'est bon maintenant, nous pouvons y aller ? demanda Lorenzo. J'ai passé la soirée à croupir ici et j'ai faim.

– Non, pas encore.

Vackeers entendit le ronronnement d'un moteur qui venait de démarrer. Deux phares balayèrent le quai. Une voiture s'arrêta à l'endroit où Ivory se tenait quelques instants plus tôt. Un homme en sortit et s'avança jusqu'au parapet. Il se pencha pour observer la berge en contrebas, haussa les épaules et remonta à bord. Les pneus crissèrent et la voiture s'éloigna.

– Comment saviez-vous ? demanda Lorenzo.

– Un sale pressentiment. Et maintenant que j'ai vu la plaque du véhicule, c'est encore pire.

– Qu'est-ce qu'elle a, cette plaque ?

– Vous le faites exprès ou vous vous donnez du mal pour égayer ma soirée ? Ce véhicule appartient au corps diplomatique anglais, vous avez besoin que je vous fasse un dessin ?

– Sir Ashton fait suivre Ivory ?

– Je crois que j'en ai assez vu et entendu pour ce soir, auriez-vous l'amabilité de me raccompagner à mon hôtel ?

– Bon, Vackeers, ça suffit, je ne suis pas votre chauffeur. Vous m'avez demandé de rester en planque dans cette voiture en m'expliquant qu'il s'agissait d'une mission importante, je me suis gelé pendant deux heures alors que vous sirotiez un cognac bien au chaud, et tout ce que j'ai pu constater, c'est que votre ami est allé, pour je ne sais quelle raison, jeter une puce téléphonique dans la Seine et qu'une voiture des services consulaires de Sa Majesté l'a épié faire ce geste dont la portée m'échappe encore. Alors ou vous rentrez à pied, ou vous m'expliquez de quoi il retourne.

– Compte tenu de l'obscurité dans laquelle vous semblez vous trouver, mon cher Rome, je vais tenter d'éclairer votre lanterne ! Si Ivory se donne la peine de sortir à minuit pour aller téléphoner en dehors de chez lui, c'est qu'il prend certaines précautions. Si les Anglais planquent en bas de son immeuble, c'est que l'affaire qui nous a occupés ces derniers mois n'est pas aussi classée que nous voulions tous le supposer. Vous me suivez jusque-là ?

– Ne me prenez pas pour plus bête que je ne le suis, dit Lorenzo en démarrant.

La voiture s'engagea sur les quais et franchit le pont Marie.

– Si Ivory est aussi prudent, c'est qu'il a un tour d'avance, reprit Vackeers. Et moi qui croyais avoir gagné la partie ce soir, décidément, il me surprendra toujours.

– Que comptez-vous faire ?

– Rien pour l'instant, et pas un mot sur ce que vous avez appris ce soir. Il est trop tôt. Si nous prévenons les autres, chacun intriguera dans son coin, comme par le passé personne ne fera plus confiance à personne. Je sais que je peux compter sur MADRID. Et vous, ROME, de quel côté serez-vous ?

– Pour l'instant, il me semble que je me trouve juste à votre gauche, cela devrait répondre en partie à votre question, non ?

– Il faut que nous localisions au plus vite cet astrophysicien. Je parierais qu'il n'est plus en Grèce.

– Remontez interroger votre ami. Si vous l'asticotez, il vous lâchera peut-être le morceau.

– Je le soupçonne de ne pas en savoir beaucoup plus que nous, il a dû perdre sa trace. Il avait l'esprit ailleurs. Je le connais depuis trop longtemps pour être dupe, il a manigancé quelque chose. Avez-vous toujours accès à vos contacts en Chine ? Pouvez-vous les solliciter ?

– Tout dépend de ce que l'on attend d'eux et de ce que nous sommes prêts à leur donner en échange.

– Essayez de savoir si notre Adrian aurait récemment atterri à Pékin, s'il a loué un véhicule et si, par chance, il a utilisé sa carte de crédit pour retirer de l'argent, payer une note d'hôtel ou je ne sais quoi.

Ils n'échangèrent plus un mot. Paris était désert, Lorenzo déposa Vackeers dix minutes plus tard devant l'hôtel Montalembert.

– Je ferai de mon mieux avec les Chinois, mais c'est à charge de revanche, dit-il en se garant.

– Attendons de voir les résultats, avant que vous me

présentiez la note, mon cher ROME. À bientôt et merci pour la balade.

Vackeers descendit de la Citroën et entra dans l'hôtel. Il demanda sa clé au réceptionniste, ce dernier se pencha derrière son comptoir et lui remit également une enveloppe.

– On a déposé ce pli pour vous, monsieur.

– Il y a combien de temps ? demanda Vackeers étonné.

– Un chauffeur de taxi me l'a remise il y a quelques minutes à peine.

Intrigué, Vackeers s'éloigna vers l'ascenseur. Il attendit d'être dans sa suite au quatrième étage pour décacheter la lettre.

Mon cher ami,
Je crains, hélas, de ne pouvoir répondre à votre charmante invitation de vous rejoindre à Amsterdam. Ce n'est pas l'envie qui m'en manque, ni celle de rattraper ma conduite de ce soir aux échecs, mais comme vous le soupçonniez, certaines affaires me retiennent à Paris.
J'espère néanmoins vous revoir très prochainement. J'en suis d'ailleurs persuadé.
Votre dévoué et ami,
Ivory
P.-S. : À propos de ma petite promenade nocturne, vous m'aviez habitué à plus de discrétion. Qui fumait à vos côtés dans cette belle Citroën noire, ou peut-être était-elle bleu marine ? Ma vue baisse de jour en jour...

Vackeers replia la lettre et ne put réfréner un sourire. La monotonie de ses journées lui pesait. Il le savait, cette opération serait probablement la dernière de sa carrière, et l'idée qu'Ivory ait trouvé un moyen, quel qu'il soit, de relancer la machine n'était pas pour lui déplaire, bien au contraire. Vackeers s'assit devant le petit bureau de sa suite, décrocha le téléphone et composa un numéro en Espagne. Il s'excusa auprès d'Isabel de la déranger si tard dans la nuit, mais il avait toutes les raisons de penser qu'un rebondissement s'était produit et ce qu'il avait à lui dire ne pouvait attendre jusqu'au lendemain.

*

Mianyang, Chine

Je me suis éveillé aux premières heures du matin. La vieille dame qui m'a tenu compagnie toute la nuit est assoupie dans un gros fauteuil. Je repousse le plaid dont elle m'a recouvert et me redresse. Elle ouvre les yeux, m'adresse un regard bienveillant et pose un doigt sur ses lèvres, comme pour me demander de ne pas faire de bruit. Puis elle se lève et va chercher une théière posée sur un poêle en fonte. Une cloison pliante sépare la pièce où nous nous trouvons du restaurant ; autour de moi, je découvre les membres de sa famille qui dorment sur des matelas au sol. Deux hommes d'une trentaine d'années sont installés près de l'unique fenêtre. Je reconnais celui qui m'a servi à dîner hier soir et son frère qui œuvrait en cuisine. Leur sœur cadette, qui doit avoir vingt ans, dort encore sur une couchette près du poêle à charbon ; le mari de ma logeuse de fortune est allongé sur une table, un oreiller sous la tête, une couverture jusqu'aux épaules. Il porte un pull et une veste en laine épaisse. J'ai occupé le canapé-lit que le couple déplie chaque soir pour y dormir. Chaque soir, cette famille repousse quelques

46

tables du restaurant pour transformer l'arrière-salle en dortoir. Je me sens terriblement gêné de m'être ainsi imposé dans leur intimité, si d'intimité on peut parler. Qui, dans mon quartier de Londres, aurait ainsi sacrifié son lit pour le laisser à un étranger ?

La vieille dame me sert un thé fumé. Nous ne pouvons communiquer que par gestes.

Je prends ma tasse et me faufile vers la salle. Elle repousse la cloison derrière moi.

La promenade est déserte, j'avance jusqu'au parapet qui longe la rivière et regarde le cours d'eau filer vers l'ouest. Le fleuve baigne dans une brume matinale. Une petite embarcation aux allures de jonque y glisse lentement. Un batelier sur le pont avant m'adresse un signe que je lui retourne aussitôt.

J'ai froid, j'enfonce mes mains dans mes poches et sens la photo de Keira sous mes doigts.

Pourquoi à ce moment précis resurgit le souvenir de notre soirée à Nebra ? Je me souviens de cette nuit passée avec toi, mouvementée certes, mais qui nous avait tant rapprochés.

Je partirai tout à l'heure vers le monastère de Garther, je ne sais pas combien de temps il me faudra encore pour y arriver, ni comment j'y entrerai, mais qu'importe, c'est la seule piste pour te retrouver... si tu es encore en vie.

Pourquoi est-ce que je me sens si faible ?

Une cabine téléphonique sur la promenade, à quelques pas de moi. J'ai envie d'entendre la voix de Walter. La cabine a un look kitsch des années soixante-dix. L'appareil accepte les cartes de crédit. Dès que je compose des chiffres sur le clavier, j'entends un signal de ligne occupée, il doit être impossible de joindre un pays étranger depuis cet endroit. Après deux nouvelles tentatives, je renonce.

Il est temps d'aller remercier mes hôtes, de régler la note de mon dîner de la veille et de reprendre la route. Ils ne veulent pas que je les paie. Je les remercie maintes fois et les quitte.

Fin de matinée, j'arrive enfin à Chengdu. La métropole est polluée, agitée, agressive. Pourtant, entre les tours et les grands ensembles immobiliers, de petites maisons décrépies ont survécu. Je cherche le chemin de la gare routière.

Jinli Street, attrape-touristes, j'aurai peut-être la chance de croiser des compatriotes qui me renseigneront.

Parc Nanjiao, la flore est belle, des barques surgies d'une autre époque naviguent paisiblement sur un lac, à l'ombre de saules mélancoliques.

Je repère un jeune couple dont l'allure me fait deviner qu'il s'agit d'Américains. Ces deux étudiants m'expliquent qu'ils sont venus parfaire leur formation à Chengdu dans le cadre d'un échange universitaire.

Ravis d'entendre quelqu'un parler leur langue, ils m'indiquent que la gare se trouve à l'opposé de la ville. La jeune femme prend un bloc dans son sac à dos et rédige une note qu'elle me tend. Elle calligraphie le chinois de façon parfaite. J'en profite pour lui demander d'inscrire aussi le nom du monastère de Garther.

J'avais laissé ma voiture dans un parking à ciel ouvert. J'y retrouve les vêtements que m'avait donnés le lama, me change à l'intérieur du véhicule, et fourre dans un sac un pull et quelques effets. Je choisis de laisser le 4 × 4 sur place et de prendre un taxi.

Le chauffeur lit la note que je lui montre et me dépose une demi-heure plus tard à la gare routière de de Wuguiqiao. Je me présente à un guichet avec le précieux billet rédigé en chinois, le préposé me remet un titre de transport contre vingt yuans et m'indique le quai n° 12, puis il agite la main, m'invitant à me presser si je ne veux pas rater le départ du bus.

L'autocar n'est pas de toute fraîcheur, je suis le dernier à y grimper et je ne trouve de place qu'au fond, coincé entre une femme de forte corpulence et une cage en bambou qu'occupent trois canards en grande forme. Les pauvres seront probablement laqués en arrivant à destination, mais comment les prévenir du triste sort qui les attend ?

Nous traversons un pont qui enjambe la rivière Funan et nous élançons sur une voie rapide dans de grands craquements de boîte de vitesses.

Le car s'arrête à Ya'an, un passager descend. Je n'ai aucune idée de la durée du voyage, qui me paraît interminable. Je montre ma petite note calligraphiée à ma voisine et désigne ma montre. Elle tapote sur le cadran la marque des six heures. J'arriverai donc presque à la fin du jour. Où dormirai-je ce soir ? Je n'en sais rien.

La route serpente vers les massifs montagneux. Si Garther se trouve en haute altitude, la nuit y sera glaciale, il me faudra trouver un hébergement au plus vite.

Plus le paysage devient aride, plus je me sens en proie au doute. Qu'est-ce qui aurait bien pu pousser Keira à venir se perdre en des lieux si retranchés ? Seule la quête d'un fossile aurait pu l'entraîner jusqu'aux confins du monde, je ne vois pas d'autre explication.

Vingt kilomètres plus loin, l'autocar s'immobilise devant un pont en bois. L'ouvrage est suspendu par deux filins d'acier en fort mauvais état. Le chauffeur ordonne à tous les passagers de descendre, il faut alléger sa machine pour réduire les risques. Par la vitre, je regarde le ravin à franchir et loue la sagesse de notre conducteur.

Assis sur la banquette arrière, je serai le dernier à sortir. Je me lève, l'autobus est presque vide. Du pied, je repousse la tige de bambou qui retient la porte de la cage où s'agitent les volatiles, livrés à leur sort. Leur liberté se trouve au bout de la coursive à droite ; ils peuvent aussi choisir de couper en passant sous les fauteuils, à eux de voir. Les trois canards m'emboîtent gaiement le pas. Chacun choisit son chemin, un par l'allée, un autre par la rangée de fauteuils de droite, le troisième coupe à gauche ; pourvu qu'ils me laissent sortir avant eux, sinon on m'accusera de complicité d'évasion ! Après tout qu'importe, leur propriétaire est déjà sur le pont, elle s'accroche au bastingage et avance, yeux mi-clos, pour lutter contre le vertige.

Ma traversée n'est guère plus vaillante que la sienne. Une fois le pont franchi, les passagers se font un devoir de guider, à grand renfort de cris et gesticulations, leur courageux chauffeur qui roule au ralenti sur les lattes de bois chancelantes. Des craquements inquiétants se font entendre, les câbles grincent, le tablier se balance dangereusement mais tient bon, et quinze minutes plus tard, chacun peut regagner sa place. Sauf moi. J'ai profité de l'occasion pour occuper le siège libéré au deuxième rang. Le bus redémarre, deux canards manquent à l'appel, le troisième réapparaît hélas au milieu de l'allée et va bêtement se jeter entre les mollets de sa fermière.

Alors que nous passons Dashencun, je ne peux m'empêcher de sourire tandis que mon ancienne voisine remonte la coursive à quatre pattes, cherchant en vain les deux volatiles qui se sont volatilisés. Elle nous quittera à Duogong, de fort mauvaise humeur ; difficile de l'en blâmer.

Shabacun, Tianquan, villes et villages se succèdent dans la langueur du voyage ; nous suivons le cours d'une rivière, le bus continue de grimper vers des hauteurs vertigineuses. Je ne dois pas être complètement rétabli, je suis parcouru de frissons. Bercé par le ronflement du moteur, je réussis par instants à m'assoupir jusqu'à ce qu'une secousse vienne me tirer de mon sommeil.

Sur notre gauche, le glacier de Hailuogou effleure les nuages. Nous approchons de la fameuse passe de Zheduo, point culminant du parcours. À près de quatre mille trois cents mètres, je sens battre mon cœur dans mes tempes et la migraine revient. Je repense à Atacama. Qu'est devenu mon ami Erwan ? Cela fait si longtemps que je n'ai pris de ses nouvelles. Si je n'avais pas eu ce malaise au Chili quelques mois auparavant, si je n'avais pas enfreint les consignes de sécurité qui nous avaient été données, si j'avais écouté Erwan, je ne serais pas ici et Keira n'aurait pas disparu dans les eaux troubles de la rivière Jaune.

Je me souviens que pour me consoler de mon chagrin, ma mère m'avait dit à Hydra : « Perdre quelqu'un qu'on a aimé est terrible, mais le pire serait de ne pas l'avoir rencontré. » Elle pensait alors à mon père ; la chose prend un tout autre sens lorsque l'on se sent responsable de la mort de celle qu'on aime.

Le lac de Moguecuo reflète sur le miroir de ses eaux calmes les cimes enneigées. Nous avons regagné un peu de vitesse en replongeant vers la vallée de Xinduqiao. À l'opposé du désert d'Atacama, tout n'est que végétation luxuriante. Des troupeaux de yacks paissent au milieu des herbes grasses. Ormes et bouleaux blancs s'accordent dans cette vaste prairie encaissée au milieu des montagnes. Nous sommes redescendus en dessous des quatre mille mètres et ma migraine me laisse un peu tranquille. Et puis, soudain, le bus s'arrête. Le chauffeur se retourne vers moi, il est temps de descendre. En dehors de la route, je ne vois qu'un chemin pierreux qui file dans la direction du mont Gongga Shan. Le chauffeur agite les bras et grommelle quelques mots ; j'en déduis qu'il me prie d'aller poursuivre mes réflexions de l'autre côté de la porte en accordéon qu'il vient d'ouvrir, laissant pénétrer l'air glacial.

Mon sac à mes pieds, les joues saisies par le froid, je regarde, grelottant, mon autocar s'éloigner, jusqu'à disparaître au loin dans un tournant.

Je me retrouve seul, dans cette vaste plaine où le vent remonte les collines. Paysages hors du temps dont les terres ont adopté la couleur de l'orge mondé et du sable... mais je n'y vois aucune trace du monastère que je cherche. Il sera impossible de dormir à la belle étoile sans mourir gelé. Il faut marcher. Vers où ? Je n'en sais rien, mais il n'y a d'autre salut que d'avancer pour résister à l'engourdissement dû au froid.

Dans l'espoir absurde de fuir devant la nuit, je cours à petites foulées, allant de coteau en coteau vers le soleil couchant.

Au loin, j'aperçois la toile noire d'une tente de nomades, telle une providence.

Au milieu de cette immense plaine, une enfant tibétaine vient vers moi. Elle doit avoir trois ans, peut-être quatre, un petit bout de rien du tout avec ses joues rouges comme deux pommes et ses yeux qui brillent. L'inconnu que je suis ne l'effraie pas, et personne ne semble craindre quoi que ce soit pour elle, elle est libre d'aller où bon lui semble. Elle éclate de rire, s'amusant de ma différence, et son rire emplit la vallée. Elle ouvre les bras en grand, se met à courir dans ma direction, s'arrête à quelques mètres et repart vers les siens. Un homme sort de la tente et vient à ma rencontre. Je lui tends la main, il joint les siennes, s'incline et m'invite à le suivre.

De grands pans de toile noire soutenus par des pitons en bois forment un chapiteau. À l'intérieur, l'habitation est vaste. Sur un réchaud en pierre où crépitent des fagots de bois sec, une femme prépare une sorte de ragoût, le fumet imprègne tout l'espace. L'homme me fait signe de m'asseoir, il me sert un godet d'alcool de riz et trinque avec moi.

Je partage le repas de cette famille nomade. Le silence n'est troublé que par les éclats de rire de la petite fille aux joues rouges comme des pommes. Elle finit par s'endormir, blottie contre sa mère.

La nuit tombée, le nomade m'entraîne hors de la tente. Il s'assied sur une pierre et m'offre une cigarette qu'il a roulée entre ses doigts. Ensemble, nous regardons le ciel. Cela faisait longtemps que je ne l'avais pas contemplé ainsi. Je repère l'une des plus belles constellations que nous offre l'automne à l'est d'Andromède. Je pointe le doigt vers les étoiles et la nomme à mon hôte. « Persée », dis-je à voix haute. L'homme suit mon regard et répète « Persée » ; il rit, avec les mêmes éclats que sa fille, des éclats vifs comme ceux qui illuminent la voûte céleste au-dessus de nos têtes.

J'ai dormi sous leur tente, à l'abri du froid et des vents. Au petit matin, je tends mon papier à mon hôte ; il ne sait pas lire et n'y prête aucune attention ; le jour se lève et il a maintes tâches à accomplir.

L'aidant à ramasser du petit bois, je m'aventure à prononcer le mot « Garther », changeant chaque fois de prononciation dans l'espoir de trouver celle qui le ferait réagir. Rien n'y fait, il reste imperturbable.

Après le ramassage du bois, nous sommes de corvée d'eau. Le nomade me tend une outre vide, en passe une par-dessus son épaule et me montre comment l'ajuster, puis nous empruntons une piste qui part vers le sud.

Nous avons marché deux bonnes heures. Du haut de la colline, je repère une rivière qui coule au milieu de hautes herbes. Le nomade l'atteint bien avant moi. Lorsque je le rejoins, il se baigne déjà. J'ôte ma chemise et plonge à mon tour. La température de l'eau est saisissante, cette rivière doit trouver sa source dans l'un des glaciers que l'on aperçoit au loin.

Le nomade maintient son outre sous l'eau. J'imite ses gestes, les deux besaces se gonflent, j'ai beaucoup de mal à porter la mienne jusqu'à la berge.

De retour sur la terre ferme, il arrache une touffe de hautes herbes et se frotte vigoureusement le corps. Une fois sec, il se rhabille et s'assied pour prendre un peu de repos. « Persée », dit le nomade en levant le doigt vers le ciel. Puis sa main me désigne une anse de la rivière, en aval à quelques centaines de mètres de nous. Une vingtaine d'hommes s'y baignent, une quarantaine d'autres labourent la terre, chacun pousse un soc en traçant de longs sillons parfaitement rectilignes. Tous portent des tenues que je reconnais aussitôt.

– Garther ! souffle mon compagnon de route.

Je le remercie et m'élance déjà vers les moines, mais le nomade se lève et me saisit par le bras. Ses traits se sont assombris. D'un signe de tête, il m'enjoint de ne pas y aller. Il me tire par la manche et me montre le chemin du retour. Je peux lire la peur sur son visage, alors j'obéis et remonte la pente en le suivant. En haut de la colline, je me retourne vers les moines. Ceux qui, plus tôt, se lavaient dans la rivière ont remis leurs tuniques et repris leur travail, traçant de drôles de sillons, oscillant comme les courbes d'un gigantesque électrocardiogramme. Les moines disparaissent de ma vue alors que nous redescendons l'autre versant du coteau. Dès que je le pourrai, je fausserai compagnie à mon hôte et retournerai dans ce vallon.

Si je suis le bienvenu dans cette famille de nomades, je dois selon leur tradition mériter ma ration quotidienne de nourriture.

La femme a quitté sa tente et m'a conduit jusqu'au troupeau de yacks qui paissent dans un champ. Je n'ai prêté aucune attention au récipient qu'elle trimbalait en fredonnant, jusqu'au moment où elle s'est agenouillée devant l'un de ces étranges quadrupèdes et a commencé à le traire. Quelques instants plus tard, elle me cède sa place, jugeant que la leçon a suffisamment duré. Elle me laisse là, et le regard qu'elle porte vers le seau en s'en allant me fait comprendre que je ne dois revenir qu'une fois ce dernier bien rempli.

Rien ne se déroulera aussi simplement qu'elle l'a supposé. Manque d'assurance de ma part ou mauvais caractère de cette fichue vache asiatique, qui n'a de toute évidence aucunement l'intention de se laisser tripoter les mamelons par le premier inconnu de passage, chaque fois que ma main avance vers ses pis, la bête avance d'un pas, ou recule... J'use de tous les stratagèmes, tentative de séduction, sermon autoritaire, supplique, fâcherie, bouderie, elle n'en a rien à faire.

Celle qui vient à mon secours n'a que quatre ans. Je n'en tire aucune gloire, bien au contraire, mais c'est ainsi.

La petite fille aux joues rondes et rouges comme deux pommes apparaît soudain au milieu des champs ; je crois qu'elle est là depuis longtemps à se réjouir du spectacle et elle a dû se retenir tout autant avant de laisser échapper le bel éclat de rire qui a trahi sa présence. Comme pour s'excuser de s'être moquée de moi, elle s'approche, me tance d'un léger coup d'épaule, attrape d'un geste vif le pis du yack et rit à nouveau de bon cœur, quand le lait se met à gicler dans le seau. C'était donc aussi simple que cela, je dois relever le défi qu'elle me lance en me poussant vers le flanc du yack. Je m'agenouille, elle me regarde agir et applaudit quand je réussis enfin à faire couler quelques gouttes de lait. Elle s'allonge dans l'herbe, bras croisés, et reste ainsi à me surveiller. En dépit de son très jeune âge, sa présence a quelque chose de rassurant. Cet après-midi est un moment paisible et joyeux. Un peu plus tard, nous redescendons tous deux vers le campement.

Deux autres tentes ont été montées près de celle où j'ai dormi la nuit dernière, trois familles sont désormais réunies autour d'un grand feu. Alors que je regagne le campement en compagnie de ma petite visiteuse, les hommes viennent à notre rencontre ; mon hôte me fait signe de poursuivre mon chemin. Je suis attendu par les femmes, eux s'en vont regrouper le bétail. Je me sens vexé d'être tenu à l'écart d'une mission bien plus virile que celle que l'on m'a confiée.

Le jour s'achève, je regarde le soleil, il fera nuit dans une heure tout au plus. Je n'ai qu'une idée en tête, fausser compagnie à mes amis nomades pour aller espionner ce qui se passe dans la vallée en contrebas. Je veux suivre ces moines qui vont reprendre le chemin de leur monastère. Mais l'homme qui m'a accueilli revient au moment même où ces pensées occupent mon esprit. Il embrasse sa femme, soulève sa fille et la serre dans ses bras avant d'entrer dans la tente. Il en ressort quelques instants plus tard, sa toilette faite, et me surprend alors que je me suis installé à l'écart, fixant la ligne d'horizon. Il vient s'asseoir à mes côtés et m'offre une de ses cigarettes. Je refuse en le remerciant. Il allume la sienne et regarde à son tour le sommet de la colline, silencieux. Je ne sais pourquoi l'envie me vient de lui montrer ton visage. Probablement parce que tu me manques à en crever ; parce que c'est un bon prétexte pour regarder encore cette photo de toi. Elle est ce que j'ai de plus précieux à partager avec lui.

Je la sors de ma poche et la lui montre. Il me sourit en me la rendant. Puis il exhale une longue bouffée, écrase son mégot entre ses doigts et me quitte.

La nuit tombée, nous partageons un ragoût avec les deux autres familles qui se sont jointes à nous. La petite fille s'assied à mes côtés, ni son père ni sa mère ne semblent fâchés de notre complicité. Au contraire, sa maman caresse la chevelure de l'enfant et me donne son prénom. Elle s'appelle Rhitar. J'apprendrai plus tard que l'on nomme ainsi un enfant lorsque son aîné est mort, afin de conjurer le mauvais sort. Est-ce pour gommer le chagrin d'un drame joué avant sa naissance que Rhitar rit aussi clairement, est-ce pour rappeler à ses parents qu'elle a ramené la joie dans leur foyer ? Rhitar s'est assoupie sur les genoux de sa mère et, même dans son sommeil qui paraît si profond, elle sourit.

Le repas achevé, les hommes passent d'amples pantalons, les femmes défont les manches droites de leurs tuniques et les laissent se balancer au vent. Chacun se tient par la main pour former un cercle, hommes d'un côté, femmes de l'autre. Tous chantent, les femmes agitent leurs manches et, lorsque le chant s'arrête, les danseurs poussent un grand cri en chœur. La ronde repart alors dans l'autre sens, le rythme s'accélère. On court, on saute, on crie et chante jusqu'à épuisement. Je suis convié à ce ballet joyeux et me laisse emporter dans l'ivresse d'un alcool de riz et d'une ronde tibétaine.

Une main me secoue l'épaule, j'ouvre les yeux et reconnais dans la pénombre le visage de mon nomade. En silence, il me demande de le suivre hors de la tente. La plaine immense baigne dans la lumière cendrée d'une nuit qui tire à sa fin. Mon hôte a récupéré mon paquetage et le porte à l'épaule. Je ne sais rien de ses intentions, mais je devine qu'il me conduit là où nos routes vont se séparer. Nous avons repris la piste empruntée la veille. Il ne dit pas un mot du voyage. Nous marchons une bonne heure et, lorsque nous atteignons le sommet de la plus haute colline, il bifurque sur sa droite. Nous traversons un sous-bois d'ormes et de noisetiers, dont il semble connaître chaque sente, chaque escarpement. Quand nous en sortons, la pâleur du jour n'est pas encore apparue. Mon guide s'allonge sur le sol et m'ordonne de faire de même ; il me recouvre de feuilles mortes et d'humus et me montre comment me camoufler. Nous restons ainsi silencieux, tels deux guetteurs, mais je n'ai aucune idée de ce que nous guettons. J'imagine qu'il m'a emmené braconner et je me demande quel animal nous pouvons traquer, nous n'avons aucune arme. Peut-être vient-il relever des pièges.

Je suis bien loin du compte, mais il me faudra patienter une bonne heure encore avant de comprendre pourquoi il m'a entraîné jusqu'ici.

Le jour se lève enfin. Dans l'aube naissante se dessine devant nous le mur d'enceinte d'un gigantesque monastère, presque une ville forte.

– Garther, murmure mon complice, prononçant ce mot pour la seconde fois.

Une nuit, je lui avais offert le nom d'une étoile accrochée dans le ciel qui surplombait sa plaine, un matin, le nomade tibétain me rendait la pareille, nommant ce lieu que j'avais espéré découvrir plus que n'importe quel astre dans l'immensité de l'Univers.

Mon compagnon de route me fait signe de ne surtout pas bouger, il semble terrorisé que nous nous fassions repérer. Je ne vois aucune raison de s'inquiéter, le temple est à plus de cent mètres. Mais, à présent que mes yeux s'accommodent à la pénombre, je peux deviner sur les remparts du monastère les silhouettes d'hommes en tunique qui marchent le long d'un chemin de ronde.

Quel danger peuvent-ils guetter ? Cherchent-ils à se protéger d'une escouade chinoise qui viendrait les persécuter jusqu'en ces lieux retranchés ? Je ne suis pas leur ennemi. S'il ne tenait qu'à moi, je me dresserais sur-le-champ et courrais vers eux. Mais mon guide pose son bras sur le mien et me retient fermement.

Les portes du monastère viennent de s'ouvrir, une colonne de moines ouvriers prend la route qui descend vers les vergers à l'est. Les lourdes portes se referment derrière eux.

Le nomade se lève brusquement et se replie vers le sous-bois. À l'abri des grands ormes, il me remet mon paquetage et je comprends qu'il me dit au revoir. Je prends ses mains et les serre dans les miennes. Ce geste d'affection le fait sourire, il me fixe un instant, se retourne et s'en va.

Je n'ai jamais connu solitude plus profonde qu'en ces hautes plaines, quand, descendu de l'autocar de Chengdu, je marchais, fuyant la nuit, fuyant le froid. Il suffit parfois d'un regard, d'une présence, d'un geste, pour que naisse l'amitié, par-delà les différences qui nous retiennent et nous effraient ; il suffit d'une main tendue pour que s'imprime la mémoire d'un visage que jamais le temps n'effacera. Aux derniers instants de ma vie, je veux revoir intact le visage de ce nomade tibétain et celui de sa petite fille aux joues rouges comme deux pommes d'api.

Avançant à la lisière du bois, je suis à bonne distance le cortège des moines ouvriers qui fait route vers le creux du vallon. De là où je me situe, je peux aisément les épier, j'en compte une bonne soixantaine. Comme la veille, ils commencent par se dévêtir et se baigner dans les eaux claires avant de se mettre au travail.

La matinée passe. Alors que le soleil est déjà haut, je sens le froid me gagner et cette terrible moiteur qui suinte dans mon dos. Mon corps est secoué de tremblements. Je fouille mon paquetage et découvre un sac de viande séchée, cadeau de mon nomade. J'en grignote la moitié et garde de quoi me nourrir pour le soir. Lorsque les moines seront repartis, je courrai m'abreuver à la rivière ; en attendant, il faudra m'arranger de la soif que le sel de la viande aiguise.

Pourquoi ce voyage décuple-t-il mes sensations – faim, froid, chaleur, extrême fatigue ? Je rends l'altitude responsable de ces maux. Je passe le reste de l'après-midi à chercher un moyen d'entrer à l'intérieur du monastère. Les idées les plus folles me hantent, suis-je en train de perdre la raison ?

À 6 heures, les moines cessent leur travail et prennent le chemin du retour. Dès qu'ils disparaissent derrière la crête d'un coteau, je quitte ma cachette et cours à travers champs. Je plonge dans la rivière et j'y bois tout mon saoul.

De retour sur la berge, je réfléchis à l'endroit où passer la nuit. Dormir dans le sous-bois ne me tente guère. Retourner vers la plaine et mes amis nomades serait un aveu d'échec et, pis encore, ce serait abuser de leur générosité. Me nourrir deux soirs de suite a déjà dû leur coûter beaucoup.

Je repère enfin une anfractuosité sur le flanc du coteau. J'y creuserai ma tanière ; bien blotti sous la terre et recouvert de mon paquetage, je pourrai y survivre à la nuit. En attendant que la noirceur ait envahi le ciel, je finis le reste de viande séchée et guette la venue de la première étoile, comme on guette celle d'une amie qui vous aidera à chasser les mauvaises pensées.

La nuit tombe. Parcouru d'un énième frisson, je m'endors.

Combien de temps s'est écoulé avant que des frôlements me réveillent ? Quelque chose s'approche de moi. Résister à la peur ; si un animal sauvage chasse dans les parages, inutile de lui servir de proie ; j'aurai plus de chance de lui échapper, caché dans mon trou, que zigzaguant dans l'obscurité. Sages pensées, mais difficiles à mettre en pratique quand le cœur s'emballe. De quel prédateur peut-il s'agir ? Et qu'est-ce que je fiche là, accroupi dans ce trou terreux à des milliers de kilomètres de chez moi ? Qu'est-ce que je fiche là, tête crasseuse, doigts gelés, nez coulant, qu'est-ce que je fiche là égaré en ces terres étrangères, courant derrière le fantôme d'une femme dont je suis fou alors qu'elle ne comptait pas dans ma vie il y a six mois encore ? Je veux retrouver Erwan et mon plateau d'Atacama, la douceur de ma maison et les rues de Londres, je veux être ailleurs, ne pas me faire déchiqueter les entrailles par une saleté de loup. Ne pas bouger, ne pas trembler, ne plus respirer, fermer les paupières pour éviter que la lune vive ne se reflète dans le blanc de mes yeux. Sages pensées, impossibles à mettre en pratique quand la peur vous empoigne par le col et vous secoue violemment. J'ai l'impression d'avoir douze ans, d'avoir perdu toutes défenses, toute assurance. J'aperçois une torche, alors peut-être n'est-ce qu'un maraudeur qui veut s'en prendre à mes maigres affaires. Et qu'est-ce qui m'interdirait de me défendre ?

Il faut sortir de ce trou, quitter la nuit et affronter le danger. Je n'ai pas parcouru tout ce chemin pour me laisser détrousser par un voleur ou dépecer comme un vulgaire gibier.

J'ai ouvert les yeux.

La torche avance en direction de la rivière. Celui qui la tient à bout de bras sait parfaitement où il va ; ses pas assurés ne redoutent aucun piège, aucune ornière. Le flambeau est planté dans la terre grasse d'un talus. Deux ombres apparaissent à la lueur de sa flamme. L'une à peine plus fine que l'autre, deux corps dont les silhouettes font penser à des adolescents. L'un s'immobilise, l'autre gagne la berge, ôte sa tunique et entre dans l'eau froide. À la peur succède un espoir. Ces deux moines ont peut-être bravé l'interdit pour venir se baigner à la faveur de la nuit, ces deux voleurs de temps sauront peut-être m'aider à pénétrer dans l'enceinte de la ville forte. Je rampe dans les herbes, m'approchant de la rivière, et subitement je retiens mon souffle.

De ce corps gracile, aucune forme ne m'est étrangère. Le dessin des jambes, la rondeur des fesses, la courbure du dos, le ventre, les épaules, la nuque, ce port de tête fier.

Tu es là, te baignant nue dans une rivière semblable à celle où je t'ai vue mourir. Ton corps dans la clarté de lune est comme une apparition, je t'aurais reconnue entre mille autres. Tu es là, à quelques mètres seulement ; mais comment t'approcher ? Comment me présenter à toi dans un pareil état sans te faire peur, sans que tu cries et donnes l'alerte ? La rivière te recouvre jusqu'aux hanches, tes mains en puisent l'eau pour la laisser glisser sur ton visage. À mon tour j'avance vers la rivière, à mon tour je rince mes joues à l'eau vive pour en ôter la terre.

Le moine qui t'accompagne m'en laisse le loisir, puisqu'il te tourne le dos. Il se tient à bonne distance, par crainte peut-être de poser ses yeux sur ta nudité. La poitrine tambourinant, la vue trouble, je m'approche encore. Tu reviens vers la grève droit vers moi. Quand tes yeux croisent mon regard, tu interromps ton pas, ta tête s'incline de côté, tu me scrutes, passes devant moi et poursuis ton chemin, comme si je n'avais pas existé.

Ton regard était absent, pire que cela, ce n'était pas ton regard que j'ai vu dans tes yeux. Tu as remis ta tunique, en silence, comme si aucun mot ne pouvait sortir de ta gorge, et tu es retournée vers celui qui t'avait escortée jusqu'ici. Ton compagnon de route a repris la torche et vous avez remonté la sente. Je vous ai suivis sans vous laisser suspecter ma présence, une fois peut-être, au roulement d'un caillou sous mes pieds, le moine s'est retourné, puis vous avez repris votre marche. En arrivant devant le monastère vous avez longé la muraille, dépassé les grandes portes et j'ai vu vos silhouettes disparaître dans un fossé. La flamme vacillait, puis elle s'est éteinte. J'ai attendu autant que je le pouvais, transi de froid. Enfin, je me suis élancé vers le renfoncement où vous aviez disparu, espérant y trouver un passage, je n'ai trouvé qu'une petite porte en bois, solidement fermée. Je me suis accroupi, le temps de recouvrer mes esprits, et j'ai regagné ma cache à l'orée du bois comme un animal.

Plus tard dans la nuit. Une sensation d'étouffement me sort de la torpeur dans laquelle je me suis enfoncé. Mes membres sont engourdis. La température a chuté brutalement. Impossible de bouger mes doigts pour délier le nœud qui ferme mon sac et attraper de quoi me couvrir. L'épuisement ralentit mes gestes. Me reviennent en mémoire ces histoires d'alpinistes que la montagne berce lentement avant de les endormir à jamais. Nous sommes à quatre mille mètres, par quelle insouciance ai-je cru pouvoir survivre à la nuit ? Je vais crever, dans un petit bois de noisetiers et d'ormes, du mauvais côté d'un mur, à quelques mètres de toi. On dit qu'au moment de mourir s'ouvre devant soi un tunnel obscur au bout duquel brille une lumière. Je ne vois rien de tel, mon seul éblouissement sera de t'avoir aperçue te baignant à la rivière.

Dans un dernier soubresaut de conscience, je sens des mains m'empoigner et me soulever de mon trou. On me traîne, impossible de me redresser, impossible de relever la tête pour voir ceux qui m'emmènent. On me soutient par les bras, nous avançons sur un sentier et je sens bien que je perds souvent connaissance. La dernière image dont je me souvienne est celle du mur d'enceinte et d'une grande porte s'ouvrant devant nous. Tu es peut-être morte et je te rejoins enfin.

*

Athènes

— Si vous n'étiez pas aussi inquiet, vous n'auriez pas pris le risque de venir jusqu'ici. Et ne me dites pas que vous m'avez convié à dîner parce que vous redoutiez de passer la soirée seul. Je suis certain que le service en chambre du King George est bien meilleur que ce restaurant chinois. Je trouve d'ailleurs assez indélicat d'avoir choisi cette table, compte tenu des circonstances.

Ivory regarda longuement Walter, il prit une rondelle de gingembre confit et en offrit une à son invité.

— Je suis comme vous, je commence à trouver le temps long. Le pire est de ne rien pouvoir faire.

— Savez-vous oui ou non si Ashton est derrière tout ça ? demanda Walter.

— Je n'ai aucune certitude. Je n'arrive pas à imaginer qu'il soit allé jusque-là. La disparition de Keira aurait dû lui suffire. À moins qu'il n'ait appris l'existence du voyage d'Adrian et qu'il n'ait choisi de prendre les devants. C'est un miracle qu'il n'ait pas atteint son but.

— Il s'en est fallu de peu, grommela Walter. Croyez-vous que le lama ait informé Ashton au sujet de Keira ?

Mais pourquoi aurait-il fait ça ? Si son intention n'était pas d'aider Adrian à la retrouver, alors pourquoi renvoyer ses affaires ?

– Rien ne prouve de façon certaine que le lama soit directement à l'origine de ce petit cadeau. Quelqu'un de son entourage a très bien pu subtiliser l'appareil, photographier notre amie archéologue alors qu'elle se baignait dans la rivière et remettre les choses à leur place, sans que personne se soit rendu compte de quoi que ce soit.

– Qui serait ce messager et pourquoi aurait-il pris de tels risques ?

– Il suffit que l'un des moines de la communauté ait été témoin de sa baignade et qu'il se soit refusé à ce que l'on trahisse les principes auxquels il a juré de se conformer.

– Quels principes ?

– Ne jamais mentir en est un, mais il se peut que notre lama, forcé au secret, ait incité l'un de ses disciples à jouer les messagers.

– Là, monsieur, je ne vous suis plus.

– Vous devriez apprendre les échecs, Walter, il ne suffit pas d'avoir un coup d'avance pour gagner mais trois ou quatre, anticiper est la condition de la victoire. Revenons à notre lama ; il est peut-être tiraillé entre deux préceptes qui dans une situation particulière pourraient ne plus se concilier. Ne pas mentir et ne rien faire qui puisse nuire à une vie. Imaginons que la survie de Keira dépende du fait qu'on la croie morte ; voilà qui plongerait notre sage dans un grand embarras. S'il dit la vérité, il met sa vie en danger et contredit ainsi ce qu'il y a de plus sacré dans sa croyance. D'un autre côté, s'il ment, en laissant croire qu'elle est morte alors qu'elle est vivante, le voilà qui enfreint un autre précepte. Fâcheux, n'est-ce pas ? Aux échecs on appelle cela « être pat ». Mon ami Vackeers déteste cela.

– Comment vos parents ont-ils fait pour engendrer un esprit aussi tordu que le vôtre ? demanda Walter en attrapant à son tour une rondelle de gingembre dans la coupelle.

– Je crains que mes parents n'y soient pour rien, j'aurais bien aimé leur accorder ce mérite, mais je ne les ai pas connus. Si cela ne vous ennuie pas, je vous raconterai mon enfance un autre jour, ce n'est pas de moi qu'il s'agit pour l'instant.

– Vous supposez que notre lama, confronté à un tel dilemme, a incité l'un de ses disciples à révéler la vérité, tandis que lui-même protégeait la vie de Keira en se taisant ?

– Ce qui nous intéresse dans ce raisonnement n'est pas le lama. J'espère que cela ne vous a pas échappé ?

Walter fit une moue qui ne laissait guère planer de doute sur la réponse à cette question. Le raisonnement d'Ivory lui échappait totalement.

– Vous êtes affligeant, mon vieux, reprit le vieux professeur.

– Je suis peut-être affligeant, mais c'est moi qui ai remarqué la particularité de la photo mise en évidence sur le dessus de la pile, moi qui l'ai comparée aux autres et qui en ai tiré les conclusions que nous connaissons.

– Je vous le concède, mais comme vous venez de le dire, elle était au-dessus de la pile !

– J'aurais mieux fait de me taire, comme votre lama. Nous ne serions pas là à guetter des nouvelles d'Adrian, en priant pour qu'il puisse encore nous en donner.

– Au risque de me répéter, cette photo se trouvait

au-dessus de la pile ! Difficile de croire à une simple coïncidence, c'était assurément un message. Reste à savoir si Ashton a réussi à en prendre connaissance en même temps que nous.

– Ou un message que nous voulions voir à tout prix ! Nous l'aurions trouvé dans du marc de café que nous lui aurions accordé autant d'importance. Vous auriez ressuscité Keira pour pousser Adrian à poursuive vos travaux...

– Ah ! je vous en prie, ne soyez pas grossier ! Vous préféreriez le voir gâcher ses talents à se morfondre sur son île, dans l'état pitoyable que nous lui avons connu ? reprit Ivory en haussant le ton à son tour. Me croyez-vous assez cruel pour l'avoir envoyé à la recherche de son amie si je ne la pensais pas sincèrement en vie ? Vous me prenez pour un monstre ?

– Ce n'est pas que je voulais dire, rétorqua Walter avec la même véhémence.

Leur brève altercation avait attiré l'attention de clients qui dînaient à une table voisine. Walter poursuivit en baissant la voix.

– Vous aviez dit que ce n'était pas le lama qui nous intéressait, alors qui d'autre, sinon lui ?

– Celui qui a mis la vie d'Adrian en danger, celui qui redoutait qu'il retrouve Keira, celui qui, dans pareil cas, serait prêt à tout. Cela vous fait-il penser à quelqu'un ?

– Vous n'avez pas besoin d'être hautain, je ne suis pas votre subalterne.

– Refaire la toiture de l'Académie coûte une vraie fortune et je trouve que le généreux bienfaiteur qui équilibre miraculeusement votre budget, évitant de révéler à vos employeurs la médiocrité de votre gestion, mérite quelques égards, non ?

– C'est bon, j'ai compris le message. Vous accusez donc Sir Ashton !

– Est-ce qu'il sait Keira vivante ? Possible. Est-ce qu'il s'est refusé à courir le moindre risque ? Probable. Je dois avouer que si ce raisonnement m'était venu plus tôt, je n'aurais pas envoyé Adrian ainsi en première ligne. Maintenant, ce n'est plus seulement pour Keira que je m'inquiète, mais surtout pour lui.

Ivory régla l'addition et quitta la table. Walter récupéra leurs pardessus au portemanteau et le rejoignit dans la rue.

– Tenez, votre imperméable, vous alliez l'oublier.

– Je passerai demain, dit Ivory en faisant signe à un taxi.

– Est-ce bien prudent ?

– Je suis déjà venu jusqu'ici, et puis je me sens responsable, il faut que je le voie. Quand aurons-nous ses prochains rapports d'analyses ?

– Il en vient chaque matin. Les résultats s'améliorent, le pire semble derrière nous, mais une rechute est toujours possible.

– Appelez-moi à mon hôtel le moment venu, surtout pas avec votre portable, mais depuis une cabine.

– Vous pensez vraiment que ma ligne est sur écoute ?

– Je n'en ai aucune idée, mon cher Walter. Bonne nuit.

Ivory grimpa dans son taxi. Walter décida de rentrer à pied. L'air d'Athènes était encore doux en cette fin d'automne, un vent léger parcourait la ville, un peu de fraîcheur l'aiderait à se remettre les idées en place.

En arrivant à son hôtel, Ivory demanda au concierge que l'on fasse monter dans sa chambre le jeu d'échecs qui se trouvait au bar ; à cette heure de la nuit, il doutait qu'un autre client en eût l'usage.

Une heure plus tard, assis dans le petit salon de sa suite, Ivory abandonna la partie qu'il jouait contre lui-même et alla se coucher. Allongé dans son lit, bras croisés derrière la nuque, il passait en revue tous les contacts qu'il avait noués en Chine au cours de sa carrière. La liste était longue, mais ce qui le contrariait dans cet inventaire d'un genre particulier était qu'aucun de ceux dont il se souvenait n'était encore en vie. Le vieil homme ralluma la lumière et repoussa la couverture qui lui tenait trop chaud. Il s'assit sur le bord du lit, enfila ses chaussons et se contempla dans la porte en miroir de la penderie.

« Ah ! Vackeers, pourquoi ne puis-je pas compter sur vous alors que j'en aurais tant besoin ? Parce que tu ne peux compter sur personne, vieil imbécile, parce que tu es incapable de faire confiance à qui que ce soit ! Regarde où te conduit cette belle arrogance. Tu es seul et tu rêves encore de mener la danse. »

Il se leva et commença à faire les cent pas dans sa chambre.

« Si c'est un empoisonnement, vous le paierez très cher, Ashton. »

Il envoya valdinguer l'échiquier.

Le fait de se mettre en colère pour la seconde fois de la soirée le fit longuement réfléchir. Ivory regarda les pièces éparpillées sur la moquette, le fou noir et le fou blanc se tenaient côte à côte. À 1 heure du matin, il décida d'enfreindre une règle qu'il s'était fixée, il décrocha le téléphone et composa un numéro à Amsterdam. Lorsque Vackeers décrocha, il entendit son ami lui poser une question pour le moins singulière.

Un poison pouvait-il provoquer les symptômes d'une pneumonie aiguë ?

Vackeers n'en savait rien, mais il promit de se renseigner dans les plus brefs délais. Élégance ou preuve d'amitié, il ne demanda aucune explication à Ivory.

*

Monastère de Garther

Deux hommes me soutiennent, tandis qu'un troisième me frotte vigoureusement le torse. Assis sur une chaise, les pieds dans une bassine d'eau tiède, j'ai repris quelques forces et réussi presque à me tenir debout. On m'a ôté mes vêtements humides et crasseux et passé un genre de sarong. Mon corps retrouve une température presque normale, même s'il m'arrive encore de grelotter. Un moine entre dans la pièce et dépose sur le sol un bol de bouillon et un autre de riz. En portant le liquide à mes lèvres, je me rends compte à quel point je suis faible. À peine ce repas avalé, je m'allonge sur une natte et sombre dans le sommeil.

Au petit matin, un autre moine vient me chercher et me prie de le suivre. Nous remontons une coursive sous des arcades. Tous les dix mètres, des portes ouvrent sur de grandes salles où des disciples suivent l'enseignement de leurs maîtres. Je me croirais dans un collège religieux de ma vieille Angleterre ; nouvelle aile de ce gigantesque quadrilatère, immense galerie, tout au bout on me fait entrer dans une pièce dépourvue de mobilier.

J'y reste seul, cloîtré une bonne partie de la matinée. Une fenêtre donne sur l'esplanade intérieure du monastère, j'y vois un étrange spectacle. Un gong vient de sonner midi, une centaine de moines arrivent en colonnes, s'asseyent à égale distance les uns des autres, et se recueillent. Je ne peux m'empêcher d'imaginer Keira, dissimulée sous l'une de ces tuniques. Si le souvenir de ce que j'ai vécu la nuit dernière est bien réel, elle doit se trouver cachée dans ce temple, peut-être même quelque part dans cette cour, parmi ces moines tibétains réunis dans leurs prières. Pour quelle raison la retient-on ? Je ne pense qu'à la retrouver et l'emmener loin d'ici.

Un rai de lumière balaie le sol, je me retourne, un moine se tient sur le pas de la porte ; un disciple passe devant lui et avance jusqu'à moi, la tête dissimulée sous une capuche. Il la relève, je n'en crois pas mes yeux.

Tu portes une longue cicatrice au front, elle n'enlève rien à ton charme. Je voudrais te prendre dans mes bras mais tu fais un pas en arrière. Tu as les cheveux courts et le teint plus pâle que d'ordinaire. Te regarder sans pouvoir te toucher est la plus cruelle des pénitences, te sentir si proche et ne pouvoir te serrer contre moi, une frustration d'une violence insoutenable. Tu me fixes, sans me laisser t'approcher, comme si le temps des étreintes était révolu, comme si ta vie avait emprunté un chemin sur lequel je n'étais plus le bienvenu. Et, si je devais en douter, tes mots sont encore plus blessants que la distance que tu m'imposes.

– Il faut que tu t'en ailles, murmures-tu d'une voix blanche.

– Je suis venu te chercher.

– Je ne t'ai rien demandé, il faut que tu repartes et que tu me laisses en paix.

– Tes fouilles, les fragments... tu peux renoncer à nous, mais pas à cela !

– Ce n'est plus la peine, c'est mon pendentif qui m'a menée ici, j'y ai trouvé bien plus que ce que je cherchais ailleurs.

– Je ne te crois pas ; ta vie n'est pas dans ce monastère perdu au bout du monde.

– Question de perspective, le monde est rond, tu le sais mieux que quiconque. Quant à ma vie, j'ai failli la perdre par ta faute. Nous étions inconscients. Il n'y aura pas de seconde chance. Va-t'en, Adrian !

– Pas tant que je n'aurai pas tenu la promesse que je t'ai faite. J'ai juré de te rendre à ta vallée de l'Omo.

– Je n'y retournerai pas ! Rentre à Londres, ou ailleurs, mais va-t'en loin d'ici.

Tu as remis ta capuche, baissé la tête, et tu repars à pas lents. Au dernier moment, tu te retournes vers moi, le visage fermé.

– Tes affaires sont propres, me lances-tu en regardant le sac que le moine a déposé. Tu peux passer la nuit ici, mais, demain matin, tu t'en iras.

– Et Harry ? Tu renonces aussi à Harry ?

J'ai vu une larme luire sur ta joue et j'ai compris l'appel silencieux que tu m'adressais.

– Cette petite porte qui donne dans les fossés, t'ai-je demandé, celle que tu empruntes pour te rendre la nuit à la rivière, où se trouve-t-elle ?

– Au sous-sol, juste en dessous de nous, mais n'y va pas, je t'en prie.

– À quelle heure s'ouvre-t-elle ?

– À 23 heures, réponds-tu avant de t'en aller.

J'ai passé le reste de la journée enfermé dans cette pièce où je t'ai revue pour te perdre aussitôt. J'ai passé le reste de la journée à tourner en rond comme un for-cené.

Le soir, un moine vient me chercher, et me conduit dans la cour, je suis autorisé à y faire quelques pas au grand air après que les disciples ont achevé leur der-nière prière. Il fait déjà assez frais et je comprends que la nuit sera la véritable gardienne de cette prison. Il est impossible de traverser la plaine sans y mourir de froid, j'en ai fait l'expérience. Mais quel que soit le risque, il faudra bien que je trouve une solution.

Je profite de la promenade qui m'est accordée pour repérer les lieux. Le monastère s'élève sur deux niveaux, trois en comptant les sous-sols dont Keira m'a parlé. Vingt-cinq fenêtres s'ouvrent sur la cour inté-rieure. De hautes arcades bordent les coursives du rez-de-chaussée. À chaque angle se trouve un escalier de pierre en colimaçon. Je recompte mes pas. Pour atteindre l'un d'eux depuis ma cellule, il me faudrait cinq ou six minutes au plus, à condition de ne croiser personne en chemin.

Mon dîner avalé, je me couche sur ma natte et fais semblant de dormir. Mon gardien ne tarde pas à se mettre à ronfler. La porte n'est pas fermée à clé, per-sonne ne songerait à quitter ce lieu au milieu de la nuit.

La galerie est déserte. Les moines qui se promènent sur les toits le long du chemin de ronde ne peuvent me voir, il fait trop sombre pour qu'ils m'aperçoivent sous les arcades. Je longe les murs.

22 h 50 à ma montre. Si Keira m'a bien donné rendez-vous, si j'ai correctement interprété son message, il me reste dix minutes pour trouver le moyen de gagner les sous-sols et retrouver cette petite porte entrevue depuis le bois où je me cachais hier.

22 h 55, j'ai enfin atteint l'escalier. Une porte en

condamne l'accès, solidement fermée par un crochet de fer. Il faut réussir à le soulever sans bruit, une vingtaine de moines dorment dans une pièce tout près de là. La porte grince sur ses gonds, je l'entrouvre et me faufile.

À tâtons dans le noir, je descends les marches, aux pierres usées et glissantes. Garder l'équilibre n'est pas simple et je n'ai aucune idée de la distance qui me sépare encore des profondeurs du monastère.

Les aiguilles phosphorescentes de ma montre marquent presque 23 heures. Je sens enfin la terre meuble sous mes pieds ; à quelques mètres, une torchère fichée dans le mur éclaire faiblement un passage. Un peu plus loin, j'en aperçois une autre, je continue. J'entends soudain des bruissements dans mon dos, j'ai à peine le temps de me retourner qu'une volée de chauves-souris virevolte autour de moi. Plusieurs fois leurs ailes me frôlent tandis que leurs ombres tremblent dans l'écho lumineux de la torchère. Il faut aller de l'avant, il est déjà 23 h 5, j'ai pris du retard et je ne vois toujours pas la petite porte. Ai-je emprunté un mauvais chemin ?

Il n'y aura pas de seconde chance, a dit Keira ; je ne peux pas m'être trompé, pas maintenant.

Une main agrippe mon épaule et m'attire de côté dans un renfoncement. Cachée sous une alcôve, Keira me prend dans ses bras et me serre contre elle.

– Dieu que tu m'as manqué, murmures-tu.

Je ne te réponds pas, je prends ton visage dans mes mains et nous nous embrassons. Ce long baiser a un goût de terre et de poussière, une senteur de sel et de sueur. Tu poses ta tête sur mon torse, je caresse tes cheveux, tu pleures.

– Tu dois partir, Adrian, il faut que tu t'en ailles, tu nous mets tous les deux en danger. La condition de ta survie était que l'on me croie morte ; si l'on apprend

que tu es ici, que nous nous sommes revus, ils te tue-
ront.

– Les moines ?

– Non, dis-tu en hoquetant, eux sont nos alliés, ils
m'ont sauvée de la rivière Jaune, soignée et cachée ici.
Je parle de ceux qui ont voulu nous assassiner, Adrian,
ils ne renonceront pas. Je ne sais pas ce que nous avons
fait, ni pourquoi ils nous pourchassent, ils ne reculeront
devant rien pour nous empêcher de continuer nos
recherches. S'ils nous savent réunis, ils nous retrouveront. Ce lama que nous avions rencontré, celui qui se
moquait de nous alors que nous cherchions la pyramide
blanche, c'est lui qui nous a tirés d'affaire... et je lui ai
fait une promesse.

*

Athènes

Ivory sursauta. On avait sonné à sa porte. Un garçon d'étage lui remit une télécopie urgente, quelqu'un avait appelé la réception pour demander qu'elle lui soit remise aussitôt. Ivory prit l'enveloppe, remercia le jeune homme, attendit qu'il se soit éloigné et décacheta le pli.

Rome lui demandait de l'appeler dans les plus brefs délais depuis une ligne sécurisée.

Ivory s'habilla à la hâte et descendit dans la rue. Il acheta une carte de téléphone au kiosque en face de l'hôtel pour joindre Lorenzo depuis une cabine voisine.

– J'ai de drôles de nouvelles.

Ivory retint sa respiration et écouta attentivement son interlocuteur.

– Mes amis en Chine ont retrouvé la trace de votre archéologue.

– Vivante ?

– Oui, mais elle n'est pas près pour autant de rentrer en Europe.

– Pourquoi cela ?

– Vous allez avoir du mal à avaler la pilule, elle a été arrêtée et incarcérée.

– C'est absurde ! Pour quel motif ?

Lorenzo, alias ROME, compléta un puzzle dont bien des pièces manquaient encore à Ivory. Les moines du mont Hua Shan se trouvaient sur la berge de la rivière Jaune quand le 4 × 4 d'Adrian et Keira s'y était précipité. Trois d'entre eux avaient plongé pour les remonter des eaux tourbillonnantes. Adrian fut sorti de la voiture le premier et conduit d'urgence à l'hôpital par des ouvriers qui passaient en camion. Ivory connaissait la suite, il était venu en Chine s'occuper de lui et avait fait le nécessaire pour le rapatrier. Pour Keira, les choses s'étaient présentées autrement. Les moines avaient dû s'y reprendre à trois fois avant de la libérer de la carcasse qui dérivait. Quand ils l'avaient ramenée sur la terre ferme, le camion était déjà parti. Ils l'emmenèrent inconsciente jusqu'au monastère. Le lama apprit très vite que les commanditaires de cette tentative d'assassinat appartenaient à une triade de la région, dont les ramifications s'étendaient jusqu'à Pékin. Il cacha Keira et subit les violences infligées par les individus qui vinrent lui rendre visite quelques jours plus tard. Il jura que si ses disciples avaient bien plongé pour tenter de sauver ces Occidentaux de la noyade, ils n'avaient rien pu faire pour la jeune femme qui avait péri. Les trois moines qui l'avaient secourue souffrirent le même interrogatoire, aucun ne parla. Keira resta dix jours comateuse, une infection retarda sa guérison, mais les moines vinrent à bout de son mal.

Lorsqu'elle fut rétablie et en état de voyager, le lama la fit envoyer loin de son monastère où l'on risquait encore de la chercher. Il avait prévu de la déguiser en moine le temps que les choses se calment.

– Et que s'est-il passé ensuite ? interrogea Ivory.

– Là, vous n'allez pas le croire, répondit Lorenzo, car, hélas, le plan du lama ne s'est pas du tout déroulé comme il l'avait prévu.

La conversation dura encore dix minutes. Lorsque Ivory raccrocha, sa carte téléphonique était épuisée. Il se précipita à son hôtel, boucla son bagage et sauta dans un taxi. De son portable, il appela Walter en route pour le prévenir qu'il le rejoignait.

Ivory arriva une demi-heure plus tard au pied du grand bâtiment perché sur la colline d'Athènes. Il prit l'ascenseur jusqu'au troisième étage et se précipita dans le couloir à la recherche de la chambre 307. Il frappa à la porte et entra. Walter écouta, bouche bée, ce qu'Ivory lui raconta.

– Voilà, mon cher Walter, vous savez tout, ou presque.

– Dix-huit mois ? C'est épouvantable ! Vous avez une idée de la façon de la faire libérer ?

– Non, pas la moindre. Mais voyons le côté positif des choses, nous avons maintenant l'assurance qu'elle est en vie.

– Je me demande comment Adrian accueillera cette information, j'ai peur que cela ne l'atteigne encore plus.

– Je serais déjà tellement soulagé qu'il puisse l'apprendre, répondit Ivory en soupirant. Quelles sont les nouvelles à son sujet ?

– Aucune hélas, sinon que tout le monde semble optimiste, on me dit que ce n'est plus que l'affaire d'un jour, peut-être même de quelques heures, avant de pouvoir lui parler.

– Souhaitons que cet optimisme soit justifié. Je rentre à Paris aujourd'hui, je dois trouver le moyen de sortir Keira de cette situation. Occupez-vous d'Adrian ; si la chance vous permet de vous entretenir avec lui, ne lui dites encore rien.

– Je ne pourrai pas tenir le sort de Keira secret, c'est impossible, il m'étranglerait vif.

– Je ne pensais pas à cela. Ne lui faites pas partager nos soupçons, c'est encore trop tôt ; j'ai mes raisons. À bientôt, Walter, je reprendrai contact avec vous.

*

Garther

– Quelle promesse as-tu faite à ce lama ?

Tu me regardes, désolée, et tu hausses les épaules. Tu m'apprends que ceux qui ont attenté à nos vies reprendraient leur chasse même au-delà des frontières, s'ils apprenaient que tu as survécu. S'ils ne pouvaient mettre la main sur toi, je serais le premier dont ils se chargeraient. En échange de tous les services qu'il nous a rendus, le lama t'a demandé de lui donner deux ans de ta vie. Deux années d'une retraite, que tu pourrais mettre à profit pour réfléchir et décider de la suite à donner à ton existence. « Il n'y aura pas de seconde chance, t'a-t-il dit. Deux ans pour faire le point sur une vie que l'on a failli perdre, ce n'est pas un si mauvais marché. » Lorsque la situation serait apaisée, le lama trouverait le moyen de te faire repasser la frontière.

– Deux ans pour sauver nos deux vies, c'est tout ce qu'il m'a demandé, et j'ai accepté le pacte. J'ai tenu le coup, parce que tu étais hors de danger. Si tu savais combien de fois dans cette retraite j'ai imaginé tes journées, revisité les endroits où nous nous sommes promenés ; si tu savais combien de moments j'ai passés dans ta petite maison de Londres... J'ai peuplé mes journées de chacun de ces instants imaginaires.

– Je te promets que...

– Plus tard, Adrian, me dis-tu en posant ta main sur ma bouche. Demain, tu partiras. Il me reste dix-huit mois à patienter. Ne t'inquiète pas pour moi, la vie ici n'est pas si pénible que cela, je suis au grand air, j'ai du temps pour réfléchir, beaucoup de temps. Ne me regarde pas comme si j'étais une sainte ou une illuminée. Et ne te prends pas pour plus important que tu ne l'es ; je ne fais pas ça pour toi, mais pour moi.

– Pour toi ? Qu'est-ce que tu y gagnes ?

– Ne pas te perdre une deuxième fois. Si je n'avais pas signalé ta présence aux moines, tu aurais péri dans la forêt la nuit dernière.

– C'est toi qui les as prévenus ?

– Je n'allais pas te laisser mourir de froid !

– Promesse de lama ou pas, on fiche le camp d'ici. Je t'emmène, de gré ou de force, même si je dois t'assommer.

Pour la première fois depuis longtemps, je revois ton sourire, un vrai sourire. Tu poses ta main sur ma joue et la caresses.

– D'accord, fichons le camp ; de toute façon, je ne tiendrais pas si je te voyais partir. Et je te haïrais de me laisser ici.

– Combien de temps avant que tes geôliers se rendent compte que tu n'es plus dans ta cellule ?

– Mais ce ne sont pas des geôliers, je suis libre de circuler où bon me semble.

– Et ce moine qui t'accompagnait à la rivière, ce n'était pas pour te surveiller ?

– Pour m'escorter, au cas où il m'arriverait quelque chose en chemin. Je suis la seule femme de ce monastère, alors pour faire ma toilette je vais chaque nuit à la rivière. Enfin, je l'ai fait tout l'été et depuis le début de l'automne, mais hier soir c'était ma dernière sortie.

J'ai ouvert mon paquetage, sorti un pull-over, un pantalon et te les ai tendus.

– Qu'est-ce que tu fais ?

– Enfile ces vêtements, nous partons tout de suite.

– L'expérience d'hier ne t'a donc pas suffi ? Il doit faire zéro dehors, il fera moins dix dans une heure. Nous n'avons aucune chance de traverser cette plaine de nuit.

– Pas plus que de la traverser en plein jour sans se faire repérer ! Une heure de marche, tu crois que nous pouvons survivre ?

– Le premier village est à une heure... en voiture ! Et nous n'en avons pas.

– Je ne te parle pas d'un village, mais d'un campement nomade.

– Si ton campement est nomade, il peut très bien s'être déplacé.

– Il sera là, et ceux qui l'occupent nous aideront.

– On ne va pas se disputer, va pour ton campement de nomades ! as-tu dit en enfilant le pull et le pantalon.

– Où se trouve cette fichue porte pour sortir d'ici ? t'ai-je demandé.

– Juste devant toi... On n'est pas près d'arriver !

Aussitôt dehors, je t'entraîne vers le bois, mais tu me tires par le bras et me conduis sur le sentier menant à la rivière.

– Pas la peine de nous perdre au milieu de ces arbres, il nous reste peu de temps avant que le froid nous saisisse.

Tu connais la région mieux que moi, j'obéis et te laisse guider la marche. À la rivière je reconnaîtrai le sentier qui grimpe vers la colline. Il nous faudra dix minutes pour y arriver, trois quarts d'heure de plus pour franchir le col et atteindre la grande vallée où se trouve le campement. Cinquante-cinq minutes et nous serons tirés d'affaire.

La nuit est plus glaciale que je ne l'avais supposé. Je frissonne déjà et la rivière n'est pas encore en vue. Tu ne me parles pas, tout entière concentrée sur la route à suivre. Je ne peux pas te reprocher ce silence, tu as probablement raison de préserver tes forces, alors que je sens les miennes s'épuiser à chaque pas.

Lorsque nous arrivons au bout de la plaine que cultivent les moines dans la journée, je m'inquiète de t'avoir entraînée dans cette situation. Voilà déjà plusieurs minutes que je lutte contre l'engourdissement.

– Je n'y arriverai jamais, me dis-tu, haletante.

Un voile blanchâtre s'échappe de ta bouche à chaque mot que tu prononces. Je te serre contre moi et te frictionne le dos. Je voudrais t'embrasser, mais mes lèvres sont gelées... et puis tu me rappelles à l'ordre.

– Nous n'avons pas une minute à perdre, il ne faut pas rester immobiles, conduis-nous au plus vite vers ton campement ou nous allons mourir congelés.

J'ai si froid que mon corps tout entier tremble.

Le flanc de la colline paraît s'allonger au fur et à mesure de notre ascension. Tenir bon, encore quelques efforts, dix minutes au plus et nous atteindrons le sommet ; de là, par cette nuit claire, nous verrons certainement les tentes dans le lointain. La seule idée de la chaleur qui y règne nous redonnera courage et force. Je sais que, une fois le col gagné, redescendre vers le creux du vallon nous demandera tout au plus un quart d'heure ; et même si nous avons atteint nos limites, il me suffira d'appeler au secours. Avec un peu de chance, mes amis nomades entendront mes cris dans la nuit.

Tu tombes trois fois, trois fois je t'aide à te relever, à la quatrième ton visage est d'une pâleur effrayante. Tes lèvres ont bleui, comme lorsque tu te noyais devant moi dans les eaux de la rivière Jaune. Je te soulève, passe mon bras sous ton aisselle et te porte.

En chemin, je te hurle de tenir bon, et t'interdis de fermer les yeux.

– Arrête de me crier dessus, gémis-tu. C'est déjà assez pénible comme cela. Je t'avais dit qu'il ne fallait pas, tu n'as pas voulu m'écouter.

Cent mètres, il nous reste cent mètres avant d'atteindre la crête. J'accélère le pas et je sens que tu te fais plus légère, tu as recouvré quelques forces.

– Le dernier souffle, me dis-tu, un ultime sursaut avant la mort. Allez, dépêche-toi au lieu de me regarder avec cette mine déconfite. Je ne te fais plus rire ?

Tu crânes, tes lèvres engourdies peinent à articuler. Pourtant, tu te redresses, me repousses et te remets en marche, seule, me précédant.

– Tu traînes, Adrian, tu traînes !

Cinquante mètres ! Tu me distances, j'ai beau pousser sur mes jambes, je n'arrive plus à te rejoindre ; tu arriveras en haut bien avant moi.

– Tu viens, oui ? Allez, dépêche-toi !

Trente mètres ! Le col n'est plus très loin, tu y es presque. Il faut que je l'atteigne avant toi, je veux être le premier à voir le campement qui nous sauvera la vie.

– Tu n'y arriveras pas si tu traînes, je ne peux plus revenir te chercher, accélère, Adrian, presse-toi !

Dix mètres ! Tu as atteint le haut de la colline, tu t'y tiens droite comme un bâton, mains sur les hanches. Je te vois de dos, tu contemples la vallée, sans un mot. Cinq mètres ! Mes poumons vont éclater. Quatre mètres ! Ce ne sont plus des tremblements mais des spasmes qui me secouent tout entier. Plus de force, je dévisse et je tombe. Tu ne me portes aucune attention. Il faut que je me relève, plus que deux ou trois mètres, mais la terre est si douce, et le ciel si beau sous la pleine lune. Je sens la brise caresser mes joues et me bercer.

Tu te penches vers moi. Une terrible quinte de toux m'arrache la poitrine. La nuit est blanche, si blanche que l'on y voit comme de jour. Ce doit être le froid, je suis ébloui. La luminosité est presque insupportable.

– Regarde, dis-tu en désignant la vallée, je te l'avais dit, tes amis sont partis. Il ne faut pas leur en vouloir, Adrian, ce sont des nomades, amis ou pas, ils ne restent jamais longtemps au même endroit.

J'ouvre péniblement les yeux ; au milieu de la plaine, en lieu et place du campement que j'espérais tant, je vois au loin les contreforts du monastère. Nous avons tourné en rond, nous sommes revenus sur nos pas. Pourtant, c'est impossible, nous ne sommes pas dans le même vallon, je ne vois pas le sous-bois.

– Je suis désolée, murmures-tu, ne m'en veux pas. J'avais promis, on ne peut pas se défaire d'une promesse. Tu m'avais juré de me ramener à Addis-Abeba, si tu pouvais tenir parole, tu le ferais, n'est-ce pas ? Regarde comme tu souffres de ton impuissance, alors, comprends-moi. Tu me comprends, n'est-ce pas ?

Tu m'embrasses le front. Tes lèvres sont glacées. Tu souris et tu t'éloignes. Tes pas semblent si assurés, comme si le froid n'avait soudain plus aucune emprise sur toi. Tu avances calmement dans la nuit, marchant vers le monastère. Je n'ai plus la force de te retenir, ni celle de te rejoindre. Je suis prisonnier de mon corps qui refuse tout mouvement, comme si mes bras et mes jambes étaient entravés par de solides liens. Impuissant, comme tu l'as dit avant de m'abandonner. Lorsque tu arrives devant le mur d'enceinte, les deux immenses portes du monastère s'ouvrent, tu te retournes une dernière fois et tu y pénètres.

Tu es bien trop loin pour que je t'entende et pourtant le son clair de ta voix arrive jusqu'à moi.

– Sois patient, Adrian. Nous nous retrouverons peut-être. Dix-huit mois, ce n'est pas si terrible quand on s'aime. Ne crains rien, tu t'en sortiras, tu as cette force en toi et puis quelqu'un vient, il est presque là. Je t'aime, Adrian, je t'aime.

Les lourdes portes du temple de Garther se referment sur ta frêle silhouette.

Je hurle ton nom dans la nuit, je hurle comme un loup pris au piège et qui voit venir la mort à lui. Je me débats, tire de toutes mes forces, malgré mes membres engourdis. Je crie et crie encore quand j'entends au milieu de la plaine déserte une voix me dire : « Calmez-vous, Adrian. » Cette voix m'est familière, c'est celle d'un ami. Walter répète une nouvelle fois cette phrase qui n'a aucun sens.

– Bon sang, Adrian, calmez-vous à la fin. Vous allez finir par vous blesser !

*

Athènes, Centre hospitalo-universitaire,
service des infections pulmonaires

— Bon sang, Adrian, calmez-vous à la fin. Vous allez finir par vous blesser !

J'ai ouvert les yeux, voulu me redresser, mais j'étais attaché. Le visage de Walter était penché sur moi, il avait l'air totalement dérouté.

— Vous êtes vraiment de retour parmi nous ou vous traversez un nouvel épisode de délire ?

— Où sommes-nous ? murmurai-je.

— D'abord, répondez à une petite question : à qui êtes-vous en train de vous adresser, qui suis-je ?

— Enfin, Walter, vous êtes devenu complètement abruti ou quoi ?

Walter se mit à applaudir. Je ne comprenais rien à son excitation. Il se précipita vers la porte et cria dans le couloir que j'étais réveillé, et cette nouvelle semblait le mettre en joie. Il resta la tête penchée au-dehors et se retourna, tout dépité.

— Je ne sais pas comment vous faites pour vivre dans ce pays, on dirait que la vie s'interrompt à l'heure du déjeuner. Pas même une infirmière, on croit rêver. Ah

89

oui, je vous ai promis de vous dire où nous étions. Nous sommes au troisième étage de l'hôpital d'Athènes, au service des infections pulmonaires, chambre 307. Lorsque vous le pourrez, il faudra venir contempler la vue, c'est assez joli. Depuis votre fenêtre on voit la rade, c'est rare pour un hôpital de jouir d'un tel panorama. Votre mère et votre délicieuse tante Elena ont retourné ciel et terre pour que l'on vous mette dans une chambre individuelle. Les départements administratifs n'ont pas eu une seconde de répit. Votre délicieuse tante et votre mère sont deux saintes femmes, croyez-moi.

– Qu'est-ce que je fais ici, et pourquoi suis-je attaché ?

– Comprenez que la décision de vous sangler ne s'est pas prise de bon cœur, mais vous avez connu quelques épisodes de delirium suffisamment violents pour que l'on juge plus prudent de vous protéger de vous-même. Et puis les infirmières en avaient assez de vous retrouver par terre au milieu de la nuit. Vous êtes drôlement agité dans votre sommeil, c'est à peine croyable ! Bon, je suppose que je n'en ai pas le droit, mais étant donné que tout le monde fait la sieste, je me considère comme la seule autorité compétente et je vais vous libérer.

– Walter, vous allez me dire pourquoi je suis dans une chambre d'hôpital ?

– Vous ne vous souvenez de rien ?

– Si je me souvenais de quoi que ce soit, je ne vous poserais pas la question !

Walter se dirigea vers la fenêtre et regarda au-dehors.

– J'hésite, dit-il, songeur. Je préférerais que vous ayez récupéré des forces, nous parlerons ensuite, promis.

Je me suis redressé sur mon lit, ma tête tournait, Walter se précipita pour m'empêcher de tomber.

– Vous voyez ce que je vous dis, allez, allongez-vous et calmez-vous. Votre mère et votre délicieuse tante se sont fait un sang d'encre, alors soyez gentil d'être éveillé quand elles viendront vous rendre visite en fin d'après-midi. Pas de fatigue inutile. Zou ! c'est un ordre ! En l'absence des médecins, des infirmières et d'Athènes tout entière qui roupille, c'est moi qui commande !

J'avais la bouche sèche, Walter me tendit un verre d'eau.

– Doucement, mon vieux, vous êtes sous perfusion depuis très longtemps, je ne sais pas si vous êtes autorisé à boire. Ne faites pas le malade difficile, je vous en prie !

– Walter, je vous donne une minute pour me dire dans quelles circonstances je suis arrivé ici ou j'arrache tous ces tubes !

– Je n'aurais jamais dû vous détacher !

– Cinquante secondes !

– Ce n'est pas bien de votre part ce petit chantage, vous me décevez beaucoup, Adrian !

– Quarante !

– Dès que vous aurez vu votre mère !

– Trente !

– Alors aussitôt que les médecins seront passés et m'auront confirmé votre rétablissement.

– Vingt !

– Mais vous êtes d'une impatience insupportable, cela fait des jours et des jours que je vous veille, vous pourriez me parler autrement, quand même !

– Dix !

– Adrian ! hurla Walter, retirez-moi immédiatement cette main de votre perfusion ! Je vous avertis, Adrian, une goutte de sang sur ces draps blancs et je ne réponds plus de rien.

— Cinq !

— Bon, vous avez gagné, je vais tout vous dire, mais soyez certain que je vous en tiendrai rigueur.

— Je vous écoute, Walter !

— Vous n'avez aucun souvenir de rien ?

— De rien.

— De mon arrivée à Hydra ?

— Ça, oui, je m'en souviens.

— Du café que nous avons bu à la terrasse du bistrot voisin du magasin de votre délicieuse tante ?

— Aussi.

— De la photo de Keira que je vous ai montrée ?

— Bien sûr que je m'en souviens.

— C'est bon signe... Et ensuite ?

— C'est assez vague, nous avons pris la navette d'Athènes, nous nous sommes salués à l'aéroport, vous rentriez à Londres, je partais en Chine. Mais je ne sais même plus si c'était la réalité ou un long cauchemar.

— Non, non, je vous rassure, c'était tout à fait réel, vous avez pris l'avion, même si vous n'êtes pas allé bien loin, mais reprenons à partir de mon arrivée à Hydra. Oh, et puis à quoi bon perdre du temps, j'ai deux nouvelles à vous annoncer !

— Commencez par la mauvaise.

— Impossible ! Sans connaître d'abord la bonne, vous ne comprendrez rien à la mauvaise.

— Alors puisque je n'ai pas le choix, allons pour la bonne...

— Keira est vivante, ce n'est plus une hypothèse mais une certitude !

J'ai bondi dans mon lit.

– Eh bien voilà, le principal étant dit, que pensez-vous d'une petite pause, un entracte en attendant votre maman, ou les docteurs, ou les deux d'ailleurs ?

– Walter, cessez ces simagrées, quelle est la mauvaise nouvelle ?

– Une chose à la fois, vous m'avez demandé ce que vous faisiez ici, alors laissez-moi vous l'expliquer. Apprenez quand même que vous avez fait dérouter un 747, ce n'est pas à la portée de tout le monde. Vous ne devez la vie qu'à la présence d'esprit d'une hôtesse de l'air. Une heure après le décollage de votre avion, vous avez fait un sérieux malaise. Il est probable que, depuis votre grand plongeon dans la rivière Jaune, vous deviez trimbaler une bactérie, vous avez fait une infection pulmonaire carabinée. Mais revenons à ce vol pour Pékin. Vous aviez l'air de dormir paisiblement, assis à votre place, mais alors qu'elle vous apportait un plateau-repas, l'hôtesse en question fut frappée par la pâleur de vos traits et la sueur qui perlait à votre front. Elle essaya de vous réveiller, sans succès. Vous respiriez difficilement et votre pouls était très faible. Devant la gravité de la situation, le pilote fit demi-tour et l'on vous transféra d'urgence ici. J'ai appris la nouvelle le lendemain de mon arrivée à Londres, je suis revenu aussitôt.

– Je ne suis jamais arrivé en Chine ?

– Eh bien non, j'en suis désolé.

– Et Keira, où est-elle ?

– Elle a été sauvée par les moines qui vous avaient accueillis près de cette montagne dont j'ai oublié le nom.

– Hua Shan !

– Si vous le dites ! Elle a été soignée, mais hélas, à peine guérie, elle a été interpellée par les autorités. Huit jours après son arrestation, elle comparaissait devant un tribunal et était jugée pour avoir pénétré et circulé en territoire chinois sans papiers, et donc sans autorisation gouvernementale.

– Mais elle ne pouvait pas avoir de papiers sur elle, ils se trouvaient dans la voiture au fond de la rivière !

– Nous sommes bien d'accord. Hélas, je crains que l'avocat commis d'office ne se soit guère attardé sur ce genre de détails au cours de sa plaidoirie. Keira a été condamnée à dix-huit mois de prison ferme ; elle est incarcérée à Garther, un ancien monastère transformé en pénitencier, dans la province du Sichuan, non loin du Tibet.

– Dix-huit mois ?

– Oui, et d'après nos services consulaires, avec lesquels je me suis entretenu, ça aurait pu être pire.

– Pire ? Dix-huit mois, Walter ! Vous vous rendez compte de ce que c'est que de passer dix-huit mois dans une geôle chinoise ?

– Une geôle est une geôle, mais sur le fond je reconnais que vous avez raison.

– On tente de nous assassiner et c'est elle qui se retrouve derrière les barreaux ?

– Pour les autorités chinoises, elle est coupable. Nous irons plaider sa cause auprès des ambassades et demanderons leur aide, nous ferons tout ce qui est possible. Je vous aiderai autant que je le pourrai.

– Vous croyez vraiment que nos ambassades vont se mouiller et risquer de compromettre leurs intérêts économiques pour la faire libérer ?

Walter retourna à la fenêtre.

– Je crains que ni sa peine ni la vôtre n'émeuvent grand monde. Je redoute qu'il ne faille s'armer de patience et prier pour qu'elle supporte le mieux possible sa sentence. Je suis sincèrement désolé, Adrian, je sais combien cette situation est terrible, mais... qu'est-ce que vous faites avec votre perfusion ?

– Je me tire d'ici. Il faut que j'aille à la prison de Garther, je dois lui faire savoir que je vais me battre pour sa libération.

Walter se précipita sur moi et me tint les deux bras avec une force contre laquelle je ne pouvais pas lutter dans mon état.

– Écoutez-moi bien, Adrian, vous n'aviez plus aucune défense immunitaire en arrivant ici, l'infection gagnait du terrain d'heure en heure, de façon redoutable. Vous avez déliré des jours durant, traversant des épisodes de fièvre qui auraient pu vous tuer plusieurs fois. Les médecins ont dû vous plonger quelque temps dans un coma artificiel, afin de protéger votre cerveau. Je suis resté à votre chevet, alternant les tours de garde avec votre maman et votre délicieuse tante Elena. Votre mère a vieilli de dix ans en dix jours, alors cessez vos gamineries et comportez-vous en adulte !

– C'est bon, Walter, j'ai compris la leçon, vous pouvez me lâcher.

– Je vous préviens que si je vois votre main s'approcher de ce cathéter, vous prenez la mienne dans la figure !

– Je vous promets de ne pas bouger.

– J'aime mieux ça, j'en ai soupé de vos délires ces derniers temps.

– Vous n'avez pas idée de l'étrangeté de mes rêves.

– Croyez-moi, entre le suivi de votre courbe de température et les repas immondes de la cafétéria, j'ai eu le loisir d'écouter pas mal de vos inepties. Seul réconfort dans cet enfer, les gâteaux que m'apportait votre délicieuse tante Elena.

– Excusez-moi, Walter, mais qu'est-ce que c'est que ce nouveau genre avec Elena ?

– Je ne vois pas de quoi vous parlez !

– De ma « délicieuse » tante ?

– J'ai le droit de trouver votre tante délicieuse, non ? Elle a un humour délicieux, sa cuisine est délicieuse, son rire est délicieux, sa conversation est délicieuse, je ne vois pas où est le problème !

– Elle a vingt ans de plus que vous...

– Ah, bravo, belle mentalité, je ne vous savais pas aussi étriqué ! Keira en a dix de moins que vous, mais, dans ce sens-là, ça ne gêne pas ? Sectaire, voilà ce que vous êtes !

– Vous n'êtes pas en train de me dire que vous êtes tombé sous le charme de ma tante ? Et Miss Jenkins dans tout ça ?

– Avec Miss Jenkins, nous en sommes toujours à discuter de nos vétérinaires respectifs, reconnaissez que question sensualité, ce n'est pas le nirvana.

– Parce que, avec ma tante, question sensualité... ? Surtout ne me répondez pas, je ne veux rien savoir !

– Et vous, ne me faites pas dire ce que je n'ai pas dit ! Avec votre tante, nous parlons de tas de choses et nous nous amusons beaucoup. Vous n'allez quand même pas nous reprocher de nous distraire un peu, après tous les tracas que vous nous avez causés. Ce serait un comble, tout de même.

– Faites ce que bon vous semble. De quoi je me mêle, après tout...

– Heureux de vous l'entendre dire.

– Walter, j'ai une promesse à tenir, je ne peux pas rester sans rien faire ; il faut que j'aille chercher Keira en Chine, je dois la ramener dans la vallée de l'Omo, je n'aurais jamais dû l'en éloigner.

– Commencez par vous rétablir et nous verrons ensuite. Vos médecins ne vont plus tarder, je vous laisse vous reposer, je dois aller faire quelques courses.

– Walter ?

– Oui ?

– Qu'est-ce que je disais dans mon délire ?

– Vous avez nommé Keira mille sept cent soixante-trois fois, enfin, ce chiffre reste approximatif, j'ai dû en rater quelques-unes ; en revanche, vous ne m'avez appelé que trois fois, c'est assez vexant. Enfin, vous disiez surtout des choses incohérentes. Entre deux crises de convulsions, il vous arrivait d'ouvrir les yeux, le regard perdu dans le vide, c'était assez terrifiant, et puis vous replongiez dans l'inconscience.

Une infirmière entra dans ma chambre. Walter se sentit soulagé.

– Enfin, vous êtes réveillé, me dit-elle en changeant ma perfusion.

Elle m'enfonça un thermomètre dans la bouche, enroula un tensiomètre autour de mon bras et nota sur une feuille les constantes qu'elle relevait.

– Les médecins passeront vous voir tout à l'heure, dit-elle.

Son visage et sa corpulence me rappelaient vaguement quelqu'un. Quand elle sortit de la pièce en dodelinant du bassin, je crus reconnaître la passagère d'un autocar qui filait sur la route de Garther. Un membre du service d'entretien nettoyait le couloir, il passa devant ma porte et nous adressa un grand sourire, à Walter et à moi. Il portait un pull et une grosse veste en laine et ressemblait comme deux gouttes d'eau au mari d'une restauratrice, rencontrée dans mes délires fiévreux.

– Ai-je eu de la visite ?

– Votre mère, votre tante et moi. Pourquoi cette question ?

– Pour rien. J'ai rêvé de vous.

– Mais quelle horreur ! Je vous ordonne de ne jamais révéler cela !

– Ne soyez pas stupide. Vous étiez en compagnie d'un vieux professeur que j'ai rencontré à Paris, une relation de Keira, je ne sais plus où se trouve la frontière entre rêve et réalité.

– Ne vous inquiétez pas, les choses se remettront petit à petit à leur place, vous verrez. Pour ce vieux professeur, je suis désolé, je n'ai aucune explication. Mais je n'en toucherai pas un mot à votre tante qui pourrait se vexer d'apprendre que vous la voyez en vieillard dans vos songes.

– La fièvre, j'imagine.

– Probablement, mais je ne suis pas certain que cela lui suffise... Maintenant, reposez-vous, nous avons trop parlé. Je reviendrai en début de soirée. Je vais aller téléphoner à notre consulat et les harceler pour Keira, je le fais tous les jours à heure fixe.

– Walter ?

– Quoi encore ?

– Merci.

– Tout de même !

Walter sortit de la chambre, je tentai de me lever. Mes jambes chancelaient, mais en prenant appui, d'abord au dossier du fauteuil près de mon lit, puis à la table roulante, enfin au radiateur, je réussis à rejoindre la fenêtre.

C'est vrai que la vue était belle. L'hôpital, accroché à la colline, surplombait la baie. Au loin, on pouvait apercevoir le Pirée. Je l'avais vu tant de fois depuis mon enfance, ce port, sans jamais vraiment le regarder, le bonheur rend distrait. Aujourd'hui, depuis la fenêtre de la chambre 307, à l'hôpital d'Athènes, je le regarde différemment.

En bas dans la rue, je vois Walter entrer dans une cabine téléphonique. Il doit certainement passer son appel au consulat.

Sous ses airs maladroits, c'est un type formidable, j'ai de la chance de l'avoir comme ami.

*

Paris, île Saint-Louis

Ivory se leva et décrocha le téléphone.

– Quelles sont les nouvelles ?

– Une bonne et une autre, plus contrariante.

– Alors, commencez par la deuxième.

– C'est bizarre...

– Quoi ?

– Cette manie de choisir toujours la mauvaise nouvelle en premier... Je vais commencer par la bonne, sans elle l'autre n'aurait aucun sens ! La fièvre est tombée ce matin et il a recouvré ses esprits.

– C'est en effet une merveilleuse nouvelle, qui me ravit. Je me sens libéré d'un poids énorme.

– C'est surtout un énorme soulagement, sans Adrian tout espoir de voir vos recherches se poursuivre se serait évanoui, n'est-ce pas ?

– Je m'inquiétais vraiment de son sort. Croyez-vous sinon que j'aurais pris le risque de venir lui rendre visite ?

– Vous n'auriez peut-être pas dû. Je crains que nous n'ayons parlé un peu trop près de son lit, il semble qu'il ait perçu quelques bribes de nos conversations.

– Il s'en souvient ? demanda Ivory.

– Des réminiscences trop imprécises pour qu'il y accorde de l'importance, je l'ai convaincu qu'il délirait.

– C'est une maladresse impardonnable, j'ai été imprudent.

– Vous vouliez le voir sans être vu, et puis les médecins nous avaient certifié qu'il était inconscient.

– La médecine est une science encore approximative. Vous êtes certain qu'il ne se doute de rien ?

– Rassurez-vous, il a d'autres choses à l'esprit.

– C'était cela, la nouvelle contrariante dont vous vouliez m'entretenir ?

– Non, ce qui me préoccupe c'est qu'il est résolu à se rendre en Chine. Je vous l'avais dit, il ne restera jamais dix-huit mois à attendre Keira les bras croisés. Il préférera les passer sous la fenêtre de sa cellule. Tant qu'elle sera retenue, vous ne l'intéresserez à rien d'autre qu'à sa libération. Dès qu'il obtiendra l'autorisation de sortir, il s'envolera pour Pékin.

– Je doute qu'il obtienne un visa.

– Il irait à Garther en traversant le Bhoutan à pied, s'il le fallait.

– Il faut qu'il reprenne ses recherches, je ne pourrai jamais attendre dix-huit mois.

– Il m'a dit exactement la même chose au sujet de la femme qu'il aime ; je crains que, comme lui, vous ne deviez patienter.

– Dix-huit mois ont une tout autre valeur à mon âge, j'ignore si je peux me targuer d'avoir une telle espérance de vie.

– Voyons, vous êtes en pleine forme. Et puis la vie est mortelle dans cent pour cent des cas, reprit Walter, je pourrais me faire écraser par un bus en sortant de cette cabine.

– Retenez-le coûte que coûte, dissuadez-le d'entreprendre quoi que ce soit dans les prochains jours. Ne le laissez surtout pas entrer en contact avec un consulat, encore moins avec les autorités chinoises.

– Pourquoi cela ?

– Parce que la partie à jouer demande de la diplomatie et on ne peut pas dire qu'il brille en ce domaine.

– Puis-je savoir ce que vous avez en tête ?

– Aux échecs on appelle cela un roque ; je vous en dirai plus dans un jour ou deux. Au revoir, Walter, et faites attention en traversant la rue...

La conversation achevée, Walter sortit de la cabine et alla se dégourdir les jambes.

*

Londres, St. James Square

Le taxi noir s'arrêta devant l'élégante façade victo-rienne d'un hôtel particulier. Ivory en descendit, régla le chauffeur, récupéra son bagage et attendit que la voiture s'éloigne. Il tira sur une chaîne qui pendait au côté droit d'une porte en fer forgé. Un carillon retentit, Ivory entendit des pas s'approcher et un majordome lui ouvrit. Ivory remit à ce dernier un bristol sur lequel il avait inscrit son nom.

– Auriez-vous l'obligeance de dire à votre em-ployeur que je souhaiterais être reçu, il s'agit d'un sujet relativement urgent.

Le majordome regrettait que son maître ne soit pas en ville, et craignait que celui-ci ne soit injoignable.

– J'ignore si Sir Ashton se trouve dans sa résidence du Kent, son relais de chasse ou chez l'une de ses maî-tresses, et, pour tout vous dire, je m'en fiche complè-tement. Ce que je sais, c'est que si je devais repartir sans l'avoir vu, votre maître, ainsi que vous l'appelez, pourrait vous en tenir rigueur très longtemps. Aussi, je vous invite à le contacter ; je vais faire le tour de votre noble pâté de maisons et lorsque je reviendrai sonner à cette porte, vous me communiquerez l'adresse où il souhaite que je le retrouve.

Ivory descendit les quelques marches du perron vers la rue et alla se promener, son petit bagage à la main. Dix minutes plus tard, alors qu'il flânait devant les grilles d'un square, une luxueuse berline se rangea le long du trottoir. Un chauffeur en sortit et lui ouvrit la porte, il avait reçu l'ordre de le conduire à deux heures de Londres.

La campagne anglaise était aussi belle que dans les plus vieux souvenirs d'Ivory, pas aussi vaste ni aussi verdoyante que les pâturages de sa terre natale, la Nouvelle-Zélande, mais il fallait avouer que le paysage qui défilait devant lui était bien plaisant tout de même.

Confortablement assis à l'arrière, Ivory profita du trajet pour prendre un peu de repos. Il était à peine midi lorsque le crissement des pneus sur le gravier le tira de sa rêverie. La voiture remontait une majestueuse allée bordée de haies d'eucalyptus parfaitement taillées. Elle s'arrêta sous un porche, aux colonnes envahies de rosiers grimpants. Un employé de maison le conduisit à travers la demeure, jusqu'au petit salon où l'attendait son hôte.

– Cognac, bourbon, gin ?

– Un verre d'eau fera l'affaire, bonjour Sir Ashton.

– Vingt ans que nous ne nous sommes revus ?

– Vingt-cinq, et ne me dites pas que je n'ai pas changé, voyons les choses en face, nous avons tous les deux vieilli.

– Ce n'est pas le sujet qui vous amène ici, j'imagine.

– Figurez-vous que si ! Combien de temps nous accordez-vous ?

– À vous de me le dire, c'est vous qui vous êtes invité.

– Je parlais du temps qu'il nous reste sur cette Terre. À nos âges, dix ans, tout au plus ?

– Que voulez-vous que j'en sache, et puis je n'ai pas envie de penser à cela.

– Quel domaine magnifique, reprit Ivory en regardant le parc qui s'étendait derrière les grandes fenêtres. Votre résidence du Kent n'aurait, paraît-il, rien à envier à celle-ci.

– Je féliciterai mes architectes de votre part. Était-ce, cette fois, l'objet de votre visite ?

– L'ennui, avec toutes ces propriétés, c'est qu'on ne peut pas les emmener dans sa tombe. Cette accumulation de richesses obtenue au prix de tant d'efforts, de sacrifices, devenus vains au dernier jour. Même en garant votre belle Jaguar devant le cimetière, entre nous, intérieur cuir et boiseries, la belle affaire !

– Mais ces richesses, mon cher, seront transmises aux générations qui nous succéderont, tout comme nos pères nous les ont transmises.

– Bel héritage en ce qui vous concerne, en effet.

– Ce n'est pas que votre compagnie me soit désagréable, mais j'ai un emploi du temps très chargé, alors si vous me disiez où vous voulez en venir.

– Voyez-vous, les temps ont changé, je m'en faisais la réflexion pas plus tard qu'hier en lisant les journaux. Les grands argentiers se retrouvent derrière les barreaux et croupissent jusqu'à la fin de leur vie dans des cellules étroites. Adieu palaces, et luxueux domaines, neuf mètres carrés au grand maximum, et encore, dans le carré VIP ! Et pendant ce temps-là, leurs héritiers gaspillent leurs deniers, tentant de changer de nom pour se laver de la honte léguée par leurs parents. Le pire, c'est que plus personne n'est à l'abri, l'impunité est devenue un luxe hors de prix, même pour les plus riches et les plus puissants. Les têtes tombent les unes après les autres, c'est à la mode. Vous le savez mieux que moi, les politiques n'ont plus d'idées, et quand ils en ont elles ne sont plus recevables. Alors, quoi de mieux pour masquer la carence de vrais projets de société que d'alimenter la vindicte populaire ? L'extrême richesse des uns est responsable de la pauvreté des autres, tout le monde sait ça aujourd'hui.

– Vous n'êtes pas venu m'emmerder chez moi pour me faire part de votre prose révolutionnaire ou de votre soif de justice sociale ?

– Prose révolutionnaire ? Là, vous vous méprenez, il n'y a pas plus conservateur que moi. Justice, en revanche, vous m'honorez.

– Allez aux faits, Ivory, vous commencez à sérieusement m'ennuyer.

– J'ai un marché à vous proposer, quelque chose de juste, comme vous le dites. Je vous échange la clé de la cellule où vous pourriez finir vos jours si je postais au *Daily News* ou à l'*Observer* le dossier que je détiens sur vous, contre la liberté d'une jeune archéologue. Vous voyez maintenant de quoi je veux parler ?

– Quel dossier ? Et de quel droit venez-vous me menacer jusqu'ici ?

– Trafic d'influence, prise illégale d'intérêt, financements occultes à la Chambre des députés, conflits d'intérêts dans vos diverses sociétés, abus de biens sociaux, évasion fiscale, vous êtes un phénomène, mon vieux, rien ne vous arrête, même commanditer l'assassinat d'un scientifique ne vous pose aucun problème. Quel genre de poison a utilisé votre tueur à gages pour vous débarrasser d'Adrian, et comment le lui a-t-il inoculé ? Dans une boisson consommée à l'aéroport, dans le verre qu'on lui a servi avant le décollage ? Ou s'agit-il d'un poison de contact ? Une légère piqûre pendant la fouille au moment de franchir la sécurité ?

106

Vous pouvez me le dire, maintenant, je suis curieux de le savoir !

– Vous êtes ridicule, mon pauvre vieux.

– Embolie pulmonaire à bord d'un long-courrier en partance pour la Chine. Le titre est un peu long pour un polar, surtout que le crime est loin d'être parfait !

– Vos accusations gratuites et infondées ne me font ni chaud ni froid, fichez le camp d'ici avant que je vous fasse mettre dehors.

– De nos jours, la presse écrite n'a plus le temps de vérifier ses informations, la rigueur éditoriale d'antan se consume sur l'autel des titres à gros tirages. On ne peut pas les blâmer, la concurrence est rude à l'heure d'Internet. Un lord comme vous, mis sur la sellette, ça doit sacrément faire vendre ! Ne croyez pas qu'en raison de votre âge vous ne verriez pas l'aboutissement des travaux d'une commission d'enquête. Le vrai pouvoir n'est plus dans les prétoires, ni dans les assemblées, les journaux alimentent les procès, fournissent les preuves, font témoigner les victimes ; les juges n'ont plus qu'à prononcer la sentence. Quant aux relations, on ne peut plus compter sur personne. Aucune autorité ne prendrait le risque de se compromettre, surtout pour l'un de ses membres. Trop peur de la gangrène. La justice est indépendante désormais, n'est-ce pas là toute la noblesse de nos démocraties ? Regardez ce financier américain responsable de la plus grande escroquerie du siècle, en deux, trois mois, tout était réglé.

– Qu'est-ce que vous me voulez, bon sang ?

– Mais vous n'écoutez pas ? Je viens de vous le dire, usez de votre pouvoir pour faire libérer cette archéologue. J'aurai de mon côté la bonté de taire aux autres ce que vous avez manigancé contre elle et son ami, pauvre fou ! Si je révélais que non content d'avoir tenté de l'assassiner vous l'avez fait emprisonner, vous seriez viré du conseil et remplacé par quelqu'un de plus respectable.

– Vous êtes totalement ridicule et j'ignore de quoi vous parlez.

– Alors il ne me reste plus qu'à vous saluer, Sir Ashton. Puis-je encore abuser de votre générosité ? Si votre chauffeur pouvait me raccompagner, au moins jusqu'à une gare ; ce n'est pas que je craigne la marche, mais, s'il m'arrivait quelque chose en chemin alors que je suis venu vous rendre visite, cela serait du plus mauvais effet.

– Ma voiture est à votre disposition, faites-vous reconduire où bon vous semblera, partez d'ici !

– C'est très généreux de votre part, ce qui m'incite à l'être moi aussi. Je vous laisse réfléchir jusqu'à ce soir, je suis descendu au Dorchester, n'hésitez pas à m'y appeler. Les documents confiés ce matin à mon messager ne seront portés à leurs destinataires que demain, à moins que je ne le fasse rappeler d'ici là, bien entendu. Je vous assure qu'au vu de ce que l'on peut y découvrir, ma requête est plus que raisonnable.

– Si vous croyez pouvoir me faire chanter de façon aussi grossière, vous commettez une grave erreur.

– Qui parle de chantage ? Je ne tire aucun profit personnel de ce petit marché. Belle journée, n'est-ce pas ? Je vous laisse en profiter pleinement.

Ivory reprit son bagage et retraversa seul le couloir qui menait à la porte d'entrée. Le chauffeur grillait une cigarette près de la roseraie, il se précipita vers la berline et ouvrit la portière à son passager.

– Finissez de fumer tranquillement, mon ami, lui dit Ivory en le saluant, j'ai tout mon temps.

Depuis la fenêtre de son bureau, Sir Ashton regarda Ivory monter à l'arrière de sa Jaguar et fulmina alors qu'elle s'éloignait dans l'allée. Une porte dérobée dans la bibliothèque s'ouvrit et un homme entra dans la pièce.

– J'en ai le souffle coupé, je dois vous avouer que je ne m'attendais pas à cela.

– Ce vieux con est venu me menacer chez moi, mais pour qui se prend-il ?

L'invité de Sir Ashton ne répondit pas.

– Quoi ? Qu'est-ce que vous avez à faire cette tête ? Vous n'allez pas vous y mettre vous aussi ! tempêta Sir Ashton. Si cette chose sénile ose m'accuser publiquement de quoi que ce soit, un bataillon d'avocats l'écorchera vif, je n'ai strictement rien à me reprocher. Vous me croyez, j'espère ?

L'invité de Sir Ashton prit un carafon en cristal et se servit un grand verre de porto qu'il but d'un trait.

– Vous allez dire quelque chose, oui ou merde ? s'emporta Sir Ashton.

– À choisir, je préférerais vous dire merde, au moins notre amitié n'en souffrirait que quelques jours, quelques semaines tout au plus.

– Foutez-moi le camp, Vackeers, sortez d'ici, vous et votre arrogance.

– Je vous assure qu'il n'y en avait aucune. Je suis vraiment désolé de ce qui vous arrive, à votre place je ne sous-estimerais pas Ivory ; comme vous l'avez dit, il est un peu fou, ce qui le rend d'autant plus dangereux.

Et Vackeers se retira sans rien ajouter.

✳

Londres, hôtel Dorchester,
milieu de soirée

Le téléphone sonna, Ivory ouvrit les yeux et regarda l'heure à la pendule posée sur la cheminée. La conversation fut brève. Il attendit quelques instants avant de passer à son tour un appel, depuis son téléphone mobile.

– Je voulais vous remercier. Il a appelé, je viens de raccrocher ; vous avez été d'une aide précieuse.

– Je n'ai pas fait grand-chose.

– Si, bien au contraire. Que diriez-vous d'une partie d'échecs ? À Amsterdam, chez vous, jeudi prochain, vous êtes partant ?

Une fois sa conversation terminée avec Vackeers, Ivory passa un dernier appel. Walter écouta attentivement les instructions qu'il lui donnait et ne manqua pas de le féliciter pour ce coup de maître.

– Ne vous faites pas trop d'illusions, Walter, nous ne sommes pas au bout de nos peines. Même si nous réussissions à faire rentrer Keira, elle ne serait pas pour autant hors de danger. Sir Ashton ne renoncera pas, je l'ai violemment bousculé, et sur son terrain de surcroît,

110

mais je n'avais pas le choix. Croyez-en mon expérience, il prendra sa revanche dès qu'il en aura l'occasion. Surtout que cela reste entre nous, inutile d'inquiéter Adrian pour l'instant, qu'il ne sache rien sur ce qui l'a conduit à l'hôpital.

– Et, en ce qui concerne Keira, comment dois-je lui présenter les choses ?

– Inventez, composez, dites que cela vient de vous.

*

Athènes, le lendemain

Elena et maman avaient passé la matinée à mon chevet ; comme chaque jour depuis mon hospitalisation, elles avaient pris la première navette qui partait d'Hydra à 7 heures. Arrivées au Pirée à 8 heures, elles avaient couru pour attraper l'autobus qui les avait déposées une demi-heure plus tard devant l'hôpital. Après avoir avalé un petit déjeuner à la cafétéria, elles étaient entrées dans ma chambre, chargées de victuailles, de fleurs et de vœux de bon rétablissement que m'adressaient les gens du village. Comme chaque jour, elles repartiraient en fin d'après-midi, reprendraient leur bus et embarqueraient au Pirée à bord de la dernière navette maritime pour rentrer chez elles. Depuis que j'étais tombé malade, Elena n'avait pas ouvert son magasin, maman passait son temps en cuisine et les mets préparés avec autant d'amour que d'espoir venaient améliorer le quotidien des infirmières qui veillaient sur la santé de son fils.

Il était déjà midi et je crois bien que leurs conversations incessantes m'épuisaient encore plus que les séquelles de cette sale pneumonie.

Mais lorsqu'on frappa à la porte, elles se turent toutes les deux. Je n'avais encore jamais assisté à ce phénomène, aussi surprenant que si le chant des cigales s'interrompait au milieu d'une journée ensoleillée. En entrant, Walter remarqua mon air ahuri.

– Quoi, qu'est-ce qu'il y a ? dit-il.

– Rien, rien du tout.

– Mais si, je le vois bien, vous faites tous une drôle de tête.

– Absolument pas, nous discutions avec ma délicieuse tante Elena et ma mère, quand vous êtes entré, c'est tout.

– De quoi discutiez-vous ?

Ma mère prit aussitôt la parole.

– J'étais en train de dire que cette maladie aurait peut-être des séquelles inattendues.

– Ah oui ? demanda Walter inquiet, qu'ont dit les médecins ?

– Oh, eux, ils ont dit qu'il pourrait sortir la semaine prochaine ; mais ce que dit sa mère, c'est que son fils est devenu un peu crétin, voilà le bilan médical si vous voulez tout savoir. Vous devriez aller prendre un café avec ma sœur, Walter, pendant que je vais dire quelques mots à Adrian.

– J'en serais heureux, mais il faut d'abord que je m'entretienne avec lui, n'en prenez pas ombrage, mais je dois lui parler d'homme à homme.

– Alors puisque les femmes ne sont plus les bienvenues, dit Elena en se levant, sortons !

Elle entraîna ma mère, nous laissant seuls, Walter et moi.

– J'ai d'excellentes nouvelles, dit-il en s'asseyant sur le bord de mon lit.

– Commencez quand même par la mauvaise.

– Il nous faut un passeport dans les six jours et il est impossible de l'obtenir en l'absence de Keira !

– Je ne comprends pas de quoi vous me parlez.

– Je m'en doutais bien, mais vous m'avez demandé de commencer par la mauvaise, ce pessimisme systématique est agaçant à la fin. Bon, écoutez-moi, car quand je vous dis que j'ai une bonne nouvelle à vous annoncer, c'en est une. Vous avais-je dit que j'avais quelques relations bien placées au conseil d'administration de notre Académie ?

Walter m'expliqua que notre Académie avait entrepris des programmes de recherches et d'échanges avec certaines grandes universités chinoises. Je l'ignorais. Il m'apprit aussi que de voyage en voyage, certains liens avaient fini par se nouer à différents échelons de la hiérarchie diplomatique. Walter me confia avoir réussi, grâce à ses relations, à mettre en route une mécanique silencieuse, dont les rouages n'avaient cessé de tourner... D'une étudiante chinoise achevant son doctorat à l'Académie et dont le père était un juge ayant les faveurs du pouvoir, à quelques diplomates travaillant au service des visas délivrés par Sa Majesté, en passant par la Turquie, où un consul ayant mené une grande partie de sa carrière à Pékin y connaissait encore quelques hauts dignitaires, les rouages continuèrent de cliqueter, de pays en pays, de continent en continent, jusqu'à ce qu'un ultime déclic se produise dans la province du Sichuan. Les autorités locales, devenues bienveillantes, s'interrogeaient depuis peu, se demandant si l'avocat qui avait défendu une jeune Occidentale n'aurait pas manqué de vocabulaire au moment des entretiens préalables à son procès. Quelques problèmes d'interprétation avec sa cliente pouvaient expliquer qu'il ait omis de dire au juge chargé de l'affaire que la ressortissante étrangère condamnée pour défaut de papiers avait, en fait, un passeport en bonne et due forme. La bonne volonté étant de rigueur et le magistrat promu, Keira serait graciée sous réserve que l'on présentât rapidement cette nouvelle preuve à la cour de Chengdu. Il n'y aurait plus qu'à aller la chercher pour la reconduire au-dehors des frontières de la république populaire.

– Vous êtes sérieux ? demandai-je en me levant d'un bond et en prenant Walter dans mes bras.

– J'ai l'air de plaisanter ? Vous auriez pu avoir la courtoisie de remarquer que pour ne pas faire durer votre supplice plus longtemps, je n'ai même pas pris le temps de respirer !

J'étais si heureux que je l'entraînai dans une valse folle. Nous dansions encore au milieu de ma chambre d'hôpital quand ma mère entra. Elle nous regarda tous les deux et referma la porte.

On l'entendit soupirer longuement dans le couloir et ma tante Elena lui dire : « Tu ne vas pas recommencer ! »

La tête me tournait un peu et je dus regagner mon lit.

– Quand, quand sera-t-elle libre ?

– Ah, vous avez donc oublié l'autre petite nouvelle que vous aviez pourtant choisi d'entendre en premier. Je vais donc vous la répéter. Le magistrat chinois accepte de libérer Keira si nous présentons son passeport dans les six jours. Ce précieux sésame reposant au fond d'une rivière, il nous en faudrait un tout neuf. En l'absence de l'intéressée, et dans des délais aussi courts, cela relève de l'impossible. Vous comprenez mieux notre problème maintenant ?

– Six jours, c'est tout ce dont nous disposons ?

– Comptez-en un pour atteindre la cour de justice de Chengdu, cela ne nous en laisse plus que cinq pour faire fabriquer un nouveau passeport. À moins d'un miracle je ne vois pas comment nous pouvons faire.

– Ce passeport, est-ce qu'il faut absolument qu'il soit neuf ?

– Au cas où votre infection pulmonaire aurait aussi contaminé votre cerveau, je vous ferai remarquer que je ne porte pas un képi de douanier sur la tête ! J'imagine que du moment que c'est un document en cours de validité, cela doit faire l'affaire, pourquoi ?

– Parce que Keira jouit d'une double nationalité, française et anglaise. Et mon cerveau étant intact, merci de vous en être soucié, je me souviens très bien que nous sommes entrés en Chine avec son passeport britannique, c'est sur ce dernier qu'étaient apposés nos visas, c'est moi qui suis allé les rechercher à l'agence. Elle l'avait toujours sur elle. Quand nous avons trouvé le micro, nous avions retourné son sac et son passeport français n'y était pas, j'en suis certain.

– Heureuse nouvelle, mais où se trouve-t-il ? Sans vouloir jouer les rabat-joie, nous avons vraiment très peu de temps pour mettre la main dessus.

– Aucune idée...

– Le moins que l'on puisse dire, c'est que nous voilà beaucoup plus avancés. Je vais passer un ou deux appels avant de revenir vous voir. Votre tante et votre mère attendent dehors et je ne voudrais pas que nous passions pour des mufles.

Walter sortit de ma chambre, maman et tante Elena entrèrent aussitôt. Ma mère s'installa dans le fauteuil, elle alluma la télévision accrochée au mur en face de mon lit et ne m'adressa pas la parole, ce qui fit sourire Elena.

– Il est charmant ce Walter, n'est-ce pas ? dit ma tante en prenant place au bout de mon lit.

Je lui adressai un regard appuyé. Devant maman, le

moment n'était peut-être pas le plus propice pour parler de cela.

– Et plutôt bel homme, tu ne trouves pas ? reprit-elle en ignorant mes suppliques.

Sans se détourner de l'écran, ma mère répondit à ma place.

– Et plutôt jeune, si tu veux mon avis ! Mais faites comme si je n'étais pas là ! Après une conversation entre hommes, quoi de plus naturel qu'un aparté entre tante et neveu ; les mères, ça ne compte pas ! Dès que cette émission sera terminée, j'irai faire la causette avec les infirmières. Qui sait, elles auront peut-être des nouvelles de mon fils.

– Tu comprends pourquoi on parle de tragédie grecque, me dit Elena en jetant un regard en coin à ma mère qui nous tournait toujours le dos, les yeux rivés sur la télévision dont elle avait coupé le son pour ne rien perdre de notre discussion.

La chaîne diffusait un documentaire sur les tribus nomades qui peuplaient les hauts plateaux tibétains.

– La barbe, c'est au moins la cinquième diffusion, soupira maman en éteignant le poste. Eh bien, pourquoi fais-tu cette tête ?

– Il y avait une petite fille dans ce documentaire ?

– Je n'en sais rien, peut-être, pourquoi ?

Je préférais ne pas lui répondre. Walter frappa à la porte. Elena lui proposa d'aller à la cafétéria, pour laisser sa sœur profiter un peu de son fils, prétexta-t-elle en se levant. Walter ne se le fit pas répéter.

– Pour que je profite un peu de mon fils, tu parles ! s'exclama ma mère dès que la porte fut refermée. Tu devrais la voir, depuis que tu es tombé malade et que ton ami est là, on dirait une jouvencelle. C'est ridicule.

– Il n'y a pas d'âge pour avoir un coup de cœur, et puis si cela la rend heureuse.

117

– Ce n'est pas le fait d'avoir un coup de cœur qui la rend heureuse, mais que quelqu'un la courtise.

– Et toi, tu pourrais penser à refaire ta vie, non ? Tu portes le deuil depuis assez longtemps. Ce n'est pas parce que tu laisses entrer quelqu'un dans ta maison que tu chasseras pour autant papa de ton cœur.

– C'est toi qui me dis ça ? Il n'y aura jamais qu'un seul homme dans ma maison, et cet homme, c'est ton père. Même s'il repose au cimetière, il est bien présent, je lui parle tous les jours en me levant, je lui parle dans ma cuisine, sur la terrasse quand je m'occupe des fleurs, sur le chemin quand je descends au village, et le soir encore en me couchant. Ce n'est pas parce que ton père n'est plus là que je suis seule. Elena, ce n'est pas pareil, elle n'a jamais eu la chance de rencontrer un homme comme mon mari.

– Raison de plus pour la laisser flirter, tu ne crois pas ?

– Je ne m'oppose pas au bonheur de ta tante, mais j'aimerais mieux que ce ne soit pas avec un ami de mon fils. Je sais que je suis peut-être vieux jeu, mais j'ai le droit d'avoir des défauts. Elle n'avait qu'à s'enticher de cet ami de Walter qui est venu te rendre visite.

Je me redressai sur mon lit. Ma mère en profita aussitôt pour remettre mes oreillers en place.

– Quel ami ?

– Je ne sais pas, je l'ai aperçu dans le couloir il y a quelques jours, tu n'étais pas encore réveillé. Je n'ai pas eu l'occasion de le saluer, il est parti alors que j'arrivais. En tout cas, il avait belle allure, le teint ambré, je l'ai trouvé très élégant. Et puis au lieu d'avoir vingt ans de moins que ta tante, il en avait autant de plus.

– Et tu n'as aucune idée de qui c'était ?

– Je l'ai à peine croisé. Maintenant, repose-toi et reprends des forces. Changeons de sujet, j'entends nos deux tourtereaux glousser dans le couloir, ils ne vont pas tarder à entrer.

Elena venait chercher maman, il était temps de s'en aller si elles ne voulaient pas rater la dernière navette d'Hydra. Walter les raccompagna jusqu'aux ascenseurs et me rejoignit quelques instants plus tard.

– Votre tante m'a raconté deux ou trois épisodes de votre enfance, elle est hilarante.

– Si vous le dites !

– Quelque chose vous tracasse, Adrian ?

– Maman m'a dit vous avoir vu il y a quelques jours en compagnie d'un ami qui serait venu me rendre visite, qui était-ce ?

– Votre mère doit se tromper, c'était probablement un visiteur qui me demandait son chemin, d'ailleurs maintenant que je vous en parle, cela me revient, c'est exactement cela, un vieux monsieur qui cherchait une parente, je l'ai dirigé vers le bureau des infirmières.

– Je crois avoir une piste pour mettre la main sur le passeport de Keira.

– Voilà qui est bien plus intéressant, je vous écoute.

– Sa sœur, Jeanne, pourrait peut-être nous aider.

– Et vous savez comment joindre cette Jeanne ?

– Oui, enfin, non, dis-je plutôt gêné.

– Oui ou non ?

– Je n'ai jamais trouvé le courage de l'appeler pour lui parler de l'accident.

– Vous n'avez pas donné de nouvelles de Keira à sa sœur, pas un appel depuis trois mois ?

– Lui apprendre au téléphone qu'elle était morte m'était impossible, et aller à Paris au-dessus de mes forces.

– Quelle lâcheté ! C'est lamentable, vous imaginez

dans quel état d'inquiétude elle doit se trouver ? Comment se fait-il d'ailleurs qu'elle ne se soit pas manifestée ?

– Il n'était pas rare que Jeanne et Keira restent un long moment sans se donner de nouvelles.

– Eh bien, je vous invite à reprendre contact avec elle au plus vite, et quand je dis au plus vite, je parle d'aujourd'hui même !

– Non, il faut que j'aille la voir.

– Ne soyez pas ridicule, vous êtes cloué au lit et nous n'avons pas de temps à perdre, rétorqua Walter en me tendant le combiné du téléphone. Arrangez-vous avec votre conscience et passez cet appel maintenant.

Me débrouiller avec ma conscience, j'essayai tant bien que mal ; dès que Walter me laissa seul dans ma chambre, je trouvai le numéro du musée du quai Branly. Jeanne était en réunion, on ne pouvait pas la déranger. Je refis le numéro et le refis encore, jusqu'à ce que la standardiste me fasse remarquer qu'il était inutile de la harceler. Je devinai que Jeanne n'était pas pressée de me parler, qu'elle me rendait complice du silence de Keira et m'en voulait à moi aussi de ne pas lui avoir donné de nouvelles. Je rappelai une dernière fois et expliquai à cette réceptionniste qu'il fallait que je parle à Jeanne de toute urgence, c'était une question de vie ou de mort pour sa sœur.

– Il est arrivé quelque chose à Keira ? s'inquiéta Jeanne d'une voix chancelante.

– Il nous est arrivé quelque chose à tous les deux, répondis-je le cœur lourd. J'ai besoin de vous, Jeanne, maintenant.

Je lui racontai notre histoire, minimisai l'épisode tragique de la rivière Jaune, lui parlai de notre accident sans m'attarder sur les circonstances dans lesquelles il s'était produit. Je lui promis que Keira était hors de danger, lui expliquai qu'à cause d'une stupide histoire de papiers elle avait été arrêtée et était retenue en Chine. Je n'ai pas prononcé le mot prison, je sentais bien qu'à chacune de mes phrases Jeanne encaissait les coups ; plusieurs fois elle retint ses sanglots, et plusieurs fois je dus, moi aussi, contenir mon émotion. Je ne suis pas doué pour les mensonges, vraiment pas doué. Jeanne comprit très vite que la situation était bien plus préoccupante que ce que je voulais lui avouer. Elle me fit jurer et jurer encore que sa petite sœur était en bonne santé. Je lui promis de la lui ramener saine et sauve, et lui expliquai que pour cela il me fallait mettre la main sur son passeport dans les plus brefs délais. Jeanne ignorait où il pouvait se trouver, mais elle quittait son bureau sur-le-champ, et retournerait son appartement de fond en comble s'il le fallait ; elle me rappellerait au plus vite.

En raccrochant, j'eus un cafard noir. Reparler à Jeanne avait ravivé le manque, le poids de l'absence de Keira, ravivé le chagrin tout simplement.

Jamais Jeanne n'avait traversé Paris aussi vite. Elle brûla trois feux sur les quais, évita de justesse une camionnette, fit une embardée sur le pont Alexandre-III, réussissant à reprendre, in extremis, le contrôle de sa petite voiture sous une huée de klaxons. Elle emprunta tous les couloirs de bus, grimpa sur un trottoir le long d'un boulevard trop encombré, faillit renverser un cycliste, mais elle arriva miraculeusement sans dommage en bas de chez elle.

Dans le hall de son immeuble, elle frappa à la porte de la loge et supplia la concierge de venir lui donner un coup de main. Mme Hereira n'avait jamais vu Jeanne dans un tel état. L'ascenseur était retenu par des livreurs au troisième étage, elles grimpèrent l'escalier quatre à quatre. Lorsqu'elles furent arrivées dans l'appartement, Jeanne ordonna à Mme Hereira de fouiller le salon et la cuisine, pendant qu'elle s'occupait des chambres. Il ne fallait rien laisser au hasard, ouvrir tous les placards, vider les tiroirs, retrouver le passeport de Keira, où qu'il soit.

En une heure, elles avaient mis l'appartement à sac. Aucun cambrioleur n'aurait su créer un tel désordre. Les livres de la bibliothèque jonchaient le sol, les vêtements étaient éparpillés d'une pièce à l'autre, elles avaient retourné les fauteuils, même le lit était défait. Jeanne commençait à perdre espoir quand elle entendit Mme Hereira hurler depuis l'entrée. Elle s'y précipita. La console qui faisait office de bureau était sens dessus dessous, mais la concierge agitait victorieusement le petit livret à couverture bordeaux. Jeanne la serra dans ses bras et l'embrassa sur les deux joues.

Walter était rentré à son hôtel quand Jeanne me rappela, j'étais seul dans ma chambre. Nous sommes restés longtemps au téléphone ; je la fis parler de Keira, j'avais besoin qu'elle comble son absence en me livrant quelques souvenirs de leur enfance. Jeanne se prêta de bonne grâce à mon exigence, je crois qu'elle lui manquait autant qu'à moi. Elle me promit de m'envoyer le passeport par courrier express. Je lui dictai mon adresse, à l'hôpital d'Athènes, elle finit alors par me demander comment j'allais.

Le surlendemain, la visite des médecins dura plus longtemps que d'ordinaire. Le chef du service de pneumologie s'interrogeait encore sur mon cas. Personne ne s'expliquait comment une infection pulmonaire si virulente avait pu se déclarer sans aucun signe avant-coureur. Il est vrai que j'étais en parfaite santé en montant à bord de l'avion. Le médecin m'assura que si cette hôtesse de l'air n'avait pas eu la présence d'esprit d'alerter le commandant de bord et si ce dernier n'avait pas rebroussé chemin, je serais probablement mort avant d'atteindre Pékin. Son équipe n'y comprenait rien, il ne s'agissait pas d'un virus et, de toute sa carrière, il n'avait rien vu de pareil. L'essentiel, dit-il en haussant les épaules, était que j'avais bien réagi aux traitements. Nous n'étions pas passés loin du pire, mais j'étais tiré d'affaire. Quelques jours de convalescence et je pourrais bientôt reprendre une vie normale. Le chef de service me promit de me libérer sous huitaine. Il quittait tout juste ma chambre quand le passeport de Keira arriva. Je décachetai l'enveloppe qui contenait le précieux sauf-conduit et trouvai un petit mot de Jeanne.

« Ramenez-la au plus vite, je compte sur vous, elle est mon unique famille. »

Je repliai la note et ouvris le passeport. Keira paraissait un peu plus jeune sur cette photo d'identité. Je décidai de m'habiller.

Walter entra dans la chambre et me surprit en caleçon et chemise, il me demanda ce que j'étais en train de faire.

– Je pars la chercher et n'essayez pas de m'en dissuader, ce serait peine perdue.

Non seulement il n'essaya pas, mais au contraire il m'aida à m'évader. Il s'était suffisamment plaint que l'hôpital soit désert à l'heure où Athènes faisait la sieste pour ne pas en tirer profit maintenant que la situation était à notre avantage. Il fit le guet dans le couloir pendant que je regroupais mes effets et il m'escorta jusqu'aux ascenseurs, veillant à ce qu'en route nous ne croisions aucun membre du service hospitalier.

En passant devant la chambre voisine, nous rencontrâmes une petite fille qui se tenait debout, toute seule, sur le pas de la porte. Elle portait un pyjama tacheté de coccinelles et adressa un petit signe de la main à Walter.

– Tu es là, coquine, dit-il en s'approchant d'elle. Ta maman n'est pas encore arrivée ?

Walter se retourna vers moi et je compris qu'il connaissait bien ma voisine de chambre.

– Elle est venue vous rendre des petites visites, me dit-il en jetant de grands clins d'œil complices à l'enfant.

À mon tour je m'agenouillai pour lui dire bonjour. Elle me regarda, l'air malicieux, et éclata de rire. Elle avait les joues rouges comme des pommes.

Nous arrivions au rez-de-chaussée, tout se déroulait pour le mieux. Nous avions bien croisé un brancardier dans l'ascenseur, mais celui-ci ne nous avait prêté aucune attention particulière. Lorsque les portes de la cabine s'ouvrirent sur le hall de l'hôpital, nous tombâmes sur ma mère et tante Elena. Et là ce fut une autre affaire, notre tentative d'évasion vira au cauchemar. Maman commença par hurler en me demandant ce que je faisais debout. Je la pris par le bras et la suppliai de me suivre dehors sans faire d'esclandre. Je lui aurais demandé de danser le sirtaki au milieu de la cafétéria que j'aurais eu plus de chances de la convaincre.

– Les médecins l'ont autorisé à faire une petite promenade, dit Walter, voulant rassurer ma mère.

– Et pour une petite promenade, il se balade avec son sac de voyage ? Vous voulez peut-être aussi me trouver un lit en gériatrie, pendant que vous y êtes, tempêta-t-elle.

Elle se retourna vers deux ambulanciers qui passaient par là et je devinai aussitôt ses intentions : me faire ramener dans ma chambre, de force s'il le fallait.

Je regardai Walter, cela suffit pour que nous nous

comprenions. Maman se mit à vociférer, nous nous lançâmes dans un sprint vers les portes du hall et réussîmes à les franchir avant que la sécurité ait réagi aux injonctions de ma mère, qui exigeait à cor et à cri que l'on me rattrape.

Je n'étais pas au mieux de ma forme. Au coin de la rue, je sentis ma poitrine me brûler et fus saisi d'une violente quinte de toux. Je peinais à respirer, mon cœur battait à tout rompre et je dus m'arrêter pour reprendre mon souffle. Walter se retourna et vit deux agents de sécurité courir dans notre direction. Sa présence d'esprit releva du génie. Il se précipita vers les gardiens en claudiquant et déclara, l'air contrit, qu'il venait d'être violemment bousculé par deux types qui avaient détalé dans la rue adjacente. Pendant que les vigiles s'y précipitaient, Walter héla un taxi et me fit signe de le rejoindre.

Il ne dit pas un mot du trajet, je m'inquiétai de le voir soudainement silencieux, sans comprendre ce qui le plongeait dans cet état.

Sa chambre d'hôtel devint notre quartier général, nous y préparerions mon voyage. Le lit était assez grand pour que nous le partagions. Walter avait installé un polochon dans le sens de la longueur, pour délimiter nos territoires. Pendant que je me reposais, il passait ses journées au téléphone ; de temps à autre, il sortait, s'aérer, disait-il. C'était à peu près les seuls mots qu'il daignait prononcer, il m'adressait à peine la parole.

Je ne sais par quel prodige, mais il obtint de l'ambassade de Chine qu'on me délivre un visa sous quarante-huit heures. Je le remerciai cent fois. Depuis notre évasion de l'hôpital, il n'était plus le même.

Un soir, alors que nous dînions dans la chambre,

Walter avait allumé la télévision, se refusant toujours à converser avec moi, j'attrapai la télécommande et éteignis le poste.

– Qu'est-ce que vous avez à me faire la tête ?

Walter m'arracha la télécommande des mains et ralluma l'écran.

Je me levai, ôtai la fiche de courant de la prise murale et me plantai face à lui.

– Si j'ai fait quelque chose qui vous a déplu, réglons ça une fois pour toutes.

Walter me regarda longuement et partit sans un mot s'isoler dans la salle de bains. J'avais beau tambouriner à la porte, il refusait de m'ouvrir. Il réapparut quelques minutes plus tard en pyjama, me prévenant que, si les motifs à carreaux provoquaient le moindre sarcasme de ma part, j'irais dormir sur le palier, puis il se glissa dans les draps et éteignit la lumière sans me souhaiter bonsoir.

– Walter, dis-je dans le noir, qu'est-ce que j'ai fait, qu'est-ce qui se passe ?

– Il se passe que, par moments, vous aider devient pesant.

Le silence s'installa à nouveau et je me rendis compte que je ne l'avais pas beaucoup remercié pour tout le mal qu'il s'était donné ces derniers temps. Cette ingratitude l'avait certainement blessé et je m'en excusai. Walter me répondit qu'il se fichait bien de mes excuses. Mais si je trouvais le moyen, ajouta-t-il, de nous faire pardonner notre conduite inadmissible, à l'hôpital, à l'égard de ma mère, et surtout de ma tante, il m'en serait reconnaissant. Sur ce, il se retourna et se tut.

Je rallumai la lumière et me redressai dans le lit.

– Quoi encore ? demanda Walter.

– Vous avez vraiment le béguin pour Elena ?

– Qu'est-ce que ça peut bien vous faire ? Vous ne pensez qu'à Keira, vous ne vous souciez que de votre propre histoire, il n'y en a jamais que pour vous. Quand ce ne sont pas vos recherches et vos stupides fragments, c'est votre santé ; quand ce n'est plus votre santé, c'est de votre archéologue qu'il s'agit et, chaque fois, on appelle le bon Walter à la rescousse. Walter par-ci, Walter par-là, mais si j'essaie de me confier à vous, vous m'envoyez sur les roses. N'allez pas me dire maintenant que mes émois vous intéressent, alors que la seule fois où j'ai voulu m'ouvrir à vous, vous vous êtes moqué de moi !

– Je vous assure que ce n'était pas mon intention.

– Eh bien, c'est raté ! On peut dormir maintenant ?

– Non, pas tant que nous n'aurons pas fini cette discussion.

– Mais quelle discussion ? s'emporta Walter, il n'y a que vous qui parlez.

– Walter, vous êtes réellement épris de ma tante ?

– Je suis contrarié de l'avoir contrariée en vous aidant à quitter ainsi l'hôpital, cela vous va comme réponse ?

Je me frottai le menton et réfléchis quelques instants.

– Si je m'arrangeais pour vous disculper totalement et vous faire pardonner, vous cesseriez de m'en vouloir ?

– Faites-le, nous verrons bien !

– Je m'en occupe dès demain, à la première heure.

Les traits de Walter s'étaient détendus, j'eus même droit à un petit sourire et il se retourna en éteignant la lumière.

Cinq minutes plus tard, il ralluma et se redressa d'un bond sur le lit.

– Pourquoi ne pas s'excuser ce soir ?

– Vous voulez que j'appelle Elena à cette heure-ci ?

– Il n'est que 10 heures. Je vous ai obtenu un visa pour la Chine en deux jours, vous pourriez bien m'obtenir le pardon de votre tante en un soir, non ?

Je me relevai et appelai ma mère. J'écoutai ses remontrances durant un bon quart d'heure, sans pouvoir placer un mot. Quand elle fut à court de vocabulaire, je lui demandai si, quelles que soient les circonstances, elle ne serait pas allée chercher mon père au bout du monde s'il avait été en danger. Je l'entendis réfléchir. Nul besoin de la voir pour savoir qu'elle souriait. Elle me souhaita bon voyage et me pria de ne pas m'attarder en route. Pendant mon séjour en Chine, elle préparerait quelques plats dignes de ce nom pour accueillir Keira à notre retour.

Elle allait raccrocher quand je repensai à la raison de mon appel, et je lui demandai de me passer Elena. Ma tante s'était déjà retirée dans la chambre d'amis, mais je suppliai ma mère d'aller l'appeler.

Elena avait trouvé notre évasion follement romantique. Walter était un ami rare pour avoir pris autant de risques. Elle me fit promettre de ne jamais répéter à ma mère ce qu'elle venait de me dire.

Je rejoignis Walter qui faisait les cent pas dans la salle de bains.

– Alors ? me dit-il, inquiet.

– Alors, je crois que ce week-end, pendant que je volerai pour Pékin, vous pourrez naviguer vers Hydra. Ma tante vous attendra à dîner sur le port, je vous conseille de lui commander une moussaka, c'est son péché mignon, mais cela reste entre nous, je ne vous ai rien dit.

Sur ce, épuisé, j'éteignis la lumière.

Le vendredi de cette même semaine, Walter m'accompagna à l'aéroport. L'avion décolla à l'heure. Alors que l'appareil s'élevait dans le ciel d'Athènes, je regardai la mer Égée s'effacer sous les ailes et j'éprouvai une étrange sensation de déjà-vu. Dans dix heures, j'arriverais en Chine...

*

Pékin

Dès les formalités douanières réglées, je repris un vol en correspondance pour Chengdu.

J'y étais attendu à l'aéroport par un jeune traducteur dépêché par les autorités chinoises. Il me conduisit à travers la ville jusqu'au palais de justice. Assis sur un banc inconfortable, je passai de longues heures à attendre que le juge en charge du dossier de Keira veuille bien me recevoir. Chaque fois que je piquais du nez – je n'avais pas fermé l'œil depuis une vingtaine d'heures – mon accompagnateur me donnait un coup de coude ; chaque fois je le voyais soupirer pour me faire comprendre qu'il trouvait inacceptable ma conduite en ces lieux. En fin d'après-midi, la porte devant laquelle nous patientions s'ouvrit enfin. Un homme de forte corpulence sortit du bureau, une pile de dossiers sous le bras, sans m'accorder la moindre attention. Je me levai d'un bond et lui courus après, au grand dam de mon traducteur qui ramassa ses affaires à la hâte et se précipita derrière moi.

Le juge s'arrêta pour me toiser, comme si j'étais un animal étrange. Je lui expliquai le but de ma visite, il était convenu que je lui présente le passeport de Keira pour qu'il invalide le jugement prononcé à son encontre et signe sa levée d'écrou. Le traducteur officiait du mieux possible, sa voix mal assurée trahissait combien il redoutait l'autorité de celui à qui je m'adressais. Le juge était impatient. Je n'avais pas rendez-vous et il n'avait pas de temps à me consacrer. Il partait le lendemain à Pékin, où il avait été muté, et il avait encore beaucoup de travail.

Je lui barrai le passage et, la fatigue n'aidant pas, je perdis un peu mon calme.

– Vous avez besoin d'être cruel et indifférent pour vous faire respecter ? Rendre la justice ne vous suffit pas ? demandai-je au juge.

Mon traducteur changea de couleur. Sa pâleur était inquiétante, il bafouilla, refusa catégoriquement de traduire mes propos et m'entraîna à l'écart.

– Vous avez perdu la raison ? Savez-vous à qui vous vous adressez ? Si je traduis ce que vous venez de dire, c'est nous qui dormirons ce soir en prison.

Je me fichais bien de ces mises en garde, je le repoussai et repartis en courant vers le juge qui nous avait faussé compagnie. À nouveau, je me plaçai devant son chemin.

– Ce soir, quand vous déboucherez une bonne bouteille de champagne pour célébrer votre promotion, dites à votre épouse que vous êtes devenu un personnage si puissant, si important, que le sort d'une innocente n'a plus de raison de venir inquiéter votre conscience. Pendant que vous vous régalerez de petits-fours, ayez une pensée pour vos enfants, parlez-leur du sens de l'honneur, de la morale, de la respectabilité, du monde que leur père leur léguera, un monde où des femmes innocentes peuvent croupir en prison parce que des juges ont mieux à faire que de rendre la justice, dites tout cela de ma part à votre famille, j'aurai l'impression de participer un peu à la fête, et Keira aussi !

Cette fois, mon traducteur me tira de force, me suppliant de me taire. Pendant qu'il me sermonnait, le juge nous regarda et s'adressa enfin à moi.

– Je parle couramment votre langue, j'ai étudié à Oxford. Votre traducteur n'a pas tort, vous manquez certainement d'éducation, mais non d'un certain toupet.

Le juge regarda sa montre.

– Donnez-moi ce passeport et attendez ici, je vais m'occuper de vous.

Je lui tendis le document qu'il m'arracha des mains avant de repartir d'un pas pressé vers son bureau. Cinq minutes plus tard, deux policiers surgissaient dans mon dos ; j'eus à peine le temps de me rendre compte de leur présence que j'étais menotté et emmené *manu militari*. Mon traducteur, dans tous ses états, me suivit, jurant de prévenir mon ambassade dès le lendemain. Les policiers lui ordonnèrent de s'éloigner, j'échouai à bord d'une fourgonnette où l'on m'avait poussé sans ménagement. Trois heures d'une route cahoteuse, et j'arrivai dans la cour de la prison de Garther qui n'avait rien des grandeurs du monastère que j'avais imaginé dans mes pires cauchemars.

On me confisqua mon sac, ma montre, la ceinture de mon pantalon. Libéré de mes menottes, je fus conduit sous bonne escorte jusqu'à une cellule où je fis la connaissance de mon codétenu. Il devait avoir une bonne soixantaine d'années, totalement édenté, pas l'ombre d'un chicot sur ses mâchoires. J'aurais bien voulu savoir quel crime il avait commis pour être enfermé ici, mais la conversation s'annonçait difficile. Il occupait la couchette supérieure, je pris donc celle du bas, ce qui m'était égal, jusqu'à ce que je voie un rat bien gras se balader dans le couloir. J'ignorais le sort qui m'était réservé, mais Keira et moi étions réunis dans ce bâtiment et cette pensée me permit de tenir bon dans cet établissement, dont la seule étoile était rouge et cousue sur la casquette des matons.

Une heure plus tard, on ouvrit la porte, je suivis mon compagnon de cellule, emboîtant le pas à une longue file de prisonniers, qui descendaient en rythme l'escalier menant au réfectoire. Nous arrivâmes dans une immense salle où la pâleur de ma peau fit sensation. Les taulards attablés m'observèrent, j'imaginais le pire, mais après s'être amusés de moi, chacun d'eux replongea le nez dans son assiette. Le bouillon, où flottaient du riz et un rogaton de viande, m'invita au régime, sans regret. Profitant que toutes les têtes étaient baissées, je regardai vers la longue grille nous séparant de la partie du réfectoire où dînaient les femmes. Mon cœur se mit à battre plus fort, Keira devait se trouver quelque part au milieu des rangées de prisonnières qui soupaient à quelques mètres de nous. Comment la prévenir de ma présence sans me faire repérer par les gardes ? Parler était interdit, mon voisin de table avait fait les frais d'un coup de badine sur la nuque pour avoir demandé à son voisin de lui passer la salière. J'envisageai la punition dont j'hériterais, mais, n'y tenant plus, je me dressai d'un bond, criai « Keira » au beau milieu du réfectoire et me rassis aussitôt.

Plus un tintement de couverts, plus un bruit de mastication. Les matons scrutèrent la salle, sans bouger. Aucun d'eux n'avait réussi à localiser celui qui avait osé enfreindre la règle. Ce silence de plomb dura quelques instants et j'entendis soudain une voix familière appeler « Adrian ».

Tous les prisonniers tournèrent la tête vers les prisonnières et toutes les prisonnières regardèrent en direction des prisonniers, même les gardiens et gardiennes firent de même ; de chaque côté de la grande salle, on s'observait.

Je me levai, avançai vers la grille, toi aussi. De table en table, nous marchions l'un vers l'autre, dans le plus grand silence.

Les gardes étaient si stupéfaits qu'aucun ne bougea.

Les prisonniers crièrent « Keira » en chœur, les prisonnières leur répondirent « Adrian » à l'unisson.

Tu n'étais plus qu'à quelques mètres. Tu avais une mine de papier, tu pleurais, moi aussi. Nous nous approchâmes de la grille, si forts de cet instant tant attendu qu'aucun de nous ne se souciait du bâton qui guettait. Nos mains se joignirent à travers les barreaux, nos doigts enlacés, je collai mon visage à la grille et ta bouche se posa sur la mienne. Je t'ai dit « Je t'aime » dans la cantine d'une prison chinoise, tu as murmuré que tu m'aimais aussi. Et puis tu m'as demandé ce que je faisais là. Je venais te libérer. « Depuis l'intérieur de la prison ? » m'as-tu répondu. Il est vrai que, sous l'empire de l'émotion, je n'avais pas réfléchi à ce détail. Je n'ai pas eu le temps d'y penser, un coup derrière la cuisse me fit plier les genoux, un second sur les reins me plaqua au sol. On t'emmena de force, tu hurlais mon nom ; on m'emmena, je hurlais le tien.

*

Hydra

Walter s'excusa auprès d'Elena, les circonstances étaient particulières, il n'aurait jamais laissé son portable allumé s'il n'attendait sous peu des informations de Chine. Elena le supplia de prendre cet appel. Walter se leva et s'éloigna de la terrasse du restaurant, faisant quelques pas vers le port. Ivory venait aux nouvelles.

– Non, monsieur, toujours rien. Son avion s'est posé à Pékin, c'est déjà ça ! Si mes calculs sont exacts, à l'heure qu'il est, il a dû rencontrer le juge et je l'imagine en route vers la prison, peut-être même sont-ils déjà réunis. Laissons-les tous les deux profiter d'une intimité méritée. Vous imaginez combien ils doivent être heureux de s'être retrouvés ! Je vous promets de vous téléphoner dès qu'il m'aura contacté.

Walter raccrocha et retourna à table.

– Hélas, dit-il à Elena, ce n'était qu'un collègue de l'Académie qui avait besoin d'une information.

Ils reprirent leur conversation devant le dessert qu'Elena leur avait commandé.

*

Prison de Garther

Mon insolence au cours du repas m'avait attiré la sympathie de mes codétenus. Alors que je retournais dans ma cellule, encadré par deux gardes, j'eus droit à quelques tapes amicales des prisonniers qui regagnaient leurs quartiers. Mon voisin de geôle m'offrit une cigarette, ce qui devait représenter, ici, un cadeau d'une grande valeur. Je l'allumai de bonne grâce, mais, souvenir d'une infection pulmonaire récente, je fus saisi d'une quinte de toux, ce qui fit beaucoup rigoler mon nouveau camarade.

La planche de bois qui servait de literie était recouverte d'une paillasse à peine plus épaisse qu'une couverture. La douleur des coups de bâton se raviva à son contact, mais j'étais si fatigué qu'à peine allongé je m'endormis. J'avais revu Keira et son visage m'accompagna au long de cette nuit sordide.

Le matin suivant, nous fûmes réveillés par un gong qui résonna dans toute l'enceinte de la prison. Mon codétenu descendit de sa couchette. Il enfila son pantalon et ses chaussettes accrochées au montant du lit.

Un gardien ouvrit la porte de notre cellule, mon

voisin prit sa gamelle et sortit dans le couloir ; le garde m'ordonna de ne pas bouger. Je compris que mon comportement de la veille m'avait interdit de cantine. La tristesse m'envahit, j'avais compté les heures pour revoir Keira au réfectoire, il me faudrait attendre.

La matinée passant, je m'inquiétai de la punition qui lui était réservée. Elle était déjà si pâle... et me voilà, moi l'athée, à genou devant mon lit, priant le bon Dieu comme un enfant, pour que Keira ait échappé au cachot.

J'entendis les voix des prisonniers dans la cour. Ce devait être l'heure de la promenade. J'en étais privé. Je restai là, rongé d'inquiétude quant au sort de Keira. Je grimpai sur un tabouret pour me hisser à la hauteur de la lucarne, espérant la voir. Les détenus marchaient en rangs, avançant vers un préau. En équilibre sur la pointe des pieds, j'ai glissé, et me suis retrouvé par terre ; le temps de me relever, la cour était vide.

Le soleil était haut dans le ciel, il devait être midi. On n'allait quand même pas me laisser crever de faim juste pour m'apprendre la discipline. Je ne comptais pas sur mon traducteur pour nous sortir de là. J'eus une pensée pour Jeanne, je l'avais appelée avant de décoller d'Athènes et lui avais promis de lui donner des nouvelles aujourd'hui. Elle comprendrait peut-être qu'il m'était arrivé quelque chose, peut-être alerterait-elle nos ambassades d'ici quelques jours.

Le moral au plus bas, j'entendis des pas dans le couloir. Un garde entra dans ma cellule et me força à le suivre. Nous traversâmes la passerelle, descendîmes les escaliers métalliques et je me retrouvai dans le bureau où l'on avait hier confisqué mes affaires. On me les rendit, me fit signer un formulaire et, sans que je comprenne ce qui m'arrivait, on me poussa dans la cour. Cinq minutes plus tard, les portes du pénitencier se refermaient derrière moi, j'étais libre. Une voiture était stationnée sur le parking visiteurs, la portière s'ouvrit et mon traducteur avança vers moi.

Je le remerciai d'avoir réussi à me faire sortir et m'excusai d'avoir douté de lui.

– Je n'y suis pour rien, me dit-il. Après que les policiers vous ont embarqué, le juge est ressorti de son bureau et m'a demandé de venir vous rechercher ici à midi. Il m'a également demandé de vous dire qu'il espérait qu'une nuit en prison vous aurait appris la politesse. Je ne fais que traduire.

– Et Keira ? demandai-je aussitôt.

– Retournez-vous, me répondit calmement mon traducteur.

Je vis les portes se rouvrir et tu es apparue. Tu portais ton baluchon à l'épaule, tu l'as posé à terre et tu as couru vers moi.

Jamais je n'oublierai ce moment où nous nous sommes enlacés devant la prison de Garther. Je te serrais si fort que tu faillis étouffer, mais tu riais et nous tournions ensemble, ivres de joie. Le traducteur avait beau tousser, trépigner, supplier pour nous rappeler à l'ordre, rien n'aurait su interrompre notre étreinte.

Entre deux baisers, je t'ai demandé pardon, pardon de t'avoir entraînée dans cette folle aventure. Tu as posé ta main sur ma bouche pour me faire taire.

– Tu es venu, tu es venu me chercher ici, as-tu murmuré.

– Je t'avais promis de te ramener à Addis-Abeba, tu te souviens ?

– C'est moi qui t'avais arraché cette promesse, mais je suis drôlement contente que tu l'aies tenue.

– Et toi, comment as-tu fait pour tenir tout ce temps ?

– Je ne sais pas, ça a été long, horriblement long, mais j'en ai profité pour réfléchir, je n'avais que ça à faire. Tu ne me ramèneras pas tout de suite en Éthiopie, parce que je crois savoir où trouver le prochain fragment et il n'est pas en Afrique.

Nous sommes montés à bord de la voiture du traducteur. Il nous a ramenés à Chengdu où nous avons pris tous les trois l'avion.

À Pékin, tu as menacé notre traducteur de ne pas quitter le pays s'il ne nous déposait pas à un hôtel où tu pourrais te doucher. Il a regardé sa montre et nous a donné une heure, rien qu'à nous.

Chambre 409. Je n'ai prêté aucune attention à la vue, je te l'ai dit, le bonheur rend distrait. Assis derrière ce petit bureau, face à la fenêtre, Pékin s'étend devant moi et je m'en fiche complètement, je ne veux rien voir d'autre que ce lit où tu te reposes. De temps en temps, tu ouvres les yeux et tu t'étires, tu me dis n'avoir jamais réalisé à quel point il est bon de se prélasser dans des draps propres. Tu serres l'oreiller dans tes bras et me le jettes à la figure, j'ai encore envie de toi.

Le traducteur doit être ivre de rage, cela fait bien plus d'une heure que nous sommes ici. Tu te lèves, je te regarde marcher vers la salle de bains, tu me traites de voyeur, je ne cherche aucune excuse. Je remarque les cicatrices dans ton dos, d'autres sur tes jambes. Tu te retournes et je comprends dans tes yeux que tu ne veux pas que l'on en parle, pas maintenant. J'entends ruisseler la douche, le bruit de l'eau me redonne des forces et t'interdit d'entendre cette toux qui revient comme un mauvais souvenir. Certaines choses ne seront plus comme avant, en Chine j'ai perdu de cette indifférence qui me rassurait tant. J'ai peur d'être seul dans cette chambre, même quelques instants, même séparé de toi par une simple cloison, mais je ne crains plus de me l'avouer, je n'ai plus peur de me lever pour aller te rejoindre et je ne crains plus de te confier tout cela.

À l'aéroport, j'ai tenu une autre promesse ; aussitôt nos cartes d'embarquement imprimées, je t'ai emmenée vers une cabine téléphonique et nous avons appelé Jeanne.

Je ne sais pas laquelle de vous deux a commencé, mais au milieu de ce grand terminal tu t'es mise à pleurer. Tu riais et sanglotais.

L'heure tourne et il faut s'en aller. Tu dis à Jeanne que tu l'aimes, que tu la rappelleras dès ton arrivée à Athènes.

Quand tu as raccroché, tu as éclaté à nouveau en sanglots et j'ai eu tant de peine à te consoler.

Notre traducteur semblait plus épuisé que nous. Nous avons franchi le contrôle des passeports, et je l'ai vu enfin soulagé. Il devait être si heureux d'être débarrassé de nous qu'il ne cessait de nous saluer par-delà la vitre.

Il faisait nuit quand nous sommes montés à bord. Tu as posé ta tête contre le hublot et tu t'es endormie avant même que l'avion décolle.

Alors que nous amorcions notre descente vers Athènes, nous avons traversé une zone de turbulences. Tu as pris ma main, tu la serrais très fort, comme si cet atterrissage t'inquiétait. Alors, pour te distraire, j'ai sorti le fragment que nous avions découvert sur l'île de Narcondam, je me suis penché vers toi et je te l'ai montré.

– Tu m'as dit que tu avais une idée de l'endroit où se trouvait l'un des autres fragments.

– Les avions sont vraiment faits pour résister à ce genre de secousses ?

– Tu n'as aucune raison de t'inquiéter. Alors, ce fragment ?

De ta main libre – l'autre serait la mienne de plus en plus fort – tu as sorti ton pendentif. Nous avons hésité à les rapprocher et y avons renoncé au moment où un trou d'air nous en ôta l'envie.

– Je te raconterai tout ça lorsque nous serons au sol, as-tu supplié.

– Donne-moi au moins une piste ?

– Le Grand Nord, quelque part entre la baie de Baffin et la mer de Beaufort, cela fait quelques milliers de kilomètres à explorer, je t'expliquerai pourquoi, mais d'abord, tu me feras visiter ton île.

*

Hydra

À Athènes, nous avons pris un taxi, deux heures plus tard nous embarquions sur la navette d'Hydra. Tu t'étais installée dans la cabine, tandis que j'avais rejoint le pont arrière.

– Ne me dis pas que tu as le mal de mer...

– J'aime profiter du grand air.

– Tu frissonnes, mais tu as envie d'être au grand air ? Avoue que tu as le mal de mer, pourquoi ne dis-tu pas la vérité ?

– Parce que ne pas avoir le pied marin est presque une tare pour un Grec et je ne vois pas ce qu'il y a de drôle.

– J'ai connu quelqu'un qui se moquait de moi il n'y a pas si longtemps parce que j'avais le mal de l'air...

– Je ne me moquais pas, répondis-je penché à la balustrade.

– Ton visage est vert-de-gris et tu trembles, rentrons dans la cabine, tu vas finir par tomber vraiment malade.

Nouvelle quinte de toux, je te laissai m'entraîner à l'intérieur, je sentais bien que la fièvre était revenue, seulement je ne voulais pas y penser, j'étais heureux de te ramener chez moi et je voulais que rien ne vienne gâcher ce moment.

J'avais attendu que nous arrivions sur le Pirée pour prévenir ma mère ; alors que la navette accostait à Hydra, j'imaginais déjà ses reproches. Je l'avais suppliée de ne pas préparer de fête, nous étions épuisés et ne rêvions que d'une seule chose, dormir tout notre saoul.

Maman nous accueillit dans sa maison. C'est la première fois que je t'ai vue intimidée. Elle nous trouvait à tous deux des mines épouvantables. Elle nous prépara un repas léger sur la terrasse. Tante Elena avait choisi de rester au village, pour nous laisser seuls tous les trois. Une fois à table, maman te harcela de questions, j'avais beau lui faire les gros yeux pour qu'elle te laisse en paix, rien n'y fit. Tu te prêtas au jeu et lui répondis de bonne grâce. J'eus une nouvelle quinte de toux qui mit un terme à la soirée. Maman nous conduisit jusqu'à ma chambre. Les draps sentaient bon la lavande, nous nous endormîmes en entendant le ressac de la mer contre les falaises.

Au petit matin, tu te levas sur la pointe des pieds. Ton séjour en prison t'avait fait perdre l'habitude des grasses matinées. Je t'entendis quitter la chambre, mais je me sentais trop faible pour te suivre. Tu parlais avec ma mère dans la cuisine, vous aviez l'air de bien vous entendre, je me rendormis aussitôt.

J'appris plus tard que Walter avait débarqué sur l'île en fin de matinée.

Elena l'avait appelé la veille pour le prévenir de notre arrivée et il avait aussitôt pris l'avion. Il me confia un jour qu'à force d'allers-retours entre Londres et Hydra, mes péripéties avaient sérieusement entamé ses économies.

En début d'après-midi, Walter, Elena, Keira et ma mère entrèrent dans ma chambre. Ils avaient tous la mine décomposée en me regardant terrassé sur mon lit, brûlant de fièvre. Ma mère m'appliqua sur le front une compresse trempée dans une décoction de feuilles d'eucalyptus. L'un de ses vieux remèdes qui ne suffirait pas à vaincre le mal qui me gagnait. Quelques heures plus tard, je reçus la visite d'une femme que je ne pensais jamais revoir, mais Walter avait l'habitude de tout noter et le numéro de téléphone d'une doctoresse, pilote à ses heures, était venu se glisser dans les pages de son petit carnet noir. Le Dr Sophie Schwartz s'assit sur mon lit et prit ma main.

– Cette fois hélas vous ne jouez pas la comédie, vous avez une température de cheval, mon pauvre ami.

Elle écouta mes poumons et diagnostiqua aussitôt une rechute de l'infection pulmonaire dont ma mère lui avait parlé. Elle aurait préféré qu'on m'évacue sur-le-champ à Athènes mais la météo ne le permettait pas. Une tempête se levait, la mer était démontée et même son petit avion ne redécollerait pas. De toute façon, je n'étais pas en état de voyager.

– À la guerre comme à la guerre, dit-elle à Keira, il faudra composer avec les moyens du bord.

La tempête dura trois jours. Soixante-douze heures durant lesquelles le Meltem souffla sur l'île. Le vent puissant des Cyclades faisait plier les arbres, la maison craquait et le toit perdit quelques tuiles. Depuis ma chambre, j'entendais les vagues se fracasser contre les falaises.

Maman avait installé Keira dans la chambre d'amis, mais dès que les lumières s'éteignaient, Keira venait me rejoindre et se couchait près de moi. Pendant les rares moments de repos qu'elle s'octroyait, la doctoresse prenait la relève et me veillait. Bravant sa peur,

Walter grimpait la colline à dos d'âne deux fois par jour pour me rendre visite. Je le voyais entrer dans ma chambre, trempé des pieds à la tête. Il s'asseyait sur une chaise et me racontait combien il bénissait cette tempête. La maison d'hôtes où il avait pris ses habitudes avait vu une partie de sa toiture arrachée. Elena s'était aussitôt proposée de l'héberger. J'étais furieux d'avoir gâché les premiers instants de Keira sur l'île, mais leur présence à tous me fit prendre conscience que ma solitude des hauts plateaux d'Atacama appartenait désormais à un passé révolu.

Au quatrième jour, le Meltem se calma et la fièvre s'en alla avec lui.

*

Amsterdam

Vackeers relisait un courrier. On frappa deux petits coups à la porte ; n'attendant aucune visite, il ouvrit machinalement le tiroir de son bureau et y glissa la main. Ivory entra, la mine sombre.

– Vous auriez pu me faire savoir que vous étiez en ville, j'aurais envoyé une voiture vous chercher à l'aéroport.

– J'ai pris le Thalys, j'avais de la lecture en retard.

– Je n'ai rien fait préparer à dîner, reprit Vackeers en refermant discrètement le tiroir.

– Je vois que vous êtes toujours aussi serein, souffla Ivory.

– Je reçois peu de visites au palais et encore moins sans en avoir été prévenu. Allons souper, nous irons jouer ensuite.

– Je ne suis pas venu pour croiser le fer aux échecs, mais pour vous parler.

– Quel ton sérieux ! Vous avez l'air bien préoccupé, mon ami.

– Pardonnez-moi d'arriver ainsi sans m'être annoncé, mais j'avais mes raisons et je souhaiterais m'en entretenir avec vous.

– Je connais une table discrète dans un restaurant, non loin d'ici ; je vous y emmène, nous discuterons en marchant.

Vackeers enfila sa gabardine. Ils traversèrent la grande salle du palais de Dam ; en passant sur le gigantesque planisphère gravé dans le sol en marbre, Ivory s'arrêta pour regarder la carte du monde dessinée sous ses pieds.

– Les recherches vont reprendre, dit-il solennellement à son ami.

– Ne me dites pas que vous en êtes surpris, il me semble que vous avez tout fait pour cela.

– J'espère ne pas avoir à le regretter.

– Pourquoi cet air sinistre ? Je ne vous reconnais pas, vous d'ordinaire si heureux de bousculer l'ordre établi. Vous allez provoquer une belle pagaille, vous devriez être aux anges. Je me demande d'ailleurs ce qui vous motive le plus dans cette aventure, découvrir la vérité sur l'origine du monde ou prendre votre revanche sur certaines personnes qui vous ont blessé dans le passé ?

– J'imagine qu'au début c'était un peu des deux, mais je ne suis plus seul dans cette quête et ceux que j'ai impliqués ont risqué leur vie et la risquent encore.

– Et cela vous effraie ? Alors vous avez pris un sacré coup de vieux ces derniers temps.

– Je ne suis pas effrayé mais confronté à un dilemme.

– Ce n'est pas que ce somptueux hall me déplaise, mon cher, mais je trouve que nos voix y résonnent un peu trop pour une conversation de ce genre. Sortons, si vous le voulez bien.

Vackeers avança vers l'extrémité ouest de la salle jusqu'à une porte dérobée dans le mur en pierre et descendit un escalier conduisant aux sous-sols du palais de Dam. Il guida Ivory le long des passerelles en bois qui surplombaient le canal souterrain. L'endroit était humide, la marche parfois glissante.

– Faites attention où vous mettez les pieds, je ne voudrais pas que vous tombiez dans cette eau sale et froide. Suivez-moi, poursuivit Vackeers en allumant une lampe torche.

Ils passèrent devant le madrier où un rivet commandait un mécanisme que Vackeers actionnait quand il voulait rejoindre la salle informatique. Il ne s'y arrêta pas et poursuivit son chemin.

– Voilà, dit-il à Ivory, encore quelques pas et nous aboutirons dans une courette. Je ne sais pas si on a pu vous voir entrer dans le palais, mais soyez assuré que personne ne vous verra en ressortir.

– Quel étrange labyrinthe, je ne m'y ferai jamais.

– Nous aurions pu prendre le passage vers la Nouvelle Église, mais il est encore plus humide et nous aurions eu les pieds trempés.

Vackeers poussa une porte, quelques marches, et ils se retrouvèrent à l'air libre. Un vent glacial les saisit, Ivory releva le col de son manteau. Les deux vieux amis remontèrent à pied Hoogstraat, la rue qui longe le canal.

– Alors, qu'est-ce qui vous inquiète ? reprit Vackeers.

– Mes deux protégés se sont retrouvés.

– C'est plutôt une bonne nouvelle. Après le coup pendable que nous avons joué à Sir Ashton, nous devrions fêter l'événement au lieu d'afficher ces mines d'enterrement.

– Je doute qu'Ashton en reste là.

– Vous y êtes allé un peu fort en le provoquant chez lui, je vous avais suggéré plus de discrétion.

– Nous n'avions pas le temps, il fallait que la jeune archéologue retrouve la liberté au plus vite. Elle avait suffisamment croupi derrière des barreaux.

– Ces barreaux avaient le mérite de la tenir hors de portée d'Ashton et par conséquence de protéger aussi votre astrophysicien.

– Ce dingue s'en est également pris à lui.

– En avez-vous la preuve ?

– J'en suis certain, il l'a fait empoisonner ! J'ai vu de grandes quantités de belladone dans les allées de la propriété d'Ashton. Le fruit de cette plante provoque de graves complications pulmonaires.

– Je suis certain que beaucoup de gens ont de la belladone qui pousse dans leur campagne sans être pour autant des empoisonneurs en série.

– Vackeers, nous savons tous les deux de quoi cet homme est capable, j'ai peut-être agi de façon impétueuse, mais pas sans discernement, je pensais sincèrement...

– Vous pensiez qu'il était temps que vos recherches reprennent ! Écoutez-moi, Ivory, je comprends vos motifs, mais poursuivre vos travaux n'est pas sans danger. Si vos protégés se remettent en quête d'un nouveau fragment, je serai tenu d'en informer les autres. Je ne peux prendre indéfiniment le risque de me voir accuser de trahison.

– Pour l'instant, Adrian a fait une sale rechute, Keira et lui se reposent en Grèce.

– Souhaitons que ce repos dure le plus longtemps possible.

Ivory et Vackeers empruntèrent un pont qui enjambait le canal. Ivory s'y arrêta et s'accouda à la balustrade.

– J'aime cet endroit, soupira Vackeers, je crois que c'est celui que je préfère de tout Amsterdam. Regardez comme les perspectives y sont belles.

– J'ai besoin de votre aide, Vackeers, je vous sais fidèle et je ne vous demanderai jamais de trahir le groupe, mais, comme par le passé, des alliances se formeront tôt ou tard. Sir Ashton comptera ses ennemis...

– Vous aussi vous les compterez, et comme vous ne siégez plus autour de la table vous souhaiteriez que je sois votre porte-parole, celui qui convaincra le plus grand nombre, c'est bien ce que vous attendez de moi ?

– Cela et un peu plus encore, soupira Ivory.

– Quoi d'autre ? s'étonna Vackeers.

– J'ai besoin d'avoir accès à des moyens dont je ne dispose plus.

– Quel genre de moyens ?

– Votre ordinateur, pour accéder au serveur.

– Non, je ne suis pas d'accord, nous nous ferions repérer aussitôt et je serais compromis.

– Pas si vous acceptiez de brancher un petit objet derrière votre terminal.

– Quel genre d'objet ?

– Un appareil qui permet d'ouvrir une liaison aussi discrète qu'indétectable.

– Vous sous-estimez le groupe. Les jeunes informaticiens qui y travaillent sont recrutés parmi les meilleurs, ce sont même pour certains d'anciens hackers redoutables.

– Tous deux nous jouons mieux aux échecs que n'importe quel jeune d'aujourd'hui, faites-moi confiance, dit Ivory en tendant un petit boîtier à Vackeers.

Vackeers regarda l'objet avec un certain dégoût.

– Vous voulez me mettre sur écoute ?

– Je veux juste me servir de votre code pour accéder au réseau, je vous assure que vous ne risquez rien.

– Si l'on me suspecte, je risque d'être arrêté et traduit en justice.

– Vackeers, puis-je ou non compter sur vous ?

– Je vais réfléchir à ce que vous me demandez, et je vous ferai connaître ma réponse dès que j'aurai pris ma décision. Votre petite histoire m'a ôté tout appétit.

– Je n'avais pas très faim non plus, confia Ivory.

– Tout cela en vaut-il vraiment la peine ? Quelles sont leurs chances d'aboutir, le savez-vous seulement ? demanda Vackeers en soupirant.

– Seuls, ils n'en ont guère, mais si je mets à leur disposition les informations que j'ai accumulées en trente années de recherches, alors il n'est pas impossible qu'ils découvrent les fragments manquants.

– Parce que vous avez une idée de l'endroit où ils se trouvent ?

– Vous voyez, Vackeers, il y a peu, vous doutiez même de leur existence et, aujourd'hui, vous vous souciez de l'endroit où ils sont cachés.

– Vous n'avez pas répondu à ma question.

– Je crois que c'est tout le contraire.

– Alors où sont-ils ?

– Le premier fut découvert au centre, le deuxième au sud, le troisième à l'est, je vous laisse deviner où pourraient être les deux derniers. Réfléchissez à ma requête, Vackeers, je sais qu'elle n'est pas anodine et qu'elle vous coûte, mais je vous l'ai dit, j'ai besoin de vous.

Ivory salua son ami et s'éloigna ; Vackeers lui courut après.

– Et notre partie d'échecs, vous ne comptez pas partir comme ça ?

151

– Vous pouvez nous préparer une petite collation chez vous ?

– Je dois avoir du fromage et quelques toasts.

– Alors avec un verre de bon vin, cela fera l'affaire et préparez-vous à perdre, vous me devez une revanche !

*

Athènes

Keira et moi étions assis sur la terrasse. Grâce aux soins prodigués par la doctoresse, je reprenais des forces et pour la première fois j'avais passé une nuit sans tousser. Mon visage avait retrouvé des couleurs qui rassuraient presque ma mère. La doctoresse avait profité de son séjour forcé pour examiner Keira et lui prescrire décoctions de plantes et compléments de vitamines. La prison lui avait laissé quelques séquelles.

La mer était calme, le vent était tombé, le petit avion de notre médecin pourrait redécoller aujourd'hui.

Nous nous retrouvions à la table du petit déjeuner où maman avait préparé un repas avec autant d'attention que si cette doctoresse avait été reine. Pendant cette période où je n'avais pas été au mieux, elles avaient passé ensemble des heures entières à partager histoires et souvenirs entre la cuisine et le salon. Maman s'était passionnée pour les aventures de cette femme, médecin volant, qui se rendait d'île en île au chevet de ses malades. En partant, la doctoresse me fit promettre de prolonger de quelques jours au moins ma convalescence avant d'envisager de faire quoi que ce soit d'autre ; conseil que ma mère lui fit répéter deux fois au cas où je n'aurais pas bien entendu. Elle la raccompagna jusqu'au port, nous laissant enfin quelques moments d'intimité.

Dès que nous fûmes seuls, Keira vint s'asseoir à mes côtés.

— Hydra est une île charmante, Adrian, ta maman est une femme merveilleuse, j'adore tout le monde ici, mais...

— Moi aussi je n'en peux plus, dis-je en l'interrompant. Je rêve de ficher le camp avec toi. Cela te rassure ?

— Oh oui ! soupira Keira.

— Nous nous sommes fait la belle d'une prison chinoise, je pense que nous devrions réussir à nous échapper d'ici sans trop de difficultés.

Keira regarda le large.

— Qu'est-ce qu'il y a ?

— J'ai rêvé d'Harry cette nuit.

— Tu veux retourner là-bas ?

— Je veux le revoir. Ce n'est pas la première fois que je rêve de lui, Harry est souvent venu me rendre visite dans mes nuits à la prison de Garther.

— Repartons dans la vallée de l'Omo si c'est ce que tu souhaites, je t'avais promis de t'y raccompagner.

— Je ne sais même pas si j'y aurais encore ma place, et puis il y a nos recherches.

— Elles nous ont déjà assez coûté, je ne veux plus te faire courir de risques.

— Sans vouloir faire ma maligne, je suis revenue plus en forme de Chine que toi. Mais j'imagine que la décision de poursuivre ou non nous appartient à tous deux.

— Tu connais mon point de vue.

— Où se trouve ton fragment ?

Je me levai et allai le chercher dans le tiroir de ma table de nuit où je l'avais rangé en arrivant à la maison. Quand je revins sur la terrasse, Keira ôta son collier et posa son pendentif sur la table. Elle rapprocha les deux morceaux et, dès qu'ils furent réunis, le phénomène dont nous avions été témoins sur l'île de Narcondam se reproduisit.

Les fragments prirent la couleur bleue de l'azur et se mirent à briller avec une intensité rare.

– Tu veux que nous en restions là ? me demanda Keira en fixant les objets dont le scintillement diminuait. Si je retournais dans la vallée de l'Omo sans avoir percé ce mystère, je ne pourrais plus faire mon travail correctement ; je passerais mes journées à penser à ce que cet objet nous révélerait si nous en réunissions tous les morceaux. Et puis, promesse pour promesse, tu m'en as fait une autre : me faire gagner des centaines de milliers d'années dans mes recherches. Si tu crois que cette proposition est tombée dans l'oreille d'une sourde !

– Je sais ce que je t'ai promis, Keira, mais c'était avant qu'un prêtre soit assassiné sous nos yeux, avant que nous manquions de tomber dans un ravin, avant que nous soyons catapultés du haut d'une falaise dans le lit d'une rivière, avant que tu fasses un séjour dans une prison chinoise, et puis avons-nous seulement la moindre idée de la direction dans laquelle chercher ?

– Je te l'ai dit, le Grand Nord ; rien encore de très précis mais c'est déjà une piste.

– Pourquoi là plutôt qu'ailleurs ?

– Parce que je pense que c'est ce que nous indique ce texte écrit en langage guèze, je n'ai cessé d'y réfléchir pendant que je croupissais à Garther. Il faut que nous retournions à Londres, je dois pouvoir étudier depuis la grande bibliothèque de l'Académie, j'ai besoin d'accéder à certains ouvrages, et je dois aussi reparler à Max, j'ai des questions à lui poser.

– Tu veux retourner voir ton imprimeur ?

– Ne fais pas cette tête, tu es ridicule ; et puis je n'ai pas dit que je voulais le voir mais lui parler. Il a travaillé sur la retranscription de ce manuscrit, s'il a fait la moindre découverte, ses informations seront bonnes à prendre, je veux surtout vérifier quelque chose avec lui.

– Alors rentrons, Londres nous offrira une bonne raison de quitter Hydra.

– Si c'était possible, je ferais bien un saut à Paris.

– Pour voir Max, donc ?

– Pour voir Jeanne ! Et puis aussi pour aller rendre visite à Ivory.

– Je croyais que le vieux professeur avait quitté son musée et qu'il était parti en voyage.

– Moi aussi je suis partie en voyage et puis, tu vois, j'en suis revenue ; qui sait, lui aussi peut-être ?

Keira alla préparer ses affaires, et moi ma mère à l'idée de notre départ. Walter fut désolé d'apprendre que nous quittions l'île. Il avait épuisé son solde de congés pour les deux années à venir mais il espérait encore passer le week-end à Hydra. Je l'invitai à ne rien changer à ses plans, je le retrouverais avec plaisir la semaine suivante à l'Académie où j'avais décidé de me rendre, moi aussi. Cette fois, je ne laisserais pas Keira effectuer seule ses recherches, surtout depuis qu'elle m'avait annoncé vouloir passer d'abord à Paris. Je nous pris donc deux billets pour la France.

*

Amsterdam

Ivory s'était assoupi sur le canapé du salon. Vackeers avait posé une couverture sur lui et s'était retiré dans sa chambre. Il avait passé une bonne partie de la nuit à ressasser dans son lit des pensées qui l'empêchaient de trouver le sommeil. Son vieux complice sollicitait son aide, mais lui rendre service impliquait de se compromette. Les quelques mois à venir seraient les derniers de sa carrière, être surpris en plein délit de trahison ne l'enthousiasmait guère. Au petit matin, il alla préparer le petit déjeuner. Le sifflement de la bouilloire réveilla Ivory.

– La nuit a été courte, n'est-ce pas ? dit-il en s'installant à la table de la cuisine.

– C'est le moins que l'on puisse dire, mais pour une joute d'une telle qualité, cela en valait la peine, répondit Vackeers.

– Je ne me suis pas rendu compte que je m'étais endormi, c'est bien la première fois que cela m'arrive, je suis désolé de m'être ainsi imposé chez vous.

– Cela n'a aucune importance, j'espère que ce vieux Chesterfield ne vous aura pas trop esquinté le dos.

– Je crois que je suis plus vieux que lui, ricana Ivory.

– Vous vous flattez, c'est un canapé que j'ai hérité de mon père.

Un silence s'installa. Ivory regarda fixement Vackeers, but sa tasse de thé, croqua dans une biscotte et se leva.

– Je n'ai que trop abusé de votre hospitalité, je vais vous laisser faire votre toilette. Je dois regagner mon hôtel.

Vackeers ne dit rien et regarda à son tour Ivory se diriger vers l'entrée.

– Merci pour cette excellente soirée, mon ami, reprit Ivory en récupérant son pardessus, nous avons des mines épouvantables mais je dois reconnaître que nous n'avions pas aussi bien joué depuis longtemps.

Il boutonna sa gabardine et mit les mains dans ses poches. Vackeers ne disait toujours rien.

Ivory haussa les épaules et ouvrit le loquet ; c'est alors qu'il remarqua un mot posé en évidence sur le petit guéridon à côté de la porte ; Vackeers ne le quittait pas des yeux. Ivory hésita, prit le mot et découvrit une séquence de chiffres et de lettres. Vackeers continuait de le fixer, assis sur sa chaise dans la cuisine.

– Merci, murmura Ivory.

– De quoi ? grogna Vackeers. Vous n'allez quand même pas me remercier d'avoir profité de mon hospitalité pour fouiller dans mes tiroirs et me dérober le code d'accès à mon ordinateur.

– Non, en effet, je n'aurai pas ce toupet-là.

– Vous m'en voyez rassuré.

Ivory referma la porte derrière lui. Il avait juste le temps de repasser à son hôtel pour y récupérer ses affaires et reprendre le Thalys. Dans la rue, il fit signe à un taxi.

Vackeers faisait les cent pas dans son appartement, allant de l'entrée au salon. Il posa sa tasse de thé sur le guéridon et se dirigea vers le téléphone.

– AMSTERDAM à l'appareil, dit-il dès que son correspondant eut pris l'appel. Prévenez les autres, nous devons organiser une réunion ; ce soir, 20 heures, conférence téléphonique.

– Pourquoi ne le faites-vous pas vous-même en passant par le réseau informatique comme nous en avons l'habitude ? demanda LE CAIRE.

– Parce que mon ordinateur est en panne.

Vackeers raccrocha et alla se préparer.

*

Paris

Keira s'était précipitée chez Jeanne, j'avais préféré les laisser seules, profiter pleinement de ces instants. Je me souvenais de l'existence d'un antiquaire dans le Marais qui vendait les plus beaux appareils d'optique de la capitale, je recevais ses catalogues une fois par an à mon domicile londonien. La plupart des pièces présentées étaient bien au-dessus de mes moyens, mais regarder ne coûtait rien et j'avais trois heures à tuer.

Le vieil antiquaire était installé derrière son bureau, il nettoyait un splendide astrolabe quand j'entrai dans sa boutique. Il ne me prêta d'abord aucune attention, jusqu'à ce que je tombe en arrêt devant une sphère armillaire d'une facture exceptionnelle.

– Ce modèle que vous regardez, jeune homme, a été fabriqué par Gualterus Arsenius, Gauthier Arsenius si vous préférez. Certains disent que son frère Regnerus travaillait avec lui à la mise au point de cette petite merveille, déclara l'antiquaire en se levant.

Il s'approcha de moi et ouvrit la vitrine, me présentant le précieux objet.

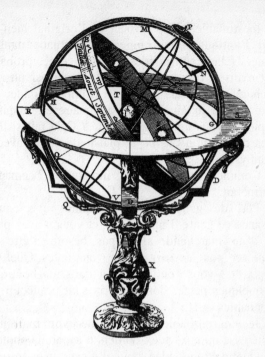

Sphère armillaire

– Il s'agit d'un des plus beaux ouvrages sortis des ateliers flamands du XVIᵉ siècle. Plusieurs constructeurs portèrent le nom d'Arsenius. Ils n'ont fabriqué que des astrolabes et des sphères armillaires. Gauthier était un parent du mathématicien Gemma Frisius dont l'un des traités publié à Anvers en 1553 contient le plus ancien exposé des principes de la triangulation, et une méthode de détermination des longitudes. Ce que vous regardez est vraiment une pièce rarissime, son prix est en conséquence.

– C'est-à-dire ?

– Inestimable, s'il s'agissait de l'original bien sûr, reprit l'antiquaire en rangeant l'astrolabe dans sa vitrine. Hélas celui-ci n'est qu'une copie, probablement réalisée vers la fin du XVIIIe siècle par un riche marchand hollandais soucieux d'impressionner son entourage. Je m'ennuie, dit l'antiquaire en soupirant, accepteriez-vous une tasse de café ? Cela fait si longtemps que je n'ai pas eu le plaisir de parler avec un astrophysicien.

– Comment connaissez-vous mon métier ? demandai-je, stupéfait.

– Peu de gens savent manipuler avec autant d'aisance ce genre d'instrument, et vous n'avez pas la tête d'un marchand, alors pas besoin d'être très perspicace pour deviner ce que vous faites. Quel type d'objet êtes-vous venu chercher dans ma boutique ? J'ai quelques pièces dont les prix sont beaucoup plus raisonnables.

– Je vais probablement vous décevoir mais je ne m'intéresse qu'aux vieux boîtiers d'appareils photo.

– Quelle étrange idée, mais il n'est jamais trop tard pour commencer une nouvelle collection ; tenez, laissez-moi vous présenter quelque chose qui va vous passionner, j'en suis certain.

Le vieil antiquaire se dirigea vers une bibliothèque dont il sortit un gros ouvrage relié en cuir. Il le posa sur son bureau, ajusta ses lunettes et tourna les pages avec d'infinies précautions.

– Voilà, dit-il, regardez, ceci est le dessin d'une sphère armillaire remarquablement fabriquée. Nous la devons à Erasmus Habermel, constructeur d'instruments de mathématiques de l'empereur Rodolphe II.

Je me penchai sur la gravure et découvris avec surprise une reproduction qui ressemblait à ce que

Keira et moi avions découvert sous la patte d'un lion en pierre en haut du mont Hua Shan. Je m'assis sur la chaise que me tendait l'antiquaire et étudiai de plus près cet étonnant dessin.

– Voyez, me dit l'antiquaire en se penchant par-dessus mon épaule, comme la précision de ce travail est stupéfiante. Ce qui m'a toujours fasciné avec les sphères armillaires, ajouta-t-il, ce n'est pas tant qu'elles permettent d'établir une position des astres dans le ciel à un instant donné, mais plutôt ce qu'elles ne nous montrent pas et que nous devinons pourtant.

Je relevai la tête de son précieux livre et le regardai, curieux de ce qu'il allait me dire.

– Le vide et son ami le temps ! conclut-il, joyeux. Quelle étrange notion que le vide. Le vide est empli de choses qui nous sont invisibles. Quant au temps qui passe et qui change tout, il modifie la course des étoiles, berce le cosmos d'un mouvement permanent. C'est lui qui anime la gigantesque araignée de la vie qui se promène sur la toile de l'Univers. Intrigante dimension que ce temps dont nous ignorons tout, vous ne trouvez pas ? Vous m'êtes sympathique avec votre air étonné d'un rien, je vous laisse cet ouvrage au prix qu'il m'a coûté.

L'antiquaire se pencha à mon oreille pour me souffler la somme qu'il espérait pour son livre. Keira me manquait, j'ai acheté le livre.

– Revenez me voir, me dit l'antiquaire en me raccompagnant sur le pas de sa porte, j'ai d'autres merveilles à vous montrer, vous ne perdrez pas votre temps, je vous l'assure, dit-il gaiement.

Il referma à clé derrière moi et je le vis, par-delà la vitrine, disparaître dans son arrière-boutique.

Je me retrouvai dans la rue avec ce gros livre sous le bras, me demandant bien pourquoi je l'avais acheté.

Mon portable vibra dans ma poche. Je décrochai et entendis la voix de Keira. Elle me proposait de la retrouver un peu plus tard chez Jeanne qui se réjouissait de nous accueillir pour la soirée et pour la nuit. Je dormirais sur le canapé du salon tandis que les deux sœurs partageraient le lit. Et comme si ce programme ne suffisait pas à embellir ma fin de journée, elle m'annonça qu'elle allait rendre visite à Max. L'atelier de l'imprimeur n'était pas loin de chez Jeanne, à pied elle y serait en dix minutes. Elle ajouta qu'elle avait vraiment à cœur de vérifier quelque chose avec lui et me promit de m'appeler aussitôt que cela serait fait.

Je suis resté de marbre, lui ai dit que je me réjouissais du dîner qui nous attendait et nous avons raccroché.

À l'angle de la rue des Lions-Saint-Paul, je ne savais ni que faire, ni où aller.

Combien de fois ai-je rouspété de devoir grappiller les minutes, de ne jamais pouvoir m'octroyer un instant de loisir. En cette fin d'après-midi, marchant le long des quais de la Seine, j'avais l'étrange et désagréable sensation d'être pris entre deux moments de la journée qui refusaient de se conjuguer. Les flâneurs doivent savoir comment faire. J'en ai vu souvent, installés sur des bancs, lisant ou rêvassant, je les ai aperçus au détour d'un parc ou d'un square, sans jamais m'interroger sur leur sort. J'aurais bien envoyé un message à Keira mais je me l'interdisais. Walter me l'aurait fortement déconseillé. J'aurais voulu la rejoindre à l'imprimerie de Max. De là, nous aurions pu nous rendre ensemble chez Jeanne, lui acheter des fleurs en chemin. Voilà exactement ce dont je rêvais alors que mes pas m'entraînaient vers l'île Saint-Louis. Ce rêve, aussi simple fût-il à réaliser, aurait certainement été mal interprété. Keira m'aurait accusé d'être jaloux, et ce n'est pas mon genre, enfin...

J'allai m'installer sous la banne d'un petit bistrot situé à l'angle de la rue des Deux-Ponts. J'ouvris mon livre et me plongeai dans la lecture en guettant ma montre. Un taxi s'arrêta devant moi, un homme en descendit. Il portait un imperméable et tenait un petit bagage à la main. Il s'éloigna d'un pas pressé sur le quai d'Orléans. J'étais certain d'avoir déjà vu son visage, sans pour autant me souvenir dans quelles circonstances. Sa silhouette disparut derrière une porte cochère.

*

Keira s'était assise à l'angle du bureau.

– Le fauteuil est plus confortable, dit Max en relevant les yeux du document qu'il étudiait.

– J'ai perdu l'habitude du moelleux ces derniers mois.

– Tu as vraiment passé trois mois en prison ?

– Je te l'ai déjà dit, Max. Concentre-toi sur ce texte et dis-moi ce que tu en penses.

– Je pense que depuis que tu fréquentes ce type qui, soi-disant, n'était qu'un collègue, ta vie ne ressemble plus à rien. Je ne comprends même pas que tu continues à le voir après ce qui t'est arrivé. Enfin merde, il a ruiné tes recherches, sans parler de la dotation que tu avais obtenue pour tes travaux. Ce genre de cadeau ne se représente pas deux fois. Et toi tu as l'air de trouver tout cela normal.

– Max, pour les leçons de morale j'ai une sœur professionnelle en la matière ; je t'assure qu'en y mettant le meilleur de toi-même, tu ne lui arriverais pas à la cheville. Alors ne perds pas ton temps. Que penses-tu de ma théorie ?

– Et si je te réponds, qu'est-ce que tu feras ? Tu iras en Crète sonder la Méditerranée, tu nageras jusqu'en Syrie ? Tu fais n'importe quoi, tu agis n'importe comment. Tu aurais pu y laisser ta peau, en Chine, tu es totalement inconsciente.

– Oui, totalement, mais comme tu le vois ma peau va bien ; enfin, je ne dis pas qu'un peu de crème...

– Ne sois pas insolente, s'il te plaît.

– Mmm, mon Max, j'aime bien quand tu reprends ce ton professoral avec moi. Je crois que c'est ce qui me séduisait le plus quand j'étais ton élève, mais je ne suis plus ton élève. Tu ne sais rien d'Adrian, et tu ignores tout du voyage que nous avons entrepris, alors si le petit service que je te demande te coûte trop, ce n'est pas grave, rends-moi ce papier et je te laisse.

– Regarde-moi droit dans les yeux et explique-moi en quoi ce texte va t'aider d'une façon quelconque dans les recherches que tu mènes depuis tant d'années ?

– Dis-moi, Max, tu n'étais pas professeur d'archéologie ? Combien d'années avais-tu consacrées à devenir chercheur, puis enseignant avant de devenir imprimeur ? Tu peux me regarder droit dans les yeux et m'expliquer en quoi ton nouveau métier a un quelconque rapport avec ce que tu as accompli dans le passé ? La vie est pleine d'imprévus, Max. Je me suis fait débarquer deux fois de ma vallée de l'Omo, peut-être était-il temps que je me pose des questions sur mon avenir.

– Tu t'es entichée de ce type à ce point-là pour dire des âneries pareilles ?

– Ce type, comme tu dis, est peut-être bourré de défauts, il est distrait, parfois lunaire, gauche comme ce n'est pas permis, mais il a quelque chose que je n'ai jamais connu avant. Il m'entraîne, Max. Depuis que je le connais ma vie ne ressemble en effet plus à rien, il me fait rire, il me touche, me provoque, et il me rassure.

– Alors c'est encore pire que je ne le pensais. Tu l'aimes.

– Ne me fais pas dire ce que je n'ai pas dit.

– Tu l'as dit, et si tu ne t'en rends pas compte c'est que tu es sotte à en crever.

Keira se leva du bureau et avança vers la verrière qui surplombait l'imprimerie. Elle regarda les rotatrices entraînant les longs rouleaux de papier dans un rythme effréné. Le staccato des plieuses résonnait jusqu'à la mezzanine. Elles s'arrêtèrent et le silence se fit dans l'atelier qui fermait.

– Ça te perturbe ? reprit Max. Et ta belle liberté ?

– Est-ce que tu peux étudier ce texte, oui ou non ? murmura-t-elle.

– Je m'y suis penché cent fois sur ton texte, depuis ta dernière visite. C'était ma façon de penser à toi en ton absence.

– Max, je t'en prie.

– De quoi ? d'avoir encore des sentiments pour toi ? Qu'est-ce que ça peut bien te faire, c'est mon problème, pas le tien.

Keira se dirigea vers la porte du bureau ; elle tourna la poignée et se retourna.

– Reste ici, andouille ! ordonna Max. Viens te rasseoir sur le coin de mon bureau, je vais te dire ce que j'en pense de ta théorie. Je me suis peut-être trompé. L'idée que l'élève surpasse son professeur ne me plaît pas beaucoup, mais je n'avais qu'à continuer d'enseigner. Il est possible que dans ton texte, le mot « apogée » ait pu se confondre avec « hypogée », ce qui en change le sens évidemment. Les hypogées sont ces sépultures, ancêtres des tombeaux, érigées par les

Égyptiens et les Chinois, à une différence près : s'il s'agit aussi de chambres funéraires auxquelles on accède par un couloir, les hypogées sont construits sous la terre et non au cœur d'une pyramide ou d'un quelconque édifice. Je ne t'apprends peut-être rien en te disant cela, mais il y a au moins une chose qui collerait dans cette interprétation. Ce manuscrit en guèze date probablement du IVe ou V^e millénaire avant notre ère. Ce qui nous place en pleine protohistoire, en pleine naissance des peuples asianiques.

– Mais les Sémites qui seraient à l'origine du texte en guèze n'appartenaient pas aux peuples asianiques. Enfin, si mes souvenirs de fac sont encore bons.

– Tu étais plus attentive en cours que je ne le supposais ! Non, en effet, leur langue était afro-asiatique, apparentée à celle des Berbères et des Égyptiens. Ils sont apparus dans le désert de Syrie au VIe millénaire avant Jésus-Christ. Mais ils se sont certainement côtoyés, les uns pouvant rapporter l'histoire des autres. Ceux qui t'intéressent, dans le cadre de ta théorie, appartiennent à un peuple dont je vous ai peu parlé en cours, les Pélasges des Hypogées. Au début du IVe millénaire, des Pélasges partis de Grèce vinrent s'installer en Italie du Sud. On les retrouve en Sardaigne. Ils poursuivirent leur route jusqu'en Anatolie, d'où ils prirent la mer pour aller fonder une nouvelle civilisation sur les îles et côtes de la Méditerranée. Rien ne prouve qu'ils n'aient pas continué leur traversée vers l'Égypte en passant par la Crète. Ce que j'essaie de te dire, c'est que les Sémites ou leurs ancêtres ont très bien pu relater dans ce texte un événement qui appartient à l'histoire des Pélasges des Hypogées.

– Tu crois que l'un de ces Pélasges aurait pu remonter le Nil, jusqu'au Nil Bleu ?

168

– Jusqu'en Éthiopie ? J'en doute ; quoi qu'il en soit, un pareil voyage ne pourrait être l'œuvre d'un seul, mais d'un groupe. Sur deux ou trois générations, ce périple aurait pu être mené à son terme. Cela étant, je pencherais plutôt pour qu'il ait été accompli dans l'autre sens, depuis la source jusqu'au delta. Quelqu'un a peut-être apporté ton mystérieux objet aux Pélasges. Il faut que tu m'en dises plus, Keira, si tu veux vraiment que je t'aide.

Keira se mit à parcourir la pièce de long en large.

– Il y a de cela quatre cents millions d'années, cinq fragments constituaient un unique objet dont les propriétés sont stupéfiantes.

– Ce qui est ridicule, Keira, reconnais-le. Aucun être vivant n'était suffisamment évolué pour façonner une quelconque matière. Tu sais bien, comme moi, que c'est impossible ! s'insurgea Max.

– Si Galilée avait prétendu qu'on enverrait un jour un radiotélescope aux confins de notre système solaire, on l'aurait brûlé vif avant qu'il ait terminé sa phrase, si Ader avait prétendu qu'on marcherait sur la Lune, on aurait réduit son aéronef en allumettes avant qu'il ait quitté le sol. Il y a encore vingt ans, tout le monde affirmait que Lucy était notre plus vieille ancêtre et si tu avais émis l'idée à cette époque que la mère de l'humanité avait dix millions d'années, on t'aurait viré de ton poste à la fac !

– Il y a vingt ans, j'y étudiais encore !

– Bref, si je devais énoncer toutes les choses déclarées impossibles et devenues réalités, il faudrait que nous passions plusieurs nuits ensemble pour en faire la liste.

– Une seule me comblerait déjà de bonheur...

– Tu es grossier, Max ! Ce dont je suis certaine,

c'est que quatre ou cinq mille ans avant notre ère, quelqu'un a découvert cet objet. Pour des raisons que je ne m'explique pas encore, sauf peut-être la peur que suscitèrent ses propriétés, celui ou ceux qui le trouvèrent décidèrent, à défaut de pouvoir le détruire, d'en séparer les morceaux. Et c'est bien ce que semble nous révéler la première ligne du manuscrit.

J'ai dissocié la table des mémoires, confié aux magistères des colonies les parties qu'elle conjugue...

– Sans vouloir t'interrompre, « table des mémoires » fait très probablement référence à une connaissance, un savoir. Si je me prête à ton jeu, je te dirai qu'on a peut-être dissocié cet objet pour que chacun de ses fragments porte une information, aux confins du monde.

– Possible, mais ce n'est pas ce que suggère la fin du document. Pour en avoir le cœur net, reste à savoir où ces fragments ont été dispersés. Nous en possédons deux, un troisième a été trouvé, mais il y en a encore d'autres. Maintenant écoute, Max, je n'ai cessé de penser à ce texte en guèze pendant mon séjour en prison, plus précisément à un mot contenu dans la deuxième partie de la phrase : « confié aux magistères des colonies ». Selon toi, qui sont ces magistères ?

– Des érudits. Probablement des chefs de tribus. Le magistère est un maître, si tu préfères.

– Tu as été mon magistère ? demanda Keira sur un ton ironique.

– Quelque chose comme ça, oui.

– Alors voilà ma théorie, cher magistère, reprit Keira. Un premier fragment est réapparu dans un volcan au milieu d'un lac à la frontière entre l'Éthiopie et le Kenya. Nous en avons trouvé un autre, également dans un volcan, cette fois sur l'île de Narcondam dans l'archipel d'Andaman. Ce qui nous en fait un au sud et un à l'est. Chacun des deux se trouvait à quelques centaines de kilomètres de la source ou de l'estuaire de fleuves majeurs. Le Nil et le Nil Bleu pour l'un, l'Irrawaddy et le Yang Tsé pour l'autre.

– Et donc ? interrompit Max.

– Acceptons que pour une raison que je ne peux encore expliquer, cet objet ait bien été volontairement dissocié en quatre ou cinq morceaux, chacun déposé en un point de la planète. L'un est retrouvé à l'est, l'autre au sud, le troisième, qui fut en fait le premier à avoir été découvert il y a vingt ou trente ans...

– Où est-il ?

– Je n'en sais rien. Cesse de m'interrompre tout le temps Max, c'est agaçant. Je serais prête à parier que les deux objets restants se trouvent au nord pour l'un, à l'ouest pour l'autre.

– Je ne voudrais surtout pas t'agacer, je sens que je t'énerve assez comme ça, mais le nord et l'ouest, c'est assez vaste...

– Bon, si c'est pour que tu te moques de moi, je préfère rentrer.

Keira se leva d'un bond et se dirigea pour la seconde fois vers la porte du bureau de Max.

– Arrête, Keira ! Cesse de te comporter en petit chef, toi aussi tu es agaçante, bon sang. C'est un monologue ou une conversation ? Allez, poursuis ton raisonnement, je ne t'interromprai plus.

Keira retourna s'asseoir à côté de Max. Elle prit une feuille de papier et dessina un planisphère en y représentant grossièrement les grandes masses continentales.

– Nous connaissons les grandes routes empruntées au cours des premières migrations qui peuplèrent la planète. Partant depuis l'Afrique, une première colonie traça une voie vers l'Europe, une deuxième alla vers

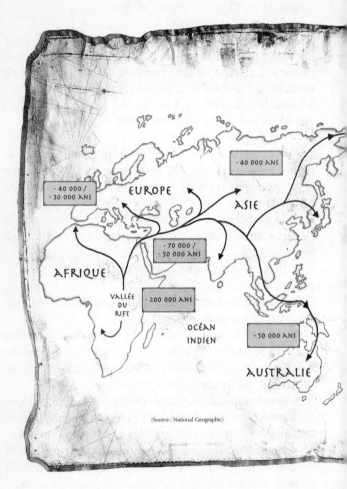

EUROPE

- 40 000 ANS

ASIE

- 40 000 /
- 30 000 ANS

- 70 000 /
- 50 000 ANS

AFRIQUE

VALLÉE
DU
RIFT

- 200 000 ANS

OCÉAN
INDIEN

- 50 000 ANS

AUSTRALIE

(Source : National Geographic)

- 20 000 /
- 15 000 ANS

AMÉRIQUE

OCÉAN
ATLANTIQUE

OCÉAN
PACIFIQUE

- 15 000 /
- 12 000 ANS

Les migrations humaines
à l'origine du peuplement
de la Terre

l'Asie, poursuivit Keira en dessinant une grande flèche sur la feuille de papier, et se scinda à la verticale de la mer d'Andaman. Certains continuèrent vers l'Inde, traversèrent la Birmanie, la Thaïlande, le Cambodge, le Vietnam, l'Indonésie, les Philippines, la Nouvelle-Guinée et la Papouasie, et arrivèrent jusqu'en Australie ; d'autres, dit-elle en dessinant une nouvelle flèche, filèrent vers le nord, traversant la Mongolie et la Russie, remontant la rivière Yana vers le détroit de Béring. En pleine période glaciaire, cette troisième colonie contourna le Groenland, longea les côtes glacées pour arriver, il y a quinze à vingt mille ans, sur les côtes comprises entre l'Alaska et la mer de Beaufort. Puis ce fut la descente du continent nord-américain jusqu'au Monte Verde où la quatrième colonie arriva il y a douze à quinze mille ans d'aujourd'hui[1]. Ce sont peut-être ces mêmes routes qu'ont reprises ceux qui transportèrent les fragments, il y a quatre mille ans. Une tribu de messagers partit vers Andaman qui termina son périple sur l'île de Narcondam, une autre s'en alla vers la source du Nil, jusqu'à la frontière entre le Kenya et l'Éthiopie.

– Tu en conclus que deux autres de ces « peuples messagers » auraient gagné l'ouest et le nord, pour aller acheminer les autres fragments ?

– Le texte dit : *J'ai confié aux magistères des colonies les parties qu'elle conjugue.* Chaque groupe de messagers, puisqu'un tel voyage ne pouvait être accompli sur une seule génération, est allé porter un

1. *Sources* : Susan Anton, New York University ; Alison Brooks, George Washington University ; Peter Forster, University of Cambridge ; James F. O'Connell, University of Utah ; Stephen Oppenheimer, Oxford ; Spencer Wells, National Geographic Society ; Ofer Bar-Yisef, Harvard University.

morceau semblable à mon pendentif aux magistères des premières colonies.

– Ton hypothèse se tient, ce qui ne veut pas dire qu'elle est juste. Souviens-toi de ce que je t'ai appris à la faculté, ce n'est pas parce qu'une théorie semble logique qu'elle est pour autant avérée.

– Et tu m'as dit aussi que ce n'est pas parce que l'on n'a pas trouvé quelque chose que cette chose n'existe pas !

– Qu'est-ce que tu attends de moi, Keira ?

– Que tu me dises ce que tu ferais à ma place, répondit-elle.

– Je ne posséderai jamais la femme que tu es devenue, mais je vois que je garderai toujours une part de l'élève que tu as été. C'est déjà ça.

Max se leva et se mit à son tour à arpenter son bureau.

– Tu m'emmerdes avec tes questions, Keira, je ne sais pas ce que je ferais à ta place ; si j'avais été doué pour ce genre de devinettes j'aurais abandonné les salles poussiéreuses de l'université pour exercer mon métier, au lieu de l'enseigner.

– Tu avais peur des serpents, tu détestais les insectes et tu redoutais le manque de confort, cela n'a rien à voir avec ta capacité de raisonnement, Max, tu étais juste un peu trop embourgeoisé, ce n'est pas une tare.

– Apparemment, pour te plaire, si !

– Arrête avec ça et réponds-moi ! Qu'est-ce que tu ferais à ma place ?

– Tu m'as parlé d'un troisième fragment découvert il y a trente ans, je commencerais par essayer de savoir où il a été trouvé exactement. Si c'est dans un volcan à quelques dizaines ou centaines de kilomètres d'une grande rivière, à l'ouest ou au nord, alors ce serait là une information qui viendrait étayer ton raisonnement. Si, au contraire, il a été découvert en pleine Beauce ou au milieu d'un champ de patates dans la campagne anglaise, ton hypothèse est à mettre à la poubelle et tu peux tout recommencer à zéro. Voilà ce que je ferais avant de repartir je ne sais où. Keira, tu cherches un caillou planqué quelque part sur la planète, c'est utopique !

– Parce que passer sa vie au milieu d'une vallée aride pour retrouver des ossements vieux de centaines de milliers d'années, sans rien d'autre que son intuition, ce n'est pas une utopie ? Chercher une pyramide enfouie sous le sable au milieu d'un désert n'est pas aussi une utopie ? Notre métier n'est qu'une gigantesque utopie, Max, mais c'est pour chacun de nous un rêve de découvertes que nous essayons tous de transformer en réalité !

– Ce n'est pas la peine de te mettre dans cet état. Tu m'as demandé ce que je ferais à ta place, je t'ai répondu. Cherche où ce troisième fragment a été mis au jour et tu sauras si tu es sur la bonne voie.

– Et si c'est le cas ?

– Reviens me voir et nous réfléchirons ensemble à la route que tu dois emprunter pour poursuivre ton rêve. Maintenant, il faut que je te dise quelque chose qui va peut-être encore t'agacer.

– Quoi ?

– Tu ne vois pas le temps passer en ma compagnie, et je m'en réjouis, mais il est 21 h 30, j'ai très faim, je t'emmène dîner ?

Keira regarda sa montre et bondit.

– Jeanne, Adrian, merde !

Il était presque 10 heures du soir quand Keira sonna à la porte de l'appartement de sa sœur.

– Tu n'as pas l'intention de manger ? questionna Jeanne en lui ouvrant.

– Adrian est là ? demanda Keira en regardant par-dessus l'épaule de sa sœur.

– À moins qu'il ait le don de se téléporter, je ne vois pas comment il serait arrivé jusqu'ici.

– Je lui avais donné rendez-vous...

– Et tu lui avais communiqué le code de l'immeuble ?

– Il n'a pas appelé ?

– Tu lui as donné le numéro de la maison ?

Keira resta muette.

– Dans ce cas, il a peut-être laissé un message à mon bureau, mais j'en suis partie assez tôt pour te préparer un repas que tu trouveras... dans la poubelle. Trop cuit, tu ne m'en voudras pas !

– Mais où est Adrian ?

– Je le croyais avec toi, je pensais que vous aviez décidé de passer la soirée en amoureux.

– Mais non, j'étais avec Max...

– De mieux en mieux, et je peux savoir pourquoi ?

– Pour nos recherches Jeanne, ne commence pas. Mais comment je vais le retrouver ?

– Appelle-le !

Keira se précipita sur le téléphone et tomba sur ma messagerie vocale. J'avais quand même un minimum d'amour-propre ! Elle me laissa un long message... « Je suis désolée, je n'ai pas vu le temps passer, je suis impardonnable mais c'était passionnant, j'ai des choses formidables à te raconter, où es-tu ? Je sais qu'il est 10 heures passées mais rappelle-moi, rappelle-moi, rappelle-moi ! » Puis un deuxième où cette fois elle me communiqua le numéro de sa sœur à son domicile. Un troisième où elle s'inquiétait vraiment de ne pas avoir de mes nouvelles. Un quatrième où elle s'énervait un peu. Un cinquième où elle m'accusait d'avoir mauvais caractère. Un sixième vers 3 heures du matin, et un dernier où elle raccrocha sans un mot.

J'avais dormi dans un petit hôtel de l'île Saint-Louis. Aussitôt mon petit déjeuner avalé, je me fis déposer en taxi en bas de chez Jeanne. Le code était toujours en fonction, j'avisai un banc sur le trottoir d'en face, m'y installai et lus mon journal.

Jeanne sortit de son immeuble peu de temps après. Elle me reconnut et se dirigea vers moi.

– Keira s'est fait un sang d'encre !

– Eh bien nous étions deux !

– Je suis désolée, dit Jeanne, moi aussi je suis furieuse contre elle.

– Je ne suis pas furieux, répliquai-je aussitôt.

– Vous êtes bien bête !

Sur ce, Jeanne me salua et fit quelques pas avant de revenir vers moi.

– Son entrevue d'hier soir avec Max était strictement professionnelle, mais je ne vous ai rien dit !

– Auriez-vous la gentillesse de me donner le code de votre porte cochère ?

Jeanne le griffonna sur un papier et partit travailler.

Je suis resté sur ce banc à lire mon journal jusqu'à la dernière page ; puis je me suis rendu dans une petite boulangerie au coin de la rue où j'ai acheté quelques viennoiseries.

Keira m'ouvrit la porte, les yeux encore embués de sommeil.

– Mais où étais-tu ? demanda-t-elle en se frottant les paupières. J'étais morte d'inquiétude !

– Croissant ? Pain au chocolat ? Les deux ?

– Adrian...

– Prends ton petit déjeuner et habille-toi, il y a un Eurostar qui part vers midi, nous pouvons encore l'attraper.

– Je dois d'abord aller voir Ivory, c'est très important.

– En fait, il y a un Eurostar toutes les heures, alors... allons voir Ivory.

Keira nous fit du café et me raconta l'exposé qu'elle avait fait à Max. Pendant qu'elle m'expliquait sa théorie, je repensais à cette petite phrase de l'antiquaire au sujet des sphères armillaires. Je ne savais pas pourquoi mais j'aurais voulu appeler Erwan pour lui en parler. Ma distraction passagère n'échappa pas à Keira qui me rappela à l'ordre.

– Tu veux que je t'accompagne voir ce vieux professeur ? dis-je en me raccrochant au fil de sa conversation.

– Tu peux me dire où tu as passé la nuit ?

– Non, enfin je pourrais, mais je ne te le dirai pas, répondis-je avec un grand sourire aux lèvres.

– Ça m'est complètement égal.

– Alors n'en parlons plus... Et cet Ivory, c'est là que nous en étions, n'est-ce pas ?

– Il n'est pas revenu au musée, mais Jeanne m'a donné le numéro de son domicile. Je vais l'appeler.

Keira se dirigea vers la chambre de sa sœur, où se trouvait le téléphone ; elle se retourna vers moi.

– Tu as dormi où ?

Ivory avait accepté de nous recevoir chez lui. Il habitait un appartement élégant sur l'île Saint-Louis... à deux pas de mon hôtel. Lorsqu'il nous ouvrit sa porte, je reconnus l'homme qui, la veille, était descendu d'un taxi alors que je feuilletais mon livre à la terrasse d'un bistrot. Il nous fit entrer dans son salon et nous proposa thé et café.

– C'est un plaisir de vous revoir tous les deux, que puis-je faire pour vous ?

Keira alla droit au but, elle lui demanda s'il savait où avait été découvert le fragment dont il lui avait parlé au musée.

– Si vous me disiez d'abord pourquoi cela vous intéresse ?

– Je pense avoir progressé sur l'interprétation du texte en langage guèze.

– Voilà qui m'intrigue au plus haut point, qu'avez-vous appris ?

Keira lui expliqua sa théorie sur les peuples des Hypogées. Au IVe ou V[e] millénaire avant notre ère, des hommes avaient trouvé l'objet dans sa forme intacte et l'avaient dissocié. Selon le manuscrit, des groupes s'étaient constitués pour aller en porter les différents morceaux aux quatre coins du monde.

– C'est une merveilleuse hypothèse, s'exclama Ivory, peut-être pas dénuée de sens. À cela près que vous n'avez aucune idée de ce qui aurait pu motiver ces voyages, aussi périlleux qu'improbables.

– J'ai ma petite idée, répondit Keira.

En s'appuyant sur ce qu'elle avait appris de Max, elle suggéra que chaque morceau témoignait d'une connaissance, d'un savoir qui se devait d'être révélé.

– Là, je ne suis pas d'accord avec vous, je pencherais même plutôt pour le contraire, rétorqua Ivory. La fin du texte laisse toutes les raisons de penser qu'il s'agissait d'un secret à garder. Lisez vous-même. *Que restent celées les ombres de l'infinité.*

Et tandis qu'Ivory débattait avec Keira, les « ombres

de l'infinité » me firent repenser à mon antiquaire du Marais.

– Ce n'est pas tant ce que nous montrent les sphères armillaires qui est intrigant, mais plutôt ce qu'elles ne nous montrent pas et que nous devinons pourtant, murmurai-je.

– Pardon ? demanda Ivory en se tournant vers moi.

– Le vide et le temps, lui dis-je.

– Qu'est-ce que tu racontes ? demanda Keira.

– Rien, une idée sans rapport avec votre conversation, mais qui me traversait l'esprit.

– Et où pensez-vous trouver les morceaux manquants ? reprit Ivory.

– Ceux que nous avons en notre possession ont été découverts dans le cratère d'un volcan, à quelques dizaines de kilomètres d'un fleuve majeur. L'un à l'est, l'autre au sud, je pressens que les autres sont cachés dans des endroits similaires à l'ouest et au nord.

– Vous avez ces deux fragments sur vous ? insista Ivory dont l'œil pétillait.

Keira et moi échangeâmes un regard en coin, elle ôta son pendentif, je sortis celui que je gardais précieusement dans la poche intérieure de ma veste, nous les déposâmes sur la table basse. Keira les assembla et ils reprirent cette couleur bleu vif qui nous surprenait toujours autant ; mais, cette fois, je notai que le scintillement était moins éclatant, comme si les objets perdaient de leur rayonnement.

– C'est stupéfiant ! s'exclama Ivory, plus encore que tout ce que j'avais imaginé.

– Qu'est-ce que vous aviez imaginé ? demanda Keira, intriguée.

– Rien, rien de particulier, bafouilla Ivory, mais

reconnaissez que ce phénomène est étonnant, surtout quand on connaît l'âge de cet objet.

– Maintenant, vous voulez bien nous dire à quel endroit fut découvert le vôtre ?

– Ce n'est pas le mien, hélas. Il fut trouvé il y a trente ans dans les Andes péruviennes, mais malheureusement pour votre théorie, ce n'était pas dans le cratère d'un volcan.

– Où alors ? demanda Keira.

– À environ cent cinquante kilomètres au nord-est du lac Titicaca.

– Dans quelles circonstances ? demandai-je.

– Une mission menée par une équipe de géologues hollandais ; ils remontaient vers la source du fleuve Amazone. L'objet fut repéré à cause de sa forme singulière, dans une grotte où les scientifiques s'étaient protégés du mauvais temps. Il n'aurait pas attiré plus d'attention que cela, si le chef de cette mission n'avait été témoin du même phénomène que vous. Au cours de cette nuit d'orage, les éclairs de la foudre provoquèrent la fameuse projection de points lumineux sur l'une des parois de sa tente. L'événement le marqua d'autant plus qu'il se rendit compte au lever du jour que la toile était devenue perméable à la lumière. Des milliers de petits trous s'y étaient formés. Les orages étant fréquents dans cette région, notre explorateur reproduisit l'expérience plusieurs fois et en déduisit qu'il ne pouvait s'agir d'un simple caillou. Il rapporta le fragment et le fit étudier de plus près.

– Est-il possible de rencontrer ce géologue ?

– Il est mort quelques mois plus tard, une chute idiote au cours d'une autre expédition.

– Où se trouve le fragment qu'il avait découvert ?

– Quelque part en lieu sûr, mais où ? Je n'en ai aucune certitude.

– Ça ne colle pas pour le volcan, mais, en revanche, il se trouvait bien à l'ouest.

– Oui, c'est le moins que l'on puisse dire.

– Et à quelques dizaines de kilomètres d'un affluent de l'Amazone.

– C'est tout aussi exact, reprit Ivory.

– Deux hypothèses sur trois qui se vérifient, ce n'est déjà pas si mal, dit-elle.

– Je crains que cela ne vous aide pas beaucoup pour découvrir les autres morceaux. Deux d'entre eux furent mis au jour accidentellement. Et en ce qui concerne le troisième, vous avez eu beaucoup de chance.

– Je me suis retrouvée pendue dans le vide à deux mille cinq cents mètres d'altitude, nous avons survolé la Birmanie au ras du sol à bord d'un avion qui n'avait plus que ses ailes pour en mériter le nom, j'ai manqué de me noyer et Adrian de mourir d'une pneumonie, ajoutez à cela trois mois de prison en Chine, je ne vois vraiment pas où vous voyez de la chance là-dedans !

– Je ne voulais pas minimiser vos talents respectifs. Laissez-moi réfléchir quelques jours à votre théorie, je vais me replonger dans mes lectures, si j'y retrouve la moindre information pouvant contribuer à votre enquête, je vous appellerai.

Keira nota mon numéro de téléphone sur une feuille de papier et la tendit à Ivory.

– Où comptez-vous vous rendre ? demanda ce dernier en nous raccompagnant à sa porte.

– À Londres. Nous avons, nous aussi, quelques recherches à faire.

– Alors, bon séjour en Angleterre. Une dernière chose avant de vous laisser : vous aviez raison tout à l'heure, la chance ne vous a guère accompagnés dans vos voyages, aussi, je vous recommande la plus grande prudence et, pour commencer, ne montrez à personne ce phénomène dont j'ai été le témoin tout à l'heure.

Nous avons quitté le vieux professeur, récupéré mon sac à l'hôtel, où Keira ne fit aucun commentaire sur la soirée de la veille, et je l'ai accompagnée au musée pour qu'elle aille embrasser Jeanne avant notre départ.

*

Londres

Je ne leur avais pas prêté plus d'attention que cela sur le quai de la gare du Nord, quand ils m'avaient bousculé sans s'excuser, mais c'est en me rendant à la voiture-bar que je remarquai à nouveau ce couple pour le moins étrange. De prime abord, juste un jeune Anglais et sa copine, aussi mal fagotés l'un que l'autre. Alors que je m'approchais du comptoir, le garçon me dévisagea bizarrement, son amie et lui remontèrent la rame vers la motrice. Le train s'arrêterait à Ashford une quinzaine de minutes plus tard, j'en déduisis qu'ils allaient chercher leurs affaires avant de débarquer. Le préposé à la restauration rapide – et compte tenu de l'interminable file d'attente pour arriver à lui, je me demandais ce qu'il y avait de vraiment rapide dans cette restauration – regarda s'éloigner les deux jeunes au crâne rasé en soupirant.

– La coupe de cheveux ne fait pas le moine, lui dis-je en me commandant un café. Ils sont peut-être sympathiques, une fois qu'on les connaît ?

– Peut-être, répondit le serveur d'un ton dubitatif, mais ce gars a passé tout le voyage à se curer les ongles

185

avec un cutter, et la fille à le regarder faire. Pas très motivant pour engager la conversation !

Je réglai ma consommation et retournai à ma place. Alors que j'entrais dans la voiture où Keira s'était assoupie, je croisai à nouveau les deux loustics qui traînaient près du compartiment à bagages où nous avions laissé nos sacs. Je m'approchai d'eux, le garçon fit un signe à la fille qui se retourna et me barra le chemin.

— C'est occupé, me lança-t-elle sur un ton arrogant.

— Je vois, lui dis-je, mais occupé à quoi ?

Le garçon s'interposa et sortit son cutter de sa poche, prétendant ne pas avoir aimé le ton sur lequel je m'étais adressé à sa copine.

J'ai passé pas mal de temps dans ma jeunesse à Ladbroke Grove où vivait mon meilleur copain de collège ; j'ai connu les trottoirs réservés à certaines bandes, les carrefours qu'il nous était interdit de traverser, les cafés où il ne faisait pas bon aller jouer au baby-foot. Je savais que ces deux lascars cherchaient la bagarre. Si je bougeais, la fille me sauterait dans le dos pour me bloquer les bras pendant que son copain me dérouillerait. Une fois qu'ils m'auraient mis à terre, ils me termineraient à coups de pied dans les côtes. L'Angleterre de mon enfance n'était pas faite que de jardins aux pelouses tendres, et de ce côté-là les temps n'avaient pas beaucoup changé. Il est toujours assez compliqué de laisser agir son instinct quand on a des principes, j'ai retourné une gifle magistrale à la fille qui alla s'allonger illico sur les bagages en se tenant la joue. Stupéfait, le garçon bondit devant moi, faisant passer sa lame d'une main à l'autre. Il était temps d'oublier l'adolescent en moi pour laisser toute sa place à l'adulte que je suis censé être devenu.

— Dix secondes, lui dis-je, dans dix secondes je te confisque ton cutter et, si je l'attrape, tu descends à poil de ce train ; ça te tente, ou tu le remets dans ta poche et on en reste là ?

La fille se releva, furieuse, et revint me défier ; son copain était de plus en plus nerveux.

– Larde cet enfoiré, cria-t-elle. Plante-le, Tom !

– Tom, tu devrais faire preuve de plus d'autorité sur ta copine, range ce truc avant que l'un de nous deux se blesse.

– Je peux savoir ce qui se passe ? demanda Keira qui arriva dans mon dos.

– Une petite dispute, répondis-je en la forçant à reculer.

– Tu veux que j'appelle de l'aide ?

Les deux jeunes ne s'attendaient pas à voir venir du renfort ; le train ralentissait, je pouvais voir par la portière le quai de la gare d'Ashford. Tom entraîna sa copine, nous menaçant toujours de son cutter. Keira et moi restâmes immobiles, ne quittant pas des yeux l'arme qui zigzaguait devant nous.

– Cassez-vous ! dit le garçon.

Dès l'arrêt, il se précipita sur le quai, détalant à toutes jambes avec son amie.

Keira resta sans voix ; les passagers qui voulaient descendre nous forcèrent à nous pousser. Nous retournâmes à nos places, et le convoi s'ébranla de nouveau. Keira voulait que je prévienne la police, mais il était bien trop tard, nos deux loubards avaient dû se faire la belle et mon portable se trouvait dans mon sac. Je me levai pour aller vérifier qu'il y était toujours. Keira m'aida à inspecter nos deux bagages ; le sien était intact, le mien avait été ouvert ; à part un peu de désordre, tout semblait être là. Je repris mon téléphone et mon passeport et les glissai dans ma veste. L'incident était oublié en arrivant à Londres.

J'éprouvai une immense joie devant la porte de ma petite maison et trépignai d'impatience à l'idée d'y entrer. Je cherchai mes clés dans mes poches, j'étais pourtant certain de les avoir en quittant Paris. Heureusement ma voisine m'aperçut depuis sa fenêtre. Les vieilles habitudes ne se perdant pas, elle m'offrit de passer par son jardin.

– Vous savez où se trouve l'échelle, me dit-elle, je suis en plein repassage, ne vous inquiétez pas, je refermerai quand j'aurai fini.

Je la remerciai et enjambai, quelques instants plus tard, la palissade. N'ayant toujours pas fait réparer la porte de derrière – peut-être valait-il mieux que j'y renonce –, j'appliquai un petit coup sec sur la poignée et entrai enfin. J'allai ouvrir à Keira qui m'attendait dans la rue.

Nous passâmes le reste de l'après-midi à faire quelques emplettes dans le quartier. L'étal d'un marchand de quatre-saisons attira Keira, elle y remplit un panier de victuailles, de quoi tenir un siège. Hélas, ce soir-là, nous n'eûmes pas le temps de dîner.

J'étais affairé en cuisine, coupant scrupuleusement des courgettes en petit dés, comme Keira me l'avait ordonné, tandis qu'elle préparait une sauce, se refusant à m'en donner la recette. Le téléphone sonna. Pas mon portable, mais la ligne de la maison. Keira et moi nous regardâmes, intrigués. Je me rendis dans le salon et décrochai le combiné.

– C'est donc vrai, vous êtes rentrés !

– Nous sommes arrivés tout à l'heure, mon cher Walter.

– Merci d'avoir eu la gentillesse de me prévenir, c'est vraiment très aimable à vous.

– Nous descendons à peine du train...

– C'est tout de même un monde que j'apprenne

votre arrivée par l'intermédiaire d'un coursier de Federal Express, vous n'êtes pas Tom Hanks à ce que je sache !

– C'est un coursier qui vous a prévenu de notre retour ? Quelle étrange chose... !

– Figurez-vous que l'on a fait déposer à l'Académie un pli à votre attention, enfin pas tout à fait à votre attention d'ailleurs, le prénom de votre amie est écrit sur l'enveloppe et en dessous : « À vos bons soins ». La prochaine fois, demandez que l'on m'adresse directement votre courrier ; il est aussi précisé : « À remettre de tout urgence ». Puisque je suis devenu votre facteur attitré, souhaitez-vous que je dépose ce pli chez vous ?

– Ne quittez pas, j'en parle à Keira !

– Une enveloppe à mon nom, expédiée à ton Académie ? Qu'est-ce que c'est que cette histoire ? demanda-t-elle.

Je n'en savais pas plus, je lui demandai si elle souhaitait que Walter nous l'apporte comme il le proposait si gentiment.

Keira me fit de grands gestes et je n'eus pas de mal à comprendre que c'était la dernière chose dont elle avait envie. À ma gauche, Walter soufflant dans mon oreille, à ma droite, Keira me faisant les gros yeux, et, entre eux deux, moi, dans l'embarras. Puisqu'il fallait trancher, je priai Walter de bien vouloir m'attendre à l'Académie, pas question de lui faire traverser Londres, je viendrais chercher le pli. Je raccrochai, soulagé d'avoir trouvé un compromis épatant ; mais en me retournant, je compris que Keira ne partageait pas mon enthousiasme. Je lui promis qu'il ne me faudrait pas plus d'une heure pour faire l'aller-retour. J'enfilai un imperméable, pris le double de mes clés dans le tiroir du bureau et remontai dans ma ruelle, vers le petit box où dormait ma voiture.

En m'y installant, je renouai avec l'enivrante odeur de vieux cuir. Alors que je sortais du box, il me fallut appuyer brutalement sur la pédale du frein pour ne pas écraser Keira qui se tenait devant mes phares, droite comme un piquet. Elle contourna la calandre et vint s'asseoir à la place du passager.

– Ça pouvait peut-être attendre demain, cette lettre, non ? dit-elle en claquant la portière.

– Il y a écrit « Urgent » sur l'enveloppe... au feutre rouge, a précisé Walter. Mais je peux tout à fait y aller seul, tu n'es pas obligée...

– C'est à moi que cette lettre est adressée, et toi tu meurs d'envie de voir ton pote, alors fonce.

Il n'y a que les lundis soir où l'on circule à peu près correctement dans les rues de Londres. Il nous fallut à peine vingt minutes pour arriver à l'Académie. En chemin, il se mit à pleuvoir, l'une de ces lourdes averses qui tombent souvent sur la capitale. Walter nous attendait devant la porte principale, le bas de son pantalon était trempé, son veston aussi, et il faisait sa mine des mauvais jours. Il se pencha à la portière et nous tendit le pli. Je ne pouvais même pas lui proposer de le raccompagner chez lui, ma voiture, un coupé, n'ayant que deux sièges. Nous avions quand même décidé d'attendre qu'il trouve un taxi. Dès qu'il en passa un, Walter me salua froidement, ignora Keira et s'en alla. Nous nous retrouvâmes, assis dans cette voiture sous une pluie battante, l'enveloppe posée sur les genoux de Keira.

– Tu ne l'ouvres pas ?

– C'est l'écriture de Max, murmura-t-elle.

– Ce type doit être télépathe !

– Pourquoi dis-tu ça ?

– Je le suspecte d'avoir vu que nous étions en train de nous préparer un petit dîner en amoureux, et d'avoir attendu le moment où ta sauce était parfaitement à point, pour t'envoyer une lettre et foutre en l'air notre soirée.

– Ce n'est pas drôle...

– Peut-être, mais reconnais que si nous avions été dérangés par une de mes anciennes maîtresses, tu n'aurais pas pris la chose avec autant d'humour.

Keira passa sa main sur l'enveloppe.

– Et quelle ancienne maîtresse pourrait t'écrire ? demanda-t-elle.

– Ce n'est pas ce que j'ai dit.

– Réponds à ma question !

– Je n'ai pas d'anciennes maîtresses !

– Tu étais puceau quand nous nous sommes rencontrés ?

– Ce que je veux dire c'est qu'à la fac, moi, je n'ai couché avec aucune de mes maîtresses !

– C'est très délicat, cette petite remarque.

– Tu décachettes cette enveloppe, oui ou non ?

– Tu as dit : « dîner en amoureux », j'ai bien entendu ?

– Il est possible que j'aie dit cela.

– Tu es amoureux de moi, Adrian ?

– Ouvre cette enveloppe, Keira !

– Je vais prendre ça pour un oui. Ramène-nous chez toi et montons directement dans ta chambre. J'ai beaucoup plus envie de toi que d'une poêlée de courgettes.

– Je vais prendre ça pour un compliment ! Et cette lettre ?

– Elle attendra demain matin, et Max aussi.

Cette première soirée à Londres réveilla bien des souvenirs. Après l'amour, tu t'endormis ; les volets de la chambre étaient entrouverts ; assis, je te regardais, écoutant ta respiration paisible. Je pouvais voir sur ton dos des cicatrices que le temps n'effacerait jamais. Je les effleurais de mes doigts. La chaleur de ton corps réveilla le désir, aussi intact qu'aux premiers ébats du soir. Tu gémis, j'ôtai ma main, mais tu la rattrapas, me demandant d'une voix étouffée de sommeil pourquoi j'avais interrompu cette caresse. Je posai mes lèvres sur ta peau, mais tu t'étais déjà rendormie. Alors je t'ai confié que je t'aimais.

– Moi aussi, as-tu murmuré.

Ta voix était à peine audible, mais ces deux mots me suffirent à te rejoindre dans ta nuit.

Écrasés de fatigue, nous n'avions pas vu passer le matin, il était presque midi quand je rouvris les yeux. Ta place dans le lit était vide, je te rejoignis dans la cuisine. Tu avais passé une de mes chemises, enfilé une paire de chaussettes prise dans l'un de mes tiroirs. De ces aveux que nous nous étions faits la veille était née comme une gêne, une pudeur momentanée qui nous éloignait. Je t'ai demandé si tu avais lu la lettre de Max. Du regard, tu me l'as désignée sur la table, l'enveloppe était encore intacte. Je ne sais pas pourquoi mais à cet instant j'aurais voulu que tu ne l'ouvres jamais. Je l'aurais volontiers rangée dans un tiroir où nous l'aurions oubliée. Je ne voulais pas que cette course folle reprenne, je rêvais de passer du temps avec toi, seuls dans cette maison, sans autre raison d'en sortir que d'aller flâner le long de la Tamise, chiner chez les brocanteurs de Camden, se régaler de scones dans l'un des petits cafés de Notting Hill, mais tu as décacheté l'enveloppe et rien de tout cela n'a existé.

Tu as déplié la lettre et tu me l'as lue, peut-être pour me montrer que depuis hier, tu n'avais plus rien à me cacher.

Keira,

J'ai tristement vécu ta visite à l'imprimerie. Je crois que depuis que nous nous sommes revus aux Tuileries, les sentiments que je croyais éteints se sont à nouveau ravivés.

Je ne t'ai jamais dit combien notre séparation fut douloureuse, combien j'ai souffert de ton départ, de tes silences, de ton absence, peut-être plus encore de te savoir heureuse, insouciante de ce que nous avons été. Mais il fallait se rendre à l'évidence, si tu es une femme dont la seule présence suffit à donner plus de bonheur qu'un homme ne peut en espérer, ton égoïsme et tes absences laissent à jamais un vide. J'ai fini par comprendre qu'il est vain de vouloir te retenir, personne ne le peut ; tu aimes sincèrement, mais tu n'aimes qu'un temps. Quelques saisons de bonheur c'est déjà bien, même si le temps des cicatrices est long pour ceux que tu délaisses.

Je préfère que nous ne nous revoyions plus. Ne me donne pas de tes nouvelles, ne viens pas me rendre visite quand tu passes à Paris. Ce n'est pas ton ancien professeur qui te l'ordonne, mais l'ami qui te le demande.

J'ai beaucoup réfléchi à notre conversation. Tu étais une élève insupportable, mais je te l'ai déjà dit, tu as de l'instinct, une qualité précieuse dans ton métier. Je suis fier du parcours que tu as accompli, même si je n'y suis pour rien, n'importe quel professeur aurait détecté le potentiel de l'archéologue que tu es devenue. La théorie que tu m'as exposée n'est pas impossible, j'ai même envie d'y croire et tu approches peut-être d'une vérité dont le sens nous échappe encore. Suis la voie des Pélasges des Hypogées, qui sait si elle te mènera quelque part.

Dès que tu as quitté mon atelier, je suis rentré chez

moi, j'ai rouvert des livres fermés depuis des années, ressorti mes cahiers archivés, parcouru mes notes. Tu sais combien je suis maniaque, comme tout est classé et ordonné dans mon bureau où nous avons passé de si beaux moments. J'ai retrouvé dans un carnet la trace d'un homme dont les recherches pourraient t'être utiles. Il a consacré sa vie à étudier les grandes migrations des peuples, a écrit de nombreux textes sur les Asianiques, même s'il n'en a publié que très peu, se contentant de donner des conférences dans quelques salles obscures, dont l'une où je me suis trouvé il y a longtemps. Lui aussi avait des idées novatrices sur les voyages entrepris par les premières civilisations du bassin méditerranéen. Il comptait bon nombre de détracteurs, mais dans notre domaine, qui n'en a pas ? Il y a tant de jalousie chez nos confrères. Cet homme dont je te parle est un grand érudit, j'ai pour lui un infini respect. Va le voir, Keira. J'ai appris qu'il s'était retiré à Yell, une petite île de l'archipel des Shetland à la pointe nord de l'Écosse. Il paraît qu'il y vit reclus et refuse de parler de ses travaux à quiconque, c'est un homme blessé ; mais peut-être que ton charme réussira à le faire sortir de sa tanière et à le faire parler.

Cette fameuse découverte à laquelle tu aspires depuis toujours, celle que tu rêves de baptiser de ton prénom, est peut-être enfin à ta portée. J'ai confiance en toi, tu arriveras à tes fins.

Bonne chance.

Max

Keira replia la lettre et la rangea dans son enveloppe. Elle se leva, déposa la vaisselle de son petit déjeuner dans l'évier et ouvrit le robinet.

– Tu veux que je te prépare un café ? demanda-t-elle en me tournant le dos.

Je ne répondis pas.

– Je suis désolée, Adrian.

– Que cet homme soit encore amoureux de toi ?

– Non, de ce qu'il dit de moi.

– Tu te reconnais dans la femme qu'il décrit ?

– Je ne sais pas, peut-être plus maintenant, mais sa sincérité me dit qu'il doit y avoir un fond de vérité.

– Ce qu'il te reproche c'est de trouver moins difficile de faire du mal à celui qui t'aime que d'écorner ton image.

– Toi aussi tu penses que je suis une égoïste ?

– Je ne suis pas celui qui a écrit cette lettre. Mais poursuivre sa vie en se disant que puisque l'on va bien l'autre ira bien aussi, que tout n'est qu'une question de temps, est peut-être lâche. Ce n'est pas à toi l'anthropologue que je vais expliquer le merveilleux instinct de survie de l'homme.

– Le cynisme te va mal.

– Je suis anglais, j'imagine que c'est dans mes gènes. Changeons de sujet, si tu veux bien. Je vais marcher jusqu'à l'agence de voyages, j'ai envie de prendre l'air. Tu veux aller à Yell, n'est-ce pas ?

Keira décida de m'accompagner. Le départ était fixé au lendemain. Nous ferions escale à Glasgow avant d'atterrir à Sumburgh sur l'île principale de l'archipel des Shetland. Un ferry nous conduirait ensuite à Yell.

Nos billets en poche, nous sommes allés faire un tour sur King's Road. J'ai mes habitudes dans le quartier, j'aime remonter cette grande avenue commerçante jusqu'à Sydney Street pour aller me promener ensuite dans les allées du Chelsea Farmer's Market. C'est là que nous avions donné rendez-vous à Walter. Cette longue promenade m'avait mis en appétit.

Après avoir scrupuleusement étudié le menu et passé commande d'un hamburger à deux étages, Walter se pencha à mon oreille.

– L'Académie m'a remis un chèque pour vous, l'équivalent de six mois de solde.

– En quel honneur ? demandai-je.

– Ça c'est la mauvaise nouvelle. Compte tenu de vos absences répétées, votre poste ne sera plus qu'honoraire, vous n'êtes plus titularisé.

– Je suis viré ?

– Non, pas exactement, j'ai plaidé votre cause du mieux que j'ai pu, mais nous sommes en pleine période de restrictions budgétaires et le conseil d'administration a été sommé de supprimer toutes les dépenses inutiles.

– Dois-je en conclure qu'aux yeux du conseil je suis une dépense inutile ?

– Adrian, les administrateurs ne connaissent même pas votre visage, vous n'avez pratiquement pas mis les pieds à l'Académie depuis votre retour du Chili, il faut les comprendre.

Walter afficha une mine encore plus sombre.

– Quoi encore ?

– Il faut que vous libériez votre bureau, on m'a demandé de vous faire renvoyer vos affaires chez vous, quelqu'un doit l'occuper dès la semaine prochaine.

– Ils ont déjà recruté mon remplaçant ?

– Non, ce n'est pas exactement cela, disons qu'ils ont attribué la classe qui vous était destinée à l'un de vos collègues dont l'assiduité est sans faille ; il a besoin d'un lieu où préparer ses cours, corriger ses copies, recevoir ses élèves... Votre bureau lui convient parfaitement.

– Puis-je savoir qui est ce charmant collègue qui me met à la porte pendant que j'ai le dos tourné ?

– Vous ne le connaissez pas, il n'est à l'Académie que depuis trois ans.

Je compris à la dernière phrase de Walter que l'administration me faisait payer aujourd'hui la liberté dont j'avais abusé. Walter était mortifié, Keira évitait mon regard. Je pris le chèque, bien décidé à l'encaisser dès aujourd'hui. J'étais furieux et je ne pouvais m'en prendre qu'à moi-même.

– Le Shamal a soufflé jusqu'en Angleterre, murmura Keira.

Cette petite allusion aigre-douce au vent qui l'avait chassée de ses fouilles éthiopiennes témoignait que la tension de notre discussion du matin n'était pas encore tout à fait retombée.

– Que comptez-vous faire ? me demanda Walter.

– Eh bien, puisque je suis au chômage, nous allons pouvoir voyager.

Keira bataillait avec un morceau de viande qui lui résistait, je crois qu'elle se serait volontiers attaquée à la porcelaine de son assiette pour ne pas participer à notre conversation.

– Nous avons eu des nouvelles de Max, dis-je à Walter.

– Max ?

– Un vieil ami de ma petite amie...

La tranche de rosbif ripa sous la lame du couteau de Keira et parcourut une distance non négligeable avant d'atterrir entre les jambes d'un serveur.

– Je n'avais pas très faim, dit-elle, j'ai pris mon petit déjeuner tard.

– C'est la lettre que je vous ai remise hier ? questionna Walter.

Keira avala une gorgée de bière de travers et toussa bruyamment.

– Mais continuez, continuez, faites comme si je n'étais pas là..., dit-elle en s'essuyant la bouche.

– Oui, c'est la lettre en question.

– Et elle a un rapport avec vos projets de voyage ? Vous allez loin ?

– Au nord de l'Écosse, dans les Shetland.

– Je connais très bien le coin, j'y passais mes vacances dans ma jeunesse, mon père nous emmenait en famille à Whalsay. C'est une terre aride, mais magnifique en été, il n'y fait jamais chaud, papa détestait la chaleur. L'hiver y est rude, mais papa adorait l'hiver, quoique nous n'y soyons jamais allés en cette saison. Sur quelle île vous rendez-vous ?

– À Yell.

– J'y suis allé aussi, à la pointe nord se trouve la maison la plus hantée du Royaume-Uni. Windhouse, c'est une ruine qui comme son nom l'indique est battue par les vents. Mais pourquoi là-bas ?

– Nous allons rendre visite à une connaissance de Max.

– Ah oui, et que fait cet homme ?

– Il est à la retraite.

– Bien sûr, je comprends, vous partez au nord de l'Écosse pour rencontrer l'ami à la retraite d'un vieil ami de Keira. La chose doit avoir un sens. Je vous trouve bien bizarres tous les deux, vous ne me cachez rien ?

– Vous saviez qu'Adrian a un caractère de merde, Walter ? demanda soudain Keira.

– Oui, répondit-il, je l'avais remarqué.

– Alors si vous le savez, nous ne vous cachons rien d'autre.

Keira me demanda de lui confier les clés de la maison, elle préférait rentrer à pied et nous laisser terminer, entre hommes, cette passionnante conversation. Elle salua Walter et sortit du restaurant.

– Vous vous êtes disputés, c'est cela ? Qu'est-ce que vous avez encore fait, Adrian ?

– Mais c'est incroyable tout de même, pourquoi est-ce que ce serait de ma faute ?

– Parce que c'est elle qui a quitté la table et pas vous, voilà pourquoi. Donc, je vous écoute, qu'est-ce que vous avez encore fait ?

– Mais rien du tout, bon sang, à part écouter stoïquement la prose amourachée du type qui lui a écrit cette lettre.

– Vous avez lu la lettre qui lui était adressée ?

– C'est elle qui me l'a lue !

– Et bien cela prouve au moins son honnêteté, et je croyais que ce Max était un ami ?

– Un ami qu'elle a eu tout nu dans son lit il y a quelques années.

– Dites donc, mon vieux, vous n'étiez pas vierge non plus quand vous l'avez rencontrée. Vous voulez que je vous rappelle ce que vous m'avez confié ? Votre premier mariage, votre docteur, votre rouquine qui servait dans un bar...

– Je n'ai jamais été avec une rouquine qui servait dans un bar !

– Ah bon ? Alors c'était moi. Peu importe, ne me dites pas que vous êtes assez stupide pour être jaloux de son passé ?

– Eh bien, je ne vous le dis pas !

– Mais enfin, bénissez ce Max au lieu de le détester.

– Je ne vois vraiment pas pourquoi.

– Mais parce que s'il n'avait pas été assez crétin pour la laisser partir, aujourd'hui, vous ne seriez pas ensemble.

Je regardai Walter, intrigué ; son raisonnement n'était pas totalement dénué de sens.

– Bon, offrez-moi un dessert et vous irez vous excuser ensuite ; qu'est-ce que vous pouvez être maladroit !

La mousse au chocolat devait être succulente, Walter me supplia de lui laisser le temps d'en prendre une autre. Je crois qu'il cherchait en fait à prolonger le moment que nous passions ensemble pour me parler de tante Elena ou plutôt pour que je lui parle d'elle. Il avait le projet de l'inviter à passer quelques jours à Londres et voulait savoir si, selon moi, elle accepterait son invitation. Je n'avais, de mémoire, jamais vu ma tante s'aventurer au-delà d'Athènes, mais plus rien ne m'étonnait et, depuis quelque temps, tout appartenait au domaine du possible. Je recommandai cependant à Walter de procéder avec délicatesse. Il me laissa lui prodiguer mille conseils et finit par me confier, presque confus, qu'il lui en avait déjà fait la demande et qu'elle lui avait répondu qu'elle rêvait de visiter Londres. Tous deux avaient prévu d'organiser ce voyage à la fin du mois.

– Alors pourquoi cette conversation puisque vous connaissez déjà sa réponse ?

– Parce que je voulais m'assurer que vous n'en seriez pas fâché. Vous êtes le seul homme de la famille, il était normal que je vous demande l'autorisation de fréquenter votre tante.

– Je n'ai pas l'impression que vous me l'ayez vraiment demandé, ou alors cela m'aura échappé.

– Disons que je vous ai sondé. Lorsque je vous ai interrogé pour savoir si j'avais mes chances, si j'avais senti la moindre hostilité dans votre réponse...

– ... vous auriez renoncé à vos projets ?

– Non, avoua Walter, mais j'aurais supplié Elena de

vous convaincre de ne pas m'en vouloir. Adrian, il y a seulement quelques mois nous nous connaissions à peine, depuis je me suis attaché à vous et je ne voudrais prendre aucun risque de vous froisser, notre amitié m'est terriblement précieuse.

– Walter, lui dis-je en le regardant dans le blanc des yeux.

– Quoi ? Vous pensez que ma relation avec votre tante est inconvenante, c'est cela ?

– Je trouve merveilleux que ma tante trouve enfin, en votre compagnie, ce bonheur qu'elle a si longtemps guetté. Vous aviez raison à Hydra, si c'était vous qui aviez vingt ans de plus qu'elle, personne n'y trouverait à redire, cessons de nous embarrasser de ces préjugés hypocrites de bourgeoisie de province.

– Ne blâmez pas la province, je crains qu'à Londres on ne voie pas cela d'un très bon œil, non plus.

– Rien ne vous oblige à vous embrasser fougueusement sous les fenêtres du conseil d'administration de l'Académie... Quoique l'idée ne me déplairait pas, pour tout vous dire.

– Alors, j'ai votre consentement ?

– Vous n'en aviez pas besoin !

– D'une certaine façon, si, votre tante préférerait de beaucoup que ce soit vous qui parliez de son petit projet de voyage à votre mère... enfin, elle a précisé : à condition que vous soyez d'accord.

Mon téléphone vibra dans ma poche. Le numéro de mon domicile s'affichait sur l'écran, Keira devait s'impatienter. Elle n'avait qu'à rester avec nous.

– Vous ne décrochez pas ? demanda Walter inquiet.

– Non, où en étions-nous ?

– À la petite faveur que votre tante et moi espérons de vous.

– Vous voulez que j'informe ma mère des frasques

de sa sœur ? J'ai déjà du mal à lui parler des miennes, mais je ferai de mon mieux, je vous dois bien cela.

Walter prit mes mains et les serra chaleureusement.

– Merci, merci, merci, dit-il en me secouant comme un prunier.

Le téléphone vibra à nouveau, je le laissai sur la table où je l'avais posé et me retournai vers la serveuse pour lui commander un café.

*

Paris

Une petite lampe éclairait le bureau d'Ivory. Le professeur remettait ses notes à jour. Le téléphone sonna. Il ôta ses lunettes et décrocha.

– Je voulais vous informer que j'ai remis votre pli à sa destinataire.

– L'a-t-elle lu ?

– Oui, ce matin même.

– Et comment ont-ils réagi ?

– Il est encore trop tôt pour vous répondre...

Ivory remercia Walter. Il passa un autre appel et attendit que son correspondant décroche.

– Votre lettre est arrivée à bon port, je voulais vous en remercier. Vous aviez bien écrit tout ce que je vous avais indiqué ?

– J'ai recopié chacun de vos mots, je me suis simplement autorisé à y ajouter quelques lignes.

– Je vous avais demandé de ne rien changer !

– Alors pourquoi ne pas l'avoir envoyée vous-même, pourquoi ne pas lui avoir dit tout cela de vive voix ? Pourquoi vous servir de moi comme intermédiaire ? Je ne comprends pas à quoi vous jouez.

– J'aimerais tellement que ce ne soit qu'un jeu. Elle vous accorde bien plus de crédit qu'à moi, bien plus qu'à quiconque d'ailleurs, et je ne cherche pas à vous flatter en vous disant cela, Max. Vous avez été son professeur, pas moi. Lorsque je l'appellerai dans quelques jours pour corroborer les informations qu'elle obtiendra à Yell, elle n'en sera que plus convaincue. Ne dit-on pas que deux avis valent mieux qu'un ?

– Pas quand ces deux avis émanent de la même personne.

– Mais nous sommes les seuls à le savoir, n'est-ce pas ? Si vous êtes mal à l'aise, dites-vous bien que je fais cela pour leur sécurité. Prévenez-moi dès qu'elle vous rappellera. Elle le fera, j'en suis sûr. Et, comme convenu, débrouillez-vous maintenant pour être injoignable. Demain, je vous communiquerai un nouveau numéro où me contacter. Bonne nuit, Max.

*

Londres

Nous sommes partis à la première heure. Keira titubait de sommeil. Elle se rendormit dans le taxi et je dus la secouer en arrivant à Heathrow.

– J'aime de moins en moins l'avion, dit-elle tandis que l'appareil prenait son envol.

– C'est fâcheux pour une exploratrice, tu as l'intention de gagner le Grand Nord à pied ?

– Il y a le bateau...

– En hiver ?

– Laisse-moi dormir.

Nous avions trois heures d'escale à Glasgow. J'aurais voulu emmener Keira visiter la ville, mais le temps ne s'y prêtait vraiment pas. Keira s'inquiétait du décollage dans des conditions météorologiques qui s'annonçaient de moins en moins favorables. Le ciel virait au noir, de gros nuages obscurcissaient l'horizon. D'heure en heure, une voix annonçait les retards et invitait les passagers à prendre leur mal en patience. Un orage impressionnant vint détremper la piste, la plupart des vols étaient annulés, mais le nôtre faisait partie des rares encore accrochés au tableau des départs.

– À combien tu évalues les chances que ce vieil homme nous reçoive ? demandai-je alors que la buvette fermait.

– À combien tu évalues nos chances d'arriver sains et saufs dans les Shetland ? demanda Keira.

– Je ne pense pas qu'ils nous feront courir des risques inutiles.

– Ta confiance en l'homme me fascine, répondit Keira.

L'averse s'éloignait ; profitant d'une courte accalmie, une hôtesse nous enjoignit de gagner la porte d'embarquement au plus vite. Keira s'engagea sur la passerelle à contrecœur.

– Regarde, lui dis-je en pointant un doigt par un hublot, il y a une éclaircie, nous allons passer dedans et éviter la crasse.

– Et ton éclaircie nous suivra jusqu'à l'endroit où il faudra redescendre sur terre ?

Le côté positif des turbulences qui nous secouèrent pendant les cinquante-cinq minutes que durèrent ce vol fut que Keira ne quitta pas mon bras.

Nous sommes arrivés sur l'archipel des Shetland en milieu d'après-midi, sous une pluie battante. L'agence m'avait conseillé de louer une voiture à l'aéroport. Nous parcourûmes soixante miles de route à travers des plaines où paissaient des troupeaux de moutons. Les animaux vivant en liberté, les éleveurs ont pour habitude de teindre la laine de leur bétail afin de le distinguer des élevages voisins. Cela donne à cette campagne de bien jolies couleurs qui contrastent avec le gris du ciel. À Toft, nous embarquâmes à bord du ferry qui naviguait vers Ulsta, un petit village sur la côte orientale de Yell ; le reste de l'île n'est pratiquement peuplé que de hameaux.

J'avais préparé notre voyage et une chambre nous attendait dans un *Bed and Breakfast* à Burravoe, le seul de l'île, je crois.

Le *Bed and Breakfast* en question était une ferme avec une chambre mise à disposition des rares visiteurs qui venaient se perdre ici.

Yell est l'une de ces îles du bout du monde, une lande de terre longue de trente-cinq kilomètres et large d'à peine douze. Neuf cent cinquante-sept personnes y vivent, le compte est précis, chaque naissance ou décès affecte sensiblement la démographie des lieux. Loutres, phoques gris ou sternes arctiques sont ici largement majoritaires.

Le couple d'éleveurs qui nous reçut paraissait au demeurant charmant, à ceci près que leur accent ne me permettait pas de saisir toute leur conversation. Le dîner était servi à 6 heures et à 7 heures, Keira et moi nous retrouvâmes dans notre chambre, avec deux bougies pour tout éclairage. Le vent soufflait en rafales au-dehors, les volets claquaient, les pales d'une éolienne rouillée grinçaient dans la nuit et la pluie vint battre les carreaux. Keira se blottit contre moi, mais aucune chance que nous fassions l'amour ce soir-là.

J'eus moins de regrets que nous nous soyons endormis tôt car le réveil fut rudement matinal. Bêlements de moutons, grognements de cochons, caquètements de volailles en tout genre, ne manquait au tableau que le mugissement d'une vache, mais les œufs, le bacon et le lait de brebis qui nous furent servis au petit déjeuner avaient un goût que je n'ai hélas jamais retrouvé depuis. La fermière nous demanda ce qui nous amenait ici.

– Nous sommes venus rendre visite à un anthropologue qui a pris sa retraite sur l'île, un certain Yann Thornsten, vous le connaissez ? demanda Keira.

La fermière haussa les épaules et quitta la cuisine. Keira et moi nous regardâmes, interloqués.

– Tu m'as demandé hier quelles étaient les chances que ce type nous reçoive ? Je viens de réviser mes prévisions à la baisse, lui soufflai-je.

Une fois le petit déjeuner avalé, je me dirigeai vers l'étable afin d'aller rendre visite au mari de notre fermière. Lorsque je l'interrogeai sur le dénommé Yann Thornsten, l'éleveur fit une grimace.

– Il vous attend ?

– Pas exactement, non.

– Alors il vous recevra à coups de fusil. Le Hollandais est un sale type, ni bonjour, ni au revoir, c'est un solitaire. Lorsqu'il vient au village une fois par semaine pour faire ses courses, il ne parle à personne. Il y a deux ans, la famille qui habite la ferme à côté de chez lui a eu un problème. La femme a accouché en pleine nuit et cela ne s'est pas bien passé. Il fallait aller chercher le docteur et la voiture de son mari ne voulait pas démarrer. Le gars a traversé la lande pour aller lui demander de l'aide, un kilomètre sous la pluie, le Hollandais lui a tiré dessus à la carabine. Le bébé n'a pas survécu. Je vous le dis, c'est un sale bonhomme. Il n'y aura que le curé et le menuisier le jour où on l'emmènera au cimetière.

– Pourquoi le menuisier ? demandai-je.

– Parce que c'est lui le propriétaire du corbillard, et c'est son cheval qui le tracte.

Je relatai ma conversation à Keira et nous décidâmes d'aller faire une balade le long de la côte, le temps de mettre au point une stratégie d'approche.

– Je vais y aller seule, déclara Keira.

– Et puis quoi encore, pas question !

– Il ne tirera pas sur une femme, il n'a aucune raison de se sentir menacé. Écoute, les histoires de mauvais voisinage sont légion sur les îles, cet homme n'est certainement pas le monstre que l'on nous décrit. J'en connais plus d'un qui tirerait sur une silhouette s'approchant de sa maison au beau milieu de la nuit.

– Tu as d'étranges fréquentations !

– Tu me déposes devant sa propriété et je fais le reste à pied.

– Sûrement pas !

– Il ne tirera pas sur moi, crois-moi, j'ai plus peur du vol retour que de rencontrer cet homme.

L'échange d'arguments se poursuivit le temps de la promenade. Nous marchions le long des falaises, découvrant des petites criques sauvages. Keira s'enticha d'une loutre, l'animal n'était pas farouche et semblait même s'amuser de notre présence, nous suivant à quelques mètres de distance. À force de jouer, il nous entraîna pendant plus d'une heure ; le vent était glacial, mais il ne pleuvait pas et la marche était agréable. En route, nous avons rencontré un homme qui revenait de la pêche. Nous lui avons demandé notre chemin.

Son accent était encore pire que celui de nos hôtes.

– Où allez-vous ? grommela-t-il dans sa barbe.

– À Burravoe.

– C'est à une heure de marche, derrière vous, dit-il en s'éloignant.

Keira me laissa sur place et lui emboîta le pas.

– C'est une belle région, dit-elle en le rejoignant.

– Si on veut, répondit l'homme.

– Les hivers doivent être rudes, j'imagine, poursuivit-elle.

– Vous avez beaucoup d'autres conneries de ce genre à me dire ? Je dois aller préparer mon repas.

– Monsieur Thornsten ?

– Je connais personne de ce nom, dit l'homme en accélérant le pas.

– Il n'y a pas grand monde sur l'île, j'ai du mal à vous croire.

– Croyez ce que vous voulez et foutez-moi la paix. Vous vouliez que je vous indique votre chemin, vous êtes en train de lui tourner le dos, alors faites demi-tour et vous serez dans la bonne direction.

– Je suis archéologue. Nous sommes venus de loin pour vous rencontrer.

– Archéologue ou pas, ça m'est totalement égal, je vous ai dit que je ne connaissais pas votre Thornsten.

– Je vous demande juste de me consacrer quelques heures, j'ai lu vos travaux sur les grandes migrations du paléolithique et j'ai besoin de vos lumières.

L'homme s'immobilisa et toisa Keira.

– Vous avez la tête d'une emmerdeuse et j'ai pas envie qu'on m'emmerde.

– Et vous, vous avez la tête d'un type aigri et détestable.

– Je suis bien d'accord, répondit l'homme en souriant, raison de plus pour que ni vous ni moi ne fassions connaissance. En quelle langue je dois vous dire de me laisser tranquille ?

– Essayez le hollandais ! J'imagine que peu de gens dans le coin ont un accent comme le vôtre.

L'homme tourna le dos à Keira et s'en alla. Elle le suivit et le rattrapa aussitôt.

– Faites votre tête de mule, ça m'est bien égal, je vous suivrai jusque chez vous s'il le faut. Vous ferez quoi lorsque nous arriverons devant votre porte, vous me chasserez à coups de fusil ?

– C'est les fermiers de Burravoe qui vous ont raconté ça ? Ne croyez pas toutes les saloperies que vous entendrez sur l'île, les gens s'emmerdent ici, ils ne savent plus quoi inventer.

– La seule chose qui m'intéresse, continua-t-elle, c'est ce que vous avez à me dire, et rien d'autre.

Pour la première fois, l'homme sembla s'intéresser à moi. Il ignora momentanément Keira et fit un pas dans ma direction.

– Elle est toujours aussi chiante ou j'ai droit à un traitement de faveur ?

Je n'aurais pas formulé la chose ainsi, mais je me contentai d'un sourire et lui confirmai que Keira était d'une nature assez déterminée.

– Et vous, vous faites quoi dans la vie à part la suivre ?

– Je suis astrophysicien.

Son regard changea soudain, ses yeux d'un bleu profond s'ouvrirent un peu plus grands.

– J'aime bien ça, les étoiles, souffla-t-il, elles m'ont guidé autrefois...

Thornsten regarda le bout de ses chaussures et envoya un caillou valdinguer en l'air.

– J'imagine que vous devez les aimer vous aussi, si vous faites ce métier ? reprit-il.

– Je l'imagine, répondis-je.

– Suivez-moi, j'habite au bout du chemin. Je vous offre de quoi vous désaltérer, vous me parlez un peu du ciel et ensuite vous me laissez tranquille, marché conclu ?

Nous avons échangé une poignée de main qui valait bien une promesse.

Un tapis usé sur le sol en bois, un vieux fauteuil devant la cheminée, le long d'un mur deux bibliothèques croulant sous les livres et la poussière, dans un coin un lit en fer forgé recouvert d'un vieux patchwork, une lampe et une table de nuit, voilà de quoi était composée la pièce principale de cette humble demeure. Notre hôte nous installa autour de sa table de cuisine ; il nous offrit un café noir, dont l'amertume n'avait rien à envier à la couleur. Il alluma une cigarette en papier maïs et nous regarda fixement tous les deux.

– Qu'est-ce que vous êtes venus chercher exactement ? dit-il en soufflant l'allumette.

– Des informations sur les premières migrations humaines qui ont transité par le Grand Nord pour arriver jusqu'en Amérique.

– Ces flux migratoires sont très controversés, le peuplement du continent américain est beaucoup plus complexe qu'il n'y paraît. Mais tout cela est dans les livres, vous n'aviez pas besoin de vous déplacer.

– Croyez-vous possible, reprit Keira, qu'un groupe ait pu quitter le bassin méditerranéen pour gagner le détroit de Béring et la mer de Beaufort en passant par le Pôle ?

– Sacrée balade, ricana Thornsten. Selon vous, ils auraient fait le voyage en avion ?

– Ce n'est pas la peine de le prendre de haut, je vous demande juste de répondre à ma question.

– Et à quelle époque aurait eu lieu cette épopée, d'après vous ?

– Entre quatre et cinq mille ans avant notre ère.

– Jamais entendu parler d'une telle chose, pourquoi ce moment-là en particulier ?

– Parce que c'est celui qui m'intéresse.

– Les glaces étaient bien plus formées qu'elles ne le sont aujourd'hui et l'océan plus petit ; en se déplaçant au gré des saisons favorables, oui, cela aurait été possible. Maintenant, jouons cartes sur table, vous dites avoir lu mes travaux, je ne sais pas comment vous avez réussi ce prodige car j'ai très peu publié et vous êtes bien trop jeune pour avoir assisté à l'une des rares conférences que j'ai données sur ce sujet. Si vous vous êtes vraiment penchée sur mes écrits, vous venez de me poser une question dont vous connaissiez la réponse avant de venir, puisque ce sont précisément les théories que j'ai défendues. Elles m'ont valu d'être relégué au ban de la Société des archéologues ; alors à mon tour de vous poser deux questions. Qu'est-ce que vous êtes vraiment venus chercher chez moi et dans quel but ?

Keira avala sa tasse de café cul sec.

– D'accord, dit-elle, jouons cartes sur table. Je n'ai jamais rien lu de vous, j'ignorais encore l'existence de vos travaux la semaine dernière. C'est un ami professeur qui m'a recommandé de venir vous voir, me disant que vous pourriez me renseigner sur ces grandes migrations qui ne font pas l'unanimité chez nos confrères. Mais j'ai toujours cherché là où les autres avaient renoncé. Et, aujourd'hui, je cherche un passage par lequel des hommes auraient pu traverser le Grand Nord au IVe ou Ve millénaire.

– Pourquoi auraient-ils entrepris ce voyage ? demanda Thornsten. Qu'est-ce qui les aurait poussés à risquer leur vie ? C'est la question clé, jeune fille, lorsqu'on prétend s'intéresser aux migrations. L'homme ne migre que par nécessité, parce qu'il a faim ou soif, parce qu'il est persécuté, c'est son instinct de survie qui le pousse à se déplacer. Prenez votre exemple, vous avez quitté votre nid douillet pour venir dans cette vieille baraque parce que vous aviez besoin de quelque chose, non ?

Keira me regarda, cherchant dans mes yeux la réponse à une question que je devinais. Fallait-il ou non accorder notre confiance à cet homme, prendre le risque de lui montrer nos fragments, les réunir à nouveau pour qu'il assiste au phénomène ? J'avais remarqué que, chaque fois que nous le faisions, l'intensité diminuait. Je préférai en économiser l'énergie, et faire en sorte que le moins de monde possible soit au courant de ce que nous tentions de découvrir. Je lui fis un signe de tête qu'elle comprit, elle se retourna vers Thornsten.

– Alors ? insista-t-il.

– Pour aller porter un message, répondit Keira.

– Quel genre de message ?

– Une information importante.

– Et à qui ?

– Aux magistères des civilisations établies sur chacun des grands continents.

– Et comment auraient-ils pu deviner qu'à de pareilles distances d'autres civilisations que la leur existaient ?

– Ils ne pouvaient en avoir la certitude, mais je ne connais pas d'explorateur qui sache au moment du départ ce qu'il trouvera à l'arrivée. Cependant, ceux auxquels je pense avaient croisé suffisamment de peuples différents du leur pour supposer qu'il en existait d'autres vivant sur des terres lointaines. J'ai déjà la preuve que trois voyages de ce genre furent entrepris à la même époque et sur des distances considérables. L'un vers le sud, l'autre vers l'est jusqu'en Chine, un troisième vers l'ouest. Ne reste que le nord pour confirmer ma théorie.

– Vous avez vraiment la preuve que de tels voyages ont eu lieu ? interrogea Thornsten, méfiant.

Sa voix avait changé. Il rapprocha sa chaise de Keira et posa sa main sur la table, raclant le bois du bout des ongles.

– Je ne vous mentirais pas, affirma Keira.

– Vous voulez dire, pas deux fois de suite ?

– Tout à l'heure, je voulais vous apprivoiser, on dit que vous n'êtes pas d'un abord facile.

– Je vis reclus mais je ne suis pas un animal !

Thornsten fixa Keira. Ses yeux étaient cernés de rides et son regard si profond qu'il était difficile de le soutenir ; il se leva et nous laissa seuls un instant.

– Nous parlerons ensuite de vos étoiles, je n'ai pas oublié notre marché, cria-t-il depuis le salon.

Il revint avec un long tube dont il sortit une carte qu'il déplia sur la table. Il en cala les angles récalcitrants avec nos tasses de café et un cendrier.

– Voilà, dit-il en désignant le nord de la Russie sur le grand planisphère. Si ce voyage a réellement existé, plusieurs voies s'offraient à vos messagers. L'une, en remontant par la Mongolie et la Russie pour atteindre le détroit de Béring, comme vous le suggériez. À cette époque, les peuples sumériens avaient déjà mis au point des embarcations assez robustes pour pouvoir longer la route des icebergs et atteindre la mer de Beaufort, même si rien ne prouve qu'ils y soient jamais allés. Autre route possible, en passant par la Norvège, les îles Féroé, l'Islande, puis en traversant ou en longeant la côte du Groenland, la baie de Baffin, ils auraient pu arriver en mer de Beaufort. À condition toutefois d'avoir pu survivre à des températures polaires, de s'être nourris de pêche en route, sans s'être eux-mêmes fait dévorer par les ours, mais tout est possible.

– Possible ou plausible ? insista Keira.

– J'ai défendu la thèse que de tels voyages avaient été entrepris par des hommes d'origine caucasienne plus de vingt mille ans avant notre ère ; j'ai aussi prétendu que la civilisation des Sumériens n'était pas apparue sur les rives de l'Euphrate et du Tigre simplement parce qu'ils avaient appris à entreposer l'épeautre et personne ne m'a cru.

– Pourquoi me parlez-vous des Sumériens ? demanda Keira.

– Parce que cette civilisation est l'une des premières, sinon la première, à avoir élaboré l'écriture, l'une des premières à s'être dotée d'un outil permettant aux hommes de noter leur langue. Avec l'écriture, les Sumériens ont inventé l'architecture et mis au point des bateaux dignes de ce nom. Vous cherchez les preuves d'un grand voyage ayant eu lieu il y a des millénaires, et vous espérez tomber dessus comme si, par enchantement, le petit Poucet avait semé des cailloux ? Vous êtes d'une naïveté affligeante. Quel que soit ce que vous cherchez réellement, si cela a existé, c'est dans les textes que vous en trouverez les traces. Vous voulez maintenant que je vous en dise un peu plus ou vous avez encore l'intention de m'interrompre pour ne rien dire ?

Je pris la main de Keira et la serrai dans la mienne, une façon à moi de la supplier de le laisser poursuivre son récit.

– Certains soutiennent que les Sumériens se sont sédentarisés sur l'Euphrate et le Tigre, parce que l'épeautre y poussait en abondance et qu'ils avaient appris à stocker cette céréale. Ils pouvaient conserver les récoltes qui les nourriraient pendant les saisons froides et infertiles et n'avaient plus besoin de vivre en nomades pour se procurer leur nourriture quotidienne. C'est ce que je vous expliquais, la sédentarisation témoigne que l'homme passe de l'état de survie à l'état de vie. Et, dès qu'il se sédentarise, il entreprend d'améliorer son quotidien, c'est là et seulement là que commencent à évoluer les civilisations. Qu'un incident géographique ou climatique vienne détruire cet ordre, que l'homme ne trouve plus son pain quotidien et le voilà aussitôt qui reprend la route. Exodes ou migrations, mêmes combats, même motif, celui de l'éternelle survie de l'espèce. Mais les connaissances des Sumériens étaient déjà bien trop développées pour qu'il se soit agi de simples fermiers soudainement sédentarisés. J'ai avancé la théorie selon laquelle leur civilisation remarquablement évoluée était née de la réunion de plusieurs groupes, chacun porteur de sa propre culture. Les uns venant du sous-continent indien, d'autres arrivés par la mer en longeant le littoral iranien et enfin un troisième groupe venu de l'Asie Mineure. Azov, Noire, Égée et Méditerranée, ces mers n'étaient guère éloignées les unes des autres, quand elles n'étaient pas communicantes. Ce sont tous ces migrants qui se sont unis pour fonder cette extraordinaire civilisation. Si un peuple a pu entreprendre le voyage dont vous me parlez, ce ne peut être qu'eux ! Et, si tel est le cas, alors ils l'auront raconté. Retrouvez les tablettes de ces écritures et vous aurez la preuve que ce que vous cherchez existe.

– *J'ai dissocié la table des mémoires...*, souffla Keira à voix basse.

– Qu'est-ce que vous dites ? interrogea Thornsten.

– Nous avons retrouvé un texte qui commence par cette phrase : *J'ai dissocié la table des mémoires.*

– Quel texte ?

– C'est une longue histoire, mais il fut rédigé en langage guèze et non en sumérien.

– Mais que vous êtes sotte ! tempêta Thornsten en tapant du poing. Cela ne veut pas dire pour autant qu'il ait été retranscrit à l'époque même du périple dont vous me parlez. Vous avez étudié, oui ou merde ? Les histoires se transmettent de génération en génération, elles franchissent les frontières, les peuples les transforment et se les approprient. Ignorez-vous le nombre de ces

217

emprunts retrouvés dans l'Ancien comme dans le Nouveau Testament ? Des morceaux d'histoires, volés à d'autres civilisations bien plus anciennes que le judaïsme ou le christianisme qui les ont accommodées. L'archevêque anglican James Ussher, primat d'Irlande, publia entre 1625 et 1656 une chronologie qui situait la naissance de l'Univers au dimanche 23 octobre de l'an 4004 avant Jésus-Christ, quelle belle foutaise ! Dieu avait créé le temps, l'espace, les galaxies, les étoiles, le Soleil, la Terre et les animaux, l'homme et la femme, l'enfer et le paradis. La femme créée à partir d'une côte de l'homme !

Thornsten éclata de rire. Il se leva pour aller chercher une bouteille de vin, il la déboucha, en servit trois verres et les posa sur la table. Il but le sien d'un trait et se resservit aussitôt.

– Si vous saviez le nombre de crétins qui croient encore que les hommes ont une côte de moins que les femmes, vous en ririez toute la nuit... et pourtant, cette fable est inspirée d'un poème sumérien, elle est née d'un simple jeu de mots. La Bible est truffée de ces emprunts, dont le fameux déluge et son arche de Noé, un autre conte écrit par les Sumériens. Alors, oubliez vos peuples des Hypogées, vous faites fausse route. Ils n'auront été au mieux que des relais, des rapporteurs ; seuls les Sumériens auraient pu concevoir les embarcations capables du périple dont vous me parlez, ils ont tout inventé ! Les Égyptiens ont tout copié d'eux, l'écriture dont ils se sont inspirés pour leurs hiéroglyphes, l'art naval et celui de bâtir des villes en brique. Si votre voyage a bien eu lieu, c'est là qu'il a commencé ! affirma Thornsten en désignant l'Euphrate.

Il se leva et se dirigea vers le salon.

– Restez là, je vais vous chercher quelque chose et je reviens.

Pendant le court instant où nous étions seuls dans la cuisine, Keira se pencha sur la carte et suivit du doigt le parcours du fleuve. Elle sourit et me confia à voix basse :

– Le Shamal, c'est là qu'il prend naissance, à l'endroit précis que Thornsten nous a désigné. C'est drôle d'imaginer qu'il m'a chassée de la vallée de l'Omo pour que finalement je revienne à lui.

– Le bruissement d'ailes du papillon..., répondis-je en haussant les épaules. Si le Shamal n'avait pas soufflé, nous ne serions en effet pas ici.

Thornsten reparut dans la cuisine avec une autre carte, détaillant de façon plus précise l'hémisphère Nord.

– Quelle était la réelle position des glaces à cette époque ? Quelles voies s'étaient refermées, quelles autres s'étaient ouvertes ? Tout n'est que supposition. Mais la seule chose qui confirmera votre théorie sera de retrouver des preuves de ces passages sinon au point d'arrivée, au moins à l'endroit où vos messagers se seront arrêtés. Rien ne dit qu'ils aient atteint leur but.

– Laquelle de ces deux voies prendriez-vous si vous vouliez suivre leurs traces ?

– Je crains qu'il n'en reste guère, de traces, à moins que...

– À moins que quoi ? demandai-je.

C'était la première fois que je m'autorisais à participer à cette conversation ; Thornsten se retourna vers moi, comme s'il remarquait enfin ma présence.

– Vous avez parlé d'un premier voyage accompli jusqu'en Chine, ceux qui y sont arrivés auraient pu poursuivre leur route vers la Mongolie, et, dans ce cas, le chemin le plus logique aurait été de remonter vers le lac Baïkal. De là, il leur aurait suffi de se laisser porter par la rivière Angara, jusqu'à ce qu'elle se jette dans le fleuve Ienisseï ; son estuaire se trouve en mer de Kara.

– C'était donc faisable ! s'enthousiasma Keira.

– Je vous conseille de vous rendre à Moscou. Présentez-vous à la Société des archéologues et essayez d'obtenir l'adresse d'un certain Vladenko Egorov. C'est un vieil alcoolique, qui vit reclus comme moi dans une bicoque, quelque part, je crois, autour du lac Baïkal. En vous recommandant de moi et en lui rendant les cent dollars que je lui dois depuis trente ans... il devrait vous recevoir.

Thornsten fouilla dans la poche de son pantalon et en sortit un billet de dix livres sterling roulé en boule.

– Il faudra que vous m'avanciez les cent dollars... Egorov est l'un des rares archéologues russes encore en vie, du moins je l'espère, à avoir pu mener des recherches sous couvert de son gouvernement à l'époque où tout était interdit. Il a dirigé pendant quelques années la Société des archéologues et en sait beaucoup plus qu'il n'a jamais voulu l'avouer. Du temps de Khrouchtchev, il n'était pas bon de trop briller et encore moins d'avoir ses propres théories sur les origines du peuplement de la Mère Patrie. Si des fouilles ont révélé des traces du passage de vos migrants près de la mer de Kara, au IVe ou V^e millénaire, il en aura été informé. Je ne vois que lui pour vous dire si, oui ou non, vous êtes sur la bonne voie. Bon, maintenant que la nuit est tombée, s'exclama Thornsten en tapant à nouveau du poing sur la table, je vais vous prêter de quoi ne pas vous les geler et sortons. Le ciel est clair ce soir ; depuis le temps que je regarde ces fichues étoiles, il y en a quelques-unes sur lesquelles j'aimerais pouvoir enfin mettre un nom.

Il prit deux parkas au portemanteau et nous les lança.

– Enfilez ça, dès que nous en aurons fini, je nous

ouvrirai des bocaux de harengs dont vous me direz des nouvelles !

On ne se dédit pas d'une promesse, encore moins lorsque l'on se trouve au bout du monde et que la seule âme qui vive à dix kilomètres à la ronde se promène à vos côtés, avec un fusil chargé.

– Ne me regardez pas comme si j'avais l'intention de vous farcir le derrière de chevrotine. Cette lande est sauvage, on ne sait jamais quels bestiaux on peut y croiser la nuit. D'ailleurs, ne vous éloignez pas de moi. Allez, regardez donc celle-ci qui scintille là-haut et dites-moi comment elle s'appelle !

Nous sommes restés un long moment à nous promener dans la nuit. De temps en temps, Thornsten tendait la main et me désignait une étoile, une constellation ou encore une nébuleuse. Je les lui nommais, y compris quelques-unes invisibles à nos yeux. Il semblait vraiment heureux, ce n'était plus tout à fait le même homme que celui que nous avions rencontré en fin d'après-midi.

Les harengs ne furent pas si mauvais, la chair des pommes de terre qu'il fit cuire dans la cendre apaisa la brûlure du sel. Au cours du dîner, Thornsten ne quitta pas Keira des yeux, il devait y avoir bien longtemps qu'une aussi jolie femme n'était entrée dans sa maison, si tant est qu'il en ait accueilli une un soir, dans cet endroit loin de tout. Un peu plus tard, devant la cheminée, tandis que nous goûtions une gnôle qui nous emporta le palais et la gorge, Thornsten se pencha à nouveau sur la carte qu'il avait étalée sur le tapis et fit signe à Keira de venir s'asseoir par terre, à côté de lui.

– Dites-moi ce que vous cherchez vraiment !

Keira ne lui répondit pas. Thornsten lui prit les mains et en regarda les paumes.

– La terre ne leur a pas fait de cadeaux.

Il tourna les siennes et les montra à Keira.

– Elles aussi ont creusé, il y a longtemps.

– Dans quel coin du monde avez-vous fouillé ? demanda Keira.

– Peu importe, c'était il y a vraiment longtemps.

Tard dans la soirée, il nous conduisit jusqu'à sa grange où il nous fit monter à bord de son pick-up. Il nous déposa à deux cents mètres de la ferme où nous dormions. Nous avons regagné notre chambre à pas de loup et à la lueur d'un briquet qu'il nous avait vendu pour cent dollars... tout rond. Un vieux Zippo qui en valait au moins le double, jura-t-il en nous souhaitant de faire bonne route.

Je venais de souffler la bougie et je tentais de me réchauffer dans ces draps glacés et humides, quand Keira se retourna vers moi pour me poser une drôle de question.

– Tu te souviens de m'avoir entendu lui parler des peuples des Hypogées ?

– Je ne sais plus, peut-être... pourquoi ?

– Parce que, avant de nous demander d'aller payer ses dettes à son vieil ami russe, il m'a dit : « Laissez tomber vos peuples des Hypogées, vous faites fausse route. » J'ai beau ressasser toute notre conversation, je suis presque certaine de ne jamais les avoir mentionnés.

– Tu as dû le faire sans t'en rendre compte. Vous avez beaucoup bavardé tous les deux.

– Tu t'es ennuyé ?

– Non, pas le moins du monde, c'est un drôle de type, plutôt passionnant. Ce que j'aurais aimé savoir, c'est pourquoi un Hollandais est venu s'exiler sur une île aussi retranchée du nord de l'Écosse.

– Moi aussi. Nous aurions dû lui poser la question.

– Je ne suis pas certain qu'il y aurait répondu.

Keira frissonna et vint se blottir contre moi. Je réfléchissais à sa question. J'avais beau revisiter sa conversation avec Thornsten, je ne revoyais pas en effet à quel moment elle avait parlé des peuples des Hypogées. Mais cette question ne semblait déjà plus la troubler, sa respiration était régulière, elle s'était endormie.

*

Paris

Ivory se promenait sur la berge. Il repéra un banc près d'un grand saule et alla s'y asseoir. Une brise glaciale soufflait le long de la Seine. Le vieux professeur remonta le col de son manteau et se frictionna les bras. Son téléphone vibra dans sa poche, il avait guetté cet appel toute la soirée.

– C'est fait !

– Ils vous ont trouvé sans trop de difficultés ?

– Votre amie est peut-être la brillante archéologue dont vous m'avez vanté les mérites, mais avant que ces deux-là n'arrivent jusqu'à chez moi, on aurait pu voir venir la fin de l'hiver. J'ai fait en sorte de croiser leur route...

– Comment les choses se sont-elles déroulées ?

– Exactement comme vous me l'aviez demandé.

– Et vous croyez...

– Que je les ai convaincus ? Oui, je le pense.

– Je vous remercie, Thornsten.

– Pas de quoi, je considère que nous sommes quittes désormais.

– Je ne vous ai jamais dit que vous m'étiez redevable de quoi que ce soit.

– Vous m'avez sauvé la vie, Ivory. Je rêvais depuis
longtemps de m'acquitter de cette dette envers vous.
Mon existence n'a pas été drôle tous les jours dans cet
exil forcé, mais elle aura été moins ennuyeuse qu'au
cimetière.

– Allons, Thornsten, cela ne sert à rien de reparler
de tout cela.

– Oh que si, et je n'en ai pas fini, vous allez
m'écouter jusqu'au bout. Vous m'avez tiré des griffes
de ces types qui voulaient ma peau quand j'ai trouvé
ce maudit caillou en Amazonie. Vous m'avez sauvé
d'un attentat à Genève, si vous ne m'aviez pas prévenu,
si vous ne m'aviez pas donné les moyens de disparaître...

– Tout cela, c'est de la vieille histoire, l'interrompit
Ivory d'une voix triste.

– Pas si vieille que cela ; sinon, vous ne m'auriez
pas adressé vos deux brebis égarées pour que je les
remette dans le droit chemin ; mais avez-vous pesé les
risques que vous leur faites courir ? Vous les envoyez
à l'abattoir et vous le savez très bien. Ceux qui se sont
donné autant de mal pour essayer de me tuer feront de
même avec eux s'ils s'approchent trop près du but.
Vous avez fait de moi votre complice et depuis que je
les ai laissés, j'ai le cœur à l'envers.

– Il ne leur arrivera rien, je vous l'assure, les temps
ont changé.

– Ah oui, alors pourquoi je croupis encore ici ? Et
quand vous aurez obtenu ce que vous voulez, eux aussi
vous les aiderez à changer d'identité ? Eux aussi
devront aller s'enterrer dans un trou perdu pour qu'on
ne les retrouve jamais ? C'est ça votre plan ? Quoi que
vous ayez fait pour moi dans le passé, nous sommes

225

quittes, c'est tout ce que je voulais vous dire. Je ne vous dois plus rien.

Ivory entendit un déclic, Thornsten avait mis fin à leur conversation. Il soupira et jeta son téléphone dans la Seine.

*

Londres

De retour à Londres, il nous fallut patienter quelques jours avant d'obtenir nos visas pour la Russie. Le chèque que les administrateurs m'avaient généreusement octroyé pour solde de tout compte avait le mérite de me permettre de continuer à financer ce voyage. Keira occupait l'essentiel de son temps à la grande bibliothèque de l'Académie ; grâce à Walter j'y avais conservé mes entrées. Mon travail consistant principalement à aller lui chercher dans les rayonnages les ouvrages qu'elle me réclamait et à aller les ranger à leur place quand elle n'en avait plus besoin, je commençais à sérieusement m'ennuyer. J'avais pris un après-midi de congé et m'étais installé devant mon ordinateur afin de reprendre contact avec deux amis chers auxquels je n'avais pas donné de nouvelles depuis longtemps. J'envoyai un courriel sous forme d'énigme à Erwan. Je savais que, lorsqu'il le découvrirait, la seule lecture de mon adresse lui ferait prononcer une bordée d'injures. Il refuserait probablement de me lire, mais avant que vienne le soir, la curiosité l'emporterait. Il rallumerait son écran, et serait forcé par sa nature à réfléchir à la question que je lui posais.

Aussitôt après avoir appuyé sur la touche « envoi » du clavier, je décrochai mon téléphone et appelai Martyn à l'observatoire de Jodrell.

Je fus surpris de la froideur de son accueil, sa façon de me parler ne lui ressemblait pas du tout. D'une voix à peine aimable, il me dit qu'il avait beaucoup de travail et il me raccrocha presque au nez. Cette conversation avortée me laissa une sale impression. Martyn et moi avions toujours entretenu des rapports cordiaux, souvent complices, et je ne pouvais comprendre son attitude. Peut-être avait-il des problèmes personnels qu'il ne voulait pas partager.

Vers 17 heures, j'avais traité mon courrier, payé mes factures en retard, déposé une boîte de chocolats à ma voisine pour la remercier des services qu'elle me rendait à longueur d'année, et je décidai d'aller faire un tour à l'épicerie qui se trouvait au coin de ma rue pour remplir le réfrigérateur.

Je me promenais à travers les rayons de la supérette quand le gérant s'approcha de moi, sous prétexte de venir regarnir une étagère de boîtes de conserve.

— Ne vous retournez pas tout de suite, il y a un type qui vous observe depuis le trottoir d'en face.

— Pardon ?

— Ce n'est pas la première fois, je l'avais déjà remarqué quand vous êtes venu la dernière fois. Je ne sais pas dans quel pétrin vous vous êtes fourré, mais fiez-vous à mon expérience, celui-là c'est du Canada Dry.

— Ce qui signifie ?

— Il a l'air d'un flic, le comportement d'un flic, mais ce n'en est pas un, croyez-moi, ce genre de type, c'est de la racaille pur jus.

– Comment pouvez-vous le savoir ?

– J'ai des cousins derrière les barreaux, rien de méchant, trafic de marchandises malencontreusement tombées du camion.

– Je pense que vous devez faire erreur, dis-je en regardant par-dessus son épaule.

– Comme vous voulez, mais, si vous changez d'avis, ma remise, au fond du magasin, est ouverte. Il y a une porte qui donne dans la cour. De là, vous pouvez passer par l'immeuble voisin et ressortir dans la rue de derrière.

– C'est très gentil à vous.

– Depuis le temps que vous faites vos courses ici..., ça m'ennuierait de perdre un client fidèle.

Le commerçant retourna derrière son comptoir. L'air de rien, je m'approchai d'un tourniquet près de la vitrine, y choisis un journal et en profitai pour jeter un œil vers la rue. Le patron du magasin n'avait pas tort, au volant d'une voiture garée le long du trottoir d'en face, un homme semblait bien me surveiller. Je décidai d'en avoir le cœur net. Je sortis et avançai droit vers lui. Alors que j'étais en train de traverser la chaussée, j'entendis rugir le moteur de sa berline qui démarra en trombe.

De l'autre côté de la rue, le patron de la supérette me regardait en haussant les épaules. Je retournai lui régler mes achats.

– Je dois avouer que c'est assez étrange, dis-je en lui tendant ma carte de crédit.

– Vous n'avez rien fait d'illégal ces derniers temps ? me demanda-t-il.

La question me parut assez incongrue, mais elle m'avait été posée avec une telle bienveillance que je ne m'en sentis nullement offusqué.

– Pas que je sache, non, répondis-je.

– Vous devriez laisser vos courses ici et foncer chez vous.

– Pourquoi ça ?

– Ce loustic m'avait l'air d'être en planque, peut-être pour assurer une couverture.

– Quelle couverture ?

– Pendant que vous êtes là, on est certain que vous n'êtes pas ailleurs, si vous voyez ce que je veux dire.

– Et où ne serais-je pas ?

– Chez vous, par exemple !

– Vous croyez que... ?

– Que si vous continuez à bavasser comme ça, vous arriverez trop tard ? Sans aucun doute !

Je pris mon sac de provisions et rentrai rapidement. La maison était telle que je l'avais laissée, aucune trace d'effraction sur la porte et rien à l'intérieur qui ne vienne corroborer les suppositions de mon épicier. Je déposai mes courses dans la cuisine et décidai d'aller chercher Keira à l'Académie.

*

Keira s'étirait en bâillant et se frottait les yeux, signe qu'elle avait assez travaillé pour la journée. Elle referma le livre qu'elle étudiait et alla le ranger en bonne place sur une étagère. Elle quitta la bibliothèque, passa saluer Walter à son bureau et s'engouffra dans le métro.

*

Ciel gris, crachin, trottoirs luisants, un vrai soir d'hiver à Londres. La circulation était épouvantable. Quarante-cinq minutes d'embouteillages avant d'arriver à destination et dix de plus pour trouver une place de stationnement. Je verrouillais la portière de ma voiture, lorsque je vis Walter sortir de l'Académie. Lui aussi m'avait aperçu, il traversa la rue et vint à ma rencontre.

– Vous avez le temps d'aller prendre un verre ? me demanda-t-il.

– Laissez-moi aller chercher Keira à la bibliothèque et nous vous rejoignons au pub.

– Ah, j'en doute, elle est partie il y a une bonne demi-heure, peut-être même un peu plus.

– Vous en êtes sûr ?

– Elle est venue me dire bonsoir, nous avons bavardé quelques instants dans mon bureau. Alors, cette bière ?

Je regardai ma montre, c'était la pire heure pour retraverser Londres, j'appellerais Keira dès que nous serions à l'abri pour la prévenir que je rentrerais un peu plus tard.

Le pub était bondé, Walter donna du coude pour arriver jusqu'au comptoir ; il commanda deux pintes et m'en tendit une par-dessus l'épaule d'un homme qui avait réussi à se faufiler entre nous. Walter m'entraîna vers le fond de la salle, une table se libérait. Nous nous y installâmes au milieu d'un brouhaha difficilement supportable.

– Alors, c'était bien, ce petit voyage en Écosse ? cria Walter.

– Formidable... si vous aimez les harengs. Je croyais qu'il faisait froid à Atacama, mais l'atmosphère de Yell est encore plus glaciale et tellement humide !

– Vous y avez trouvé ce que vous cherchiez ?

– Keira semblait enthousiaste, c'est déjà cela, je crains que nous ne devions repartir bientôt.

– Cette histoire va finir par vous ruiner, hurla Walter.

– C'est déjà fait !

Mon portable vibrait au fond de ma poche, je le pris et le collai à mon oreille.

– Tu as fouillé dans mes affaires ? me demanda Keira d'une voix à peine audible.

– Non, évidemment, pourquoi aurais-je fait une chose pareille ?

– Tu n'as pas ouvert mon sac, tu en es sûr ? chuchota-t-elle.

– Tu viens de me poser la question, la réponse est toujours non.

– Tu avais laissé une lumière allumée dans la chambre ?

– Non plus, je peux savoir ce qu'il se passe ?

– Je crois que je ne suis pas seule dans la maison...

Mon sang se glaça d'un coup.

– Sors de là, Keira ! hurlai-je. Fiche le camp tout de suite, cours jusqu'à l'épicerie au coin d'Old Brompton, ne te retourne pas et attends-moi là-bas, tu m'entends ? Keira, tu m'entends ?

La communication avait été coupée ; avant que Walter ait le temps de comprendre quoi que ce soit, je traversai la salle du pub, bousculant tout sur mon passage, et me précipitai au-dehors. Un taxi était coincé dans les embouteillages, une moto s'apprêtait à le dépasser, je me jetai presque sous ses roues et forçai le motocycliste à s'arrêter. Je lui expliquai qu'il s'agissait d'une question de vie ou de mort et promis de le dédommager s'il me conduisait sur-le-champ au croisement d'Old Brompton et de Cresswell Garden ; il me fit grimper en selle, enclencha une vitesse et accéléra.

Les rues défilaient à toute berzingue, Old Marylebone, Edgware Road, Marble Arch, le carrefour giratoire était noir de monde, autobus et taxis semblaient imbriqués dans une partie de dominos inextricable. Mon pilote grimpa sur le trottoir ; je n'avais pas eu souvent l'occasion de faire de la moto, mais j'essayais de l'accompagner de mon mieux dès que nous nous inclinions dans un virage. Dix minutes d'une course interminable ; la traversée de Hyde Park se fit sous une pluie battante, nous remontions Carriage Drive entre deux files de voitures, nos genoux frôlant parfois leurs carrosseries. Serpentine, Exhibition Road, le rond-point de la station de métro de South Kensington, enfin, Old Brompton se profilait, plus encombrée encore que les précédentes avenues. À l'intersection de Queens Gate Mews, le motard accéléra encore et franchit le carrefour alors que le feu virait de l'orange au rouge. Une camionnette avait anticipé le vert, le choc semblait inévitable. La moto se coucha sur le flanc, son pilote s'accrocha au guidon, je partis en toupie sur le dos, filant vers le trottoir. Impression fugace, je crus voir les visages immobiles des passants, témoins horrifiés de la scène. Par chance, ma course s'arrêta sans trop de heurts contre les pneus d'un camion à l'arrêt. Secoué mais intact, je me redressai, le motard se tenait déjà sur ses jambes et tentait de relever sa moto. Juste le temps de lui faire un geste pour le remercier, ma ruelle se trouvait encore à une bonne centaine de mètres. Je criais pour que les gens s'écartent, bousculant un couple et me faisant insulter. Enfin, j'aperçus l'épicerie et priai pour que Keira m'y attende.

Le patron sursauta en me voyant surgir ainsi dans sa boutique, j'étais en nage, haletant, je dus m'y reprendre à deux fois pour qu'il comprenne ce que je lui demandais. Inutile d'attendre sa réponse, il n'y avait qu'une cliente et elle se trouvait au fond du magasin ; je remontai l'allée au pas de course et la pris tendrement dans mes bras. La jeune femme poussa un cri et m'administra deux bonnes gifles, peut-être trois, je n'eus pas le temps de les compter. Le patron décrocha son téléphone et, tandis que je ressortais de chez lui, je lui demandai de prévenir la police, qu'elle se rende au plus vite au 24 Cresswell Place.

J'y retrouvai Keira, assise sur le parapet devant ma porte.

– Qu'est-ce que tu as ? Tes joues sont écarlates, tu es tombé ? me demanda-t-elle.

– Sur quelqu'un qui te ressemblait... de dos, lui répondis-je.

– Ta veste est complètement déchirée, mais qu'est-ce qui t'est arrivé ?

– J'allais te poser la même question.

– Je crains que nous ayons eu de la visite pendant notre absence, dit Keira. J'ai trouvé mon sac ouvert dans le salon, le cambrioleur était encore là quand je suis entrée, j'ai entendu des pas à l'étage.

– Tu l'as vu partir ?

Une voiture de police se rangea devant nous, deux officiers en sortirent. Je leur expliquai que nous avions de bonnes raisons de penser qu'un cambrioleur se trouvait chez moi. Ils nous ordonnèrent de nous tenir à l'écart et entrèrent explorer les lieux.

Les policiers ressortirent quelques minutes plus tard, bredouilles. Si cambrioleur il y avait eu, ce dernier avait dû s'enfuir par le jardin. Le premier étage n'est pas bien haut dans ces anciennes maisonnettes, à peine deux mètres, et un gazon épais sous les fenêtres amortit la chute. Je repensai à cette poignée que je n'avais toujours pas fait réparer. Le voleur était probablement entré par l'arrière.

Il fallait dresser l'inventaire de ce qui avait été dérobé et retourner au commissariat signer une plainte. Les policiers promirent de faire une ronde et de me tenir au courant s'ils arrêtaient quelqu'un.

Keira et moi inspectâmes chaque pièce. Ma collection d'appareils photographiques était intacte, le portefeuille que je laissais toujours dans le vide-poche de l'entrée se trouvait à sa place, rien n'avait été dérangé. Alors que j'examinais ma chambre, Keira m'appela depuis le rez-de-chaussée.

– La porte du jardin est verrouillée, me dit-elle. C'est moi qui l'ai fermée hier soir. Alors comment ce type est entré ?

– Tu es sûre qu'il y avait quelqu'un ?

– À moins que ta maison ne soit hantée, j'en suis absolument certaine.

– Alors par où a pénétré ce mystérieux voleur ?

– Mais je n'en sais rien du tout, Adrian !

Je promis à Keira que plus rien ne viendrait troubler le dîner en amoureux dont nous avions été privés la veille. L'important était qu'il ne lui soit rien arrivé, mais j'étais inquiet. Réminiscence de mauvais souvenirs de Chine. Je rappelai Walter pour partager mes préoccupations, sa ligne était occupée.

*

Amsterdam

Chaque fois que Vackeers passait par la grande salle du palais de Dam, il s'émerveillait de la beauté des planisphères gravés dans le sol en marbre, même si sa préférence allait au troisième dessin, celui qui représentait une gigantesque carte des étoiles. Il sortit dans la rue et traversa la place. La nuit était déjà tombée, les réverbères venaient de s'allumer et les eaux calmes des canaux de la ville reflétaient leur halo. Il remonta Hoogstraat pour rentrer chez lui. Une grosse cylindrée était garée sur un trottoir à la hauteur du numéro 22. Une femme poussait un landau, elle fit un sourire à Vackeers qui le lui rendit en poursuivant son chemin.

Le motard abaissa sa visière, son passager arrière aussi. Le moteur rugit et la moto s'élança dans la contre-allée.

Deux jeunes amoureux s'enlaçaient, adossés contre un arbre. Une camionnette en double file bloquait la circulation. Seuls les vélos réussissaient à se faufiler.

Le passager arrière de la moto empoigna la matraque dissimulée dans la manche de son blouson.

La jeune femme qui poussait le landau se retourna, le couple cessa de s'embrasser.

Vackeers traversait un pont quand soudain il sentit une terrible morsure au milieu du dos. Il eut le souffle coupé, l'air n'arrivait plus à ses poumons. Vackeers tomba à genoux, tenta de se raccrocher à un réverbère, en vain, il s'effondra face contre terre. Il sentit le goût du sang dans sa bouche et pensa s'être mordu la langue en chutant. Jamais il n'avait autant souffert. À chaque inspiration, l'air lui brûlait les poumons. Ses reins déchirés saignaient abondamment, l'hémorragie interne compressait le cœur, un peu plus de seconde en seconde.

Un étrange silence l'entourait. Il réussit à réunir le peu de forces qui lui restaient et releva la tête. Des passants se précipitaient à son secours ; il entendit le hurlement d'une sirène dans le lointain.

La femme au landau n'était plus là. Le couple d'amoureux avait disparu, le passager arrière de la moto lui fit un bras d'honneur et la grosse cylindrée tourna le coin de la rue.

Vackeers agrippa son portable au fond de sa poche. Il appuya sur une touche, approcha péniblement l'appareil de son oreille et laissa un message sur le répondeur d'Ivory.

« C'est moi, chuchota-t-il, je crains que notre ami anglais n'ait guère apprécié le tour que nous lui avons joué. »

Une quinte de toux l'empêcha de poursuivre ; du sang coulait de sa bouche, il en ressentit la tiédeur et cela lui fit du bien ; il avait froid, la douleur se faisait de plus en plus vive. Vackeers grimaça.

« Nous ne pourrons, hélas, plus jouer ensemble, cela va me manquer, mon cher, et j'espère qu'à vous aussi. »

Nouvelle quinte, nouvelle brûlure insoutenable, le téléphone lui glissa des doigts, il le rattrapa de justesse.

« Je me réjouis du petit cadeau que je vous ai offert la dernière fois que nous nous sommes vus, faites-en bon usage. Vous allez me manquer, mon vieil ami, bien plus que nos parties. Soyez extrêmement prudent et prenez soin de vous... »

Vackeers sentit ses forces l'abandonner, il effaça le numéro qu'il venait de composer. Sa main se desserra lentement, il ne vit et n'entendit plus rien, sa tête retomba sur le bitume.

*

Paris

Ivory rentrait dans son appartement parisien, après une représentation théâtrale qui l'avait profondément ennuyé. Il accrocha son manteau dans l'entrée et alla chercher dans le réfrigérateur ce qu'il pourrait bien grignoter. Il sortit une assiette de fruits, se servit un verre de vin et se rendit dans le salon. Installé dans le canapé, il desserra les lacets de ses chaussures et allongea ses jambes qui le faisaient souffrir. Il chercha la télécommande de la télévision et remarqua la petite diode qui clignotait sur son répondeur. Intrigué, il se leva et appuya sur une touche. Il reconnut aussitôt la voix d'un vieil ami.

À la fin du message, Ivory sentit ses jambes se dérober. Il se raccrocha à la bibliothèque, entraînant quelques vieux livres qui tombèrent sur le parquet ciré. Il reprit son équilibre et serra les mâchoires, aussi fort qu'il le pouvait. Rien n'y fit, les larmes roulaient sur ses joues. Il eut beau les chasser du revers de la main, il ne put bientôt contenir les sanglots qui le secouaient tandis qu'il se retenait toujours à la bibliothèque.

Il attrapa un vieux traité d'astronomie, en tourna la

couverture pour regarder la page de garde, où était reproduite en filigrane une carte des étoiles datant du XVIIᵉ siècle ; il relut la dédicace qui lui était adressée.

Je sais que cet ouvrage vous plaira, il n'y manque rien puisque tout s'y trouve, même le témoignage de notre amitié.
Votre dévoué partenaire d'échecs,
Vackeers

Au petit matin, Ivory boucla sa valise ; il referma derrière lui la porte de son appartement et se rendit à la gare afin de prendre le premier train en partance pour Amsterdam.

*

Londres

L'agence m'avait appelé au début de la matinée, nos visas étaient enfin prêts, je pouvais venir récupérer nos passeports. Keira dormait profondément, je décidai de m'y rendre et d'acheter en route du lait et du pain frais. Il faisait froid, les pavés de Cresswell Place étaient glissants. En arrivant au coin de la rue, je fis un petit signe à l'épicier qui me retourna mon bonjour d'un clin d'œil, quand mon téléphone sonna. Keira n'avait pas dû lire le petit mot que je lui avais laissé dans la cuisine. À mon grand étonnement, j'entendis la voix de Martyn.

– Je suis désolé pour l'autre jour, dit-il.

– Ne le soyez pas, je m'inquiétais de ce qui vous était arrivé pour que vous soyez de si mauvaise humeur.

– J'ai failli perdre ma place, Adrian ; à cause de vous, enfin de cette petite visite que vous m'avez rendue à l'observatoire et des quelques recherches que j'ai faites pour vous avec les moyens dont nous disposons à Jodrell.

– Mais enfin, qu'est-ce que vous me racontez ?

– Sous prétexte que j'avais laissé entrer quelqu'un qui ne faisait pas partie du personnel, votre ami Walter en l'occurrence, ils m'ont menacé de me licencier en invoquant une faute professionnelle grave.

– Mais qui ça « ils » ?

– Ceux qui financent l'observatoire, notre gouvernement.

– Enfin, Martyn, cette visite était parfaitement anodine, et puis Walter et moi sommes tous deux membres de l'Académie, cela n'a aucun sens !

– Si, Adrian, c'est pour cela que j'ai mis du temps avant de vous rappeler, et pour cela aussi que je le fais ce matin depuis une cabine. On m'a clairement fait comprendre qu'il m'était désormais interdit de répondre à la moindre de vos sollicitations et que l'accès à nos locaux vous était strictement défendu. Je n'ai appris votre licenciement qu'hier. Je ne sais pas ce que vous avez trafiqué, mais bon sang, Adrian, on ne peut pas virer un type comme vous, pas comme ça, ou alors c'est que ma carrière ne tient qu'à un fil, vous êtes dix fois plus compétent que moi !

– C'est très gentil de votre part, Martyn, et bien trop flatteur, mais si cela peut vous rassurer, vous êtes bien le seul à le penser. Je ne sais pas ce qui se passe, on ne m'a pas dit que j'étais viré, mais seulement que j'avais momentanément perdu ma titularisation.

– Ouvrez les yeux, Adrian, ils vous ont tout bonnement foutu dehors. J'ai reçu deux appels vous concernant, je n'ai même plus l'autorisation de vous parler au téléphone, nos supérieurs ont perdu la tête.

– À force de manger du rôti tous les dimanches et des *fish and chips* à longueur d'année, c'était inévitable, répondis-je d'un ton pince-sans-rire.

– Il n'y a rien de drôle à tout cela, Adrian, qu'est-ce que vous allez devenir ?

– Ne vous inquiétez pas, Martyn, je n'ai aucune proposition de poste en vue, et presque plus d'argent à la banque, mais, depuis quelque temps, je me réveille auprès de la femme que j'aime, elle me surprend, me fait rire, me bouscule et me passionne, son enthousiasme me fascine à longueur de journée et le soir quand elle se déshabille, elle me fait terriblement... comment dire... elle m'émeut ; vous voyez que je ne suis pas à plaindre et, sans vouloir fanfaronner, je vous le dis sincèrement, je n'ai jamais été aussi heureux de ma vie.

– J'en suis ravi pour vous, Adrian. Je suis votre ami, je me sens coupable d'avoir cédé aux pressions et coupé tout contact avec vous. Comprenez-moi, je ne peux pas me permettre de perdre ma place, je n'ai personne dans mon lit le soir, et je n'ai que la passion de mon métier pour m'accompagner dans la vie. Si d'aventure vous aviez besoin de me parler, laissez-moi un message au bureau sous le nom de Gilligan, et c'est moi qui vous rappellerai dès que je le pourrai.

– Qui est ce Gilligan ?

– Mon chien, un merveilleux basset artésien ; hélas, j'ai dû le faire piquer l'an dernier. À bientôt, Adrian.

Je venais de raccrocher après une conversation qui m'avait laissé songeur, quand une voix dans mon dos me fit sursauter au milieu de la rue.

– Tu penses vraiment tout ça de moi ?

Je me retournai et vis Keira ; elle avait encore emprunté un de mes pulls et passé mon manteau sur ses épaules.

– J'ai trouvé ton petit mot dans la cuisine, j'ai eu envie de te rejoindre à l'agence pour que tu m'emmènes prendre un petit déjeuner ; il n'y a que des légumes dans ton frigo, et les courgettes au réveil... Tu avais l'air tellement pris par ta conversation, je me suis approchée doucement pour te surprendre en plein bavardage avec ta maîtresse.

Je l'entraînai vers un café où l'on servait de délicieux croissants, les passeports attendraient.

– Alors comme ça le soir, quand je me déshabille, je te fais bander ?

– Tu n'as pas d'affaires à toi, ou mes vêtements ont un truc particulier qui t'attire ?

– Avec qui étais-tu au téléphone pour parler de moi de façon si détaillée ?

– Un vieil ami. Je sais que tu vas trouver ça étrange, mais en fait il s'inquiétait que j'aie perdu mon travail.

Nous sommes entrés dans le café, et tandis que Keira se goinfrait d'un deuxième croissant aux amandes, je me demandais s'il était judicieux de partager avec elle mes inquiétudes, et ces dernières n'avaient aucun rapport avec ma situation professionnelle.

Après-demain, nous serions dans l'avion pour Moscou, l'idée de s'éloigner de Londres n'était pas pour me déplaire.

*

Amsterdam

Il n'y avait pour ainsi dire presque personne ce matin-là dans ce cimetière, presque personne pour suivre le fourgon funéraire qui convoyait un long cercueil verni. Un homme et une femme marchaient à pas lents derrière le corbillard. Aucun prêtre n'officiait devant la tombe, quatre employés municipaux firent descendre le cercueil au bout de longues cordes. Quand il toucha le fond, la femme lança une rose blanche et une poignée de terre, l'homme qui l'accompagnait fit de même. Ils se saluèrent et chacun repartit dans des directions opposées.

*

Londres

Sir Ashton regroupa la série de photographies alignées sur son bureau. Il les rangea dans une pochette et referma le rabat du dossier.

– Vous êtes très belle sur ces photos, Isabel. Le deuil vous va à merveille.

– Ivory n'est pas dupe.

– Je l'espère bien, il s'agissait de lui adresser un message.

– Je ne sais pas si vous avez...

– Je vous ai demandé de choisir entre Vackeers et les deux jeunes scientifiques, vous avez choisi le vieillard ! Ne venez pas maintenant me faire des reproches.

– Était-ce bien nécessaire ?

– Je ne comprends même pas que vous vous posiez encore la question ! Suis-je le seul à véritablement mesurer les conséquences de ses actes ? Vous rendez-vous compte de ce qu'il adviendrait si ses deux protégés arrivaient à leurs fins ? Croyez-vous que l'enjeu ne vaille pas de sacrifier les dernières années d'un vieillard ?

– Je sais, Ashton, vous me l'avez déjà dit.

– Isabel, je ne suis pas un vieux fou sanguinaire, mais quand la raison d'État l'exige, je n'hésite pas. Aucun de nous, vous y compris, n'hésite. La décision que nous avons prise sauvera peut-être quantité de vies, à commencer par celle de ces deux explorateurs, si toutefois Ivory se décide enfin à renoncer. Ne me regardez pas comme ça, Isabel, je n'ai jamais agi autrement que dans l'intérêt du plus grand nombre, ma carrière ne m'ouvrira peut-être pas les portes du paradis, mais...

– Je vous en prie, Ashton, ne soyez pas sarcastique, pas aujourd'hui. J'aimais vraiment beaucoup Vackeers.

– Je l'appréciais également, même si nous avons eu parfois nos mots. Je le respectais et je veux espérer que ce sacrifice qui me coûte autant qu'à vous aura les résultats escomptés.

– Ivory semblait terrassé hier matin, je ne l'avais jamais vu dans un tel état, il a pris dix ans en une nuit.

– S'il pouvait en prendre dix de plus et passer de vie à trépas, cela nous arrangerait bien.

– Alors pourquoi ne pas l'avoir sacrifié, lui, au lieu de s'en être pris à Vackeers ?

– J'ai mes raisons !

– Ne me dites pas qu'il a réussi à se protéger de vous, je vous croyais intouchable ?

– Si Ivory venait à décéder, cela redoublerait les motivations de cette archéologue. Elle est impétueuse et trop futée pour croire à un accident. Non, je suis certain que vous avez fait le bon choix, nous avons retiré le pion qu'il fallait ; mais je vous préviens, si la suite des événements vous donnait tort, si les recherches continuaient, je n'ai pas besoin de vous nommer les deux prochains qui se retrouveraient dans notre ligne de mire.

– Je suis certaine qu'Ivory aura compris le message, soupira Isabel.

– Dans le cas contraire, vous en seriez la première avertie, vous êtes la seule à qui il accorde encore sa confiance.

– Notre petit numéro à Madrid était bien réglé.

– Je vous ai permis d'accéder à la tête du conseil, vous me deviez bien cela.

– Je n'agis pas par reconnaissance envers vous, Ashton, mais parce que je partage votre point de vue. Il est trop tôt pour que le monde sache, bien trop tôt. Nous ne sommes pas prêts.

Isabel prit sa sacoche et se dirigea vers la porte.

– Devons-nous récupérer le fragment qui nous appartient ? demanda-t-elle avant de sortir.

– Non, il est parfaitement en sécurité là où il se trouve, peut-être encore plus maintenant que Vackeers est mort. Et puis, personne ne saurait comment y accéder, c'est bien ce que nous souhaitions. Il a emporté son secret dans la tombe, c'est parfait ainsi.

Isabel hocha la tête et quitta Sir Ashton. Pendant que le majordome la raccompagnait à la porte de l'hôtel particulier, le secrétaire de Sir Ashton entra dans son bureau une enveloppe à la main. Ashton la décacheta et releva la tête.

– Quand ont-ils obtenu ces visas ?

– Avant-hier, monsieur, à l'heure qu'il est, ils doivent se trouver dans l'avion, en fait non, rectifia le secrétaire en regardant sa montre, ils se sont déjà posés à Sheremetyevo.

– Comment se fait-il que nous n'ayons pas été avertis plus tôt ?

– Je n'en sais rien, je diligenterai une enquête si vous le souhaitez. Voulez-vous que je rappelle votre invitée, elle est encore dans nos murs ?

– N'en faites rien. En revanche, prévenez nos hommes sur place. Ces deux oiseaux ne doivent en aucun cas voler au-delà de Moscou. J'en ai plus qu'assez. Qu'ils abattent la fille ; sans elle, l'astrophysicien est inoffensif.

– Après la fâcheuse expérience que nous avons connue en Chine, vous êtes sûr de vouloir agir de la sorte ?

– Si je pouvais me débarrasser d'Ivory, je n'hésiterais pas une seconde, mais c'est impossible, et je ne suis pas certain que cela réglerait définitivement notre problème. Agissez comme je vous l'ai demandé, et dites à nos hommes de ne pas lésiner sur les moyens, cette fois je préfère l'efficacité à la discrétion.

– Dans ce cas, devons-nous prévenir nos amis russes ?

– Je m'en chargerai.

Le secrétaire se retira.

Isabel remercia le majordome qui lui ouvrait la portière du taxi. Elle se retourna pour regarder la majestueuse façade de la demeure londonienne de Sir Ashton. Elle demanda au chauffeur de la conduire à l'aéroport de la City.

Assis sur un banc dans le petit parc qui se situait juste en face de la maison victorienne, Ivory regarda la voiture s'éloigner. Une pluie fine s'était mise à tomber, il s'appuya sur son parapluie pour se redresser et s'en alla à son tour.

*

Moscou

La chambre de l'hôtel Intercontinental sentait le tabac froid. À peine arrivée, et en dépit d'une température qui frisait le zéro, Keira avait ouvert la fenêtre en grand.

– Je suis désolé, c'est la seule de libre.

– Ça pue le cigare, c'est infernal.

– Et de mauvaise qualité, ajoutai-je. Veux-tu que nous changions d'hôtel ? Sinon, je peux demander des couvertures supplémentaires ou des anoraks ?

– Ne perdons pas de temps, allons tout de suite à la Société des archéologues ; plus tôt nous aurons mis la main sur cet Egorov et plus tôt nous serons partis d'ici. Dieu que les parfums de la vallée de l'Omo me manquent.

– Je t'ai promis que nous y retournerions un jour, dès que tout cela sera terminé.

– Je me demande parfois si tout cela, comme tu dis, finira un jour, grommela Keira en refermant la porte.

– Tu as l'adresse de la Société des archéologues ? lui demandai-je dans l'ascenseur.

– Je ne sais pas pourquoi Thornsten continue à

l'appeler ainsi, la Société des archéologues a été rebaptisée Académie des sciences à la fin des années cinquante.

– Académie des sciences ? Quel joli nom, je pourrais peut-être m'y trouver un job, on ne sait jamais.

– À Moscou ? Et puis quoi encore !

– Tu sais, à Atacama, j'aurais très bien pu travailler au sein d'une délégation russe, les étoiles s'en foutent complètement.

– Bien sûr, et puis ce serait pratique pour tes rapports, il faudra que tu me montres comment tu tapes sur un clavier en cyrillique.

– Avoir raison, c'est un besoin ou une obsession chez toi ?

– Les deux ne sont pas incompatibles ! On y va maintenant ?

Le vent était glacial, nous nous engouffrâmes dans un taxi. Keira expliqua tant bien que mal notre destination au chauffeur et, comme il ne comprenait pas un mot, elle déplia un plan de la ville et pointa l'adresse sur la carte. Ceux qui parlent du peu d'amabilité des chauffeurs de taxi parisiens n'ont jamais tenté leur chance à Moscou. Le gel hivernal s'était déjà formé dans les rues. Cela ne semblait pas gêner pour autant notre conducteur, sa vieille Lada chassait fréquemment de l'arrière, mais d'un petit coup de volant il la remettait dans l'axe.

Keira se présenta à l'entrée de l'Académie, elle déclina son identité et sa fonction d'archéologue. Le gardien la dirigea vers le secrétariat administratif. Une jeune assistante de recherches, parlant un anglais très convenable, nous reçut fort aimablement. Keira lui expliqua que nous cherchions à entrer en contact avec un certain professeur Egorov qui avait dirigé la Société des archéologues dans les années cinquante.

La jeune femme s'en étonna, elle n'avait jamais entendu parler d'une telle société, et les fichiers de l'Académie des sciences ne remontaient pas au-delà de sa date de création, en 1958. Elle nous demanda de patienter et revint une demi-heure plus tard en compagnie de l'un de ses supérieurs, l'homme devait avoir une bonne soixantaine d'années. Il se présenta et nous demanda de l'accompagner jusqu'à son bureau. La jeune femme, qui répondait au prénom de Svetlana, tout à fait ravissante au demeurant, nous salua avant de s'éloigner. Keira me donna un coup de pied dans le mollet en me demandant si j'avais besoin de son aide pour obtenir ses coordonnées.

– Je ne vois pas de quoi tu parles, soupirai-je en me frottant le tibia.

– Prends-moi pour une conne !

Le bureau où nous entrâmes aurait fait pâlir d'envie Walter, une grande fenêtre laissait entrer une belle lumière, de gros flocons tombaient derrière la vitre.

– Ce n'est pas la meilleure saison pour nous rendre visite, déclara l'homme en nous invitant à nous asseoir. Ils prévoient une belle tempête de neige pour cette nuit, demain matin au plus tard.

L'homme ouvrit un Thermos et nous servit un verre de thé fumé.

– J'ai peut-être retrouvé la trace de votre Egorov, nous dit-il, puis-je savoir pour quelles raisons vous souhaitez le rencontrer ?

– Je fais des recherches sur les migrations humaines en Sibérie au IVe millénaire, on m'a laissé entendre qu'il connaissait bien le sujet.

– C'est possible, dit l'homme, même si j'émettrais quelques réserves.

– Pourquoi cela ? demanda Keira.

– La Société des archéologues était un nom

d'emprunt attribué à une branche très particulière des services secrets. Pendant la période soviétique, les scientifiques n'étaient pas moins surveillés que les autres, bien au contraire. Sous couvert de cette charmante appellation, cette cellule avait mission de recenser les travaux entrepris dans le domaine de l'archéologie et plus particulièrement d'inventorier et de confisquer tout ce qui pouvait sortir de terre, beaucoup de choses ont disparu... La corruption et l'appât du gain, ajouta l'homme devant notre air étonné. La vie était dure dans ce pays, elle l'est toujours aujourd'hui, mais comprenez qu'à l'époque une pièce d'or retrouvée dans des fouilles pouvait assurer des mois de survie à son propriétaire, et il en était de même pour les fossiles qui passaient plus facilement les frontières que les hommes. Depuis le règne de Pierre le Grand qui fut le véritable initiateur des recherches archéologiques en Russie, notre patrimoine n'a cessé d'être pillé. La belle organisation mise en place par Khrouchtchev pour le protéger se solda, hélas, par un des plus grands trafics d'antiquités jamais vus. À peine excavés, les trésors que renfermait notre terre étaient partagés entre les apparatchiks et filaient alimenter les collections des riches musées occidentaux, quand ils n'étaient pas vendus à des particuliers. Tout le monde se servait le long de la chaîne, de l'archéologue de base au chef de mission, en passant par les agents de la Société des archéologues qui étaient censés les surveiller. Votre Vladenko Egorov aura probablement été l'un des plus gros poissons de ces sinistres réseaux où tous les coups étaient permis, y compris tuer, cela va sans dire. Si nous parlons bien du même homme, celui que vous comptez interroger est un ancien criminel qui ne doit sa liberté qu'aux personnalités influentes encore au pouvoir, de très bons clients qui devaient se désoler qu'il prenne sa retraite. Si vous voulez vous mettre à dos tous les archéologues honnêtes de ma génération, il suffit de leur citer son nom. Aussi, avant de vous donner son adresse, je voulais savoir quel genre d'objet vous espériez faire sortir de Russie. Je suis certain que cela intéressera la police au plus haut point, à moins que vous ne préfériez le leur dire vous-même ? questionna l'homme en décrochant son téléphone.

– Vous vous trompez, il ne s'agit certainement pas de notre Egorov, c'est un homonyme ! cria Keira en posant sa main sur le cadran du téléphone.

Même moi, je n'arrivais pas à en croire un mot. Notre hôte sourit et recomposa le numéro qu'il était en train de faire.

– Arrêtez, bon sang, croyez-vous que si je m'adonnais au trafic d'antiquités, je viendrais demander l'adresse de mon négociant à l'Académie des sciences ? J'ai l'air bête à ce point-là ?

– Je dois avouer que cela manque de subtilité, dit l'homme en reposant le combiné. Qui vous a recommandée à lui et dans quel but ? reprit-il.

– Un vieil archéologue, et pour les motifs que je vous ai sincèrement expliqués.

– Alors il s'est bien foutu de vous. Mais je peux peut-être vous renseigner ou vous mettre en relation avec l'un de nos spécialistes en la matière. Plusieurs de nos collaborateurs s'intéressent aux migrations humaines qui peuplèrent la Sibérie. Nous préparons même un colloque sur ce sujet qui se tiendra l'été prochain.

– J'ai besoin de rencontrer cet homme, pas de retourner à la fac, répondit Keira. Je cherche des preuves et votre pseudo-trafiquant les a peut-être eues dans son escarcelle.

– Puis-je voir vos passeports ? Si je dois vous aider

à entrer en relation avec ce genre d'individu, je veux au moins signaler votre nom aux douanes, ne le prenez pas mal, c'est une façon de me protéger. Quoique vous soyez venue chez nous, je ne veux en aucun cas y être associé et encore moins être accusé de complicité. Alors donnant-donnant, une photocopie de vos pièces d'identité et je vous révèle l'adresse que vous cherchez.

– Je crains que nous ne devions revenir, dit Keira, nous avons remis nos passeports à l'hôtel en arrivant tout à l'heure et nous ne les avons pas encore récupérés.

– C'est la vérité, dis-je en me mêlant à la conversation, ils sont au Métropole, appelez la réception si vous ne nous croyez pas, ils peuvent peut-être vous en faxer les premières pages.

On frappa à la porte, un jeune homme échangea quelques mots avec notre interlocuteur.

– Excusez-moi, dit-il, je reviens dans un instant. En attendant, servez-vous du téléphone sur le bureau et faites-moi faxer vos documents à ce numéro.

Il griffonna une série de chiffres sur une feuille de papier et me la tendit avant de sortir. Keira et moi restâmes seuls.

– Quel enfoiré, ce Thornsten !

– En même temps, plaidai-je en sa faveur, il n'avait aucune raison de nous balancer le passé de son ami et puis rien ne dit qu'il a participé à son trafic.

– Et les cent dollars, tu crois que c'était pour acheter des bonbons ? Tu sais ce que ça représente, cent dollars des années soixante-dix ? Passe cet appel, qu'on s'en aille d'ici, ce bureau me met mal à l'aise.

Comme je ne bougeais pas, Keira décrocha elle-même le téléphone, je lui repris le combiné des mains pour le reposer sur son socle.

– Je n'aime pas ça du tout, mais alors pas du tout du tout, dis-je.

Je me levai et avançai vers la fenêtre.

– Je peux savoir ce que tu fais ?

– Je repensais à cette corniche sur le mont Hua Shan, à deux mille cinq cents mètres, tu t'en souviens ? Tu te sentirais capable de recommencer avec seulement deux étages sous tes pieds ?

– De quoi me parles-tu ?

– Je pense que notre hôte est allé accueillir les flics sur le perron de l'Académie, et je suppose qu'ils viendront nous arrêter dans quelques minutes. Leur voiture est garée dans la rue, juste en dessous, un modèle Ford avec une belle rampe de gyrophares sur le toit. Ferme le verrou de la porte et suis-moi !

Je rapprochai une chaise du mur, ouvris la fenêtre et évaluai la distance qui nous séparait de l'escalier de secours situé à l'angle du bâtiment. La neige rendrait glissante la surface de la corniche, mais nous aurions plus de prises entre les pierres de taille de la façade que sur les parois lisses du mont Hua Shan. J'aidais Keira à grimper sur le rebord et la suivais. Alors que nous nous engagions sur le parapet, j'entendis tambouriner à la porte du bureau ; je ne donnais pas longtemps avant que l'on ne découvre notre escapade.

Keira se déplaçait le long du mur avec une agilité déconcertante, vent et neige freinaient sa progression, mais elle tenait bon et moi aussi. Quelques minutes plus tard, nous nous aidâmes l'un l'autre à enjamber le garde-corps de l'escalier de secours. Restait encore à descendre une cinquantaine de marches en fer forgé, recouvertes de verglas. Keira s'étala de tout son long sur la plate-forme du premier étage, elle se rattrapa à la balustrade et jura en se relevant. L'employé du service de nettoyage qui astiquait le grand couloir de l'Académie fut sidéré en nous voyant passer de l'autre côté de la vitre, je lui adressai un petit signe rassurant et rattrapai Keira. La dernière partie de l'escalier se composait d'une échelle, coulissant jusqu'au trottoir. Keira tira sur la chaîne libérant les crochets qui la retenaient, mais le mécanisme était grippé, et nous coincés à trois mètres au-dessus du sol ; bien trop haut pour tenter quoi que ce soit sans risquer de se briser les jambes. Je me souvenais d'un copain de collège qui, sautant du premier étage pour faire le mur, s'était retrouvé allongé sur le macadam avec les deux tibias sortant à angle droit de ses mollets ; ce souvenir, même fugace, me fit renoncer à la tentation de me prendre pour James Bond ou pour sa doublure. À force de coups de poing, j'essayais de briser la glace qui retenait l'échelle, tandis que Keira sautait dessus à pieds joints en hurlant des « Tu vas céder, salope ! »... je la cite au mot près ! Cela fit son effet, la glace céda d'un coup et je vis Keira, accrochée aux barreaux de l'échelle, dégringoler vers la rue à une vitesse vertigineuse.

Elle se releva sur le trottoir en râlant. La tête de notre hôte venait d'apparaître à la fenêtre de son bureau, lui aussi avait l'air furieux. Je rejoignis Keira et nous détalâmes comme deux voleurs vers une bouche de métro à cent mètres de nous. Keira courut dans le souterrain et remonta l'escalier qui grimpait de l'autre côté de l'avenue. À Moscou, bon nombre d'automobilistes s'improvisent taxis pour arrondir des fins de mois difficiles. Il suffit de lever la main pour qu'une voiture s'arrête et, si l'on arrive à s'accorder sur le prix, le marché est conclu. Pour vingt dollars le conducteur d'une Zil accepta de nous prendre à son bord.

J'avais testé son niveau d'anglais en lui disant avec un grand sourire que sa voiture sentait très fort la chèvre, qu'il ressemblait comme deux gouttes d'eau à mon arrière-grand-mère et enfin qu'avec des mains comme les siennes, se mettre les doigts dans le nez ne devait pas être une mince affaire. Comme il m'avait répondu trois fois « *Da* », j'en avais conclu que je pouvais parler à Keira en toute tranquillité.

– Qu'est-ce qu'on fait maintenant ? lui demandai-je.

– On récupère nos affaires à l'hôtel et on essaie de prendre un train avant que la police nous mette la main dessus. Après la prison chinoise, je préfère encore tuer quelqu'un plutôt que de retourner en taule.

– Et où allons-nous ?

– Au lac Baïkal, Thornsten en a parlé.

La voiture se rangea devant le Métropole-Intercontinental. Nous nous précipitâmes à la réception où une charmante hôtesse nous restitua nos passeports. Je la priai de préparer la note, m'excusant de devoir écourter ainsi notre séjour, et en profitai pour lui demander s'il lui était possible de nous réserver deux couchettes à bord du Transsibérien. Elle se pencha vers moi pour me dire à voix basse que deux policiers venaient tout juste de lui faire imprimer la liste des ressortissants anglais descendus à l'hôtel. Ils étaient installés sur une banquette dans le hall, en train de consulter le listing. Elle ajouta que son petit ami était britannique, qu'il l'emmenait vivre à Londres où ils se marieraient au printemps. Je la félicitai de cette excellente nouvelle et elle me chuchota « *God Save the Queen* » en me faisant un grand clin d'œil complice.

J'entraînai Keira vers l'ascenseur, lui promis deux fois en chemin que je n'avais pas flirté avec la réceptionniste, et lui expliquai pourquoi nous avions très peu de temps pour déguerpir d'ici.

Nos bagages pliés, nous allions quitter la chambre quand le téléphone sonna. La jeune femme de l'accueil me confirma que nous avions deux places en voiture 7 dans le Transsibérien qui partait de la gare centrale à

23 h 24. Elle me communiqua la référence de notre réservation, nous n'avions plus qu'à retirer les billets à la gare, elle les avait facturés sur notre note et avait débité ma carte de crédit. En traversant le bar, nous pourrions quitter l'hôtel sans avoir à passer le hall...

*

Londres

Le journal de la nuit défilait sur l'écran, Ivory éteignit la télévision et s'approcha de la fenêtre. La pluie avait cessé, un couple sortait du Dorchester, la femme monta dans un taxi, l'homme attendit que la voiture s'éloigne avant de retourner vers l'hôtel. Une vieille dame promenait son chien sur Park Lane, elle salua le voiturier en le dépassant.

Ivory abandonna son poste d'observation, ouvrit le minibar, prit un ballotin de chocolats, en défit l'emballage et le reposa sur la table basse. Il se rendit dans la salle de bains, fouilla sa trousse de toilette, attrapa le tube de somnifères, fit glisser un comprimé dans le creux de sa main et se regarda dans le miroir.

« Vieil abruti, tu ignorais sans doute la nature de la mise ? Tu ne savais pas à quel jeu tu jouais ? »

Il avala le cachet, se servit un verre d'eau au robinet du lavabo et retourna dans le salon s'installer devant l'échiquier.

Il donna un nom à chacun des pions adverses, ATHÈNES, ISTANBUL, LE CAIRE, MOSCOU, PÉKIN, RIO, TEL-AVIV, BERLIN, BOSTON, PARIS, ROME et baptisa le roi « LONDRES » et sa reine « MADRID » et envoya valdinguer toutes les pièces de son camp sur le tapis, hormis celle qu'il avait baptisée « AMSTERDAM ». Celle-ci, il l'enroula dans son mouchoir et la rangea délicatement au fond de sa poche. Le roi noir recula d'une case, le cavalier et le pion ne bougèrent pas, mais Ivory fit avancer les deux fous jusqu'à la troisième ligne. Il contempla l'échiquier, ôta ses chaussures, s'allongea sur le canapé et éteignit la lumière.

*

Madrid

La réunion venait de s'achever, les convives se regroupaient autour du buffet. La main d'Isabel frôla subrepticement celle de Sir Ashton qui avait particulièrement brillé ce soir-là. Si, lors du dernier conseil, le plus grand nombre de voix s'était prononcé en faveur de la poursuite des recherches, le lord anglais avait cette fois réussi à faire basculer une majorité de participants dans son camp et l'allié le plus précieux du moment acceptait de coopérer pleinement : MOSCOU mettrait tous les moyens en son pouvoir pour localiser et interpeller les deux scientiques. On les renverrait à Londres par le premier avion et aucun visa de séjour ne leur serait désormais accordé. Ashton aurait préféré des mesures plus radicales, mais ses confrères n'étaient pas encore prêts à voter ce genre de motion. Pour apaiser les consciences de chacun, Isabel avait émis une idée qui t l'unanimité. Si l'on n'avait pu jusque-là dissuader ces deux chercheurs par la force, alors pourquoi ne pas les détourner de leur quête en leur faisant à chacun des propositions qu'ils ne pourraient refuser, des propositions qui les éloigneraient *de facto* l'un de l'autre ? La coercition n'était pas toujours la meilleure méthode à employer. La présidente de séance raccompagna ses invités jusqu'au pied de la tour. Un convoi de limousines quitta la place de l'Europe et prit la direction de l'aéroport de Barajas ; Moscou avait offert à Sir Ashton de lui faire bénéficier de son avion privé, mais le lord avait encore quelques affaires à régler en Espagne.

*

Moscou

Il y avait à mon sens beaucoup trop de policiers dans la gare Iaroslav pour y considérer la situation comme normale. Que nous nous dirigions vers les quais, vers les rangées de petits commerçants ambulants ou vers la consigne, ils étaient là, par grappes de quatre, scrutant la foule. Keira sentit mon inquiétude et me rassura.

– Nous n'avons quand même pas dévalisé une banque ! dit-elle. Qu'un flic mène son enquête jusqu'à notre hôtel est une chose, de là à imaginer qu'ils ont bouclé les gares et les aéroports comme si nous étions deux grands criminels, merde, n'exagérons rien ! Et puis comment pourraient-ils savoir que nous sommes ici ?

Je regrettais d'avoir réservé nos billets par l'intermédiaire de l'Intercontinental. Si l'inspecteur qui nous filait avait mis la main sur un double de notre facture, et j'avais de bonnes raisons de penser que c'était le cas, je ne lui donnais pas dix minutes pour faire parler la réceptionniste. Je ne partageais donc pas l'optimisme de Keira et redoutais que les forces de l'ordre soient là pour nous. La rangée de machines où retirer les titres de transport ne se trouvait qu'à quelques mètres. Je jetai un rapide coup d'œil vers les guichets ; si j'avais raison, les employés devaient déjà être sur le qui-vive et ils signaleraient les premiers étrangers qui se présenteraient à eux.

Un cireur de chaussures déambulait devant nous, portant son matériel en bandoulière, à la recherche d'un quidam à qui lustrer les chaussures. Cela faisait plusieurs fois qu'il passait devant moi en reluquant mes bottes, je lui fis un petit signe et lui proposai un marché d'un autre genre.

– Qu'est-ce que tu fais ? me demanda Keira.

– Je vérifie quelque chose.

Le cireur empocha les dollars que je lui avais offerts à titre d'acompte. Dès qu'il aurait retiré nos billets de train au distributeur et nous les aurait remis, je lui paierais le solde promis.

– C'est dégueulasse de compromettre ce type en l'envoyant faire tes courses.

– Il ne court aucun risque puisque nous ne sommes pas de dangereux criminels !

Alors que notre cireur venait de taper la référence de notre réservation sur l'écran du distributeur, j'entendis grésiller les talkies-walkies de plusieurs policiers, une voix hurlait des instructions dont je pressentais hélas le sens. Keira comprit ce qui se passait et ne put s'empêcher de crier au cireur de chaussures de ficher le camp ; j'eus à peine le temps de la prendre par le bras et de la repousser fermement vers un recoin. Quatre hommes en uniforme nous dépassèrent et se mirent à courir en direction de la rangée des billetteries automatiques. Keira était tétanisée, nous ne pouvions plus grand-chose pour le cireur qui était déjà menotté, je la rassurai, la police le garderait quelques heures au plus, mais d'ici quelques minutes, il donnerait notre signalement.

— Enlève ton manteau ! ordonnai-je à Keira, tout en ôtant le mien.

Je rangeai nos deux vêtements dans le sac, lui tendis un pull-over épais et en passai un autre. Puis je l'entraînai vers la consigne en la prenant par la taille. Je l'embrassai et lui demandai de m'attendre derrière une colonne. Elle écarquilla les yeux en me voyant repartir droit vers les distributeurs. Mais c'était justement l'endroit où les policiers nous chercheraient le moins. Je me faufilai, m'excusai poliment auprès d'un officier pour qu'il me laisse passer, et me dirigeai vers une machine qui heureusement pour moi offrait aux touristes des instructions en anglais. Je réservai deux places à bord d'un train, réglai le prix en espèces et retournai chercher Keira.

Au poste central de sécurité de la gare, les employés qui surveillaient les transactions des terminaux ne prêteraient aucune attention à celle que je venais d'effectuer.

— Qu'est-ce que nous allons faire en Mongolie ? s'inquiéta Keira en regardant le billet que je lui tendais.

— Nous allons prendre le Transsibérien comme prévu et, une fois à bord, j'expliquerai au contrôleur que nous nous sommes trompés et je lui paierai la différence s'il le faut.

La partie n'était pas gagnée pour autant, il nous restait à accéder aux wagons. Les policiers ne devaient disposer que d'un simple signalement, au pire une photo tirée d'une photocopie de nos passeports, mais l'étau ne tarderait pas à se resserrer dès que nous nous approcherions du train. Inutile d'attirer l'attention, les forces de l'ordre cherchaient un couple, Keira marcha cinquante mètres devant moi. Le Transsibérien numéro 10 en partance pour Irkoutsk quittait la gare à 23 h 24, nous n'avions plus beaucoup de temps devant nous. L'agitation donnait au lieu des allures de village de campagne par jour de marché. Caisses de volailles, étals de fromages et de viande séchée, victuailles en tous genres se mêlaient aux valises, malles et paquetages qui encombraient le quai. Les voyageurs du vieux train qui traverserait le continent asiatique en six jours tentaient de se frayer un chemin à travers le capharnaüm des marchands installés dans la gare. On se chamaillait, s'invectivait en toutes sortes de langues, chinois, russe, mandchourien, mongol. Quelques gamins vendaient à la sauvette des lots d'articles de première nécessité. Bonnets, écharpes, rasoirs, brosses à dents et dentifrices. Un policier repéra Keira et s'approcha d'elle, j'accélérai le pas et le bousculai en m'excusant platement. Le policier me sermonna mais, quand il se retourna vers la foule, Keira avait disparu de son champ de vision, du mien aussi d'ailleurs.

Une voix annonça dans les haut-parleurs le départ imminent du train, les voyageurs encore à quai se bousculèrent un peu plus. Les contrôleurs étaient débordés. Toujours aucune trace de Keira. Je m'étais laissé entraîner dans une queue devant le wagon numéro 7 ; j'apercevais par les fenêtres le couloir surpeuplé où chacun cherchait la place qui lui était attribuée, mais je ne retrouvais toujours pas le visage de Keira. Mon tour était venu de grimper sur le marchepied, un dernier coup d'œil vers le quai, et je n'avais plus d'autre choix que de me laisser porter par le flot humain qui se pressait à l'intérieur du wagon. Si Keira n'était pas à bord, je redescendrais au premier arrêt et trouverais bien un moyen de revenir à Moscou. Je regrettai que nous ne nous soyons pas donné un point de rendez-vous au cas où nous nous serions perdus et je commençais déjà à réfléchir à l'endroit qui lui viendrait à l'esprit. Je remontai la coursive, un policier arrivait en sens inverse. Je me glissai dans un compartiment, il ne me prêta pas plus d'attention que cela. Chacun s'installait à bord, les deux employées de la compagnie responsables du wagon avaient bien d'autres choses à faire pour l'instant que de vérifier les billets. Je pris place à côté d'un couple d'Italiens, le compartiment voisin était occupé par des Français et je croiserais quantité de compatriotes au cours de ce voyage. Ce train attirait à longueur d'année nombre de touristes étrangers, la chose était tout à notre avantage. Le convoi s'ébranla lentement, quelques policiers parcouraient encore le quai déserté, la gare de Moscou s'effaça bientôt, laissant place à un paysage de banlieue, gris et sinistre.

Mes voisins me promirent de veiller sur mon sac, je les quittai pour partir à la recherche de Keira. Je ne la trouvai ni dans la voiture suivante, ni dans celle d'après. À la banlieue succédait déjà la plaine. Le train filait à vive allure. Troisième voiture, toujours pas de Keira. Traverser les couloirs encombrés demandait une certaine patience. En seconde classe l'animation était déjà à son comble, les Russes avaient débouché bières et bouteilles de vodka et l'on trinquait à grand renfort de chansons et de cris. La voiture-restaurant était tout aussi animée.

Un groupe s'était formé, six Ukrainiens à la carrure imposante levaient leur verre en criant : « Vive la France ! » Je m'approchai et découvris Keira, passablement éméchée.

— Ne me regarde pas comme ça, dit-elle, ils sont très sympathiques !

Elle se poussa pour me faire une place autour de la table et m'expliqua que ses nouveaux compagnons de voyage l'avaient aidée à embarquer, faisant de leur corps rempart à un policier qui s'intéressait un peu trop à sa physionomie. Sans eux, il l'aurait interpellée. Alors, difficile de ne pas les remercier en leur payant à boire. Je n'avais encore jamais vu Keira dans cet état, je remerciai ses nouveaux camarades et tentai de la convaincre de me suivre.

– J'ai faim et nous sommes dans la voiture-restaurant, et puis j'en ai assez de courir, assieds-toi et mange !

Elle nous commanda un plat de pommes de terre et de poisson fumé, avala deux autres verres de vodka et s'écroula un quart d'heure plus tard sur mon épaule.

Aidé par l'un des six gaillards, je l'ai portée jusqu'à mon compartiment. Nos voisins italiens s'amusèrent de la situation. Allongée sur sa couchette, elle maugréa quelques mots inaudibles et se rendormit aussitôt.

J'ai passé une partie de cette première nuit à bord du Transsibérien à regarder le ciel par la vitre. À chaque extrémité du wagon se trouvait un petit local où officiait une *provonitsas*. L'employée responsable du wagon se tenait à longueur de journée devant un samovar, offrant eau chaude et thé. J'allai me servir et en profitai pour me renseigner sur la durée du voyage jusqu'à Irkoutsk. Il nous faudrait trois jours et quatre nuits, celle-ci comprise, pour parcourir les quatre mille cinq cents kilomètres qui nous en séparaient.

*

Madrid

Sir Ashton reposa son téléphone portable sur la table du salon ; il desserra la ceinture de sa robe de chambre et retourna vers le lit.

– Quelles sont les dernières nouvelles ? demanda Isabel en refermant son journal.

– Ils ont été repérés à Moscou.

– Dans quelles circonstances ?

– Ils se sont rendus à l'Académie des sciences pour y prendre des renseignements sur un ancien trafiquant d'antiquités. Le directeur a trouvé cela suspect et en a informé la police.

Isabel se redressa dans le lit et alluma une cigarette.

– On les a arrêtés ?

– Non. La police a remonté leur piste jusqu'à l'hôtel où ils étaient descendus mais elle est arrivée trop tard.

– A-t-on perdu leur trace ?

– À vrai dire, je n'en sais rien, ils ont essayé d'embarquer à bord du Transsibérien.

– Essayé ?

– Les Russes ont interpellé un type qui retirait des billets en leur nom.

– Alors ils sont à bord ?

– La gare grouillait de policiers, mais personne ne les a vus monter dans le train.

– S'ils se sentent traqués, ils ont pu vouloir diriger leurs poursuivants vers une fausse piste. Il ne faut pas que la police russe se mêle de nos affaires, cela ne fera que nous compliquer la tâche.

– Je doute que nos scientifiques soient aussi futés que vous le supposez, je pense qu'ils sont à bord de ce train, le type qu'ils recherchent habite sur le lac Baïkal.

– Pourquoi veulent-ils rencontrer ce trafiquant d'antiquités ? Quelle étrange idée, vous croyez qu'il...

– ... qu'il est en possession d'un des fragments ? Non, nous l'aurions appris depuis longtemps, mais, s'ils se donnent autant de mal pour aller le voir, c'est que ce type doit détenir des informations qui leur seront précieuses.

– Eh bien, mon cher, il ne vous reste plus qu'à faire taire ce bonhomme avant qu'ils arrivent à lui.

– Ce n'est pas aussi simple que cela ; l'individu en question est un ancien du Parti et, compte tenu de ses antécédents, s'il vit une retraite dorée dans une datcha au bord d'un lac c'est qu'il bénéficie de sérieuses protections. À moins de dépêcher quelqu'un, nous ne trouverons personne sur place pour se risquer à entreprendre quoi que ce soit contre cet homme.

Isabel écrasa son mégot dans le cendrier de la table de nuit, attrapa le paquet de cigarettes et en ralluma une.

– Avez-vous un autre plan pour empêcher cette rencontre ?

– Vous fumez trop, ma chère, répondit Sir Ashton en ouvrant la fenêtre. Vous connaissez mes projets mieux que personne, Isabel, mais vous avez proposé au conseil une alternative qui nous fait perdre du temps.

271

– Pouvons-nous, oui ou non, les intercepter ?

– Moscou me l'a promis ; nous sommes convenus qu'il était préférable que nos proies se sentent un peu moins sur leurs gardes. Intervenir à bord d'un train n'est pas aussi facile qu'il y paraît. Et puis, quarante-huit heures de répit devraient leur donner l'impression d'être passés au travers des mailles du filet. Moscou dépêchera une équipe qui se chargera d'eux à leur arrivée à Irkoutsk. Mais compte tenu des résolutions prises devant le conseil, ses hommes se contenteront de les interpeller et de les remettre à bord d'un avion pour Londres.

– Ce que j'ai proposé au conseil avait pour mérite de faire pencher les voix en faveur d'un arrêt des recherches, sans compter que cela vous lavait de tout soupçon concernant Vackeers ; cela étant désormais acquis, les choses ne sont pas obligées de se dérouler telles que prévues...

– Dois-je comprendre que vous ne seriez pas hostile à des mesures plus radicales ?

– Comprenez ce que bon vous semble mais arrêtez de faire les cent pas, vous me donnez le tournis.

Ashton alla refermer la fenêtre, ôta sa robe de chambre et se glissa sous les draps.

– Vous ne rappelez pas vos services ?

– C'est inutile, le nécessaire est fait, j'en avais déjà pris la décision.

– De quel genre de décision parlez-vous ?

– Intervenir avant nos amis russes. L'affaire sera réglée demain lorsque le train repartira de Iekaterin-bourg. Je préviendrai ensuite Moscou par courtoisie, pour qu'il ne dépêche pas inutilement ses hommes.

– Le conseil sera furieux d'apprendre que vous avez ignoré les résolutions votées ce soir.

– Je vous laisse le soin de composer à votre guise

un petit numéro pour l'occasion. Vous condamnerez mon sens de l'initiative ou mon incapacité à me plier aux règles ; vous me ferez la morale, je présenterai mes excuses en jurant que mes hommes ont agi de leur propre chef et, croyez-moi, dans une quinzaine de jours, personne n'en parlera plus. Votre autorité sera sauve et nos problèmes résolus, que demander de mieux ?

Ashton éteignit la lumière...

*

Transssibérien

Keira avait passé la journée allongée sur sa couchette, terrassée par la migraine. Je m'étais bien gardé
de lui faire le moindre reproche quant à ses excès
de la veille, y compris quand elle m'avait supplié
de l'achever pour que la douleur cesse. Toutes les
demi-heures, je me rendais au bout du wagon, où la
responsable du samovar me remettait gentiment des
compresses tièdes que je retournais aussitôt lui
appliquer sur le front. Dès qu'elle se rendormait, je
collais mon visage à la fenêtre et regardais défiler la
campagne. De temps à autre, le convoi longeait un
village de maisons construites en rondins de bouleau.
Quand il s'arrêtait dans des petites gares, les fermiers
du coin se pressaient sur le quai pour vendre aux voyageurs leurs produits locaux, salades de pommes de
terre, crêpes au tvarok, confitures, beignets de chou ou
de viande. Ces arrêts ne duraient jamais longtemps,
puis le train repartait à travers les grandes plaines
désertiques de l'Oural. En fin d'après-midi, Keira

commença à se sentir un peu mieux. Elle avala un thé et grignota quelques fruits secs. Nous nous rapprochions d'Iekaterinbourg où nos voisins italiens nous quitteraient pour prendre un autre train, vers Oulan-Bator.

– J'aurais tellement aimé visiter cette ville, soupira Keira, l'église du Sang versé, il paraît qu'elle est magnifique.

Étrange nom pour une église, mais elle avait été construite sur les ruines de la villa Ipatiev où l'empereur Nicolas II, sa femme Alexandra Federova et leurs cinq enfants avaient été exécutés en juillet 1918.

Nous n'aurions hélas pas le temps de faire du tourisme, le train ne s'arrêterait qu'une demi-heure, pour changer de locomotive, m'avait confié la responsable de notre wagon. Nous pourrions toujours aller nous dégourdir les jambes et acheter de quoi manger, cela ferait du bien à Keira.

– Je n'ai pas faim, gémit-elle.

La banlieue apparut, pareille à celle de toutes les grandes villes industrielles, le train s'arrêta en gare.

Keira accepta de quitter sa couchette pour aller faire quelques pas. La nuit était tombée, sur le quai les babouchkas vendaient leurs marchandises à la criée. De nouvelles têtes montaient à bord, deux policiers faisaient une ronde, leur attitude décontractée me rassura, nos ennuis semblaient être restés à Moscou, nous en étions déjà éloignés de plus de mille cinq cents kilomètres.

Aucun sifflet ne prévenait du départ, seul le mouvement de la foule faisait comprendre qu'il était temps de remonter dans le wagon. J'avais acheté une caisse d'eau minérale et quelques pirojkis que je fus seul à déguster. Keira était retournée s'allonger sur sa couchette et elle se rendormit. Mon repas avalé, je me couchai à mon tour, le balancement du train, le bruit régulier de ses boggies m'entraînèrent dans un profond sommeil.

Il était 2 heures du matin, heure de Moscou, quand j'entendis un drôle de bruit à la porte, quelqu'un essayait d'entrer dans notre compartiment. Je me levai et tirai le rideau, passai la tête mais il n'y avait personne, le couloir était désert, anormalement désert, même la provonitsas avait abandonné son samovar.

Je refermai le loquet et décidai de réveiller Keira, quelque chose clochait. Elle sursauta ; je mis ma main sur sa bouche et lui fis signe de se lever.

– Qu'est-ce qu'il y a ? chuchota-t-elle.

– Je n'en sais encore rien, mais habille-toi vite.

– Pour aller où ?

La question n'était pas dénuée de sens. Nous étions enfermés dans un compartiment de six mètres carrés, le wagon-restaurant se trouvait à six voitures de la nôtre et l'idée de nous y rendre ne m'enchantait guère. Je vidai ma valise, rembourrai nos deux couchettes de nos affaires et les recouvris des draps. Puis j'aidai Keira à grimper sur le porte-bagages, éteignis la lumière et me glissai à ses côtés.

– Tu peux me dire à quoi on joue ?

– Ne fais pas de bruit, c'est tout ce que je te demande.

Dix minutes passèrent, j'entendis à nouveau cliqueter le loquet. La porte de notre compartiment coulissa, quatre coups secs claquèrent et elle se referma. Nous restâmes blottis l'un contre l'autre un long moment, jusqu'à ce que Keira me prévienne qu'une crampe à la jambe la ferait bientôt hurler de douleur. Nous abandonnâmes notre cachette, Keira voulut rallumer le plafonnier, je l'en empêchai et entrebâillai le rideau pour laisser entrer la lumière du clair de lune. Nous blêmîmes en découvrant nos literies transpercées de deux trous, à l'endroit où nos corps endormis auraient dû se trouver. On s'était introduit dans notre cabine pour nous tirer dessus. Keira s'agenouilla devant sa couchette et passa son doigt à travers la déchirure du drap.

– C'est terrifiant..., murmura-t-elle.

– En effet, j'ai bien peur que la literie soit foutue !

– Mais merde, enfin, pourquoi cet acharnement ? Nous ne savons même pas ce que nous cherchons, et encore moins si nous le trouverons un jour, alors...

– Il est probable que ceux qui nous en veulent en sachent plus que nous. Maintenant, il faut rester calmes pour sortir de ce piège. Et nous avons intérêt à réfléchir vite.

Notre meurtrier était dans le train, et il y resterait au moins jusqu'au prochain arrêt, à moins qu'il ne décide d'attendre que l'on découvre nos corps pour s'assurer de la réussite de sa mission. Dans le premier cas nous avions tout intérêt à rester tapis dans notre cabine, dans le second, il était plus judicieux de descendre avant lui. Le convoi ralentissait, nous devions approcher d'Omsk, l'escale suivante aurait lieu au petit matin, lorsque le train entrerait en gare de Novossibirsk.

Mon premier réflexe fut de chercher un moyen de condamner la porte, ce que je fis en passant la ceinture de mon pantalon autour de la poignée et en la reliant au montant de l'échelle qui permettait d'accéder aux porte-bagages. Le cuir était assez solide pour empêcher désormais quiconque de la faire coulisser. Puis j'ordonnai à Keira de se baisser afin que nous puissions tous deux surveiller le quai sans se faire repérer.

Le convoi s'immobilisa. De notre position, il était difficile de voir qui en descendait, et nous n'avons rien vu qui nous laisse espérer que le tueur avait quitté le bord.

Pendant les heures qui suivirent, nous refîmes nos paquetages, à l'affût du moindre bruit. À 6 heures du matin, nous entendîmes des cris. Les voyageurs des compartiments voisins sortirent dans le couloir. Keira se leva d'un bond.

– Je n'en peux plus d'être cloîtrée ici ! dit-elle en libérant la poignée.

Elle ouvrit la porte et me lança ma ceinture.

– On sort ! Il y a trop de monde dehors pour que nous risquions quoi que ce soit.

Un passager avait découvert la responsable du wagon, gisant inanimée au pied de son samovar, avec une méchante plaie au front. Sa collègue, qui assurait le service de jour, nous ordonna de regagner nos couchettes, la police monterait à Novossibirsk. En attendant, chacun devait s'enfermer dans son compartiment.

– Retour à la case départ ! fulmina Keira.

– Si les flics inspectent les cabines, nous avons intérêt à cacher nos draps, dis-je en remettant ma ceinture, ce n'est pas le moment d'éveiller l'attention.

– Tu crois que ce type rôde encore dans les parages ?

– Je n'en sais rien, mais, maintenant, il ne pourra rien tenter.

En gare de Novossibirsk, les passagers furent interrogés tour à tour par deux inspecteurs, personne n'avait rien vu. La jeune provonitsas fut emmenée en ambulance et remplacée par une autre employée de la compagnie. Il y avait suffisamment d'étrangers dans ce train pour que notre présence n'attire aucune attention particulière de la part des autorités. Rien que dans notre wagon se trouvaient des Néerlandais, des Italiens, des Allemands et même un couple de Japonais, nous n'étions que deux Anglais parmi eux. On releva nos identités, les inspecteurs redescendirent et le convoi repartit.

Nous traversâmes une zone de marécages gelés, le relief se rehaussa de montagnes enneigées, auxquelles succédèrent à nouveau les plaines de la Sibérie. En milieu de journée, le train s'engagea sur un long pont métallique enjambant la majestueuse rivière Ienisseï ; l'arrêt à Novossibirsk dura une demi-heure. J'aurais préféré que nous ne quittions pas notre cabine, mais Keira ne tenait plus en place. La température sur le quai devait avoisiner les moins dix degrés. Nous avons profité de notre petite escapade pour acheter de quoi nous restaurer.

– Je ne vois rien de louche, dit Keira en croquant à pleines dents dans un beignet de légumes.

– Pourvu que cela dure jusqu'à demain matin.

Les passagers regagnaient les voitures, je jetai un dernier coup d'œil autour de nous et aidai Keira à se hisser sur le marchepied. La nouvelle provonitsas me cria de nous presser et la portière se referma derrière moi.

Je suggérai à Keira que nous passions notre dernière soirée à bord du Transsibérien au wagon-restaurant. Russes et touristes y trinquaient toute la nuit ; plus il y aurait de monde, plus nous serions en sécurité. Keira accueillit ma proposition avec soulagement. Nous trouvâmes une table que nous partageâmes avec quatre Hollandais.

– À Irkoutsk, comment va-t-on mettre la main sur notre type ? Le lac Baïkal s'étend sur plus de six cents kilomètres.

– Une fois là-bas, nous essaierons de dénicher un café Internet et nous ferons quelques recherches, avec un peu de chance nous trouverons la trace de notre homme.

– Parce que tu sais faire des recherches en cyrillique, toi ?

Je regardai Keira, son sourire narquois me rappelait combien je la trouvais ravissante. Nous aurions peut-être en effet besoin de faire appel aux services d'un interprète.

– À Irkoutsk, reprit-elle en se moquant de moi, nous irons voir un chamane, il nous en apprendra bien plus sur la région et ses habitants que tous les moteurs de recherche de ton Internet de malheur !

Et pendant que nous dînions, Keira m'expliqua pourquoi le lac Baïkal était devenu un haut lieu de la paléontologie. La découverte au début du XXIᵉ siècle de campements du paléolithique avait permis d'établir la présence d'hommes de Transbaïkalie ayant peuplé la Sibérie vingt-cinq mille ans avant notre ère. Ils savaient utiliser un calendrier et accomplissaient déjà des rites religieux.

– L'Asie est le berceau du chamanisme. Dans ces régions, poursuivit Keira, le chamanisme est considéré comme la religion originelle de l'homme. Selon la mythologie, le chamanisme est même né avec la création de l'Univers et le premier chamane était le fils du Ciel. Tu vois, nos deux métiers sont liés depuis la nuit des temps. Les mythes cosmogoniques sibériens sont nombreux. On a retrouvé dans la nécropole de l'île aux Rennes sur l'Onega une sculpture d'os datant du

Ve millénaire avant notre ère. Elle représente une coiffure chamanique décorée d'un museau d'élan. La coiffe était portée par un officiant s'élevant vers le monde céleste, entouré de deux femmes.

– Pourquoi me racontes-tu tout cela ?

– Parce que, ici, comme dans tous les villages bouriates, si tu veux apprendre quelque chose, il faut demander audience à un chamane. Maintenant tu peux me dire pourquoi tu me tripotes sous la table ?

– Je ne te tripote pas !

– Alors qu'est-ce que tu fais ?

– Je cherche le guide touristique que tu as dû planquer quelque part. Ne me dis pas que tu connaissais autant de choses sur les chamanes, je ne te croirais pas !

– Ne sois pas idiot, rit Keira alors que je glissais mes mains derrière ses hanches. Il n'y a aucun livre sous mes fesses ! J'ai de bonnes raisons de connaître ma leçon par cœur, et il n'y a rien non plus entre mes seins, ça suffit, Adrian !

– Quelles raisons ?

– J'ai traversé une phase très mystique quand j'étais à la fac, j'étais très... chamanisée. Encens, pierres magnétiques, danses, extases, transes, enfin, une période de ma vie assez New Age si tu vois ce que je veux dire, et je t'interdis de te moquer. Adrian, arrête, tu me chatouilles, personne n'irait cacher un bouquin à cet endroit.

– Et comment allons-nous trouver un chamane ? dis-je en me redressant.

– Le premier gamin dans la rue te dira où vit le chamane du coin, fais-moi confiance. Quand j'avais vingt ans, j'aurais adoré faire ce voyage. Pour certains le paradis se trouvait à Katmandou, moi, c'était ici que je rêvais de venir.

– Vraiment ?

– Oui, vraiment ! Maintenant je n'ai rien contre le fait que tu approfondisses tes fouilles, mais alors retournons dans la cabine.

Je ne me le fis pas répéter. Au petit matin, j'avais inspecté très minutieusement le corps de Keira... je n'ai jamais trouvé la moindre antisèche sur elle !

*

Londres

Sir Ashton était installé à la table de la salle à manger, il lisait le journal du matin en prenant son thé. Son secrétaire particulier entra dans la pièce, lui présentant un téléphone portable sur un plateau en argent. Ashton prit l'appareil, écouta ce que son correspondant lui annonçait et reposa le téléphone sur le plateau. Le secrétaire aurait dû, selon l'usage, se retirer sur-le-champ, mais il semblait vouloir ajouter quelque chose et attendait que Sir Ashton s'adresse à lui.

– Quoi encore ? Puis-je prendre mon petit déjeuner sans être importuné ?

– Le chef de la sécurité souhaite s'entretenir avec vous dans les plus brefs délais, monsieur.

– Eh bien, qu'il vienne me voir cet après-midi.

– Il est dans le couloir, monsieur, il paraît que c'est urgent.

– Le chef de la sécurité est chez moi à 9 heures du matin, qu'est-ce que c'est que cette histoire ?

– J'imagine, monsieur, qu'il préfère vous en parler lui-même, il n'a rien voulu me dire, hormis qu'il devait vous voir au plus vite.

– Alors faites-le entrer au lieu de bavasser, ce que

c'est agaçant, et faites-nous servir un thé à bonne température, et non cette lavasse tiède à laquelle j'ai eu droit. Allez, dépêchez-vous puisque c'est urgent !

Le secrétaire se retira, laissant la place au chef de la sécurité.

– Que me voulez-vous ?

Le chef de la sécurité remit une enveloppe scellée à Sir Ashton. Il la décacheta et découvrit une série de photographies. Il reconnut Ivory, assis sur un banc dans le petit parc en face de sa maison.

– Qu'est-ce que cet imbécile fait là ? questionna Ashton en se rendant à la fenêtre.

– Elles ont été prises hier en fin d'après-midi, monsieur.

Ashton laissa tomber le rideau et se tourna vers le chef de la sécurité.

– Si ce vieux fou prend plaisir à nourrir les pigeons en face de chez moi, c'est son problème, j'espère que vous ne m'avez pas dérangé à cette heure matinale pour une raison aussi stupide.

– A priori, l'opération en Russie s'est achevée comme vous l'aviez demandé.

– Eh bien, pourquoi ne pas avoir commencé par cette excellente nouvelle ? Voulez-vous une tasse de thé ?

– Je vous remercie, monsieur, mais je dois me retirer, j'ai beaucoup à faire.

– Attendez une seconde, pourquoi avez-vous dit « a priori » ?

– Notre émissaire a dû quitter le train plus tôt que prévu ; il est cependant certain d'avoir mortellement atteint ses deux cibles.

– Alors vous pouvez disposer.

*

Irkoutsk

Nous n'étions pas mécontents d'abandonner le Transsibérien. Hormis cette dernière nuit passée à bord, nous n'en garderions pas de très bons souvenirs. En traversant la gare, je regardai attentivement autour de nous, rien ne semblait suspect. Keira repéra un jeune garçon qui vendait des cigarettes à la sauvette. Elle lui proposa dix dollars en échange d'un petit service : nous conduire chez le chamane. Le garçon ne comprenait pas un mot de ce que Keira lui demandait, mais il nous amena jusqu'à sa maison. Son père possédait un petit atelier de tannerie dans une ruelle de la vieille ville.

Je fus frappé par la diversité ethnique de l'endroit. Une multitude de communautés se côtoyaient dans la plus parfaite harmonie. Irkoutsk, ville au passé singulier avec ses vieilles maisons de bois qui penchent et s'enfoncent dans la terre avant de mourir faute d'entretien, Irkoutsk et son vieux tram sans station, qui s'arrête au milieu de la rue, Irkoutsk et ses vieilles Bouriates avec leur éternel fichu de laine noué au menton, leur cabas autour du bras... Ici, chaque vallée et chaque montagne a son esprit, on vénère le ciel et avant de

285

boire de l'alcool on en verse quelque gouttes sur la table pour trinquer avec les dieux. Le tanneur nous accueillit dans sa modeste demeure. Dans un anglais rudimentaire il nous expliqua que sa famille vivait là depuis trois siècles. Son grand-père était pelletier à l'époque où les Bouriates négociaient encore des fourrures dans les comptoirs marchands de la ville, mais tout cela appartenait au passé, un passé révolu. Désormais, zibelines, hermines, loutres et renards avaient disparu, le petit atelier situé à quelques pas de la chapelle de Saint-Paraskeva ne produisait plus que des cartables en cuir qui se vendaient difficilement au bazar voisin. Keira demanda à notre hôte s'il connaissait un moyen d'obtenir une audience auprès d'un chamane. Le meilleur selon lui se trouvait à Listvianka, une petite ville au bord du lac Baïkal. Un minibus nous permettrait de nous y rendre à moindres frais. Les taxis étaient hors de prix, nous dit-il, et guère plus confortables. Il nous offrit un repas ; il n'est, en ces terres souvent meurtries par la folle oppression des uns, qu'une seule loi, celle de l'hospitalité. Une viande maigre bouillie, quelques pommes de terre, un thé au beurre et une tranche de pain. Ce déjeuner d'hiver dans l'atelier d'un tanneur à Irkoutsk, je m'en souviens encore.

Keira avait apprivoisé l'enfant, ensemble ils jouaient à répéter des mots qui leur étaient à chacun inconnus, en anglais ou en russe, et ils riaient sous le regard attendri de l'artisan. Au début de l'après-midi, le garçon nous conduisit jusqu'à l'arrêt de l'autocar. Keira voulut lui remettre les dollars promis mais il les refusa. Alors elle dénoua son écharpe et la lui offrit. Il l'enroula autour de son cou et partit en courant. Au bout de la rue, il se retourna et agita l'étoffe en signe d'au revoir. Je savais bien à ce moment que Keira avait le cœur lourd, combien Harry lui manquait, je devinais qu'elle revoyait ses yeux dans le regard de chaque enfant que nous croisions en route. Je la pris dans mes bras, mes gestes étaient maladroits mais elle posa sa tête sur mon épaule. Je sentis sa tristesse et lui rappelai à l'oreille la promesse que je lui avais faite. Nous retournerions dans la vallée de l'Omo et, quel que soit le temps que cela nous prendrait, elle reverrait Harry.

Le minibus longeait la rivière, bordant des paysages de steppes. Des femmes marchaient au bord de la route, portant leurs enfants endormis dans leurs bras. Au cours du voyage, Keira m'en apprit un peu plus sur les chamanes et la visite qui nous attendait.

– Le chamane est un guérisseur, un sorcier, un prêtre, un magicien, un devin, voire un possédé. Il est chargé de traiter certaines maladies, de faire venir le gibier ou faire tomber la pluie, parfois même de retrouver un objet perdu.

– Dis-moi, ton chamane, il ne pourrait pas nous diriger directement sur notre fragment, cela éviterait d'aller voir cet Egorov et ça nous ferait gagner du temps.

– Je vais y aller seule !

Le sujet était sensible et la plaisanterie n'était pas de mise. J'écoutai donc attentivement ce qu'elle m'expliquait.

– Pour entrer en contact avec les esprits, le chamane se met en transe. Ses convulsions témoignent qu'un esprit est entré dans son corps. Lorsque sa transe s'achève, il s'écroule et entre en catalepsie. C'est un moment intense pour l'assemblée, il n'est jamais sûr que le chamane retourne parmi les vivants. Lorsqu'il revient à lui, il raconte son voyage. Parmi ses voyages, il y en a un qui devrait te plaire, celui que le chamane fait vers le cosmos. On l'appelle le vol magique. Le chamane côtoie le « clou du ciel » et passe au travers de l'étoile Polaire.

– Tu sais que nous avons juste besoin d'une adresse, nous pouvons peut-être nous contenter de lui demander un service réduit.

Keira se tourna vers la vitre du bus, sans plus m'adresser la parole.

*

Listvianka...

... est une ville entièrement bâtie en bois, comme bien des villages de Sibérie ; même l'église orthodoxe est construite en bouleau. La maison du chamane ne dérogeait pas à la règle. Nous n'étions pas les seuls à lui rendre visite ce jour-là. J'avais espéré que nous n'aurions qu'à échanger quelques mots avec lui, un peu comme on vient interroger le maire d'un petit village sur une famille du coin dont on recherche la trace, mais il nous fallut assister d'abord à l'office qui venait de commencer.

Nous prîmes place dans une pièce parmi cinquante autres personnes assises en rond sur des tapis. Le chamane entra, vêtu d'un costume de cérémonie. L'assemblée était silencieuse. Une jeune femme, elle devait avoir à peine vingt ans, était allongée sur une natte. Elle souffrait visiblement d'un mal qui lui donnait une terrible fièvre. Son front ruisselait de sueur et elle gémissait. Le chamane prit un tambour. Keira, qui m'en voulait encore, m'expliqua – bien que je ne lui eusse rien demandé – que l'accessoire était indispensable au rituel et que le tambour avait une double identité sexuelle, la peau était mâle et le cadre femelle. J'eus la bêtise de rire et reçus aussitôt une claque derrière la tête.

Le chamane commença par chauffer la peau du tambour en la caressant de la flamme d'une torchère.

– Avoue que c'est quand même plus compliqué que d'appeler les renseignements, chuchotai-je à l'oreille de Keira.

Le chamane leva les mains, son corps commença à onduler au rythme des roulements du tambour. Son chant était envoûtant, j'avais perdu toute envie d'être ironique, Keira était entièrement absorbée par la scène qui se déroulait sous nos yeux. Le chamane entra en transe, son corps était secoué de spasmes violents. Au cours de la cérémonie, le visage de la jeune femme se métamorphosa, comme si la fièvre retombait, les couleurs réapparaissaient sur ses joues. Keira était fascinée, je l'étais tout autant. Le roulement de tambour cessa et le chamane s'écroula. Personne ne parlait, pas un bruit pour troubler le silence. Nos yeux étaient rivés sur son corps inerte et il en fut ainsi pendant un long moment. Quand l'homme revint à lui et se redressa, il s'approcha de la jeune femme, apposa ses mains sur son visage et lui demanda de se lever. Debout, bien que vacillante, elle semblait être guérie du mal qui tout à l'heure encore la terrassait. L'assemblée acclama le chamane, la magie avait opéré.

Je n'ai jamais su de quels réels pouvoirs jouissait cet homme et ce dont je fus témoin ce jour-là dans la demeure du chamane de Listvianka restera à jamais pour moi un mystère.

La cérémonie terminée, les gens se dispersèrent, Keira aborda le chamane et lui demanda audience ; il l'invita à s'asseoir et à lui poser les questions pour lesquelles elle était venue à sa rencontre.

Il nous apprit que l'homme que nous cherchions était un notable de la région. Un bienfaiteur qui donnait beaucoup d'argent pour les pauvres, pour la construction des écoles, il avait même financé la réfection d'un dispensaire qui depuis avait pris des airs de petit hôpital. Le chamane hésitait à nous confier son adresse, s'inquiétant de nos intentions. Keira promit que nous voulions simplement obtenir quelques informations. Elle expliqua son métier et en quoi Egorov pouvait nous être utile. Sa quête était strictement scientifique.

Le chamane regarda attentivement le pendentif de Keira et l'interrogea sur sa provenance.

– C'est un objet très ancien, lui confia-t-elle sans aucune retenue, un fragment d'une carte des étoiles dont nous cherchons les parties manquantes.

– Quel âge a cet objet ? interrogea le chamane en demandant à le voir de plus près.

– Des millions d'années, répondit Keira en le lui tendant.

Le chamane caressa délicatement le pendentif et, aussitôt, son visage se ferma.

– Vous ne devez pas poursuivre votre voyage, dit-il d'une voix grave.

Keira se retourna vers moi. Qu'est-ce qui inquiétait soudain cet homme ?

– Ne le gardez pas auprès de vous, vous ne savez pas ce que vous faites, reprit-il.

– Vous avez déjà vu un tel objet ? demanda Keira.

– Vous ne comprenez pas ce que cela implique ! dit le chamane.

Son regard s'était encore assombri.

– J'ignore de quoi vous voulez parler, répondit Keira en reprenant son pendentif, nous sommes des scientifiques...

– ... des ignorants ! Savez-vous seulement comment

le monde tourne ? Vous voulez prendre le risque de remettre ses équilibres en cause ?

– Mais de quoi parlez-vous ? s'insurgea Keira.

– Allez-vous-en d'ici ! L'homme que vous souhaitez rencontrer habite à deux kilomètres d'ici, dans une datcha rose avec trois tourelles, vous ne pourrez pas la manquer.

Des jeunes patinaient sur le lac Baïkal à l'écart du rivage où les vagues saisies par l'hiver avaient gelé, formant des sculptures aux allures effrayantes. Prisonnier des glaces, un vieux cargo à la coque rouillée gisait sur son flanc. Keira avait enfoui ses mains dans ses poches.

– Que tentait de nous dire cet homme ? me demanda-t-elle.

– Je n'en ai pas la moindre idée, c'est toi l'experte en chamanisme. Je pense que la science l'inquiète, voilà tout.

– Sa peur ne me paraissait pas irrationnelle et il semblait savoir de quoi il parlait... comme s'il voulait nous prévenir d'un danger.

– Keira, nous ne sommes pas des apprentis sorciers. Il n'y a de place ni pour la magie ni pour l'ésotérisme dans nos disciplines. Nous suivons tous deux une démarche purement scientifique. Nous disposons de deux fragments d'une carte que nous cherchons à compléter, rien de plus.

– D'une carte qui selon toi fut établie il y a quatre cents millions d'années et nous ignorons tout de ce qu'elle nous révélerait si nous la complétions...

– Lorsque nous l'aurons complétée, nous pourrons alors envisager de façon scientifique qu'une civilisation disposait d'un savoir astronomique en des temps où nous pensions qu'il n'était pas possible qu'elle existe sur la Terre. Une telle découverte remettra bien des choses en perspective sur l'histoire de l'humanité. N'est-ce pas ce qui te passionne depuis toujours ?

– Et toi, qu'est-ce que tu espères ?

– Que cette carte me montre une étoile qui me soit encore inconnue, ce serait déjà formidable. Pourquoi fais-tu cette tête ?

– J'ai la trouille, Adrian, jamais mes recherches ne m'avaient confrontée à la violence des hommes et je ne comprends toujours pas les motivations de ceux qui nous en veulent autant. Ce chamane ignorait tout de nous, la façon dont il a réagi au contact de mon pendentif, c'était... effrayant.

– Mais tu te rends compte de ce que tu lui as révélé et de ce que cela implique pour lui ? Cet homme est un oracle, son pouvoir et son aura reposent sur son savoir et l'ignorance de ceux qui le vénèrent. Nous débarquons chez lui, en lui brandissant sous le nez le témoin d'une connaissance qui dépasse de loin les siennes. Tu le mets en danger. Je ne m'attends pas à meilleure réaction des membres de l'Académie, si nous leur faisions pareille révélation. Qu'un médecin gagne un village reculé du monde où la modernité n'est jamais parvenue, qu'il soigne un malade avec des médicaments, les autres verraient en lui un sorcier aux pouvoirs infinis. L'homme vénère celui dont le savoir le dépasse.

– Merci de la leçon, Adrian, c'est notre ignorance qui me fait peur, pas celle des autochtones.

Nous arrivions devant la datcha rose, elle était telle que le chamane l'avait décrite et il avait dit vrai, impossible de la confondre avec une autre maison tant son architecture était ostentatoire. Celui qui vivait là n'avait rien fait pour cacher sa richesse, au contraire, il l'affichait, gage de son pouvoir et de sa réussite.

293

Deux hommes, Kalachnikov en bandoulière, gardaient l'entrée de la propriété. Je me présentai et demandai à être reçu par le maître des lieux. Nous venions de la part de Thornsten, un de ses anciens amis, qui nous avait mandatés pour acquitter une dette. Le vigile nous ordonna d'attendre devant la porte. Keira sautillait sur place pour se réchauffer, sous le regard amusé du second garde qui la reluquait d'une façon fort déplaisante à mon goût. Je la pris dans mes bras et lui frictionnai le dos. L'homme revint quelques instants plus tard, nous eûmes droit à une fouille en règle et, enfin, on nous laissa entrer dans la fastueuse demeure d'Egorov.

Les sols étaient en marbre de Carrare, les murs recouverts de boiseries importées d'Angleterre, nous expliqua notre hôte en nous accueillant dans son salon. Quant aux tapis, ils provenaient d'Iran, des pièces de grande valeur, affirma-t-il.

– Je croyais ce salopard de Thornsten mort depuis longtemps, s'exclama Egorov en nous servant de la vodka. Buvez ! dit-il, cela vous réchauffera.

– Désolée de vous décevoir, répliqua Keira, mais il se porte comme un charme.

– Tant mieux pour lui, répondit Egorov, alors vous êtes venus m'apporter l'argent qu'il me doit ?

Je sortis mon portefeuille et tendis cent dollars à notre hôte.

– Voilà, dis-je en posant l'unique billet sur la table, vous pouvez vérifier, le compte y est.

Egorov regarda la coupure verte avec mépris.

– C'est une plaisanterie, j'espère !

– C'est la somme exacte qu'il nous a demandé de vous remettre.

– C'est ce qu'il me devait il y a trente ans ! En

monnaie constante, sans compter les intérêts, il faudrait la multiplier par cent pour que nous soyons quittes. Je vous donne deux minutes pour foutre le camp d'ici avant de regretter d'être venus vous moquer de moi.

– Thornsten nous a dit que vous pourriez nous aider, je suis archéologue et j'ai besoin de vous.

– Désolé, je ne m'occupe plus d'antiquités depuis longtemps, les matières premières sont bien plus lucratives. Si vous avez fait ce voyage dans l'espoir de m'acheter quelque chose, vous vous êtes déplacés pour rien. Thornsten s'est foutu autant de vous que de moi. Reprenez ce billet et allez-vous-en.

– Je ne comprends pas votre animosité à son égard, il parlait de vous en des termes très respectueux et semblait même vous vouer une certaine admiration.

– Ah bon ? demanda Egorov, flatté par le propos de Keira.

– Pourquoi vous devait-il de l'argent ? Cent dollars, cela représentait une certaine somme dans cette région, il y a trente ans, ajouta Keira.

– Thornsten n'était qu'un intermédiaire, il agissait pour le compte d'un acheteur à Paris. Un homme qui voulait acquérir un manuscrit ancien.

– Quel genre de manuscrit ?

– Une pierre gravée retrouvée dans une tombe gelée en Sibérie. Vous devez savoir aussi bien que moi que nombre de ces sépultures furent mises au jour dans les années cinquante, toutes regorgeaient de trésors parfaitement conservés par les glaces.

– Et toutes furent minutieusement pillées.

– Hélas, oui, répondit Egorov en soupirant. La cupidité des hommes est terrible, n'est-ce pas ? Dès qu'il est question d'argent, il n'y a plus aucun respect pour les beautés du passé.

– Et, bien sûr, vous occupiez votre temps à traquer ces pilleurs de tombes, n'est-ce pas ? poursuivit Keira.

– Vous avez un joli derrière, mademoiselle, et un charme certain, mais n'abusez pas trop de mon hospitalité.

– Vous avez vendu cette pierre à Thornsten ?

– Je lui ai refourgué une copie ! Son commanditaire n'y a vu que du feu. Comme je savais qu'il ne me paierait pas, je me suis contenté de lui remettre une reproduction, mais de fort bonne qualité. Reprenez cet argent, offrez-vous un bon repas et dites à Thornsten que nous sommes quittes.

– Et vous avez toujours l'originale ? demanda Keira en souriant.

Egorov la regarda de bas en haut, s'attardant sur les courbes de son anatomie ; il sourit à son tour et se leva.

– Puisque vous êtes venus jusqu'ici, suivez-moi, je vais vous montrer de quoi il s'agissait.

Il se rendit jusqu'à la bibliothèque qui agrémentait les murs de son salon. Il y prit une boîte recouverte de cuir fin, l'ouvrit et la remit en place.

– Ce n'est pas dans celle-ci, mais où ai-je bien pu la mettre ?

Il examina trois autres caissettes du même genre, une quatrième et une cinquième dont il sortit un objet empaqueté dans un voile de coton. Il dénoua la ficelle qui l'entourait et nous présenta une pierre de vingt centimètres sur vingt qu'il posa délicatement sur son bureau avant de nous inviter à nous rapprocher. La surface patinée était incrustée d'écritures ressemblant à des hiéroglyphes.

– C'est du sumérien, cette pierre a plus de six mille ans. Le commanditaire de Thornsten aurait mieux fait de me la payer à l'époque, son prix était encore tout à fait abordable. Il y a trente ans, j'aurais vendu le cercueil de Sargon pour quelques centaines de dollars, aujourd'hui cette pierre est inestimable et paradoxalement invendable d'ailleurs, sauf à un particulier qui la garderait secrètement. Ce genre d'objet ne peut plus circuler librement, les temps ont changé, le trafic d'antiquités est devenu bien trop dangereux. Je vous l'ai dit, le commerce de matières premières rapporte bien plus avec beaucoup moins de risques.

– Quelle est la signification de ces gravures ? demanda Keira, fascinée par la beauté de la pierre.

– Pas grand-chose, il s'agit probablement d'un poème, ou d'une ancienne légende, mais celui qui voulait l'acheter semblait y accorder une grande importance. Je dois avoir une traduction. Voilà, je l'ai ! dit-il en fouillant la caissette.

Il remit à Keira une feuille de papier qu'elle me lut à voix haute.

Il est une légende qui raconte que l'enfant dans le ventre de sa mère connaît tout du mystère de la Création, de l'origine du monde jusqu'à la fin des temps. À sa naissance, un messager passe au-dessus de son berceau et pose un doigt sur ses lèvres pour que jamais il ne dévoile le secret qui lui fut confié, le secret de la vie...

Comment cacher ma stupéfaction en entendant ces mots qui résonnaient dans ma tête et me rappelaient les ultimes souvenirs d'un voyage avorté. Ces derniers mots que j'avais lus à bord d'un avion en partance pour la Chine, avant de perdre connaissance et qu'il ne fasse demi-tour. Keira avait interrompu sa lecture, inquiète de me voir si troublé. Je pris mon portefeuille dans ma poche, en sortit une feuille de papier que je dépliai devant elle. Je lus à mon tour à voix haute la fin de ce texte étrange.

... Ce doigt posé qui efface à jamais la mémoire de l'enfant laisse une marque. Cette marque, nous l'avons tous au-dessus de la lèvre supérieure, sauf moi.

Le jour où je suis né, le messager a oublié de me rendre visite, et je me souviens de tout.

Keira et Egorov me regardèrent tour à tour, aussi étonnés que je l'étais. Je leur expliquai dans quelles circonstances ce document m'était parvenu.

— C'est ton ami, le professeur Ivory, qui me l'a fait remettre, juste avant que je parte te chercher en Chine.

— Ivory ? Qu'est-ce qu'il vient faire là-dedans ? demanda Keira.

— Mais c'est le nom de ce salaud qui ne m'a jamais payé ! s'exclama Egorov. Lui aussi je le croyais mort depuis longtemps.

— C'est une manie chez vous de vouloir enterrer tout le monde ? répondit Keira. Et je doute fort qu'il ait quoi que ce soit à voir avec votre lamentable commerce de pillages de tombes.

— Je vous dis que votre professeur, soi-disant insoupçonnable, est précisément l'homme qui me l'a achetée, et je vous prie de ne pas me contredire, je n'ai pas l'habitude qu'une petite péronnelle mette ma parole en doute. J'attends vos excuses !

Keira croisa les bras et lui tourna le dos. Je l'attrapai par l'épaule et lui ordonnai de s'exécuter sur-le-champ ! Elle me fustigea du regard et grommela un « Désolée » à notre hôte qui, heureusement, sembla s'en contenter et accepta de nous en dire plus.

— Cette pierre fut trouvée dans le nord-ouest de la Sibérie, au cours d'une campagne d'excavation de tombes gelées. La région en regorge. Les sépultures protégées par le froid depuis des millénaires étaient remarquablement bien conservées. Il faut remettre les choses dans leur contexte, à l'époque tous les programmes de recherches dépendaient de l'autorité du comité central du Parti. Les archéologues touchaient des salaires de misère pour travailler dans des conditions extrêmement difficiles.

– Nous ne sommes pas mieux lotis en Occident et on ne pille pas les terrains de fouilles pour autant !

J'aurais préféré que Keira garde ce genre de remarque pour elle.

– Tout le monde trafiquait pour subvenir à ses besoins, reprit-il. Parce que j'occupais un poste un peu plus élevé dans la hiérarchie du Parti, rapports, autorisations et allocations de ressources passaient par moi, et j'étais chargé de trier parmi les découvertes ce qui représentait un intérêt suffisant pour être transféré à Moscou et ce qui pouvait rester dans la région. Le Parti était le premier à piller les républiques de la Fédération des trésors qui leur revenaient de droit, nous ne faisions que prendre une sorte de petite commission au passage. Quelques objets n'arrivaient pas jusqu'à Moscou et finissaient par enrichir les collections d'acheteurs occidentaux. C'est ainsi qu'un jour j'ai fait la connaissance de votre ami Thornsten. Il agissait pour le compte de ce professeur Ivory, passionné par tout ce qui touchait aux civilisations scythes et sumériennes. Je savais que je ne serais jamais payé, j'avais dans nos équipes un épigraphiste talentueux, je lui ai fait faire une reproduction de la pierre sur un bloc de granit. Maintenant, si vous me disiez ce qui vous amène chez moi, je suppose que vous n'avez pas traversé l'Oural pour me rendre cent dollars ?

– Je suis les traces de nomades qui auraient entrepris un long voyage, quatre mille ans avant notre ère.

– Pour aller d'où à où ?

– Partis d'Afrique, ils ont atteint la Chine, cela j'en ai la preuve ; ensuite, tout n'est qu'hypothèses. Je suppose qu'ils ont bifurqué vers la Mongolie, traversé la Sibérie, en remontant le fleuve Ienisseï jusqu'à la mer de Kara.

– Sacré voyage, et dans quel but vos nomades auraient-ils parcouru tous ces kilomètres ?

– Pour franchir la route des Pôles et atteindre le continent américain.

– Cela ne répond pas vraiment à ma question.

– Pour porter un message.

– Et vous pensiez que je pourrais vous aider à démontrer l'existence d'une telle aventure ? Qui vous a mis cette idée en tête ?

– Thornsten, il prétend que vous étiez un spécialiste des civilisations sumériennes, je suppose que la pierre que vous venez de nous montrer confirme ce qu'il nous a dit.

– Comment avez-vous rencontré Thornsten ? demanda Egorov d'un air malicieux.

– Par l'intermédiaire d'un ami qui nous a recommandé d'aller le voir.

– C'est assez amusant.

– Je ne vois pas ce qu'il y a de si amusant à cela ?

– Et votre ami ne connaît pas Ivory ?

– Pas que je sache, non !

– Vous seriez prête à jurer qu'ils ne se sont jamais rencontrés ?

Egorov tendit son téléphone à Keira, la défiant du regard.

– Soit vous êtes idiote, soit vous êtes l'un comme l'autre d'une naïveté déconcertante. Appelez cet ami et posez-lui la question !

Keira et moi regardions Egorov, sans comprendre où il voulait en venir. Keira prit l'appareil, composa le numéro de Max et s'éloigna – ce qui, je dois l'avouer, m'agaça au plus haut point ; et elle revint quelques instants plus tard, la mine défaite.

– Tu connais donc son numéro par cœur..., dis-je.

– Ce n'est pas du tout le moment.

– Il t'a demandé de mes nouvelles ?

– Il m'a menti. Je lui ai posé la question sans détour et il m'a juré qu'il ne connaissait pas Ivory, mais je sens qu'il m'a menti.

Egorov se rendit vers sa bibliothèque, parcourut les rayonnages et en sortit un grand livre.

– Si je comprends bien, reprit-il, votre vieux professeur vous envoie dans les pattes d'un ami qui vous adresse à Thornsten, qui, lui-même, vous renvoie vers moi. Et, comme par hasard, il y a trente ans, ce même Ivory cherchait à acquérir cette pierre que je possède sur laquelle est incrusté un texte en sumérien, texte dont il vous avait déjà remis une retranscription. Tout cela, bien sûr, n'est que pure coïncidence...

– Qu'est-ce que vous sous-entendez ? demandai-je.

– Vous êtes deux marionnettes dont Ivory tire les ficelles à sa guise, il vous fait aller du nord au sud et d'est en ouest, selon son bon vouloir. Si vous n'avez pas encore compris qu'il vous a instrumentalisés, alors, vous êtes encore plus bêtes que je ne le supposais.

– Je pense que nous avons bien compris que vous nous preniez pour deux imbéciles, siffla Keira, sur ce point vous avez été assez clair, mais pourquoi ferait-il une chose pareille ? Qu'est-ce qu'il aurait à y gagner ?

– Je ne sais pas ce que vous cherchez exactement, mais je suppose que le résultat doit l'intéresser au plus haut point. Vous êtes en train de poursuivre une œuvre qu'il a laissée inachevée. Enfin, il ne faut pas être très intelligent pour comprendre que vous travaillez pour lui sans même vous en rendre compte.

Egorov ouvrit le grand livre et déplia une carte ancienne de l'Asie.

– Cette preuve que vous espériez trouver, reprit-il, elle est sous vos yeux, c'est la pierre sur laquelle figure ce texte en sumérien. Votre Ivory espérait que je l'avais encore, et il s'est arrangé pour vous faire arriver jusqu'à moi.

Egorov s'assit derrière son bureau et nous invita à prendre place dans deux gros fauteuils en vis-à-vis.

– Les recherches archéologiques en Sibérie débutèrent au XVIIIe siècle, à l'initiative de Pierre le Grand. Jusque-là, les Russes n'avaient accordé aucun intérêt à leur passé. Lorsque je dirigeais la branche sibérienne de l'Académie, je m'arrachais les cheveux pour convaincre les autorités de sauvegarder des trésors inestimables ; je ne suis pas le vulgaire trafiquant que vous imaginez. Certes, j'avais mes réseaux, mais grâce à eux j'ai sauvé des milliers de pièces et j'en ai fait restaurer tout autant qui, sans moi, auraient été vouées à la destruction. Croyez-vous que cette pierre sumérienne existerait toujours si je n'avais pas été là ? Elle aurait probablement servi, au milieu de cent autres, à étayer le mur d'une caserne ou à remblayer un chemin. Je ne dis pas ne pas avoir trouvé quelques avantages à ce petit commerce, mais j'ai toujours agi en sachant ce que je faisais. Je ne vendais pas les vestiges de notre Sibérie à n'importe qui. Bon, en tout cas, ce professeur ne vous aura pas fait perdre votre temps. Plus que quiconque en Russie, j'ai en effet étudié les civilisations sumériennes et j'ai toujours été convaincu qu'ils avaient voyagé bien au-delà des distances supposées. Personne n'accordait le moindre crédit à mes théories, on m'a traité d'illuminé et d'incapable. L'artefact que vous cherchez, attestant que vos nomades ont bien atteint le Grand Nord, est sous vos yeux. Et savez-vous à quand remonte le texte qui y est gravé ? À l'an 4004 avant notre ère. Constatez par vous-mêmes, dit-il en désignant une ligne plus petite que les autres en haut de la pierre, c'est une datation formelle. Maintenant, pourriez-vous partager avec moi les raisons pour lesquelles ils auraient, selon vous, tenté d'atteindre le continent américain ? Car j'imagine que, si vous êtes ici, c'est que vous les connaissez.

– Je vous l'ai dit, répéta Keira, pour porter un message.

– Merci, je ne suis pas sourd, mais quel message ?

– Je n'en sais rien, il était destiné aux magistères de civilisations anciennes.

– Et vous croyez que vos messagers ont atteint leur but ?

Keira se pencha sur la carte, elle pointa du doigt le mince passage du détroit de Béring, puis son index glissa le long de la côte sibérienne.

– Je n'en sais rien, dit-elle à voix basse, c'est bien pour cela que j'ai tant besoin de suivre leurs traces.

Egorov attrapa la main de Keira et la déplaça lentement sur la carte.

– Man-Pupu-Nyor, dit-il en la reposant à l'est de la chaîne de l'Oural, sur un point situé au nord de la république des Komis. Le site des Sept Géants de l'Oural, c'est là que vos messagers des magistères ont fait leur dernière halte.

– Comment le savez-vous ? demanda Keira.

– Parce que c'est à cet endroit précis, en Sibérie occidentale, que la pierre a été trouvée. Ce n'est pas le fleuve Ienisseï que vos nomades descendaient, mais l'Ob, et ce n'est pas vers la mer de Kara qu'ils se dirigeaient, mais vers la mer Blanche. Pour gagner leur destination, la route de la Norvège était plus courte, plus accessible.

– Pourquoi avez-vous dit « leur dernière halte » ?

– Parce que j'ai de bonnes raisons de croire que leur voyage s'est arrêté là. Ce que je vais vous confier, nous ne l'avons jamais révélé. Il y a trente ans, nous menions une campagne de fouilles dans cette région. À Man-Pupu-Nyor, sur un vaste plateau situé au sommet d'une montagne battue par les vents, s'élèvent sept piliers de pierre de trente à quarante-deux mètres de hauteur chacun. Ils ont l'apparence d'immenses menhirs. Six forment un demi-cercle, le septième semble regarder les six autres. Les Sept Géants de l'Oural représentent un mystère qui n'a toujours pas livré son secret. Personne ne sait pourquoi ils sont là, et l'érosion ne peut être seule responsable d'une telle architecture. Ce site est l'équivalent russe de votre Stonehenge, à ceci près que les rocs y sont de taille sans commune mesure.

– Pourquoi n'avoir rien dévoilé ?

– Aussi étrange que cela puisse vous paraître, nous avons tout recouvert et remis le site dans l'état où nous l'avions trouvé. Nous avons volontairement effacé toute trace de notre passage. À cette époque, le Parti se fichait de nos travaux. Ce que nous avions mis au jour aurait été ignoré par les fonctionnaires incompétents de Moscou. Au mieux, nos extraordinaires découvertes auraient été archivées sans aucune analyse, sans aucun soin pour les préserver. Elles auraient fini par pourrir dans de simples caisses, oubliées dans les sous-sols d'un quelconque bâtiment.

– Et qu'aviez-vous trouvé ? demanda Keira.

– Quantité de restes humains datant du IVe millénaire, une cinquantaine de corps parfaitement conservés par les glaces. C'est parmi eux que se trouvait la pierre sumérienne, enfouie dans leur tombeau. Les hommes dont vous suivez la trace se sont laissé emprisonner par l'hiver et la neige, ils sont tous morts de faim.

Keira se retourna vers moi, au comble de l'excitation.

– Mais c'est une découverte majeure ! Personne n'a jamais pu prouver que les Sumériens avaient voyagé aussi loin ; si vous aviez publié vos travaux avec de telles preuves à l'appui, la communauté scientifique internationale vous aurait acclamé.

– Vous êtes charmante mais bien trop jeune pour savoir de quoi vous parlez. À supposer que la portée de cette découverte ait eu la moindre résonance auprès de nos supérieurs, nous aurions été aussitôt déportés dans un goulag et nos travaux auraient été attribués à des apparatchiks du Parti. Le mot « international » n'existait pas en Union soviétique.

– C'est pour cela que vous avez tout réenfoui ?

– Qu'auriez-vous fait à notre place ?

– Presque tout réenfoui... si je peux me permettre, lançai-je. J'imagine que cette pierre n'est pas le seul objet que vous avez rapporté dans vos bagages...

Egorov me lança un sale regard.

– Il y avait aussi quelques effets personnels ayant appartenu à ces voyageurs, nous en avons très peu gardé, il était vital pour chacun de nous de rester le plus discret possible.

– Adrian, me dit Keira, si le périple des Sumériens s'est achevé dans ces conditions, alors il est probable que le fragment se trouve quelque part sur le plateau de Ma-Pupu-Nyor.

– Man-Pupu-Nyor, rectifia Egorov, mais vous pouvez aussi dire Manpupuner, c'est ainsi que les Occidentaux le prononcent. De quel fragment parlez-vous ?

Keira me regarda, puis, sans attendre de réponse à une question qu'elle ne m'avait pas posée, elle ôta son collier, montra son pendentif à Egorov et lui raconta à peu près tout de la quête que nous avions entreprise.

Passionné par ce que nous lui expliquions, Egorov nous garda à dîner, et, comme la soirée se prolongeait, il mit aussi une chambre à notre disposition, ce qui tombait bien, nous avions totalement oublié de penser à nous loger.

Au cours du repas qui nous fut servi dans une pièce dont la taille faisait plus penser à un terrain de badminton qu'à une salle à manger, Egorov nous assaillit de questions. Lorsque je finis par lui révéler ce qui se produisait quand on réunissait les objets, il nous supplia de le laisser assister au phénomène. Il était difficile de lui refuser quoi que ce soit. Keira et moi rapprochâmes nos deux fragments et ils reprirent aussitôt leur couleur bleutée, même si celle-ci était encore plus pâle que la dernière fois. Egorov écarquilla les yeux, son visage semblait avoir rajeuni, et lui, si calme jusque-là, était excité comme un gamin à la veille de Noël.

– Que se passerait-il, selon vous, si tous les fragments étaient réunis ?

– Je n'en ai pas la moindre idée, répondis-je avant Keira.

– Et vous êtes tous les deux certains que ces pierres ont quatre cents millions d'années ?

– Ce ne sont pas des pierres, répondit Keira, mais oui, nous sommes certains de leur ancienneté.

– Leur surface est poreuse, elle est incrustée de millions de microperforations. Lorsque les fragments sont soumis à une très forte source de lumière, ils projettent une carte des étoiles dont le positionnement correspond exactement à celui que l'on trouvait dans le ciel à cette période, poursuivis-je. Si nous avions un laser assez puissant à notre disposition, je pourrais vous en faire la démonstration.

– J'aurais beaucoup aimé voir cela, mais, désolé, je n'ai pas ce genre d'appareil chez moi.

– Le contraire m'aurait inquiété, lui confiai-je.

Le dessert consommé – un gâteau spongieux fortement alcoolisé –, Egorov quitta la table et se mit à arpenter la pièce.

– Et vous pensez, poursuivit-il aussitôt, que l'un des fragments manquants pourrait se trouver sur le site des Sept Géants de l'Oural ? Oui, bien sûr que vous le pensez, quelle question !

– J'aimerais tant pouvoir vous répondre ! reprit Keira.

– Naïve et optimiste ! Vous êtes vraiment charmante.

– Et vous...

Je lui administrai un léger coup de genou sous la table, avant qu'elle termine sa phrase.

– Nous sommes en hiver, reprit Egorov, le plateau de Man-Pupu-Nyor est balayé par des vents si froids et secs que la neige arrive à peine à rester au sol. La terre est gelée, vous comptez mener vos fouilles avec deux petites pelles et une poêle à métaux ?

– Arrêtez avec ce ton condescendant, c'est exaspérant. Et puis pour votre gouverne, les fragments ne sont pas en métal, rétorqua-t-elle.

– Ce n'est pas un détecteur de métaux pour amateurs en quête de pièces perdues sous la plage que je vous propose, rétorqua Egorov, mais un projet bien plus ambitieux...

Egorov nous fit passer au salon, la pièce n'avait rien

à envier à la salle à manger. Le sol en marbre avait laissé place à un parquet de chêne, le mobilier venait d'Italie et de France. Nous nous installâmes dans de confortables canapés en face d'une cheminée monumentale où crépitait un feu trop nourri. Les flammes léchaient le fond de l'âtre, s'élevant à de belles hauteurs.

Egorov proposa de mettre à notre disposition une vingtaine d'hommes et tout le matériel dont Keira aurait besoin pour ses fouilles. Il lui promit plus de moyens que ce dont elle avait jamais disposé jusque-là. La seule contrepartie à cette aide inespérée était qu'il soit associé à toutes ses découvertes.

Keira lui précisa qu'il n'y avait aucun gain financier en perspective. Ce que nous rêvions de trouver n'avait pas de valeur marchande, mais seulement un intérêt scientifique. Egorov s'offusqua.

– Qui vous parle d'argent ? dit-il en colère. C'est vous qui n'avez que ce mot à la bouche. Vous ai-je parlé d'argent, moi ?

– Non, répondit Keira confuse – et je la croyais sincère –, mais nous savons tous les deux que les moyens que vous m'offrez représentent un énorme investissement et jusqu'ici j'ai croisé peu de philanthropes dans ma carrière, dit-elle en s'en excusant presque.

Egorov ouvrit une boîte à cigares et nous la présenta. Je faillis me laisser tenter, mais le regard noir de Keira m'en dissuada.

– J'ai consacré la plus grande partie de ma vie à des travaux d'archéologie, reprit Egorov, et ce, dans des conditions bien plus pénibles que celles que vous connaîtrez jamais. J'ai risqué ma peau, tant physiquement que politiquement, j'ai sauvé quantité de trésors, je vous en ai déjà expliqué les circonstances, et la seule reconnaissance que ces salopards de l'Académie des sciences m'accordent est de me considérer comme un vulgaire trafiquant. Comme si les choses avaient tant changé aujourd'hui ! Quels hypocrites ! Voilà bientôt trois décennies que l'on me salit. Si votre projet aboutit, j'y gagnerai bien plus que de l'argent. Le temps où l'on enterrait les morts avec leurs biens est révolu, je n'emmènerai dans ma tombe ni ces tapis persans ni les peintures du XIXe qui ornent les murs de ma maison. Je vous parle de me rendre une certaine respectabilité. Il y a trente ans, si nous n'avions pas eu peur de nos supérieurs, la publication de nos travaux, comme vous le disiez à juste titre, aurait fait de moi un scientifique reconnu et respecté. Je ne passerai pas deux fois à côté de la chance qui m'est offerte. Aussi, si vous êtes d'accord, nous mènerons cette campagne ensemble, et si nous trouvons de quoi corroborer vos théories, si la bonne fortune nous sourit, alors nous présenterons à la communauté scientifique le produit de nos découvertes. Ce petit marché vous convient, oui ou non ?

Keira hésita. Il était difficile dans la situation où nous nous trouvions de tourner le dos à un allié de ce genre. J'estimais à sa juste valeur la protection que nous offrirait cette association. Si Egorov voulait bien emmener aussi les deux gorilles en armes qui nous avaient accueillis chez lui, nous aurions du répondant la prochaine fois que quelqu'un voudrait attenter à nos vies. Keira échangea de nombreux regards avec moi. La décision nous appartenait à tous deux, mais, galanterie oblige, je voulais qu'elle se prononce en premier.

Egorov fit un grand sourire à Keira.

– Redonnez-moi ces cent dollars, lui dit-il sur un ton très sérieux.

Keira sortit le billet, Egorov l'empocha aussitôt.

– Voilà, vous avez contribué au financement du voyage, nous sommes désormais associés ; maintenant que les questions d'argent qui semblaient tant vous préoccuper sont réglées, pouvons-nous, entre scientifiques, nous concentrer sur les détails de notre organisation afin de réussir cette prodigieuse campagne de fouilles ?

Ils s'installèrent autour de la table basse. Une heure durant, ils établirent une liste de tous les équipements dont ils auraient besoin. Je dis « ils » car je me sentais exclu de leur conversation. Je profitai d'ailleurs qu'ils m'ignorent pour aller étudier de plus près les rayonnages de la bibliothèque. J'y trouvai de nombreux ouvrages d'archéologie, un ancien manuel d'alchimie du XVIIe siècle, un autre d'anatomie tout aussi ancien, l'œuvre complète d'Alexandre Dumas, une édition originale du *Rouge et le Noir*. La collection de livres que je balayais du regard devait valoir une véritable fortune. Un étonnant traité d'astronomie du XIVe siècle m'occupa pendant que Keira et Egorov faisaient leurs devoirs.

Remarquant enfin mon absence, il était tout de même près de 1 heure du matin, Keira vint me chercher ; elle eut le toupet de me demander ce que je faisais. J'en déduisis que la question avait valeur de reproche et je la rejoignis devant la cheminée.

– C'est fabuleux, Adrian, nous aurons tout le matériel nécessaire, nous allons pouvoir procéder à des fouilles de grande ampleur. Je ne sais pas combien de temps cela nous prendra, mais avec un tel équipement, si le fragment se trouve vraiment quelque part entre ces menhirs, nous avons de grandes chances de le trouver.

Je parcourus la liste qu'elle avait établie avec

Egorov, truelles, spatules, fils à plomb, pinceaux, GPS, mètres, piquets de carroyage, grilles de relevés, tamis, balances, appareils de mesures anthropométriques, compresseurs, aspirateurs, groupes électrogènes et torchères pour travailler de nuit, tentes, marqueurs, appareils photographiques, rien ne semblait manquer à ce fastueux inventaire digne d'un magasin spécialisé. Egorov décrocha le téléphone posé sur un guéridon. Quelques instants plus tard, deux hommes entrèrent dans son salon, il leur remit la liste et ils se retirèrent sur-le-champ.

– Tout sera prêt demain avant midi, dit Egorov en s'étirant.

– Comment allez-vous acheminer tout cela ? osai-je demander.

Keira se retourna vers Egorov qui me regarda, l'air triomphal.

– C'est une surprise. En attendant, il est tard et nous avons besoin de sommeil, je vous retrouverai au petit déjeuner ; soyez prêts, nous partirons en fin de matinée.

Un garde du corps nous conduisit jusqu'à nos appartements. La chambre d'amis avait des allures de palace. Je n'en avais jamais fréquenté mais je doutais que l'on puisse faire plus vaste que celle où nous dormirions ce soir. Le lit était si grand que l'on pouvait s'y allonger dans la longueur aussi bien que dans la largeur. Keira bondit sur l'épais duvet et m'invita à l'y rejoindre. Je ne l'avais pas vue aussi heureuse depuis... à bien y penser, je ne l'avais jamais vue aussi heureuse. J'avais risqué plusieurs fois ma vie, parcouru des milliers de kilomètres pour la retrouver. Si j'avais su, je me serais contenté de lui offrir une pelle et un tamis ! Après tout, il ne tenait qu'à moi d'apprécier la chance que j'avais, il suffisait de peu de chose pour combler de joie la femme que j'aimais. Elle s'étira de tout son long, ôta son pull, défit son soutien-gorge et me fit signe d'un air aguicheur de ne pas traîner. Je n'en avais pas l'intention.

*

Kent

La Jaguar roulait à vive allure sur la petite route qui menait au manoir. Assis à l'arrière, à la lumière de la veilleuse du plafonnier, Sir Ashton parcourait un dossier. Il le referma en bâillant. Le téléphone de bord sonna, son chauffeur annonça un appel en provenance de Moscou et le lui passa.

– Nous n'avons pas réussi à intercepter vos amis en gare d'Irkoutsk, je ne sais pas comment ils ont fait, mais ils ont échappé à la vigilance de nos hommes, expliqua Moscou.

– Fâcheuse nouvelle ! s'agaça Ashton.

– Ils sont sur le lac Baïkal dans la demeure d'un trafiquant d'antiquités, reprit Moscou.

– Alors qu'attendez-vous pour les interpeller ?

– Qu'ils en ressortent. Egorov a ses appuis dans la région, sa datcha est protégée par une petite armée, je ne souhaite pas qu'une simple arrestation tourne au bain de sang.

– Je vous ai connu moins précautionneux.

– Je sais que vous avez du mal à vous y faire, mais nous avons tout de même des lois dans notre pays. Si

313

mes hommes interviennent et que ceux d'Egorov ripostent, il sera difficile d'expliquer aux autorités fédérales les raisons d'un tel assaut au milieu de la nuit, surtout sans avoir demandé de mandat au préalable. Après tout, d'un point de vue légal, nous n'avons rien à reprocher à ces deux scientifiques.

– Leur présence dans la maison d'un trafiquant d'antiquités n'est pas suffisante ?

– Non, ce n'est pas un délit. Soyez patient. Dès qu'ils sortiront de leur tanière, nous les cueillerons sans que cela fasse le moindre bruit. Je vous promets de vous les expédier par avion demain soir.

La Jaguar fit une sérieuse embardée, Ashton glissa sur la banquette et faillit en lâcher le combiné. Il se rattrapa à l'accoudoir, se redressa et cogna à la vitre de séparation pour manifester son mécontentement à son chauffeur.

– Une question, poursuivit Moscou : vous n'auriez pas tenté quelque chose sans me prévenir, par hasard ?

– À quoi faites-vous allusion ?

– À un petit incident qui s'est produit dans le Transsibérien. Une employée de la compagnie a été violemment frappée à la tête. Elle se trouve encore à l'hôpital, avec un sérieux traumatisme crânien.

– Je suis désolé de l'apprendre, mon cher. Frapper une femme est un acte indigne.

– Si votre archéologue et son ami ne s'y étaient pas trouvés, je ne douterais pas de votre sincérité, mais il s'avère que cette agression inqualifiable s'est produite dans le wagon qu'ils occupaient. J'imagine que je dois voir là une coïncidence et rien d'autre ? Vous ne vous seriez jamais autorisé à agir dans mon dos et encore moins sur mon territoire, n'est-ce pas ?

– Bien sûr que non, répondit Ashton, le seul fait que vous le suggériez m'offense.

La voiture se balança à nouveau violemment. Ashton ajusta son nœud papillon et cogna une nouvelle fois sur la vitre en face de lui. Quand il reprit le téléphone en main, Moscou avait raccroché.

Ashton appuya sur un bouton, la cloison vitrée s'abaissa derrière le fauteuil de son chauffeur.

– Vous avez fini de me secouer ainsi ? Et puis pourquoi conduisez-vous aussi vite ? Nous ne sommes pas sur un circuit automobile, que je sache !

– Non, monsieur, mais nous descendons une côte dont la pente n'est pas négligeable et les freins ont lâché ! Je fais de mon mieux, mais je vous invite à boucler votre ceinture, je crains de devoir nous faire avaler un fossé dès que cela sera possible, si je veux arrêter cette satanée berline.

Ashton leva les yeux au ciel et fit ce que son chauffeur lui avait demandé. Ce dernier réussit à aborder convenablement le virage suivant mais il n'eut d'autre choix que de quitter la route et de s'enfoncer dans un champ afin d'éviter le camion qui arrivait en face.

La berline immobilisée, le chauffeur ouvrit la portière de Sir Ashton et s'excusa du désagrément. Il n'y comprenait rien, la voiture sortait de révision, il était allé la chercher au garage juste avant de prendre la route. Ashton lui demanda s'il y avait une lampe de poche à bord, le chauffeur ouvrit la trousse de secours et lui en présenta une aussitôt.

– Eh bien, allez voir sous le châssis ce qui s'est passé, bon sang ! ordonna Ashton.

Le chauffeur enleva sa veste et s'exécuta. Il n'était pas aisé de se faufiler sous le véhicule mais il y parvint en passant par l'arrière. Il reparut quelques instants plus tard, crotté des pieds à la tête, et annonça, fort embarrassé, que le carter du circuit de freinage avait été perforé.

Ashton eut un moment de doute, il était impensable que quelqu'un s'en prenne à lui de façon aussi délibérée et grossière. Puis il repensa à la photographie que lui avait montrée son chef de la sécurité. Assis sur son banc, Ivory semblait fixer l'objectif et, de surcroît, il souriait.

*

Paris

Ivory compulsait pour la énième fois le livre offert par son défunt partenaire d'échecs. Il revint à la page de garde et relut encore et encore la dédicace :

Je sais que cet ouvrage vous plaira, il n'y manque rien puisque tout s'y trouve, même le témoignage de notre amitié.
Votre dévoué partenaire d'échecs,
Vackeers

Il n'y comprenait rien. Il regarda l'heure à sa montre et sourit. Il enfila son pardessus, noua une écharpe autour de son cou et descendit faire sa promenade nocturne le long des berges de la Seine.

Quand il atteignit le pont Marie, il appela Walter.

– Vous avez essayé de me joindre ?

– Plusieurs fois, mais sans succès, je désespérais de vous parler. Adrian m'a appelé d'Irkoutsk, il semble qu'ils aient eu des ennuis en route.

– Quel genre d'ennuis ?

– Plutôt fâcheux puisqu'on a tenté de les assassiner.

Ivory regarda vers le fleuve, essayant du mieux qu'il le pouvait de conserver son calme.

– Il faut les faire rentrer, reprit Walter. Il va finir par leur arriver quelque chose et je ne me le pardonnerai pas.

– Moi non plus, Walter, je ne me le pardonnerai pas. Savez-vous s'ils ont rencontré Egorov ?

– Je le suppose, ils partaient à sa recherche lorsque nous avons raccroché. Adrian semblait terriblement inquiet. Si Keira n'était pas aussi décidée, il aurait sûrement rebroussé chemin.

– Il vous a dit en avoir l'intention ?

– Oui, il a évoqué ce souhait plusieurs fois, et j'ai eu bien du mal à ne pas l'encourager en ce sens.

– Walter, ce n'est plus qu'une question de jours, de quelques semaines au plus, nous ne pouvons pas reculer, pas maintenant.

– Vous n'avez aucun moyen de les protéger ?

– Je contacterai MADRID dès demain, elle seule peut avoir une influence sur Ashton. Je ne doute pas une seconde qu'il soit derrière ce nouvel acte barbare. Je me suis arrangé pour lui faire passer un petit message ce soir, mais je ne pense pas que cela suffise.

– Alors laissez-moi dire à Adrian de revenir en Angleterre, n'attendons pas qu'il soit trop tard.

– Il est déjà trop tard, Walter, je vous l'ai déjà dit, nous ne pouvons pas reculer.

Ivory raccrocha. Perdu dans ses pensées, il rangea son téléphone dans la poche de son manteau et rentra chez lui.

*

Russie

Un majordome entra dans notre chambre et tira les rideaux, il faisait beau, la lumière vive du jour nous éblouit.

Keira enfouit sa tête sous les draps. Le majordome posa un plateau de petit déjeuner au pied du lit, nous indiquant qu'il était presque 11 heures ; nous étions attendus à midi dans le hall, bagages faits. Puis il se retira.

Je vis réapparaître le front de Keira et ses yeux qui lorgnèrent la corbeille de viennoiseries ; elle tendit le bras, attrapa un croissant et l'engloutit en trois bouchées.

– On ne pourrait pas rester ici un ou deux jours ? gémit-elle en avalant le thé que je venais de lui servir.

– Rentrons à Londres, je t'invite une semaine dans un palace... et nous ne sortirons pas de la chambre.

– Tu n'as pas envie de continuer, n'est-ce pas ? Nous sommes en sécurité avec Egorov, dit-elle en s'attaquant à un morceau de brioche.

– Je trouve que tu accordes bien vite ta confiance à ce type. Hier, nous ne le connaissions pas, et nous voilà aujourd'hui ses associés, je ne sais ni où nous allons, ni ce qui nous attend.

– Moi non plus, mais je sens que nous approchons du but.

– De quel but, Keira, les tombes sumériennes ou les nôtres ?

– OK, dit-elle en chassant les draps, se levant d'un bond. Rentrons ! Je vais expliquer à Egorov que nous renonçons et, si ses gardes du corps nous laissent sortir, on sautera dans un taxi direction l'aéroport, puis on prendra le premier avion pour Londres. Je ferai un petit crochet par Paris pour aller pointer au chômage. Au fait... vous avez droit aux allocations chômage en Angleterre ?

– Ce n'est pas la peine d'être cynique ! D'accord, continuons, mais fais-moi d'abord une promesse : si le moindre danger se présente à nouveau, nous arrêtons tout.

– Définis-moi ce que tu appelles danger, dit-elle en se rasseyant sur le lit.

Je pris son visage entre mes mains et lui répondit :

– Lorsque quelqu'un essaie de vous assassiner, on est en danger ! Je sais que ton appétit de découverte est plus fort que tout, mais il faudrait que tu prennes conscience des risques que nous encourons avant qu'il soit trop tard.

Egorov nous attendait dans le hall de la maison. Il portait une longue pèlerine en fourrure blanche et une chapka sur la tête. Si j'avais rêvé de rencontrer Michel Strogoff, mon vœu était exaucé. Il nous remit bonnets, gants et chapeaux et deux parkas fourrées sans comparaison avec nos manteaux.

– Il fait vraiment très froid là où nous nous rendons, équipez-vous, nous partons dans dix minutes, mes hommes s'occuperont de vos bagages. Suivez-moi et descendons au parking.

L'ascenseur s'arrêta au second niveau où une collection de voitures allant du coupé sport à la limousine présidentielle était rangée en bon ordre.

– Je vois que vous ne faites pas que dans le commerce de vieilleries, dis-je à Egorov.

– Non, en effet, me répondit-il en ouvrant la portière.

Deux berlines nous précédaient, deux autres fermaient la marche. Nous sortîmes en trombe dans la rue et le cortège emprunta la route qui longeait le lac.

– Si je ne m'abuse, dis-je un peu plus tard, la Sibérie occidentale est à trois mille kilomètres d'ici, vous avez prévu un arrêt pour pisser ou nous y allons d'une traite ?

Egorov fit signe à son chauffeur, la voiture freina brusquement. Il se retourna vers moi.

– Vous avez décidé de m'emmerder longtemps ? Si ce voyage vous ennuie, vous pouvez encore descendre.

Keira me lança un regard plus noir que les eaux du lac, je présentai mes excuses à Egorov qui me tendit la main. Comment refuser une poignée de main quand on est entre gentlemen ? La voiture repartit, personne ne dit mot pendant la demi-heure qui suivit. La route s'enfonça dans une forêt enneigée. Nous arrivâmes un peu plus tard à Koty, un charmant petit village. Le convoi ralentit et emprunta un chemin de traverse au bout duquel nous découvrîmes deux hangars, invisibles depuis la route. Les voitures garées, Egorov nous invita à le suivre. À l'intérieur des bâtiments stationnaient deux hélicoptères, de ces très gros modèles que l'armée russe utilise pour transporter troupes et matériel. J'en avais déjà vu de semblables dans des reportages sur la guerre que l'URSS avait menée en Afghanistan, mais jamais d'aussi près.

– Vous n'allez encore pas me croire, dit Egorov en avançant vers le premier appareil, mais je les ai gagnés au jeu.

Keira me regarda, amusée, et s'engagea sur l'échelle qui grimpait vers la cabine.

– Quel genre de type êtes-vous vraiment ? demandai-je à Egorov.

– Un allié, me dit-il en me tapant dans le dos, et je ne désespère pas de finir par vous en convaincre. Vous montez ou vous préférez rester dans ce hangar ?

L'habitacle faisait penser à celui d'un avion de ligne tant il était vaste. Des chariots élévateurs grimpaient par le hayon arrière, déposant de grandes caisses dans la soute où les hommes d'Egorov les arrimaient solidement. Le compartiment équipé de sièges pouvait accueillir vingt-cinq passagers. Le Mil Mi-26 était équipé d'un moteur de onze mille deux cent quarante chevaux et cela semblait enorgueillir son propriétaire autant que s'il s'était agi d'un élevage d'alezans. Nous ferions quatre escales pour nous ravitailler en carburant. Avec notre charge d'emport, l'appareil avait un rayon d'action de six cents kilomètres, trois mille nous séparaient de Man-Pupu-Nyor que nous atteindrions onze heures plus tard. Les élévateurs rebroussèrent chemin, les hommes d'Egorov vérifièrent une dernière fois les sangles qui retenaient les caisses de matériel, puis la porte de la soute remonta et l'appareil fut tracté à l'extérieur du hangar.

La turbine se mit à siffler, dans l'habitacle le bruit devint assourdissant lorsque les huit pales du rotor se mirent à tourner.

– On s'y habitue, cria Egorov, profitez du spectacle,

vous allez découvrir la Russie comme peu de gens l'ont vue.

Le pilote se retourna pour nous faire un signe de la main et la lourde machine s'éleva. À cinquante mètres du sol, l'avant s'inclina et Keira se colla au hublot.

Après une heure de vol, Egorov nous montra la ville d'Ilanski, au loin sur notre gauche, puis ce serait Kansk et Krasnoïarsk dont nous resterions éloignés pour éviter d'entrer dans la couverture radar des contrôleurs aériens. Notre pilote paraissait connaître son affaire, nous ne survolions que des étendues blanches qui semblaient infinies. De temps à autre, une rivière gelée sillonnait la terre d'un filet argenté comme un coup de fusain tracé sur une feuille de papier.

Premier ravitaillement le long de la rivière Uda ; la ville d'Atagay se trouvait à quelques kilomètres de l'endroit où notre hélicoptère se posa. C'est de là qu'étaient partis les deux camions-citernes qui remplissaient nos réservoirs.

– Tout est question d'organisation, nous dit Egorov en regardant ses hommes s'agiter autour de l'hélicoptère. Il n'y a pas de place pour l'improvisation quand il fait moins vingt au-dehors. Si le ravitaillement n'était pas au rendez-vous et que nous restions cloués au sol, nous crèverions ici en quelques heures.

Nous profitâmes de l'escale pour aller nous dégourdir les jambes, Egorov avait raison, le froid était intenable.

On nous fit remonter à bord, les camions s'éloignaient déjà sur une piste qui filait vers la forêt. La turbine se remit à siffler et nous reprîmes de l'altitude, laissant sous la carlingue les traces de notre passage que le vent effacerait bientôt.

J'avais connu des turbulences en avion, mais encore

jamais en hélicoptère. Ce n'était pas mon baptême de l'air dans ce genre de machine ; à Atacama, il m'était arrivé plusieurs fois d'en prendre un pour regagner la vallée, mais pas dans de telles conditions. Une tempête de neige venait vers nous. Nous fûmes secoués pendant un bon moment, l'appareil se balançait dans tous les sens, mais je ne lisais aucune inquiétude sur le visage d'Egorov et j'en conclus que nous ne risquions rien. Et puis, un peu plus tard, alors que l'appareil était secoué plus fort encore, je me demandai si face à la mort, Egorov accepterait de montrer sa peur. Lorsque le calme revint, après le deuxième ravitaillement, Keira piqua un somme, appuyée contre mon épaule.

Je la pris dans mes bras pour qu'elle soit dans une position plus confortable et je surpris dans le regard d'Egorov une sorte de tendresse à notre égard, une bienveillance qui m'étonna. Je lui adressai un sourire mais il se détourna vers le hublot et feignit de ne pas m'avoir vu.

Troisième atterrissage. Cette fois, pas question de descendre, la tempête avait repris et l'on n'y voyait rien. Il était trop risqué de s'éloigner de l'hélicoptère, ne serait-ce que de quelques mètres. Egorov était inquiet, il se leva et se rendit dans la cabine de pilotage. Il se pencha vers la vitre du cockpit et s'adressa au pilote en russe. Échanges de paroles dont je ne comprenais pas le sens. Il revint quelques instants plus tard et s'assit en face de nous.

– Il y a un problème ? s'inquiéta Keira.

– Si les camions n'arrivent pas à nous dénicher dans cette soupe blanche, nous aurons en effet un sérieux problème.

Je me penchai à mon tour au hublot, la visibilité était au plus bas. Le vent soufflait en rafales, chaque nouvelle bourrasque soulevait ses paquets de neige.

– L'hélicoptère ne risque pas de givrer ? demandai-je.

– Non, répondit Egorov, les entrées d'air des moteurs sont équipées de réchauffeurs pour assurer le dégivrage lors des missions à de très basses températures.

Un rayon jaune balaya la cabine, Egorov se releva et constata avec soulagement qu'il s'agissait des puissants phares des camions de ravitaillement. Le plein de carburant demanda la mobilisation de tous les hommes. Dès que les réservoirs furent remplis, le pilote remit sa machine en route, il fallut attendre que la température s'élève avant de décoller. La tempête dura deux heures encore. Keira ne se sentait pas bien, je la rassurais du mieux que je le pouvais, mais nous étions prisonniers de cette boîte de sardines, et plus secoués qu'à bord d'un chalutier par jour de grosse mer. Enfin, le ciel s'éclaircit.

– C'est souvent comme ça lorsque l'on survole la Sibérie en cette saison, nous dit Egorov. Le pire est derrière nous. Reposez-vous, il reste encore quatre heures de vol et, une fois arrivés, nous aurons besoin de toutes les bonnes volontés pour installer le campement.

On nous avait proposé un repas, mais nos estomacs avaient été trop malmenés pour accepter la moindre nourriture. Keira posa sa tête sur mes genoux et se rendormit. C'était ce qu'il y avait de mieux à faire pour tuer le temps. Je me repenchai vers le hublot.

– Nous ne sommes qu'à six cents kilomètres de la mer de Kara, nous dit Egorov en désignant le nord. Mais, croyez-moi, nos Sumériens ont mis plus de temps que nous pour arriver jusque-là !

Keira se redressa et tenta à son tour d'apercevoir quelque chose. Egorov l'invita à se rendre dans la cabine de pilotage. Le copilote lui céda sa place et l'installa dans son fauteuil. Je la rejoignis et me tins juste derrière elle. Elle était fascinée, éblouie et heureuse, et de la voir ainsi effaçait toutes mes réticences à poursuivre ce voyage. Cette aventure que nous vivions ensemble nous laisserait des souvenirs fabuleux et je me dis que finalement, pour cela, les risques en valaient bien la peine.

– Si un jour tu racontes cela à tes enfants, ils ne te croiront pas ! criai-je à Keira.

Elle ne se retourna pas mais me répondit avec cette petite voix que je lui connaissais bien.

– C'est ta façon de me dire que tu voudrais des enfants ?

*

Hôtel Baltschug Kempinski

De l'autre côté du pont qui enjambait la Moscova et rejoignait la place Rouge, Moscou prenait un thé en compagnie d'une jeune femme qui n'était pourtant pas la sienne. Le hall du palace était bondé. Les serveurs en uniforme slalomaient entre les fauteuils, portant thé et petits gâteaux aux touristes ou hommes d'affaires qui se côtoyaient en ce lieu élégant et convoité de la ville.

Un homme s'installa au comptoir ; il fixa Moscou, attendant que son regard croise le sien. En l'apercevant, ce dernier s'excusa auprès de son invitée et le rejoignit au bar.

– Qu'est-ce que vous fichez là ? demanda-t-il en prenant place sur le tabouret voisin.

– Je suis désolé de vous déranger, monsieur. Il a été impossible d'intervenir ce matin.

– Vous êtes des incapables, j'ai promis à Londres que l'affaire serait réglée ce soir, je pensais que vous veniez m'apprendre qu'ils étaient à bord d'un avion en route pour l'Angleterre.

– Nous n'avons pas pu agir car ils sont sortis de la

propriété d'Egorov sous bonne escorte, avant de s'envoler avec lui en hélicoptère.

Moscou était furieux de se sentir à ce point impuissant. Tant qu'Egorov et ses hommes nous protégeaient, il lui était impossible d'intervenir sans provoquer une effusion de sang.

— Où vont-ils avec cet hélicoptère ?

— Egorov a déposé un plan de vol ce matin, il devait se poser à Lesosibirsk, mais l'appareil a dévié de sa route et a disparu peu après des écrans radars.

— Si seulement il avait pu s'écraser !

— Ce n'est pas impossible, monsieur, il y a eu une très forte tempête de neige.

— Ils ont pu se poser le temps que votre tempête s'éloigne.

— Elle s'est éloignée et l'appareil n'a pas réapparu sur les écrans.

— Alors cela veut dire que le pilote s'est débrouillé pour voler sous la couverture des radars et que nous les avons perdus.

— Pas tout à fait, monsieur, j'ai envisagé cette possibilité, deux camions-citernes emportant douze mille litres de carburant ont quitté Pyt-Lakh en début d'après-midi et n'ont regagné leur base que quatre heures après. S'ils ont procédé au ravitaillement de l'hélicoptère d'Egorov, cela a dû s'effectuer à mi-chemin avec Khanty-Mansïïsk, soit précisément à deux heures de route de Pyt-Lakh.

— Cela ne nous dit pas vers quelle destination volait cet hélicoptère.

— Non, mais j'ai poursuivi mes calculs, le Mil Mi-26 a un rayon d'action de six cents kilomètres, et c'est un maximum avec les vents contraires rencontrés en chemin. Depuis leur départ, ils ont dû tirer une ligne droite pour arriver à l'endroit où ils se sont posés dans ces délais. S'ils continuent sur la même radiale, et compte tenu de leur rayon d'action, ils arriveront juste avant la nuit en république des Komis, quelque part autour de Vouktyl.

– Avez-vous la moindre idée de ce qui les pousse à se rendre là-bas ?

– Pas encore, monsieur, mais pour avoir parcouru près de trois mille kilomètres et fait onze heures de vol, ils doivent avoir de sérieuses raisons. En faisant décoller un Sikorsky de Iekaterinbourg demain matin, nous pourrons commencer des rotations à partir de midi pour les localiser.

– Non, procédons autrement, il ne faut surtout pas qu'ils nous repèrent, ils nous échapperaient aussitôt. Cherchez où ils ont pu se poser. Faites interroger les gens de la région par les services de police locaux, que l'on sache si quelqu'un a vu ou entendu cet hélicoptère. Lorsque vous en saurez plus, appelez-moi sur mon portable, même au milieu de la nuit. Faites aussi préparer une équipe d'intervention, si ces imbéciles se sont cachés dans un coin suffisamment isolé, alors nous pourrons intervenir sans aucune retenue.

*

Site de Man-Pupu-Nyor

Le pilote annonça que nous étions en approche. Nous regagnâmes nos sièges et le copilote son poste de pilotage, mais Egorov nous invita à nous relever pour découvrir à travers le cockpit ce qui se profilait au loin.

Au nord de l'Oural, sur un haut plateau qui se confond avec la ligne d'horizon, se dressent sept colosses de pierre. Ils ont l'apparence de géants figés dans leur marche. La nature, dit-on, les a façonnés pendant deux cents millions d'années, nous offrant l'un des plus impressionnants héritages géologiques de la planète. Les sept colosses n'impressionnent pas seulement par leur taille, mais aussi par leur positionnement. Six totems tournés en demi-cercle vers le septième qui leur fait face. En cette saison, ils portent un épais manteau blanc qui semble les protéger du froid.

Je me retournai vers Egorov, il était visiblement ému.

– Je ne pensais pas revenir un jour ici, souffla-t-il. J'y ai beaucoup de souvenirs.

L'hélicoptère perdait de l'altitude. De grosses

volutes de neige se soulevaient au fur et à mesure que nous nous rapprochions du sol.

– En mansi, Man-Pupu-Nyor signifie « la petite montagne des dieux », reprit Egorov. Dans le temps, l'accès à ce site était exclusivement réservé aux chamanes du peuple mansi. Il y a beaucoup de légendes au sujet des Sept Géants de l'Oural. La plus répandue raconte qu'une dispute aurait éclaté entre un chamane et six colosses surgis de l'enfer pour traverser la chaîne de montagnes. Le chamane les aurait transformés en ces monstres de pierre, mais son sort l'aurait également affecté ; il serait prisonnier à l'intérieur du septième bloc de pierre, celui qui fait face aux autres. En hiver, le plateau est inaccessible sans un entraînement de haut niveau, à moins d'arriver par les airs.

L'hélicoptère se posa, le pilote coupa les turbines et nous n'entendions plus que le sifflement du vent qui venait frapper la carlingue.

– Allons-y, ordonna Egorov, nous n'avons pas de temps à perdre.

Ses hommes défirent les sangles autour des grandes caisses arrimées dans la soute et commencèrent à en dévisser les panneaux. Les deux premières contenaient six motoneiges, chacune pouvant transporter trois passagers. D'autres caissons contenaient des attelages recouverts d'épaisses toiles imperméables. Quand le hayon de l'hélicoptère bascula vers l'arrière, un vent glacial pénétra dans l'habitacle. Egorov nous fit signe de nous presser, chacun devait être à son poste si l'on voulait avoir installé le campement avant la nuit.

– Vous savez conduire ces engins ? me demanda-t-il.

J'avais traversé Londres à moto, certes... à l'arrière. Avec un ski et une chenille la stabilité ne pouvait qu'être renforcée. Je répondis oui d'un signe de tête.

Egorov devait douter de mes aptitudes, il leva les yeux au ciel alors que je cherchais sur le côté le kick pour lancer le moteur et il me montra où se trouvait le démarreur électrique.

– Il n'y a pas de position neutre sur ces machines ni d'embrayage, et l'on n'accélère pas en tournant la poignée mais en appuyant sur la gâchette qui se trouve sous le frein. Vous êtes certain que vous savez conduire ?

Je hochai la tête et invitai Keira à grimper sur la selle. Pendant que je patinais sur la neige – le temps de me familiariser avec ce nouvel engin –, les équipes d'Egorov installaient déjà les rampes d'éclairage, délimitant le périmètre de notre campement. Lorsqu'ils lancèrent les deux groupes électrogènes, une grande partie du plateau se retrouva éclairée comme en plein jour. Trois hommes emportaient sur leur dos des bonbonnes reliées à des perches qui pulvérisaient de grandes gerbes de feu. En temps de guerre, j'aurais vu là des lance-flammes, mais Egorov les appelait des « chauffeuses ». Les hommes balayèrent le sol à l'aide de ces puissantes torchères. Une fois la glace ramollie, une dizaine de baraquements en toile furent dressés dans un parfait alignement. Leur revêtement était fait d'un matériau isotherme grisâtre et l'ensemble prit très vite l'aspect d'une base lunaire. Dans un environnement qui lui était pourtant totalement étranger, Keira avait retrouvé ses réflexes d'archéologue. L'un des abris servirait de laboratoire. Elle y organisait déjà l'agencement de son outillage, tandis que les deux hommes qui lui avaient été adjoints vidaient des caisses qui contenaient plus de matériel qu'elle n'en avait jamais vu. Je fus assigné au tri, les inscriptions étaient en caractères cyrilliques, je me débrouillais comme je pouvais, et ne tenais aucun compte des reproches qui m'étaient adressés lorsque je rangeais une truelle dans le tiroir réservé aux spatules.

À 21 heures, Egorov apparut dans notre baraquement et nous convia à la cantine. Mon amour-propre en prit un coup quand je constatai que pendant que j'avais rangé le contenu d'une petite dizaine de cartons, le cuisinier avait réussi à monter une cuisine de campagne, digne d'une installation militaire.

Un repas chaud nous fut servi. Les hommes d'Egorov parlaient entre eux, ne nous prêtant aucune attention. Nous dînâmes à la table du patron, la seule où la bière avait été remplacée par un vin rouge de grande qualité. À 22 heures, le travail reprit. Suivant les instructions de Keira, une dizaine d'hommes installaient le carroyage sur le terrain de fouilles. À minuit, une cloche tinta ; fin des premières opérations, le campement était opérationnel, tout le monde alla se coucher.

Keira et moi bénéficiions de deux lits de camp situés à l'écart au fond d'un cantonnement qui en abritait dix autres. Seul Egorov avait droit à une tente individuelle.

Le silence se fit, interrompu par les ronflements des hommes qui s'endormirent aussitôt. Je vis Keira se lever et venir vers moi.

– Pousse-toi, murmura-t-elle en se faufilant dans mon sac de couchage, on va se tenir chaud.

Elle s'assoupit, épuisée par la soirée que nous venions de passer.

Le vent soufflait de plus en plus fort, par intermittence la toile de notre tente se gonflait.

*

Hôtel Baltschug Kempinski

Une lueur bleue clignotait sur la table de nuit. MOSCOU attrapa son téléphone portable et en fit coulisser le rabat.

– Nous les avons localisés.

La jeune femme qui dormait à côté de lui se retourna dans le lit, sa main se posa sur le visage de MOSCOU, il la repoussa, se leva et se rendit dans le petit salon de la suite qu'il occupait avec sa maîtresse.

– Comment souhaitez-vous procéder ? reprit son interlocuteur.

MOSCOU attrapa un paquet de cigarettes abandonné sur le canapé, en alluma une et s'approcha de la fenêtre ; les eaux de la rivière auraient dû être gelées, mais l'hiver n'avait pas encore emprisonné la Moscova.

– Organisez une opération de sauvetage, répondit MOSCOU. Vous direz à vos hommes que les deux Occidentaux qu'ils doivent libérer sont des scientifiques de grande valeur et qu'ils ont pour mission de les récupérer sains et saufs. Qu'ils soient sans pitié pour les preneurs d'otages.

– Malin. Et en ce qui concerne Egorov ?

– S'il survit à l'assaut, tant mieux pour lui, dans le cas contraire, qu'on l'enterre avec ses comparses. Ne laissez aucune trace derrière vous. Dès que nos sujets seront en sécurité, je vous rejoindrai. Traitez-les avec considération, mais que personne ne s'entretienne avec eux avant mon arrivée, et j'ai bien dit personne.

– Le territoire où nous devrons intervenir est particulièrement hostile. J'ai besoin de temps pour préparer une opération d'une telle envergure.

– Divisez ce temps par deux et rappelez-moi quand tout sera fini.

*

Man-Pupu-Nyor

Premier lever de soleil, la tempête avait cessé au milieu de la nuit. Le sol était recouvert de neige, Keira et moi sortîmes de notre tente, habillés comme deux Esquimaux en vadrouille. Quelques mètres seulement nous séparaient de la cantine, mais, en y arrivant, j'avais l'impression d'avoir déjà brûlé toutes les calories accumulées pendant la nuit. Il faisait une température polaire. Egorov nous assura que d'ici quelques heures, l'air deviendrait plus sec et la brûlure du froid se ferait moins sentir. Le petit déjeuner avalé, Keira se mit au travail, je l'accompagnai dans ses travaux. Il lui fallait s'adapter à ces conditions. Un des hommes d'Egorov lui servait de chef de camp et de traducteur. Il parlait un anglais relativement correct. Le terrain des fouilles avait été délimité. Keira fit un tour d'horizon et regarda attentivement les colosses de pierre. Il était vrai que ces géants étaient impressionnants. Je me demandai si la nature était seule responsable des formes qu'ils avaient prises. Deux cents millions d'années pendant lesquelles pluies et vents n'avaient cessé de les sculpter.

– Tu crois vraiment qu'un chamane est prisonnier à l'intérieur ? me demanda Keira en s'approchant du totem solitaire.

– Qui sait... ? lui répondis-je. On ignore toujours quelle est la part de vérité dans les légendes.

– J'ai l'impression qu'ils nous observent.

– Les géants ?

– Non, les hommes d'Egorov ! Ils ont l'air comme ça de ne pas nous prêter attention, mais je vois bien qu'ils nous surveillent à tour de rôle. C'est stupide, où veulent-ils que nous allions ?

– C'est bien ce qui m'inquiète, nous sommes en liberté conditionnelle au milieu de ce paysage hostile, et totalement dépendants de ton nouveau copain. Si nous trouvons notre fragment, qu'est-ce qui nous garantit qu'il ne va pas s'en emparer et nous abandonner ici ?

– Il n'aurait aucun intérêt à faire cela, il a besoin de notre caution scientifique.

– À condition que ses motivations soient vraiment celles qu'il nous a exposées.

Nous changeâmes de conversation, Egorov venait à notre rencontre.

– J'ai relu mes carnets de l'époque, nous devrions retrouver les premières tombes dans cette zone, dit-il en désignant l'espace compris entre les deux derniers géants de pierre. Commençons à creuser, le temps presse.

La mémoire d'Egorov était sacrément vive, ou, tout du moins, ses anciennes notes remarquablement bien tenues. Dès midi, les fouilles aboutirent à une première découverte qui laissa Keira sans voix.

Nous avions passé la matinée à retourner et à déblayer le terrain sur une profondeur de quatre-vingts centimètres environ, quand soudain apparurent au grand jour les vestiges d'une sépulture. Keira racla le sol, révélant un pan de tissu noir. Elle en préleva quelques fibres à l'aide d'une petite pince et les disposa dans trois tubes en verre qu'elle reboucha aussitôt. Puis elle poursuivit son travail, écartant la glace avec minutie. Un peu plus loin, les hommes d'Egorov répétaient les mêmes gestes qu'elle.

– Si ce sont bien des Sumériens, c'est tout simplement fabuleux ! s'exclama-t-elle en se redressant. Un groupe entier de Sumériens au nord-ouest de l'Oural, tu te rends compte, Adrian, de la portée de cette découverte ? Et leur état de conservation est exceptionnel. Nous allons pouvoir étudier la façon dont ils s'habillaient, ce qu'ils mangeaient.

– Je croyais qu'ils étaient morts de faim !

– Leurs organes desséchés nous révéleront les traces des bactéries liées à leur alimentation, leurs os, les stigmates des maladies dont ils étaient affectés.

J'avais fui ses explications peu appétissantes, en allant nous chercher un Thermos de café. Keira réchauffa ses doigts contre la tasse, voilà déjà deux heures qu'elle travaillait sur la glace. Son dos la faisait souffrir mais elle s'agenouilla à nouveau et se remit à la tâche.

En fin de journée, onze tombeaux avaient été dégagés. Les corps qui s'y trouvaient étaient momifiés par le froid et la question de leur préservation se posa aussitôt. Keira en parla à l'heure du repas avec Egorov.

– Comment comptez-vous faire pour les protéger ?

– Avec la température qui règne, ils ne craignent rien pour l'instant. Nous allons les entreposer sous une tente non chauffée. D'ici deux jours, je ferai héliporter des containers étanches et nous acheminerons deux corps jusqu'à Petchora. Je pense qu'il est important qu'ils restent en république des Komis. Il n'y a aucune raison que les membres de l'académie de Moscou mettent la main dessus ; s'ils veulent les voir, ils n'auront qu'à faire le voyage.

– Et que ferons-nous des autres ? Vous aviez parlé de cinquante tombes, mais rien ne prouve que ce plateau n'en compte pas plus.

– Nous filmerons celles que nous aurons ouvertes et les refermerons jusqu'à ce que nous ayons annoncé à la communauté scientifique, preuves à l'appui, les résultats spectaculaires de nos découvertes. Alors, nous régulariserons les fouilles auprès des autorités compétentes et prendrons avec elles les dispositions nécessaires. Je ne veux pas que l'on me soupçonne d'être venu piller quoi que ce soit. Mais je vous rappelle que ce n'est pas la seule chose que nous sommes venus chercher ici. Ce n'est pas le nombre des sépultures de glace qui nous intéresse, mais de trouver celle qui renferme votre fragment. Il faut passer moins de temps sur chaque corps, c'est ce qu'il y a autour qui doit mobiliser votre attention.

Je vis Keira songeuse, elle repoussa son assiette, le regard perdu dans le vide.

– Qu'est-ce qu'il y a ? lui demandai-je.

– Ces hommes sont morts de froid et de faim, c'est la nature qui les a ensevelis. Ils ne devaient certainement plus avoir la force de creuser les tombes de ceux morts avant eux. Et puis, hormis les enfants et les plus vieux, ils ont tous dû décéder à peu de temps d'écart.

– Où voulez-vous en venir ? interrogea Egorov.

– Réfléchissez... Vous avez parcouru des milliers de kilomètres pour aller porter un message – un voyage effectué sur plusieurs générations. Maintenant, imaginez que vous êtes les derniers survivants de cette incroyable aventure... Vous prenez conscience que vous êtes pris au piège et n'arriverez pas au terme du voyage. Que faites-vous ?

Egorov me regarda comme si je détenais la réponse... C'était bien la première fois que je l'intéressais ! Je me resservis une portion de ragoût, assez dégueulasse d'ailleurs, mais cela me faisait gagner du temps.

– Eh bien, dis-je la bouche pleine, réfléchissant encore, en tout cas...

– Si vous aviez parcouru ces milliers de kilomètres pour porter un message, m'interrompit Keira, si vous aviez sacrifié votre vie, vous ne feriez pas tout votre possible pour qu'il arrive à ses destinataires ?

– Dans ce cas, l'idée de l'enterrer ne serait pas très judicieuse, dis-je en regardant triomphalement Egorov.

– Exactement ! s'exclama Keira, et donc, vous utiliseriez vos dernières forces pour l'exposer dans un endroit où il puisse être découvert.

Egorov et Keira se levèrent d'un bond, ils enfilèrent leurs parkas et se précipitèrent au-dehors ; dans le doute, je leur emboîtai le pas.

Les équipes s'étaient déjà remises à l'ouvrage.

– Mais où ? demanda Egorov en balayant du regard le paysage.

– Je ne suis pas spécialiste en archéologie, comme vous deux, dis-je en toute humilité, mais si j'étais en train de mourir de froid, ce qui est d'ailleurs le cas, et si je voulais empêcher un objet d'être enseveli... Le seul endroit possible s'impose devant nous de façon plutôt évidente.

– Les géants de pierre, dit Keira. Le fragment doit se trouver incrusté sur l'un des totems !

– Je ne voudrais surtout pas jouer les rabat-joie, mais la hauteur moyenne de ces blocs de pierre étant d'environ cinquante mètres et leur diamètre de dix, soit $\pi \times 10 \times 50$, cela fait une surface de 1 571 mètres

340

carrés par totem à explorer, sans compter les anfractuo-
sités et à condition d'avoir réussi au préalable à faire
fondre la neige qui les recouvre et de trouver un moyen
de s'y hisser pour mettre en œuvre ce projet que je
qualifierais de faramineux.

Keira me regarda étrangement.

– Quoi, qu'est-ce que j'ai dit ?

– Tu es rabat-joie !

– Il n'a pas tort, reprit Egorov. Nous n'avons pas les
moyens de libérer les géants de leur manteau de glace,
il faudrait monter de gigantesques échafaudages et
nous aurions besoin de dix fois plus d'hommes. C'est
impossible.

– Attendez, intervint Keira. Réfléchissons encore.

Elle se mit à marcher le long du carroyage.

– Je suis celui qui porte le fragment, dit-elle à voix
haute. Mes compagnons et moi sommes bloqués sur ce
plateau où nous avons eu l'imprudence de grimper pour
voir au loin la direction à prendre. Les parois de la
montagne ont gelé et nous ne pouvons plus redescendre. Pas de gibier, pas de végétation, aucune nourriture, je comprends que nous allons mourir de faim.
Ceux qui se sont éteints sont déjà recouverts de neige.
J'ai conscience que mon tour viendra bientôt, alors je
décide d'utiliser le peu de force qu'il me reste pour
escalader l'un de ces colosses et y incruster dans la
pierre le fragment dont je suis responsable. J'ai l'espoir
qu'un jour quelqu'un le trouvera et poursuivra le
voyage.

– C'est très vivant comme description, dis-je à
Keira, je suis déjà plein d'empathie pour ce héros qui
a sacrifié sa vie, mais cela ne nous dit pas lequel de
ces géants il a choisi, ni de quel côté il a grimpé.

– Il faut arrêter les fouilles au milieu du plateau et
consacrer tous nos efforts à creuser au pied des

colosses ; si nous y trouvons un corps, c'est que nous touchons au but.

– Qu'est-ce qui vous fait penser cela ? demanda Egorov.

– Moi aussi, je suis pleine d'empathie pour cet homme, dit Keira, et si j'avais mené ma mission jusqu'aux limites de ma résistance physique, une fois le fragment incrusté dans la pierre, voyant mes amis morts, je me serais laissée tomber dans le vide pour abréger mes souffrances.

Egorov se fia à l'instinct de Keira, il ordonna à ses hommes d'abandonner leurs recherches et de se regrouper, il avait de nouvelles instructions à leur donner.

– Où souhaitez-vous que nous commencions ? demanda Egorov à Keira.

– Connaissez-vous le mythe des Sept Sages ? répondit Keira à Egorov.

– Les Abgals ? Ces Sept Sages sont des êtres mi-hommes mi-poissons que l'on retrouve dans plusieurs civilisations antiques sous la forme de dieux civilisateurs. L'heptade des gardiens du Ciel et de la Terre qui apportent le savoir aux êtres humains. Vous souhaitiez mettre à l'épreuve mes connaissances sumériennes ?

– Non, mais selon vous, si les Sumériens avaient cru reconnaître dans ces colosses les sept Abgals...

– Alors, interrompit-il, ils auraient forcément choisi le premier d'entre eux, celui qui guidait leur marche.

– C'est le colosse qui fait face aux six autres ? demandai-je.

– Oui, ils l'appelaient Adapa, répondit Egorov.

Egorov ordonna à ses hommes de se regrouper au pied du totem géant et de commencer à creuser. Je me pris à espérer que l'héroïque Sumérien qui avait escaladé le colosse se soit cassé la figure et soit retombé avec le fragment en main. Cette hypothèse n'avait rien de scientifique, mais si elle était avérée, nous gagnerions beaucoup de temps et puis, on n'est jamais à l'abri d'un coup de chance ! Je soupçonnais Keira d'avoir eu la même idée que moi, car elle supplia les hommes d'Egorov de ne pas se hâter et d'explorer le sol avec la plus grande minutie.

Il nous faudrait encore patienter, il tombait plus de neige que nous ne pouvions en déblayer et les conditions météorologiques se dégradaient d'heure en heure. Une nouvelle tempête se leva, plus redoutable que la précédente, elle nous contraignit à interrompre les recherches. J'étais fourbu, épuisé et ne rêvais que d'un bain chaud et d'un matelas douillet. Egorov autorisa chacun à prendre du repos ; dès que le temps se calmerait, il sonnerait le rappel, même si cela devait être au milieu de la nuit. Keira était dans un état d'excitation rare et fulminait contre cette tempête qui l'empêchait de poursuivre ses travaux. Elle voulut quitter notre tente pour rejoindre le laboratoire et commencer à y étudier les premiers prélèvements. Il me fallut user de beaucoup de psychologie pour l'en dissuader. On ne voyait pas à cinq mètres, s'aventurer dehors, dans ces conditions, relevait de l'inconscience. Elle finit par m'écouter et accepta de venir s'allonger à mes côtés.

– Je crois que je suis maudite, dit-elle.

– Ce n'est qu'une tempête de neige, en plein hiver et au milieu de la Sibérie, je ne crois pas que l'on puisse parler de malédiction. Je suis sûr que la météo s'améliorera demain.

– Egorov m'a laissé entendre que cela pourrait durer plusieurs jours, râla Keira.

– Tu as une mine de papier mâché, tu devrais te reposer, et même si cela devait durer quarante-huit

343

heures, ce ne serait pas la fin du monde. Les découvertes que tu as faites ce matin sont inestimables.

– Pourquoi toujours t'exclure ? Sans toi, nous ne serions jamais ici et rien de ce que nous avons vécu ne serait arrivé.

Je repensai aux événements de ces dernières semaines et cette remarque, au demeurant généreuse, me laissa perplexe. Keira se blottit contre moi. Je restai longtemps éveillé à l'écouter respirer. Au-dehors, les assauts du vent redoublaient, je bénissais secrètement cette mauvaise météo, pour le répit qu'elle nous accordait et ces quelques instants d'intimité.

Le jour suivant fut presque aussi noir que la nuit. La tempête avait gagné en intensité. Il n'était plus question de quitter sa tente sans s'être encordé. Pour rejoindre la cantine, il fallait marcher en se guidant avec une puissante lampe torche, luttant contre des bourrasques d'une violence inouïe. En fin d'après-midi, Egorov nous informa que le pire était passé. La dépression ne s'étendait pas au-delà de la région où nous nous trouvions, et les vents du nord ne tarderaient plus à la chasser. Il espérait reprendre les travaux dès le lendemain. Keira et moi tentions d'évaluer les quantités de neige qu'il nous faudrait déblayer avant de progresser à nouveau. Il n'y avait rien d'autre à faire pour tuer le temps que de jouer aux cartes. Keira abandonna plusieurs fois la partie pour aller vérifier l'évolution de la tempête et chaque fois je la voyais revenir, peu rassurée.

À 6 heures du matin, je fus réveillé par des bruits de pas frôlant notre tente. Je me levai doucement, descendis délicatement la double fermeture Éclair de la toile et passai la tête à travers le sas. La tempête avait laissé place à une neige fine qui tombait sous un ciel gris ; mon regard se porta vers les colosses de pierre qui réapparaissaient enfin dans l'aube. Mais quelque chose d'autre attira mon attention, dont j'aurais préféré ne jamais être témoin. Au pied du géant de pierre esseulé censé renfermer le corps d'un antique chamane gisait celui d'un de mes contemporains, au milieu d'une mare de sang qui souillait la neige.

Surgissant de la paroi montagneuse avec une agilité déconcertante, une trentaine d'individus en combinaison blanche avançaient vers nous, en encerclant le campement. L'un de nos gardes du corps sortit, je le vis s'immobiliser, stoppé net par une balle qui l'avait atteint en pleine poitrine. Il eut juste le temps de tirer un coup de feu avant de s'écrouler.

L'alerte était donnée. Les hommes d'Egorov qui bondirent hors de leur tente furent fauchés par des tirs d'une précision quasi militaire. Ce fut une hécatombe. Ceux restés à l'abri avaient pris position et ripostaient avec des fusils à pompe dont la portée semblait peu efficace. Le combat se poursuivait, nos assaillants gagnaient du terrain, se rapprochant de nous en rampant. Deux d'entre eux furent touchés.

Les coups de feu avaient réveillé Keira, elle se redressa d'un bond sur son lit et vit ma mine blafarde. Je lui ordonnai de s'habiller sur-le-champ. Pendant qu'elle enfilait ses chaussures, j'évaluai notre situation : aucun espoir de fuite, impossible de se faufiler par l'arrière, la toile de notre tente était trop solidement ancrée. Cédant à la panique, je pris une pelle et commençai à creuser. Keira s'approcha du sas que j'avais laissé ouvert, je me retournai et la ramenai violemment à l'intérieur.

– Ils tirent à bout portant sur tout ce qui bouge, reste éloignée des parois et aide-moi !

– Adrian, la glace est dure comme du bois, tu perds ton temps. Qui sont ces types ?

– Je n'en sais rien, ils n'ont pas eu la courtoisie de décliner leur identité avant de nous mitrailler !

Nouvelle série de tirs, en rafales cette fois. Je n'en pouvais plus de rester impuissant et je fis ce que je venais précisément d'interdire à Keira. Passant à nouveau la tête au-dehors, je fus témoin d'une véritable boucherie. Les hommes en blanc s'approchèrent d'une tente, glissèrent au ras du sol un câble leur permettant de voir à l'intérieur ; quelques secondes plus tard, ils vidaient leurs chargeurs sur la toile et passaient à l'habitation suivante.

Je refermai la fermeture Éclair, me rapprochai de Keira et me recroquevillai sur elle pour la protéger du mieux que je le pouvais.

Elle redressa la tête, sourit tristement et posa un baiser sur mes lèvres.

– C'est terriblement chevaleresque de ta part, mon amour, mais je crains que cela ne serve pas à grand-chose. Je t'aime et je ne regrette rien, me dit-elle en m'embrassant à nouveau.

Il n'y avait plus rien d'autre à faire que d'attendre notre tour. Je la serrai dans mes bras et lui murmurai que, moi non plus, je ne regrettais rien. Nos confidences amoureuses furent interrompues par l'intrusion brutale de deux hommes armés de fusils d'assaut. Je resserrai mon étreinte autour de Keira et fermai les yeux.

*

Pont de Luzhkov

Le canal Vodootvodny était gelé. Une dizaine de patineurs le remontaient, glissant à bonne allure sur l'épaisse couche de glace. MOSCOU se rendait à pied jusqu'à son bureau. Une Mercedes noire le suivait à distance. Il prit son téléphone portable et appela LONDRES.

– L'intervention est terminée, dit-il.

– Vous avez une voix étrange, les choses se sont-elles déroulées comme nous l'espérions ?

– Pas vraiment, les conditions étaient difficiles.

Ashton retint son souffle, attendant que son interlocuteur lui livre la suite des événements.

– Je crains, reprit MOSCOU, de devoir rendre des comptes plus tôt que prévu. Les équipes d'Egorov se sont vaillamment défendues, nous avons perdu des hommes.

– Je me fiche de vos hommes, rétorqua Ashton, dites-moi ce qu'il est advenu de nos scientifiques !

MOSCOU raccrocha et héla son chauffeur, la voiture arriva à sa hauteur, le garde du corps descendit lui ouvrir la portière. MOSCOU s'installa à l'arrière du véhicule qui repartit à vive allure. Le téléphone de bord sonna à plusieurs reprises mais il refusa de prendre l'appel.

Après une courte halte à son bureau, Moscou se fit conduire à l'aéroport de Sheremetyevo, où un appareil privé l'attendait devant le terminal d'aviation d'affaires ; la voiture traversa la ville, sirène hurlante, se faufilant dans les embouteillages. Il soupira et consulta sa montre, il n'arriverait à Iekaterinbourg que dans trois heures.

*

Man-Pupu-Nyor

Les hommes qui avaient fait intrusion dans notre tente nous avaient entraînés précipitamment à l'extérieur. Le plateau des Sept Géants de l'Oural était jonché de corps ensanglantés. Seul Egorov semblait avoir survécu à l'attaque, il gisait ventre à terre, poignets et chevilles menottés. Six hommes équipés de fusils en bandoulière assuraient sa garde. Il releva la tête pour nous adresser un ultime regard, mais il reçut aussitôt un violent coup de pied sur la nuque. Nous entendîmes le bruit sourd d'un rotor, la neige se souleva devant nous, et nous vîmes apparaître à flanc de montagne la carlingue d'un puissant hélicoptère qui s'élevait à la verticale de la paroi. Il se posa à quelques mètres de nous. Les deux assaillants qui nous escortaient nous tapèrent cordialement dans le dos et nous guidèrent vers l'appareil au pas de course. Alors qu'on nous hissait à bord, l'un d'entre eux nous fit un signe, pouce levé vers le ciel, comme pour nous féliciter. La porte se referma et l'hélicoptère prit aussitôt son envol. Le pilote effectua une rotation au-dessus du campement, Keira se pencha au hublot pour y jeter un dernier coup d'œil.

– Ils sont en train de tout détruire, dit-elle en se rasseyant, la mine décomposée.

Je regardai à mon tour et constatai le terrible spectacle. Une dizaine d'hommes en combinaison blanche refermaient les tombes sumériennes, y glissant les corps inertes des hommes d'Egorov, d'autres commençaient déjà à démonter les tentes. Aucun mot ne pouvait consoler Keira.

Il y avait six membres d'équipage à bord de l'appareil, aucun d'entre eux ne nous adressa la parole. On nous offrit des boissons chaudes et des sandwichs, mais nous n'avions ni faim ni soif. Je pris la main de Keira et la retins fermement dans la mienne.

– Je ne sais pas où ils nous conduisent, me dit-elle, mais je crois bien que, cette fois, c'est la fin de nos recherches.

Je la pris par l'épaule et la serrai contre moi, lui rappelant que nous étions en vie.

Après deux heures de vol, l'homme assis devant nous nous pria de remettre nos ceintures de sécurité. L'appareil amorçait une descente. Dès que les roues touchèrent le sol, la portière s'ouvrit. Nous étions devant un hangar à l'écart d'un aéroport de taille moyenne ; un biréacteur portant drapeau russe sur la dérive et dépourvu de toute immatriculation y stationnait. Alors que nous nous en approchions, une passerelle s'abaissa. À l'intérieur de la cabine, deux hommes en costume bleu marine nous attendaient. Le moins corpulent se leva et nous accueillit avec un grand sourire.

– Heureux de vous trouver sains et saufs, nous dit-il dans un parfait anglais. Vous devez être épuisés, nous allons décoller immédiatement.

Les réacteurs se mirent en route. Quelques instants

plus tard, l'appareil se positionnait sur la piste et décollait.

– Iekaterinbourg, une bien jolie ville, nous dit l'homme alors que l'avion prenait de l'altitude. Dans une heure trente, nous nous poserons à Moscou. De là, nous vous mettrons dans un avion de ligne pour Londres. Vous avez deux places réservées en classe affaires. Ne me remerciez pas, avec les épreuves que vous avez endurées ces derniers jours, c'était la moindre des choses. Deux scientifiques de votre rang méritent les meilleurs égards. En attendant, je vous demanderai de bien vouloir me confier vos passeports.

L'homme les rangea dans la poche de son veston et ouvrit un compartiment qui renfermait un minibar. Il nous servit de la vodka ; Keira but son verre cul sec et le tendit à nouveau pour qu'il la resserve. Elle avala la seconde rasade de la même manière, sans dire un mot.

– Pourriez-vous nous donner quelques explications ? demandai-je à notre hôte.

Il remplit nos verres et leva le sien pour trinquer.

– Nous nous réjouissons d'avoir pu vous délivrer des mains de vos ravisseurs.

Keira recracha la vodka qu'elle s'apprêtait à avaler.

– Nos ravisseurs ? Quels ravisseurs ?

– Vous avez eu de la chance, reprit notre hôte, les hommes qui vous retenaient avaient la réputation d'être extrêmement dangereux ; nous sommes intervenus à temps, vous devez une fière chandelle à nos équipes qui ont pris beaucoup de risques pour vous. Nous regrettons de lourdes pertes dans nos rangs. Deux de nos meilleurs agents ont sacrifié leur vie pour sauver les vôtres.

– Mais personne ne nous retenait ! s'emporta Keira, nous étions là-bas de notre plein gré et entreprenions des fouilles prodigieuses que vos hommes ont ruinées.

Nous avons assisté à un véritable carnage, une barbarie sans nom, comment osez-vous... ?

– Nous savons que vous participiez à des fouilles illégales, entreprises par des malfaiteurs aux seules fins d'un pillage sans vergogne des trésors de la Sibérie. Egorov appartient à la mafia russe, mademoiselle, vous l'ignoriez ? Deux scientifiques jouissant de réputations aussi honorables ne pouvaient être associés à de tels actes criminels sans y avoir été contraints par la force, sans avoir été menacés par leurs ravisseurs d'être exécutés sommairement à la première tentative de rébellion. Vos visas attestent d'ailleurs que vous êtes entrés en Russie en qualité exclusive de touristes et nous sommes flattés que vous ayez choisi notre pays pour vous divertir. Je suis certain que si vous aviez eu la moindre intention de travailler sur notre sol, vous auriez certainement agi dans un cadre légal, cela s'entend, n'est-ce pas ? Vous connaissez mieux que quiconque les risques encourus par les pilleurs qui s'en prennent à notre patrimoine national. Les peines varient de dix à vingt ans de prison, selon la gravité des faits. Sommes-nous désormais d'accord sur la version que je vous ai exposée ?

Sans attendre, je lui confirmai que nous n'avions rien à objecter. Keira resta silencieuse, un temps seulement, puis elle ne put s'empêcher de s'inquiéter du sort qui attendait Egorov, ce qui fit sourire notre hôte.

– Cela, mademoiselle, dépendra entièrement de sa volonté ou non de collaborer à l'enquête qui sera menée. Mais n'ayez pas de remords à son sujet, je peux vous assurer que le personnage était peu recommandable.

L'homme s'excusa de ne pas pouvoir discuter plus longtemps avec nous, il avait du travail. Il prit un dossier dans sa sacoche et s'y plongea jusqu'à notre arrivée.

L'appareil amorça sa descente vers la capitale. Une fois au sol, l'homme nous conduisit à bord d'une voiture jusqu'au pied d'une passerelle arrimée à un avion de la British Airways.

– Deux choses avant que vous partiez. Ne revenez pas en Russie, nous ne pourrions plus assurer votre sécurité. Et maintenant, écoutez bien ce que j'ai à vous dire, car ce faisant j'enfreins une règle, mais vous m'êtes sympathiques et celui que je trahis me l'est beaucoup moins. Vous êtes attendus à Londres, et je crains que le genre de promenade qui vous sera proposée ne soit en rien comparable avec le voyage très agréable que nous venons de faire ensemble. Aussi, si j'étais vous, je m'abstiendrais de traîner à Heathrow ; une fois la douane passée, je filerais au plus vite. Si vous trouviez d'ailleurs le moyen de ne pas passer par la douane, ce serait encore mieux.

L'homme nous rendit nos passeports et nous invita à emprunter la passerelle. Une hôtesse nous installa à nos places respectives. Son parfait accent anglais était divin et je la remerciai pour la gentillesse de son accueil.

– Tu veux son numéro de téléphone ? me demanda Keira en bouclant sa ceinture.

– Non, mais si tu pouvais convaincre le type assis de l'autre côté de la travée de te prêter son portable, ce serait formidable.

Keira me regarda, étonnée, puis se retourna vers son voisin qui tapait un message sur le clavier de son téléphone. Elle lui fit un numéro de charme tout à fait indécent et me tendit deux minutes après l'appareil en question.

*

Londres

Le Boeing 767 se posa à Heathrow quatre heures après notre départ de Moscou. Il était 22 h 30 heure locale, la nuit serait peut-être notre alliée. L'avion se rangea sur une aire de parking à l'écart du terminal. Je vis par le hublot deux autobus qui attendaient au pied de la passerelle, je priai Keira de prendre son temps, nous descendrions avec la seconde vague de passagers.

Nous grimpâmes à bord de l'autobus, j'invitai Keira à rester près de la porte, j'avais glissé ma chaussure entre les soufflets pour empêcher le verrouillage du cran de sécurité. Le bus roulait sur le tarmac, il s'engagea dans un tunnel passant sous les pistes, le chauffeur dut marquer l'arrêt pour laisser passer un engin qui tractait des chariots à bagages. C'était maintenant ou jamais. Je repoussai brusquement la porte en accordéon et tirai Keira par la main. Une fois dehors, nous courûmes dans la pénombre du tunnel vers le convoi qui s'éloignait et sautâmes sur l'un des containers. Keira se retrouva plaquée contre deux grosses valises, et moi allongé sur des sacs. À bord de l'autobus, les passagers témoins de notre escapade restèrent bouche bée, je suppose qu'ils tentèrent d'avertir le chauffeur, mais notre petit train s'éloignait déjà dans la direction opposée et entra quelques instants plus tard dans les sous-sols du terminal. À cette heure tardive, il n'y avait plus grand monde dans la zone de déchargement ; seules deux équipes travaillaient, mais elles se trouvaient loin de nous et ne pouvaient nous voir. Le tracteur serpentait entre les rampes de chargement des bagages.

J'aperçus un monte-charge à quelques mètres de nous et choisis ce moment pour abandonner notre cachette. Hélas, en arrivant devant l'élévateur, je constatai que le bouton d'appel était verrouillé par une serrure ; sans clé, il était impossible de le manœuvrer.

– Tu as une idée pour sortir d'ici ? demanda Keira.

Je regardai aux alentours et ne vis qu'un entrelacs de tapis roulants dont la plupart étaient à l'arrêt.

– Là-bas ! s'exclama Keira en désignant une porte. C'est une sortie de secours.

Je craignais qu'elle soit condamnée, mais la chance était avec nous et nous nous retrouvâmes au bas d'un escalier.

– Ne cours plus, dis-je à Keira. Sortons d'ici en faisant comme si tout était normal.

– Nous n'avons pas de badge, me fit-elle remarquer, si nous croisons quelqu'un, nous n'aurons pas du tout l'air normal.

Je regardai ma montre, le bus avait sans doute atteint le terminal. À 23 heures, il n'y aurait pas grand monde à la douane et le dernier passager de notre vol ne tarderait pas à se présenter devant le contrôle de l'immigration. Je nous donnais peu de temps avant que ceux qui nous attendaient comprennent que nous leur avions échappé.

En haut des marches, une autre porte nous barrait la

route ; Keira repoussa la barre transversale, une sirène hurla.

Nous débouchons dans le terminal entre deux tapis de livraison de bagages, dont l'un tourne à vide. Un manutentionnaire nous aperçoit et reste interdit. Le temps qu'il donne l'alerte, je prends Keira par la main et nous courons à toutes jambes. Un coup de sifflet. Surtout ne pas se retourner, continuer de courir. Il faut atteindre les portes coulissantes qui donnent sur le trottoir. Keira trébuche et pousse un cri, je l'aide à se relever et l'entraîne. Encore plus vite. Derrière nous, les pas d'une cavalcade, des coups de sifflet de plus en plus proches. Ne pas s'arrêter, ne pas céder à la peur, la liberté n'est plus qu'à quelques mètres. Keira est à bout de souffle. Sortie du terminal, un taxi à l'arrêt, nous y grimpons et supplions le chauffeur de démarrer.

– Où allez-vous ? demande-t-il en se retournant.

– Foncez ! Nous sommes en retard, supplie Keira, haletante.

Le chauffeur démarra. Je m'interdis de me retourner, imaginant nos poursuivants rager sur le trottoir en voyant notre « black cab » s'éloigner.

– Nous ne sommes pas au bout de nos peines, soufflai-je à Keira.

– Allez vers le terminal 2, dis-je au chauffeur.

Keira me regarda, stupéfaite.

– Fais-moi confiance, je sais ce que je fais.

Au second rond-point, je demandai au taxi de bien vouloir s'arrêter. Je prétextai que ma femme était enceinte et avait une terrible nausée. Il freina aussitôt. Je lui remis un billet de vingt livres et lui dis que nous allions prendre l'air sur le bas-côté. Inutile de nous attendre, j'avais l'habitude de ce genre de malaise, ça pouvait durer, nous finirions à pied.

– C'est dangereux de se promener par ici, nous dit-il, faites attention aux camions, il en arrive de partout.

Il s'éloigna en nous faisant un petit signe de la main, ravi du montant qu'il avait empoché pour la course.

– Et maintenant que j'ai accouché, me lança Keira, qu'est-ce qu'on fait ?

– On attend ! lui répondis-je.

– Qu'est-ce qu'on attend ?

– Tu verras !

*

Kent

– Comment ça, ils vous ont échappé ? Vos hommes n'étaient pas à la sortie de cet avion ?

– Si, monsieur, ce sont vos deux scientifiques qui ne s'y trouvaient pas.

– Qu'est-ce que vous me racontez, mon contact m'a assuré les avoir lui-même fait embarquer à bord de ce vol.

– Je n'avais nullement l'intention de mettre sa parole en doute, mais les deux sujets que nous devions interpeller ne se sont pas présentés au contrôle de la police de l'air. Nous étions six à les guetter, il leur était impossible de passer au travers des mailles du filet.

– Vous allez peut-être m'expliquer qu'ils ont sauté en parachute au-dessus de la Manche ? hurla Sir Ashton dans le combiné.

– Non, monsieur. L'avion devait être arrimé à une passerelle mais, au dernier moment, l'appareil a été dirigé vers une aire de parking ; nous n'avions pas été prévenus. Les deux individus se sont échappés du bus qui assurait la liaison vers le terminal où nous les attendions. Nous n'y sommes vraiment pour rien, ils ont fui par les sous-sols.

— Vous pouvez d'ores et déjà avertir les responsables de la sécurité d'Heathrow que des têtes vont tomber !

— Je n'en doute pas, monsieur.

— Pathétiques crétins ! Foncez immédiatement à leur domicile au lieu de bavasser, ratissez-moi la ville, vérifiez tous les hôtels, débrouillez-vous comme vous le voulez, mais arrêtez-les cette nuit si vous tenez encore un tant soit peu à votre emploi. Je vous laisse jusqu'au matin pour me les retrouver, vous m'entendez ?

L'interlocuteur de Sir Ashton renouvela ses excuses et promit de remédier au cuisant échec de l'opération dont il avait la charge, et ce dans les plus brefs délais.

*

Rond-point du Concorde, Heathrow

La Fiat 500 se rangea le long du trottoir. Le conducteur se pencha et ouvrit la portière.

– Ça fait une heure que je tourne, rouspéta Walter en rabattant le siège pour que je puisse me glisser à l'arrière.

– Vous n'aviez pas plus petit comme voiture ?

– Dites donc, vous ne manquez pas d'air. Vous me demandez de venir vous chercher sur un rond-point au milieu de nulle part, à une heure incongrue, et en plus vous râlez ?

– Je disais juste qu'il est heureux que nous n'ayons pas eu des bagages.

– J'imagine que si vous en aviez eu, vous m'auriez donné rendez-vous devant le terminal comme tous les gens normaux au lieu de m'obliger à en faire dix fois le tour en vous attendant !

– Vous allez vous chamailler longtemps ? interrompit Keira.

– Je suis enchanté de vous revoir, lui répondit Walter en lui tendant la main. Comment s'est passé votre petit voyage ?

– Mal ! répondit-elle. On y va ?

– Volontiers, mais où ?

Je m'apprêtais à demander à Walter de nous ramener chez moi, mais deux voitures de police nous dépassèrent toutes sirènes hurlantes et je jugeai finalement l'idée peu judicieuse. Quels que soient nos ennemis, j'avais de bonnes raisons de penser qu'ils connaissaient l'adresse de mon domicile.

– Alors, où allons-nous ? s'enquit Walter.

– Je n'en ai pas la moindre idée.

Walter emprunta l'autoroute.

– Je veux bien rouler toute la nuit, nous dit-il, mais il faudra penser à refaire le plein.

– C'est à vous cette petite voiture ? demanda Keira. Elle est charmante.

– Je suis bien content qu'elle vous plaise, je viens de l'acheter.

– À quelle occasion ? demandai-je à Walter, je croyais que vous étiez fauché.

– C'est précisément une occasion, et puis votre délicieuse tante arrive vendredi, alors j'ai sacrifié mes dernières économies pour pouvoir la promener dans la ville comme il se doit.

– Elena vient vous rendre visite ce week-end ?

– Oui, je vous en avais parlé, vous l'aviez oublié ?

– Nous avons eu une semaine un peu chargée, lui répondis-je, ne m'en veuillez pas si j'avais l'esprit ailleurs.

– Je sais où nous pouvons aller, dit Keira. Walter, il serait en effet préférable que vous vous arrêtiez à une station-service pour refaire le plein.

– Puis-je vous demander quelle direction je dois prendre ? demanda-t-il. Je vous préviens, je veux être rentré demain au plus tard, j'ai rendez-vous chez le coiffeur !

Keira jeta un coup d'œil au crâne dégarni de Walter.

– Oui, je sais, dit-il en levant les yeux au ciel. Mais il faut que je me débarrasse de cette mèche ridicule, et puis j'ai lu un article dans le *Times* ce matin, on y dit que les chauves ont un pouvoir sexuel supérieur à la norme !

– Si vous avez une paire de ciseaux, je peux m'en occuper tout de suite, proposa Keira.

– Hors de question, je ne sacrifierai mes derniers cheveux que dans les mains d'un professionnel. Allez-vous me dire où je dois vous conduire ?

– À St. Mawes, en Cornouailles, répondit Keira. Là-bas, nous serons en sécurité.

– Auprès de qui ? demanda Walter.

Keira resta silencieuse. Je devinai la réponse à la question qu'il avait posée et je lui demandai s'il accepterait de me laisser le volant.

Profitant des six heures de trajet, je fis le récit de nos aventures en Russie à Walter. Il fut atterré d'apprendre ce qui nous était arrivé dans le Transsibérien et sur le plateau de Man-Pupu-Nyor. Il m'interrogea plusieurs fois sur l'identité de ceux qui avaient voulu nous tuer, mais je ne pouvais pas lui apprendre grand-chose à ce sujet, je n'en savais rien. Ma seule certitude était que leur volonté de nous nuire trouvait sa raison dans l'objet que nous cherchions.

Keira ne dit mot du voyage. Lorsque nous arrivâmes à St. Mawes au lever du jour, elle nous fit arrêter dans une ruelle qui grimpait vers le cimetière, devant une petite auberge.

– C'est là, dit-elle.

Elle salua Walter, descendit de la voiture et s'éloigna.

– Quand nous reverrons-nous ? me demanda Walter.

– Profitez de votre week-end avec Elena, et ne vous

inquiétez pas pour nous. Je crois que quelques jours de repos nous feront le plus grand bien.

– C'est un endroit tranquille, dit Walter en regardant la façade du Victory. Vous y serez bien, j'en suis sûr.

– Je l'espère.

– Elle en a pris un sacré coup..., me dit Walter en désignant Keira qui remontait la ruelle à pied.

– Oui, ces derniers jours ont été particulièrement pénibles, et puis elle est très marquée par l'arrêt brutal des recherches. Nous étions vraiment près du but.

– Mais vous êtes vivants, et c'est l'essentiel. Au diable ces fragments, il faut arrêter tout cela, vous avez pris beaucoup trop de risques. C'est un miracle que vous vous en soyez sortis.

– Si ce n'était qu'une chasse au trésor, Walter, les choses seraient bien plus faciles, mais il ne s'agissait pas d'un jeu d'adolescents. En réunissant tous les fragments nous aurions probablement fait une découverte sans précédent.

– Vous allez me reparler de votre première étoile ? Eh bien qu'elle reste là-haut dans le ciel et vous sur la Terre, en bonne santé, c'est tout ce que je souhaite.

– C'est très généreux de votre part, Walter, mais nous aurions peut-être trouvé le moyen d'entrevoir les tout premiers instants de l'Univers, appris enfin d'où nous venons, qui étaient les premiers hommes à peupler notre planète. Keira s'est nourrie de cet espoir toute sa vie. Et, aujourd'hui, sa déception est immense.

– Alors foncez la rejoindre au lieu de rester là à discuter avec moi. Si les choses sont telles que vous me les décrivez, elle a besoin de vous. Occupez-vous d'elle et oubliez vos recherches insensées.

Walter me serra dans ses bras et relança le moteur de sa Fiat 500.

363

– Vous n'êtes pas trop fatigué pour reprendre la route ? lui demandai-je, penché à la portière.

– Fatigué de quoi ? J'ai dormi à l'aller.

Je regardai la voiture s'éloigner sur la corniche qui longeait le bord de mer, ses feux arrière disparurent derrière une maison à l'autre bout du village.

Keira n'était plus là, je la cherchai et montai la côte. En haut de la ruelle, la grille d'un cimetière était entrouverte, j'entrai et parcourus l'allée centrale. L'endroit n'était pas bien grand, une centaine d'âmes tout au plus reposaient dans le cimetière de St. Mawes. Keira était agenouillée au bout d'une travée, près d'un mur où grimpaient les bois entrelacés d'une glycine.

– Au printemps, elle donne de belles fleurs mauves, dit Keira sans relever la tête.

Je regardai la tombe, la peinture à la feuille d'or était presque effacée, mais le nom de William Perkins apparaissait encore.

– Jeanne m'en voudra de t'avoir amené ici sans lui en avoir parlé.

Je passai mon bras autour d'elle et restai silencieux.

– J'ai parcouru le monde pour lui prouver de quoi j'étais capable, et je ne suis arrivée qu'à revenir ici, les mains vides et le cœur lourd. Je crois que c'est lui que je cherche depuis toujours.

– Je suis certain qu'il est fier de toi.

– Il ne me l'a jamais dit.

Keira épousseta la pierre et prit ma main.

– J'aurais voulu que tu le connaisses, c'était un homme si pudique, si solitaire à la fin de sa vie. Quand j'étais petite fille, je le bombardais de questions auxquelles il s'efforçait toujours de répondre. Quand le problème était trop difficile, il se contentait de sourire et m'emmenait me promener sur la grève. Le soir, je

364

me relevais sur la pointe des pieds et je le trouvais assis à la table de la cuisine, plongé dans son encyclopédie. Le lendemain, au petit déjeuner, il revenait vers moi, et me disait l'air de rien : *Tu m'as posé une question hier, nous avons dû changer de conversation et j'ai oublié de te donner la réponse, la voici...*

Keira frissonna. J'enlevai mon manteau et l'en revêtis.

– Tu ne m'as jamais rien dit de ton enfance, Adrian.

– Parce que je suis aussi pudique que ton père, et puis je n'aime pas beaucoup parler de moi.

– Il faudra que tu fasses un effort, me dit Keira. Si nous devons faire un bout de chemin ensemble, je ne veux pas qu'il y ait de silences entre nous.

Keira me guida jusqu'à l'auberge. La salle à manger du Victory était encore déserte, le patron de l'établissement nous installa à une table près de la baie vitrée et nous servit un copieux petit déjeuner. Je crus deviner une certaine complicité entre Keira et lui. Puis il nous accompagna à une chambre à l'étage, elle donnait sur le petit port de St. Mawes. Nous étions les seuls clients de son établissement, même en hiver l'endroit avait un charme fou. Je m'avançai à la fenêtre, la marée était basse, les bateaux de pêcheurs reposaient sur le flanc. Un homme marchait sur la grève, tenant son petit garçon par la main. Keira vint s'accouder à la balustrade, juste à côté de moi.

– Mon père me manque aussi, lui dis-je, il m'a toujours manqué, même lorsqu'il était en vie. Nous n'arrivions pas à communiquer, c'était un homme de grande qualité, mais qui travaillait trop pour se rendre compte qu'il avait un fils. Le jour où il s'en est aperçu, je venais de quitter la maison. Nous sommes passés tout près l'un de l'autre, sans jamais réussir à vraiment se voir. Mais je ne peux pas me plaindre, ma mère m'a donné toute la tendresse et l'amour du monde.

Keira me regarda longuement, et elle me demanda pourquoi j'avais voulu devenir astrophysicien.

– Dans mon enfance, lorsque nous étions à Hydra, ma mère et moi avions un rituel avant l'heure du coucher. Nous nous installions côte à côte à la fenêtre, comme nous deux en ce moment, et regardions le ciel ensemble. Maman inventait des noms aux étoiles. Un soir, je lui ai demandé comment le monde était né, pourquoi le jour se levait chaque matin, si la nuit viendrait toujours. Maman m'a regardé et m'a dit : *Il y a autant de mondes différents qu'il y a de vies dans l'univers ; mon monde à moi a commencé le jour où tu es né, au moment où je t'ai tenu dans mes bras.* Depuis l'enfance, je rêve de savoir où commence l'aube.

Keira se retourna vers moi et posa ses bras autour de mon cou.

– Tu seras un merveilleux papa.

*

Londres

– Je revendrai ma voiture dès lundi, je vous rembourserai et je m'achèterai une paire de bottes, au diable la toiture de mon bureau, je n'irai pas plus loin. Je ne ferai rien de plus pour les convaincre de continuer. Ne comptez plus sur moi pour vous aider. Chaque matin, quand je me regarde dans la glace, je me sens sale de trahir la confiance d'Adrian. Ce n'est pas la peine d'insister, rien de ce que vous pourrez me dire ne me fera changer d'avis. J'aurais dû vous envoyer balader depuis longtemps. Et si vous entreprenez quoi que ce soit pour les inciter à reprendre la route, je leur dirai tout, même si finalement je ne sais presque rien de vous.

– Vous parlez tout seul, Walter ? demanda tante Elena.

– Non, pourquoi ?

– Je vous assure, vous sembliez murmurer quelque chose, vos lèvres bougeaient toutes seules.

Le feu passa au rouge. Walter freina et se tourna vers Elena.

367

– Je dois passer un appel important ce soir et je répétais mon texte.

– Rien de grave ?

– Non, non, je vous assure, bien au contraire.

– Vous ne me cachez rien ? Si vous avez quelqu'un d'autre dans votre vie, quelqu'un de plus jeune, je veux dire, je peux le comprendre, mais je préférerais le savoir, voilà tout.

Walter se rapprocha d'Elena.

– Je ne vous cache absolument rien, je ne me permettrais pas de faire une chose pareille. Et il n'est aucune femme que je trouverais plus désirable que vous.

Aussitôt après cet aveu, les joues de Walter s'empourprèrent, il devint rouge pivoine et se mit à bégayer.

– J'aime beaucoup votre nouvelle coiffure, répondit tante Elena. Il me semble que le feu est vert et que l'on klaxonne derrière nous, vous devriez démarrer. Je suis tellement heureuse d'aller visiter le palais de Buckingham. Vous croyez que nous aurons la chance d'y apercevoir la reine ?

– Peut-être, répondit Walter, si elle sort de chez elle, on ne sait jamais...

*

St. Mawes

Nous avions dormi une grande partie de la journée. Lorsque je rouvris les rideaux, le ciel prenait déjà des couleurs crépusculaires.

Nous étions affamés. Keira connaissait un salon de thé à quelques rues de l'auberge, elle en profita pour me faire découvrir le village. En regardant les petites maisons blanches accrochées à la colline je me pris à rêver d'en habiter une un jour. Moi qui avais passé ma vie à courir la planète, se pouvait-il que ce soit dans ce petit village de Cornouailles que je finisse par me poser ? Je regrettais cette distance qui s'était installée avec Martyn, il aurait certainement apprécié de venir me rendre visite de temps à autre. Nous serions allés prendre une bière sur le port, nous rappelant quelques bons souvenirs.

– À quoi penses-tu ? me demanda Keira.

– À rien de particulier, répondis-je.

– Tu avais l'air bien loin, on a dit « pas de silences entre nous ».

– Si tu veux tout savoir, je m'interrogeais sur ce que

nous ferons la semaine prochaine, et celles qui sui-
vront.

– Parce que tu as une idée de ce que nous ferons la
semaine prochaine ?

– Aucune !

– Moi si !

Keira me fit face. Elle pencha la tête de côté ; quand
elle fait cela, c'est qu'elle a quelque chose d'important
à me dire. Certaines personnes prennent un ton solennel
pour vous annoncer de grandes nouvelles, Keira, elle,
penche la tête de côté.

– Je veux avoir une explication avec Ivory. Mais j'ai
besoin que tu sois complice d'un petit mensonge...

– Quel genre ?

– Je veux lui faire croire que nous avons réussi à
quitter la Russie avec le troisième fragment.

– Dans quel but ? À quoi cela nous servirait ?

– À lui faire avouer où se trouve celui qui fut
découvert en Amazonie.

– Il nous a dit l'ignorer.

– Il nous a dit pas mal de choses, et il nous en a
surtout caché beaucoup d'autres, ce vieux bonhomme.
Egorov n'avait pas tout à fait tort quand il accusait
Ivory de nous avoir manipulés comme deux marionnettes. Si nous lui faisons croire que nous avons trois
fragments en notre possession, il ne résistera pas à
l'envie de compléter le puzzle. Je suis certaine qu'il en
sait plus que ce qu'il veut bien avouer.

– J'en viens à me demander si tu n'es pas encore
plus manipulatrice que lui.

– Il est bien plus doué que moi et je ne serais pas
fâchée de prendre ma petite revanche.

– Soit, imaginons que nous réussissions à le
convaincre de ce mensonge, et supposons qu'il nous
dise où se trouve le quatrième morceau, il manquerait

toujours celui qui repose quelque part sur le plateau de Man-Pupu-Nyor, la carte des étoiles resterait incomplète. Alors à quoi bon se donner tout ce mal ?

– Ce n'est pas parce qu'il manque une pièce à un puzzle que l'on ne peut pas se représenter l'image entière. Lorsque nous découvrons des restes fossilisés, ils sont rarement au complet, pour ne pas dire jamais. Mais, à partir d'un nombre suffisant d'ossements, nous devinons quels sont les éléments absents et réussissons à reconstituer le squelette, voire l'ensemble du corps. Alors, ajoute le fragment d'Ivory aux deux que nous possédons, et peut-être pourras-tu comprendre ce que cette carte est censée nous révéler. De toute façon, à moins que tu ne m'annonces vouloir passer le restant de ta vie dans ce petit village et consacrer tes journées à la pêche, je ne vois pas d'autres solutions.

– Quelle drôle d'idée !

De retour à l'hôtel, Keira commença par appeler sa sœur. Elles passèrent un long moment au téléphone. Keira ne lui raconta rien de notre aventure en Russie, elle se contenta de lui dire que nous étions tous les deux à St. Mawes et qu'elle viendrait peut-être bientôt à Paris. Je préférais les laisser discuter seules. Je redescendis au bar de l'auberge et commandai une bière en l'attendant. Elle me retrouva une heure plus tard. Je posai mon journal et lui demandai si elle avait pu parler à Ivory.

– Il nie en bloc avoir eu la moindre influence sur nos recherches, il s'est presque offusqué lorsque je lui ai suggéré qu'il se jouait de moi depuis le premier jour où je l'avais rencontré au musée. Il avait l'air sincère mais je ne suis pas convaincue pour autant.

– Tu lui as dit que nous avions rapporté un troisième fragment de Russie ?

Keira prit mon verre de bière et hocha la tête en le buvant d'un trait.

– Il t'a crue ?

– Il a aussitôt cessé de me faire des reproches, et il était impatient de nous voir.

– Comment feras-tu pour entretenir le mensonge lorsque nous le rencontrerons ?

– Je lui ai dit que nous avions mis l'objet en lieu sûr et que je ne le lui montrerais que lorsqu'il nous en aurait appris davantage sur le fragment découvert en Amazonie.

– Et qu'est-ce qu'il t'a répondu ?

– Qu'il avait une idée de l'endroit où il se trouvait, mais qu'il ne savait pas comment y accéder. Il m'a proposé que nous l'aidions à résoudre une énigme.

– Quel genre d'énigme ?

– Il ne voulait pas en parler par téléphone.

– Il va venir ici ?

– Non, il nous a donné rendez-vous dans quarante-huit heures à Amsterdam.

– Comment veux-tu que nous nous rendions à Amsterdam ? Je ne suis pas pressé de retourner à Heathrow, si nous repassons la frontière nous avons toutes les chances de nous faire arrêter.

– Je sais, je lui ai raconté ce qui nous était arrivé, il nous conseille de prendre un ferry pour la Hollande. Il prétend que par bateau, en venant d'Angleterre, les contrôles sont moins risqués.

– Et où prend-on un ferry pour Amsterdam ?

– À Plymouth, c'est à une heure et demie d'ici en voiture.

– Mais nous n'avons pas de voiture.

– Il y a une liaison en autocar. Pourquoi es-tu aussi réticent ?

– Combien de temps dure la traversée ?

– Douze heures.

– C'est bien ce que je craignais.

Keira prit un air contrit et me tapota tendrement la main.

– Qu'est-ce qu'il y a ? lui demandai-je.

– En fait, dit-elle, embarrassée, ce ne sont pas tout à fait des ferries, mais plutôt des cargos. La plupart acceptent de prendre des passagers, mais cargo ou ferry, on s'en fiche, non ?

– Du moment qu'il y a un pont à l'avant où je pourrai mourir de mal de mer pendant les douze heures de traversée, en effet, on s'en fiche !

L'autocar partait à sept heures du matin. Le propriétaire de l'auberge nous avait préparé des sandwichs pour la route. Avant de nous quitter il promit à Keira d'aller nettoyer la tombe de son père dès le retour du printemps. Il espérait nous revoir et nous garderait la même chambre si nous le prévenions suffisamment à l'avance.

Au port de Plymouth, nous nous rendîmes à la capitainerie. L'officier de port nous indiqua qu'un vraquier battant pavillon anglais appareillait dans une heure pour Amsterdam. Son chargement était en train de se terminer. Il nous envoya sur le quai 5.

Le commandant nous réclama cent livres sterling chacun, à lui remettre en espèces. La somme acquittée, il nous invita à suivre la coursive extérieure jusqu'au carré. Une cabine était à notre disposition dans les quartiers de l'équipage. Je lui expliquai que je préférais m'installer sur le pont, à l'avant ou à l'arrière, là où je dérangerais le moins.

– Comme vous voudrez, mais il va faire sacrément froid lorsque nous aurons pris la mer, et la traversée dure vingt heures.

Je me retournai vers Keira.

– Tu m'avais parlé de douze heures au plus ?

– Sur un navire ultrarapide, peut-être, reprit le commandant dans un grand éclat de rire, mais sur ce genre de vieux rafiot, on dépasse rarement les vingt nœuds, et encore, par vent favorable. Si vous avez le mal de mer, restez dehors ! Pas question de saloper mon bateau ! Et couvrez-vous.

– Je te jure que je n'en savais rien, me dit Keira en croisant les doigts dans son dos.

Le vraquier appareilla. Peu de houle sur la Manche, mais la pluie était du voyage. Keira m'avait tenu compagnie pendant plus d'une heure avant de retourner à l'intérieur du navire, il faisait vraiment trop froid. Le second capitaine eut pitié de moi, il envoya son lieutenant de passerelle me porter un ciré et des gants. L'homme en profita pour griller une cigarette sur le pont et, pour me changer les idées, il engagea la conversation.

Trente hommes œuvraient à bord, officiers, mécaniciens, maître d'équipage, cuisiniers, matelots de pont. Le lieutenant m'expliqua que le chargement des vraquiers était une opération très complexe dont dépendait la sécurité du voyage. Dans les années quatre-vingt, cent navires comme celui-ci avaient coulé si rapidement qu'aucun marin ne put en réchapper. Six cent cinquante hommes avaient ainsi péri en mer. Le plus grand danger qui nous guettait était que la cargaison glisse. Le bateau prenait alors de la gîte, se couchait sur le flanc et chavirait. Les pelleteuses que je voyais brasser le grain dans les cales manœuvraient pour empêcher que cela se produise. Ce n'était pas le seul danger qui nous guettait, ajouta-t-il en tirant une bouffée de cigarette. Si l'eau entrait par les grandes écoutilles à cause d'une vague un peu trop haute, le poids ajouté dans les cales pouvait briser la coque en deux. Même topo, le navire sombrerait en quelques instants. Cette nuit, la Manche était calme, à moins d'un coup de vent imprévu nous ne risquions rien de ce genre. Le lieutenant de passerelle jeta son mégot par-dessus bord et retourna à son travail, me laissant tout seul, songeur.

Keira vint me rendre plusieurs fois visite, me suppliant de la rejoindre dans sa cabine. Elle m'apporta des sandwichs que je refusai et un Thermos de thé. Vers minuit, elle alla se coucher, après m'avoir répété que j'étais ridicule de rester ici et que j'allais y laisser ma peau. Serré dans mon ciré, recroquevillé au pied du mât où scintillait le feu de tête, je m'assoupis, bercé par le bruit de l'étrave qui fendait la mer.

Keira me réveilla au début de la matinée. J'étais allongé, bras en croix sur le pont avant. J'avais tout de même un peu faim mais mon appétit s'envola dès que j'entrai dans la cambuse. Une odeur de poisson et de friture rance se mêlait à celle du café. J'eus un haut-le-cœur et me précipitai au-dehors.

– Ce sont les côtes hollandaises que tu vois au loin, me dit Keira en me rejoignant, ton calvaire tire à sa fin.

Cette appréciation était toute relative, il fallut encore patienter quatre heures avant que la corne de brume retentisse et que je sente les machines ralentir l'allure. Le navire mit cap vers la terre et entra peu de temps après dans le chenal qui remontait jusqu'au port d'Amsterdam.

Dès que le bateau fut à quai, nous quittâmes le bord. Un officier des douanes nous attendait au pied de la passerelle, il examina rapidement nos passeports, fouilla nos sacs qui ne contenaient que les quelques affaires achetées dans une boutique de St. Mawes, et nous autorisa à passer.

– Où va-t-on ? demandai-je à Keira.

– Prendre une douche !

– Et ensuite ?

Elle regarda sa montre.

– Nous avons rendez-vous à 18 heures avec Ivory dans un café...

Elle sortit un papier de sa poche.

– ... sur la place du palais de Dam, dit-elle.

*

Amsterdam

Nous avions pris une chambre au Grand Hôtel Krasnapolsky. Ce n'était pas l'établissement le meilleur
marché de la ville, mais il avait le mérite de se situer
à cinquante mètres de l'endroit où nous devions nous
rencontrer. En fin d'après-midi, Keira m'entraîna sur la
grande place, où nous nous mêlâmes à la foule. Une
longue file d'attente s'étirait devant le musée de
Madame Tussaud, quelques touristes se restauraient à
la terrasse de l'Europub sous des chaufferettes à gaz,
mais Ivory n'était pas parmi eux. Je fus le premier à
l'apercevoir. Il nous rejoignit à la table où nous nous
étions installés, juste derrière la vitrine.

– Je suis si heureux de vous voir, dit-il en s'asseyant. Quel voyage !

Keira le battait froid, et le vieux professeur sentit
aussitôt qu'il n'arrivait pas en terrain conquis.

– Vous m'en voulez ? lui dit-il avec un petit air
goguenard.

– Pourquoi vous en voudrais-je ? Nous avons failli
tomber dans un ravin, je me suis presque noyée dans
une rivière, j'ai passé quelques semaines aux frais de

la princesse dans une prison en Chine, on nous a tiré dessus dans un train et nous avons été délogés de Russie par un commando militaire qui a abattu une vingtaine d'hommes sous nos yeux. Je vous fais grâce des conditions extrêmes dans lesquelles nous avons voyagé ces derniers mois, avions pourris, voitures déglinguées, autobus bringuebalants, sans oublier le petit tracteur à bagages où je me suis retrouvée coincée entre deux Samsonite. Et pendant que vous nous promeniez à votre guise, je suppose que vous attendiez tranquillement dans votre appartement douillet que nous nous soyons chargés de toutes les sales besognes ? Vous avez commencé à vous foutre de moi le jour où vous m'avez accueillie dans votre bureau au musée ou c'est venu un peu plus tard ?

— Keira, dit Ivory sur un ton sentencieux, nous avons déjà eu cette conversation au téléphone avanthier. Vous vous méprenez, je n'ai peut-être pas encore eu l'occasion de tout vous expliquer, mais jamais je ne vous ai manipulée. Au contraire, je n'ai pas cessé de vous protéger. C'est vous qui avez décidé d'entreprendre ces recherches. Je n'ai pas eu à vous convaincre, je me suis contenté de vous signaler certains faits. Quant aux risques que vous avez encourus tous deux... Sachez que pour rapatrier Adrian de Chine comme pour vous faire sortir de prison, j'en ai moimême pris beaucoup. Et j'y ai perdu un ami très cher qui a payé votre libération de sa vie.

— Quel ami ? demanda Keira.

— Son bureau se situait dans le palais qui est en face de nous, répondit Ivory d'une voix triste. C'est pour cela que je vous ai demandé de me retrouver ici... Vous avez vraiment rapporté un troisième fragment de Russie ?

– Donnant-donnant, reprit Keira. Je vous ai dit que je vous le montrerais lorsque vous nous auriez tout dit de celui qui fut trouvé en Amazonie. Je sais que vous savez où il se trouve et n'essayez pas de me convaincre du contraire !

– Il est devant vous, soupira Ivory.

– Arrêtez avec vos devinettes, professeur, j'ai assez joué et vous, vous avez assez joué avec moi. Je ne vois aucun fragment sur la table.

– Ne soyez pas idiote, relevez les yeux et regardez en face de vous.

Nos regards se tournèrent vers le palais qui s'élevait de l'autre côté de la place.

– Il est dans ce bâtiment ? demanda Keira.

– Oui, j'ai toutes les raisons de le croire, mais je ne sais pas où précisément. Cet ami qui est mort en avait la garde, mais il a emmené dans la tombe les clés de l'énigme qui nous permettraient de mettre la main dessus.

– Comment en êtes-vous si sûr ? demandai-je à mon tour.

Ivory se pencha vers la sacoche qui était à ses pieds, il en ouvrit le rabat et sortit un gros livre qu'il posa sur la table. La couverture attira tout de suite mon attention, il s'agissait d'un très vieux manuel d'astronomie. Je le pris entre les mains et en feuilletai les pages.

– C'est un magnifique ouvrage.

– Oui, répondit Ivory, et c'est une édition originale. C'est un cadeau de cet ami, j'y tiens beaucoup, mais regardez surtout la dédicace qu'il m'a laissée.

Je revins au début du livre et lus à voix haute le message écrit à la plume sur la page de garde.

Je sais que cet ouvrage vous plaira, il n'y manque rien puisque tout s'y trouve, même le témoignage de notre amitié.

Votre dévoué partenaire d'échecs,
Vackeers

– La résolution de l'énigme est cachée dans ces quelques mots. Je sais que Vackeers essayait de me dire quelque chose. Il ne s'agit en aucun cas d'une phrase anodine. Mais quel est le sens de tout cela, je l'ignore.

– Comment pourrions-nous vous aider, nous n'avons jamais rencontré ce Vackeers.

– Et croyez bien que je le regrette, vous l'auriez beaucoup apprécié, c'était un homme d'une intelligence rare. Ce livre étant un traité d'astronomie, je me suis dit que vous, Adrian, pourriez peut-être y comprendre quelque chose.

– Il comporte près de six cents pages, fis-je remarquer. Si je dois y trouver quelque chose, ce ne sera pas l'affaire de quelques heures. Une première étude approfondie me demandera plusieurs jours. Vous n'avez aucun autre indice, rien qui puisse nous guider ? Nous ne savons même pas quoi chercher dans ce livre.

– Suivez-moi, dit Ivory en se levant, je vais vous conduire en un lieu auquel personne n'a accès, enfin presque personne. Seul Vackeers, son secrétaire particulier et moi-même en connaissions l'existence. Vackeers savait que j'avais découvert sa cachette, mais il feignait de l'ignorer, cette délicatesse était un témoignage d'amitié de sa part, je suppose.

– N'est-ce pas précisément ce qu'il vous dit dans cette dédicace ? demanda Keira.

– Si, soupira Ivory, c'est bien pour cela que nous sommes ici.

Il régla l'addition, nous le suivîmes sur la grande

place, Keira ne prêtait aucune attention à la circulation, elle faillit se faire renverser par un tramway qui avait pourtant fait maintes fois retentir sa cloche. Je la rattrapai de justesse.

Ivory nous fit entrer dans l'église par la porte latérale, nous traversâmes la somptueuse nef jusqu'au transept. J'admirais le tombeau de l'amiral De Ruyter lorsqu'un homme en costume sombre nous rejoignit dans l'absidiole.

– Merci d'être venu au rendez-vous, chuchota Ivory, pour ne pas déranger les quelques personnes qui se recueillaient.

– Vous étiez son seul ami, je sais que M. Vackeers aurait voulu que je réponde à votre demande. Je compte sur votre discrétion, j'irais au-devant de sérieux problèmes si j'étais découvert.

– Soyez sans crainte, répondit Ivory en lui tapant amicalement sur l'épaule. Vackeers avait beaucoup d'estime pour vous, il vous appréciait énormément. Lorsqu'il me parlait de vous, je sentais dans sa voix... comment dire... de l'amitié, oui, c'est exactement cela, Vackeers vous avait accordé son amitié.

– Vraiment ? demanda l'homme sur un ton touchant de sincérité.

Il sortit une clé de sa poche, fit tourner le loquet d'une petite porte située au fond de la chapelle et nous descendîmes un escalier qui se trouvait juste derrière. Cinquante marches plus bas, nous pénétrâmes dans un long couloir.

– Ce souterrain passe sous la grande place et rejoint directement le palais de Dam, nous dit l'homme. L'endroit est assez sombre et cela empire à mesure que l'on avance, ne vous éloignez pas de moi.

Nous n'entendions que l'écho de nos pas et plus

nous marchions, plus la lumière se raréfiait ; bientôt nous fûmes dans l'obscurité la plus totale.

– Cinquante pas et nous reverrons la lumière, nous dit notre guide, suivez le caniveau central pour ne pas trébucher. Je sais, l'endroit n'est pas très agréable, j'ai horreur de l'emprunter.

Un nouvel escalier apparut devant nous.

– Faites attention, les marches sont glissantes, accrochez-vous à la corde de chanvre qui longe le mur.

En haut de la volée, nous nous retrouvâmes devant une porte en bois, armée de lourdes barres de fer. L'assistant de Vackeers manipula deux grosses poignées et un mécanisme libéra le pêne. Nous aboutîmes dans une antichambre au rez-de-chaussée du palais. Trois cartes immenses étaient gravées dans le marbre blanc de la grande salle. L'une représentait l'hémisphère occidental, une deuxième, l'hémisphère oriental et la troisième, une carte des étoiles d'une précision stupéfiante. Je m'avançai pour la regarder de plus près. Je n'avais encore jamais eu l'occasion de passer en une seule enjambée de Cassiopée à Andromède, et sautiller de galaxie en galaxie était assez amusant. Keira toussota pour me rappeler à l'ordre. Ivory et son guide me regardaient, consternés.

– C'est par là, nous dit l'homme en costume sombre.

Il ouvrit une autre porte et nous redescendîmes un escalier qui conduisait vers les sous-sols du palais. Il nous fallut quelques instants pour nous accommoder de nouveau à la pénombre. Devant nous, un réseau de passerelles surplombait l'eau d'un canal souterrain.

– Nous sommes à la verticale de la grande salle, indiqua l'homme, faites attention où vous posez les pieds, l'eau du canal est glaciale et j'en ignore la profondeur.

Il s'approcha d'un madrier et appuya sur une clé de

soutènement en fer forgé. Deux planches pivotèrent, ouvrant un chemin qui permettait de rejoindre le mur du fond. Ce n'est qu'en s'en approchant au plus près que l'on pouvait alors apercevoir une porte dissimulée dans la pierre et invisible dans l'obscurité. L'homme nous fit entrer dans une pièce. Il alluma la lumière. Une table en métal et un fauteuil composaient le mobilier. Un écran plat était accroché au mur, un clavier d'ordinateur était posé sur la table.

– Voilà, je ne peux vous aider davantage, dit le secrétaire de Vackeers. Comme vous pouvez le constater, il n'y a pas grand-chose ici.

Keira alluma l'ordinateur, l'écran s'illumina.

– L'accès est protégé, dit Keira.

Ivory sortit un papier de sa poche et le lui tendit.

– Essayez ce code. J'avais profité d'une partie d'échecs à son domicile pour le lui subtiliser.

Keira pianota sur le clavier, elle tapa sur la touche de validation, l'accès à l'ordinateur de Vackeers nous fut accordé.

– Et maintenant ? dit-elle.

– Maintenant, je n'en sais rien, répondit Ivory. Regardez ce que contient le disque dur, peut-être trouverons-nous quelque chose qui nous dirigera vers le fragment.

– Le disque dur est vide, je ne vois qu'un programme de communication. Cet ordinateur devait servir exclusivement de poste de vidéoconférence. Il y a une petite caméra au-dessus de l'écran.

– Non, c'est impossible, dit Ivory, cherchez encore, je suis certain que la clé de l'énigme s'y trouve.

– Désolée de vous contredire, mais il n'y a rien, aucune donnée !

– Remontez sur la racine et recopiez la dédicace : *Je sais que cet ouvrage vous plaira, il n'y manque rien*

383

puisque tout s'y trouve, même le témoignage de notre amitié. Votre dévoué partenaire d'échecs, Vackeers.

L'écran afficha « commande inconnue ».

– Il y a quelque chose qui cloche, dit Keira, regardez, le disque est vide et pourtant le volume est à moitié plein. Il y a une partition cachée. Avez-vous la moindre idée d'un autre mot de passe ?

– Non, rien qui me vienne à l'esprit, répondit Ivory.

Keira regarda le vieux professeur, elle se pencha sur le clavier et tapa « Ivory ». Une nouvelle fenêtre s'ouvrit sur l'écran.

– Je crois que j'ai trouvé le témoignage d'amitié dont il vous parlait, mais il nous manque encore un code.

– Je ne le possède pas, soupira Ivory.

– Réfléchissez, pensez à quelque chose qui vous liait l'un à l'autre.

– Je ne vois pas, nous avions tant de choses en commun, comment faire le tri dans tous ces souvenirs. Je ne sais pas, essayez « Échecs ».

La ligne « commande inconnue » s'inscrivit à nouveau sur l'écran.

– Essayez encore, dit Keira, pensez à quelque chose de plus sophistiqué, une chose à laquelle seuls vous deux pouviez penser.

Ivory se mit à parcourir la pièce, mains dans le dos, marmonnant à voix basse.

– Il y avait bien cette partie que nous avons rejouée cent fois...

– Quelle partie ? demandai-je.

– Une joute célèbre qui opposa deux grands joueurs au XVIIIe siècle, François André Danican Philidor contre le capitaine Smith. Philidor était un très grand maître des échecs, probablement le plus grand de son temps.

384

Il publia un livre, *Analyse du jeu d'échecs*, qui fut long-temps considéré comme une référence en la matière. Essayez de taper son nom.

L'accès à l'ordinateur de Vackeers nous restait inter-dit.

– Parlez-moi de ce Danican Philidor, demanda Keira.

– Avant de venir s'installer en Angleterre, reprit Ivory, il jouait en France au café de la Régence, le lieu était l'endroit où l'on rencontrait les plus importants joueurs d'échecs.

Keira tapa « Régence » et « café de la Régence »... rien ne se produisit.

– Il était l'élève de M. de Kermeur, poursuivit Ivory.

Keira tapa « Kermeur », sans succès.

Une fois encore, l'écran nous dénia l'accès. Ivory releva soudain la tête.

– Philidor devint célèbre en battant le Syrien Phi-lippe Stamma, non, attendez, sa notoriété fut définiti-vement acquise lorsqu'il remporta un tournoi où il joua les yeux bandés sur trois plateaux simultanés, et contre trois adversaires différents. Il réalisa cet exploit au Club des échecs de St. James Street, à Londres.

Keira tapa « St. James Street ». Nouvel échec... sans vouloir faire de jeu de mots.

– Peut-être que nous ne suivons pas la bonne piste, peut-être devrions-nous nous intéresser à ce capitaine Smith ? Ou alors, je ne sais pas... Quelles sont les dates de naissance et de décès de votre Philidor ?

– Je n'en suis plus bien sûr, seule sa carrière de joueur d'échecs nous intéressait, Vackeers et moi.

– Quand eut lieu exactement cette partie entre le capitaine Smith et son copain Philidor ? demandai-je.

– Le 13 mars 1790.

Keira tapa la séquence de chiffres « 13031790 ».

Nous fûmes stupéfaits. Une ancienne carte céleste apparut sur l'écran. À juger de son degré de précision et des erreurs que j'y voyais, elle devait dater du XVIIᵉ ou du XVIIIᵉ siècle.

– C'est tout à fait incroyable, s'exclama Ivory.

– C'est une sublime gravure, reprit Keira, mais elle ne nous indique toujours pas où se trouve ce que nous cherchons.

L'homme en costume sombre releva la tête.

– C'est la carte qui est incrustée dans le hall du palais, au rez-de-chaussée, dit-il en s'approchant de l'écran. Enfin, à quelques détails près, elle lui ressemble beaucoup.

– Vous en êtes certain ? demandai-je.

– J'ai dû passer dessus un bon millier de fois, cela fait dix ans que je suis au service de M. Vackeers, et il me donnait toujours rendez-vous dans son bureau au premier étage.

– En quoi celle-ci est-elle différente ? demanda Keira.

– Ce ne sont pas tout à fait les mêmes dessins, nous dit-il, les lignes qui relient les étoiles entre elles ne sont pas positionnées de la même façon.

– Quand fut construit ce palais ? demandai-je.

– Il a été achevé en 1655, répondit l'homme en costume sombre.

Keira tapa aussitôt les quatre chiffres. La carte affichée sur l'écran se mit à tourner et nous entendîmes un bruit sourd qui semblait venir du plafond.

– Qu'est-ce qu'il y a au-dessus de nous ? demanda Keira.

– La Burgerzaal, la grande salle où se trouvent les cartes incrustées dans la dalle en marbre, répondit l'homme.

Nous nous précipitâmes tous les quatre vers la porte.

L'homme en costume sombre nous invita à la prudence alors que nous courions sur le dédale de poutres posées à quelques centimètres du canal souterrain. Cinq minutes plus tard, nous arrivions dans le hall du palais de Dam. Keira se rua vers la carte gravée dans le sol qui représentait la voûte céleste. Elle effectuait une lente rotation dans le sens inverse des aiguilles d'une montre. Après avoir accompli un demi-cercle, elle s'immobilisa. Soudain, sa partie centrale se souleva de quelques centimètres au-dessus de la dalle. Keira plongea la main dans l'interstice qui était apparu et en sortit triomphalement le troisième fragment, semblable aux deux que nous possédions.

– Je vous en supplie, dit l'homme en costume sombre, il faut remettre tout cela comme c'était. Si demain, à l'ouverture du palais, on découvre le hall dans cet état, ce serait tragique pour moi !

Mais notre guide n'eut pas à s'inquiéter longtemps. À peine avait-il parlé que le couvercle de cette cavité secrète redescendit dans son enclave, la carte se mit à tourner en sens inverse et reprit sa position originelle.

– Et maintenant, dit Ivory, où est le quatrième fragment que vous avez rapporté de Russie ?

Keira et moi échangeâmes un regard, nous étions aussi embarrassés l'un que l'autre.

– Je ne veux surtout pas jouer les trouble-fête, insista l'homme en costume sombre, mais si vous pouviez discuter de tout cela en dehors de l'enceinte du palais, cela m'arrangerait beaucoup. Je dois encore aller fermer le bureau de M. Vackeers. La ronde des gardiens va commencer, il faut vraiment que vous partiez.

Ivory prit Keira par le bras.

– Il a raison, dit-il, sortons d'ici, nous avons la nuit devant nous pour discuter.

De retour à l'hôtel Krasnapolsky, Ivory nous demanda de le suivre jusqu'à sa chambre.

– Vous m'avez menti, n'est-ce pas ? dit-il en refermant la porte. Oh, je vous en prie, ne me prenez pas pour un imbécile, j'ai bien vu vos deux mines déconfites tout à l'heure. Vous n'avez pas pu rapporter ce quatrième fragment de Russie.

– Non, en effet, répondis-je, en colère. Pourtant nous savions où il était, nous en étions même à quelques mètres, mais comme personne ne nous avait prévenus de ce qui nous attendait, comme vous vous étiez bien gardé de nous mettre en garde contre l'acharnement de ceux qui sont à nos trousses depuis que vous nous avez lancés sur la piste de ces fragments, nous avons faillis être tués, vous ne voulez pas en plus que je vous présente nos excuses !

– Vous êtes tous les deux irresponsables ! En nous rendant ici, vous m'avez fait bouger un pion, qui ne devait avancer qu'en dernier ressort. Croyez-vous que notre visite sera passée inaperçue ? L'ordinateur dans lequel nous avons pénétré appartient à un réseau des plus sophistiqués. À l'heure qu'il est, des dizaines d'informaticiens ont dû avertir leurs responsables de section que le terminal de Vackeers s'est allumé tout seul au milieu de la nuit, et je doute que quiconque veuille croire à son fantôme !

– Mais qui sont ces gens, bon sang ? criai-je à la face d'Ivory.

– Calmez-vous tous les deux, ce n'est pas le moment de régler vos comptes, intervint Keira. Vous hurler dessus ne nous fera pas avancer. Nous ne vous avons pas complètement menti, c'est moi qui ai convaincu Adrian de vous jouer ce tour. J'ai l'espoir que trois fragments nous révèlent suffisamment de choses pour progresser dans nos recherches, alors au lieu de vous chamailler que diriez-vous de les réunir ?

Keira ôta son pendentif, je pris le fragment qui se trouvait dans ma poche, dépliai le mouchoir dans lequel je l'avais protégé et nous les réunîmes avec celui que nous avions découvert sous la dalle du palais de Dam.

Ce fut pour nous trois une immense déception, rien ne se produisit. La lumière bleutée que nous espérions tant voir n'apparut pas. Pis encore, l'attraction magnétique qui jusque-là rapprochait les deux premiers éléments semblait avoir disparu. Ils ne restèrent même pas soudés les uns aux autres. Les objets étaient inertes.

– Nous voilà bien avancés ! râla Ivory.

– Comment est-ce possible ? demanda Keira.

– Je suppose qu'à force de les manipuler, nous avons fini par en épuiser l'énergie, répondis-je.

Ivory se retira dans sa chambre en claquant la porte, nous laissant tous les deux seuls dans le petit salon.

Keira ramassa les fragments et m'entraîna hors de la suite.

– J'ai faim, me dit-elle dans le couloir, restaurant ou room service ?

– Room service, répondis-je sans hésiter.

Keira se délassait dans un bain. J'avais disposé les fragments sur le petit bureau de notre chambre et les observais, me posant dix questions à la seconde. Fallait-il les exposer à la source d'une lumière vive pour les recharger ? Quelle énergie pourrait recréer la force qui les attirait l'un vers l'autre ? Je sentais bien que quelque chose échappait à mon raisonnement. J'étudiai de plus près celui que nous venions de découvrir. Le fragment triangulaire était semblable aux deux autres, leur épaisseur strictement identique. Je tournais l'objet dans ma main quand un détail sur la tranche attira mon attention. Il y avait une rainure à la périphérie, comme un sillon tracé, une encoche horizontale et circulaire. La régularité ne pouvait être accidentelle. Je rapprochai les trois fragments sur la table et en étudiai de plus près la section, la rainure se poursuivait de façon parfaite. Une idée me traversa l'esprit, j'ouvris le tiroir du bureau et trouvai ce que je cherchais, un crayon noir et un bloc-notes. J'arrachai une feuille de papier, posai dessus mes fragments et les réunis. Je commençai à longer la bordure extérieure avec la mine du crayon. Lorsque j'ôtai les fragments et regardai le dessin tracé sur la feuille, je découvris les trois quarts de la périphérie d'un cercle parfait.

Je me précipitai dans la salle de bains.

– Enfile un peignoir et rejoins-moi.

– Qu'est-ce qu'il y a ? demanda Keira.

– Dépêche-toi !

Elle arriva quelques instants plus tard, une serviette nouée autour de la taille, une autre enveloppant ses cheveux.

– Regarde ! lui dis-je en lui tendant mon dessin.

– Tu arrives presque à dessiner un rond, c'est épatant, et c'est pour ça que tu m'as fait sortir de mon bain ?

Je pris les fragments et les posai à leur place sur la feuille.

– Tu ne vois rien ?

– Si, il en manque toujours un !

– Ce qui est déjà une information d'une sacrée importance ! Jusque-là nous n'avons jamais su de combien de fragments cette carte était composée, mais en regardant cette feuille, tu l'as dit toi-même, la chose devient évidente, il n'en manque qu'un seul et non deux comme nous l'avons longtemps supposé.

– Mais il en manque tout de même un, Adrian, et ceux que nous possédons n'ont plus aucun pouvoir, alors est-ce que je peux retourner dans mon bain avant que l'eau soit glacée ?

– Tu ne vois rien d'autre ?

– Tu vas jouer longtemps aux devinettes ? Non, je ne vois qu'un trait de crayon, alors dis-moi ce qui échappe à mon intelligence, visiblement inférieure à la tienne !

– Ce qui est intéressant dans une sphère armillaire, ce n'est pas tant ce qu'elle nous montre que ce qu'elle ne nous montre pas, et que nous devinons !

– Ce qui signifie, en français ?

– Si les objets ne réagissent plus, c'est qu'il leur manque un conducteur, la cinquième pièce manquante du puzzle ! Ces fragments étaient sertis d'un anneau, un fil qui devait véhiculer un courant.

– Alors pourquoi les deux premiers s'illuminaient avant ?

– Parce qu'ils avaient accumulé de l'énergie grâce à la foudre. À force de les réunir, nous avons épuisé leurs réserves. Leur fonctionnement est élémentaire, il répond au principe qui s'applique à toute forme de courant, par un échange d'ions positifs et d'ions négatifs qui doivent pouvoir circuler.

– Il va falloir que tu m'éclaires un peu plus, dit Keira en s'asseyant à mes côtés, je ne sais même pas changer une ampoule.

– Un courant électrique est un déplacement d'électrons au sein d'un matériau conducteur. Du courant le plus puissant au plus infime, comme celui qui parcourt ton système nerveux, tout n'est que transfert d'électrons. Si nos objets ne réagissent plus, c'est parce que ce fameux conducteur est absent. Et ce conducteur est précisément la cinquième pièce manquante dont je te parlais, un anneau qui devait certainement entourer l'objet lorsqu'il était dans sa forme entière. Ceux qui en ont dissocié les fragments ont dû le briser. Il faut trouver un moyen d'en fabriquer un nouveau, de façon qu'il vienne s'ajuster parfaitement à la périphérie des fragments, alors je suis certain qu'ils retrouveront leur pouvoir luminescent.

– Et où faire fabriquer ton anneau ?

– Chez un restaurateur de sphères armillaires ! C'est à Anvers que les plus belles furent construites et je connais quelqu'un à Paris qui pourra nous renseigner.

– On en parle à Ivory ? me demanda Keira.

– Sans hésiter. Il ne faut surtout pas perdre de vue ce type qui nous a accompagnés au palais de Dam, il pourra nous rendre de grands services, je ne parle pas un mot de hollandais !

Je dus convaincre Keira de faire le premier pas. Elle appela Ivory et lui déclara que nous avions une révélation importante à lui faire. Le vieux professeur était déjà couché, mais il accepta de se relever et nous pria de le rejoindre dans sa suite.

Je lui exposai mon raisonnement, ce qui eut au moins pour effet de dissiper sa mauvaise humeur. Il préférait que j'évite d'appeler l'antiquaire du Marais auquel j'avais pensé plus tôt. Le temps pressait et il redoutait que nos ennuis ne recommencent très vite. Il accueillit positivement l'idée de se rendre à Anvers ; plus nous bougions, plus nous serions en sécurité. Il appela le secrétaire de Vackeers au milieu de la nuit et lui demanda de nous trouver l'artisan susceptible de restaurer un instrument d'astronomie très ancien. Le secrétaire de Vackeers promit d'effectuer des recherches et proposa de nous contacter le lendemain.

– Je ne voudrais pas être indiscrète, demanda Keira, mais est-ce que ce type a un nom, ou au moins un prénom ? Si nous devons le revoir demain, j'aimerais bien savoir à qui je m'adresse.

– Pour l'instant contentez-vous de Wim. Dans quelques jours, il s'appellera probablement « AMSTERDAM », et nous ne pourrons plus compter sur lui.

Le lendemain nous retrouvâmes celui qu'il fallait donc appeler Wim. Il portait le même costume et la même cravate que la veille. Alors que nous prenions un café à l'hôtel, il nous informa que nous n'aurions pas besoin de nous rendre à Anvers. À Amsterdam se trouvait un très vieil atelier d'horlogerie et son propriétaire passait pour être un descendant direct d'Erasmus Habermel.

– Qui est cet Erasmus Habermel ? demanda Keira.

– Le plus célèbre fabricant d'instruments scientifiques du XVIe siècle, répondit Ivory.

– Comment savez-vous cela ? demandai-je à mon tour.

– Je suis professeur, au cas où cela vous aurait échappé, pardonnez-moi d'être instruit.

– Je suis ravie que vous abordiez ce sujet, reprit Keira, vous étiez professeur de quoi au juste ? Nous nous sommes posé la question, Adrian et moi.

– Je suis heureux d'apprendre que ma carrière vous intéresse tous les deux, mais dites-moi, sommes-nous à la recherche d'un restaurateur d'anciens instruments astronomiques ou préférez-vous que l'on passe la journée sur mon curriculum vitae ? Bien... Alors, que disions-nous déjà au sujet d'Erasmus Habermel ? Puisque Adrian semble s'étonner de mon érudition, laissons-le parler, nous verrons bien s'il connaît sa leçon !

– Les instruments sortis des ateliers d'Habermel restent inégalés tant pour leur qualité d'exécution que pour leur beauté, repris-je en lançant un regard incendiaire à Ivory. La seule sphère armillaire que l'on ait retrouvée et qui lui soit attribuée se trouve à Paris, dans les collections de l'Assemblée nationale si je ne m'abuse. Habermel devait être en étroite relation avec les plus grands astronomes de son époque, Tycho Brahé et son assistant Johannes Kepler, ainsi que le grand horloger suisse Jost Bürgi. Il aurait aussi travaillé avec Gualterus Arsenius dont l'atelier se trouvait à Louvain. Ils ont fui ensemble la ville au moment de la grande épidémie de peste noire de 1580. Les ressemblances stylistiques entre les instruments d'Habermel et ceux d'Arsenius sont si évidentes que...

— Bien, l'élève Adrian nous a fait un sans-faute, dit sèchement Ivory, mais nous ne sommes pas là non plus pour l'écouter étaler son savoir. Ce qui nous intéresse est justement cette étroite connexion entre Habermel et Arsenius. J'ai donc pu apprendre, grâce à Wim, que l'un de ses descendants directs se trouve justement habiter Amsterdam, alors si vous n'y voyez pas d'inconvénient, je vous propose de fermer la salle de classe et d'aller au plus vite lui rendre visite. Allez chercher vos manteaux et retrouvons-nous dans le hall d'ici dix minutes !

Keira et moi quittâmes Ivory pour rejoindre notre chambre.

— Comment savais-tu tout ça au sujet de ce Habermel ? me demanda Keira dans l'ascenseur.

— J'ai potassé un livre acheté chez un antiquaire du Marais.

— Quand cela ?

— Le jour où tu m'as si élégamment abandonné pour passer une soirée avec ton Max et que j'ai dormi à l'hôtel, tu te souviens ? J'ai eu toute la nuit pour le lire !

Un taxi nous déposa tous les quatre dans une ruelle de la vieille ville. Au fond d'une impasse se trouvait un magasin d'horlogerie... Une grande verrière entourait l'atelier. De la cour, nous pouvions voir un vieil homme penché sur son établi, travaillant à la réparation d'une pendule. Le mécanisme qu'il assemblait avec une extrême minutie se composait d'une quantité impressionnante de pièces minuscules, parfaitement ordonnées devant lui. Lorsque nous poussâmes la porte une clochette tinta. L'homme releva la tête. Il portait de surprenantes lunettes qui lui grossissaient les yeux et lui donnaient l'air d'un étrange animal. L'endroit sentait le vieux bois et la poussière.

– Que puis-je faire pour vous ? nous demanda-t-il.

Wim expliqua que nous cherchions à faire fabriquer une pièce pour compléter un appareil très ancien.

– Quel genre de pièce ? demanda l'homme en ôtant ses drôles de lunettes.

– Un cercle, en laiton ou en cuivre, répondis-je.

L'homme se retourna et s'adressa à moi dans un anglais teinté d'accent germanique.

– Quel diamètre ?

– Je ne peux pas vous répondre avec précision.

– Pouvez-vous me montrer cet appareil ancien que vous souhaitez réparer ?

Keira s'avança près de l'établi, l'homme leva les bras au ciel en s'exclamant :

– Pas par là, malheureuse, vous allez tout déranger. Suivez-moi près de cette table, par ici, dit-il en désignant le centre de l'atelier.

Je n'avais jamais vu autant d'instruments d'astronomie. Mon antiquaire du Marais en aurait blêmi de jalousie. Astrolabes, sphères, théodolites, sextants reposaient sur des étagères, attendant de retrouver leur jeunesse d'antan.

Keira posa les trois fragments sur la table désignée par le vieil artisan, elle les assembla et recula d'un pas.

– Quel étrange appareil, dit le vieil homme. À quoi sert-il ?

– C'est un genre d'astrolabe, dis-je en m'avançant.

– De cette couleur et dans cette matière ? Je n'en ai jamais vu de semblable. On dirait presque de l'onyx, mais ce n'en est visiblement pas. Qui l'aurait fabriqué ?

– Nous n'en savons rien.

– Vous êtes de drôles de clients, vous ne savez pas qui l'a fabriqué, vous ne savez pas de quoi il est fait, vous ignorez même à quoi il sert mais vous voulez le réparer... comment réparer quelque chose si on ne sait pas comment cela marche ?

– Nous voulons le compléter, dit Keira. Si vous le regardez de près, vous constaterez qu'il y a une rainure sur la tranche de chacun des morceaux, nous sommes certains qu'un cerclage s'y insérait, probablement un alliage conducteur qui sertissait l'ensemble.

– Peut-être, dit l'homme, dont la curiosité semblait être piquée. Voyons, voyons, dit-il en relevant la tête.

Une multitude d'outils se balançaient au bout de longues ficelles pendues depuis le plafond.

– Je ne sais plus où mettre les choses ici, alors il faut bien innover, tiens, voilà justement ce que je cherchais !

L'artisan s'empara d'un long compas aux branches télescopiques reliées par un arc gradué. Il remit ses lunettes et se pencha à nouveau sur nos fragments.

– Comme c'est amusant, dit-il.

– Quoi donc ? demanda Keira.

– Le diamètre est de 31,4115 centimètres.

– Qu'y a-t-il de si amusant à cela ? demanda-t-elle.

– C'est exactement la valeur du nombre π, multiplié par dix. Pi est un nombre transcendant, vous ne l'ignoriez pas ? demanda le vieil horloger. Il est le rapport constant entre l'aire d'un disque et le carré de son rayon ou, si vous préférez, entre la circonférence d'un cercle et son rayon.

– J'ai dû sécher les cours le jour où l'on nous a appris ça, avoua Keira.

– Ce n'est pas très grave, dit l'horloger, mais je n'avais encore jamais vu d'instrument qui fasse si précisément ce diamètre. C'est très ingénieux. Vous n'avez pas la moindre idée de son utilité ?

– Non ! répondis-je pour réfréner les élans de sincérité auxquels Keira m'avait habitué.

– Fabriquer un cerclage n'est pas très compliqué, je devrais pouvoir réaliser ce travail pour disons deux cents florins, ce qui représente...

L'homme ouvrit un tiroir et en sortit une calculette.

– ... quatre-vingt-dix euros, pardonnez-moi, je n'arrive toujours pas à m'habituer à cette nouvelle monnaie.

– Quand sera-t-il prêt ? demandai-je.

– Il faut que je termine de remonter l'horloge sur laquelle je travaillais quand vous êtes arrivés. Elle doit retrouver sa place sur le frontispice d'une église et le curé m'appelle presque tous les jours pour savoir où j'en suis. J'ai aussi trois montres anciennes à réparer, je pourrais me pencher sur votre objet à la fin du mois, cela vous irait-il ?

– Mille florins si vous vous y mettez tout de suite ! dit Ivory.

– Vous êtes si pressé que cela ? demanda l'artisan.

– Plus encore, répondit Ivory, je double la somme si le cerclage est prêt ce soir !

– Non, répondit l'horloger, mille florins suffisent amplement, et puis j'ai tant de retard sur le reste qu'un jour de plus ou de moins... Revenez vers 18 heures.

– Nous préférerions attendre ici, vous n'y voyez pas d'inconvénient ?

– Ma foi, si vous ne me dérangez pas dans mon travail, pourquoi pas. Après tout, un peu de compagnie ne peut pas me faire de mal.

Le vieil artisan se mit aussitôt à l'ouvrage. Il ouvrit ses tiroirs l'un après l'autre et choisit une tige de laiton qui sembla lui convenir. Il l'étudia attentivement, compara sa largeur à l'épaisseur de la tranche des fragments et nous annonça qu'elle devrait faire l'affaire. Il posa la tige sur son établi et commença à la façonner. À l'aide d'une roulette il creusa un sillon sur une face et, lorsqu'il retourna la tige, il nous présenta la nervure qui s'était formée de l'autre côté. Nous étions tous les trois fascinés par sa dextérité. L'artisan vérifia qu'elle s'ajustait bien dans la rainure des fragments, repassa la roulette, allant et venant pour approfondir son trait, et décrocha un gabarit qui pendait au bout d'une chaîne. À l'aide d'un tout petit marteau, il commença à courber la tige de laiton autour du galbe.

– Vous êtes vraiment le descendant d'Habermel ? demanda Keira.

L'homme releva la tête et sourit à Keira.

– Cela change-t-il quelque chose ? questionna-t-il.

– Non, mais tous ces anciens appareils dans votre atelier...

– Vous devriez me laisser travailler si vous voulez que je termine votre cerclage. Nous aurons tout le loisir de parler de mes ancêtres plus tard.

Nous restâmes dans un coin, sans dire un mot, nous contentant d'observer cet artisan dont l'habileté nous émerveillait. Il resta penché deux heures durant sur son établi, les outils s'agitaient dans ses mains avec autant de précision que s'il s'était agi d'instruments de chirurgie. Soudain, l'artisan fit pivoter son tabouret et se tourna vers nous.

– Je crois que nous y sommes, dit-il. Voulez-vous vous rapprocher ?

Nous nous penchâmes sur son établi ; le cercle était parfait, il le polit sur une brosse métallique qu'entraînait un tour pourvu d'un petit moteur et l'essuya ensuite avec un chiffon doux.

– Voyons si nos objets s'y conforment, dit-il en prenant le premier fragment.

Il positionna le deuxième, puis le troisième.

– De toute évidence, il en manque un, mais j'ai donné suffisamment de tension au cerclage pour que ces trois morceaux restent solidaires, à condition de ne pas les brutaliser, bien sûr.

– Oui, il en manque un, répondis-je en ayant du mal à cacher ma déception.

Contrairement à ce que j'avais espéré, aucun phénomène électrique ne s'était produit.

– Quel dommage, reprit l'artisan, j'aurais vraiment aimé voir cet appareil au complet, il s'agit bien d'un genre d'astrolabe, n'est-ce pas ?

– Tout à fait, répondit Ivory en mentant de façon éhontée.

Le vieux professeur déposa cinq cents euros sur l'établi et remercia.

– Qui l'a fabriqué, selon vous ? questionna l'artisan. Je n'ai pas le souvenir d'en avoir vu de pareil.

– Vous avez fait un travail prodigieux, répondit Ivory, vous avez des mains en or, je ne manquerai pas de vous recommander à ceux de mes amis qui auraient quelque objet précieux à faire restaurer.

– Du moment qu'ils ne sont pas aussi impatients que vous, ils seront les bienvenus, répondit l'artisan en nous raccompagnant à la porte de son atelier.

– Et maintenant, nous lança Ivory lorsque nous fûmes dans la rue, vous avez une autre idée pour me faire dépenser mon argent ? Je n'ai rien vu de bien transcendant jusque-là !

– Il nous faut un laser, annonçai-je. Un laser assez puissant pourrait apporter une énergie suffisante à recharger l'ensemble et puis nous obtiendrons une nouvelle projection de la carte. Qui sait si ce qui apparaîtra au travers du troisième fragment ne nous révélera pas quelque chose d'important.

– Un laser de forte puissance... rien que ça, et où voulez-vous que nous le trouvions ? demanda Ivory, exaspéré.

Wim, qui n'avait pas dit un mot de l'après-midi, fit un pas en avant.

– Il y en a un à l'université de Vrije, au LCVU, les départements de physique, d'astronomie et de chimie se le partagent.

– Le LCVU ? interrogea Ivory.

– Laser Center of Vrije University, répondit Wim, c'est le professeur Hogervorst qui l'a créé. J'ai fait mes études dans cette fac et j'ai bien connu Hogervorst ; il a pris sa retraite, mais je peux le joindre et lui demander d'intervenir en notre faveur pour que nous ayons accès aux installations du campus.

– Eh bien, qu'attendez-vous ? demanda Ivory.

Wim prit un petit carnet dans sa poche et en tourna nerveusement les pages.

– Je n'ai pas son numéro, mais je vais appeler l'université, je suis certain qu'ils savent comment le contacter.

Wim resta une demi-heure au téléphone, passant maints appels à la recherche du professeur Hogervorst. Il revint vers nous la mine défaite.

– J'ai réussi à obtenir le numéro de son domicile, ce

ne fut pas une mince affaire. Hélas, son assistant n'a pu me le passer, Hogervorst est en Argentine, il a été invité à un congrès et ne rentrera qu'en début de semaine prochaine.

Ce qui a fonctionné une fois a toutes les raisons de fonctionner une deuxième fois. Je me souvins de la ruse de Walter lorsque nous avions voulu accéder à des équipements du même genre en Crète. Il s'était recommandé de l'Académie. Je pris le portable d'Ivory et appelai mon ami sur-le-champ. Il me salua d'une voix lugubre.

– Qu'est-ce qu'il se passe ? demandai-je.

– Rien !

– Si, j'entends bien qu'il y a quelque chose qui cloche, Walter, de quoi s'agit-il ?

– De rien, vous dis-je.

– Je me permets d'insister, vous n'avez pas l'air dans votre assiette.

– Vous m'appelez pour me parler vaisselle ?

– Walter, ne faites pas l'enfant, vous n'êtes pas dans votre état normal. Vous avez bu ?

– Et alors, j'ai le droit de faire ce que je veux, non ?

– Il n'est que 19 heures, où êtes-vous ?

– À mon bureau !

– Vous vous êtes bourré la gueule au bureau ?

– Je ne suis pas bourré, juste un peu pompette, oh ! et puis ne commencez pas avec vos leçons de morale, je ne suis pas en état de les entendre.

– Je n'avais pas l'intention de vous faire la morale, mais je ne raccrocherai pas avant que vous m'ayez expliqué ce qui ne va pas.

Un silence s'installa, j'entendis la respiration de Walter dans le combiné et devinai soudain un sanglot étouffé.

– Walter, vous pleurez ?

– Qu'est-ce que ça peut bien vous faire ? J'aurais préféré ne jamais vous rencontrer.

J'ignorais ce qui mettait Walter dans un tel état, mais sa remarque m'affecta profondément. Nouveau silence, nouveau sanglot. Cette fois, Walter se moucha bruyamment.

– Je suis désolé, ce n'est pas ce que je voulais dire.

– Mais vous l'avez dit. Qu'est-ce que je vous ai fait pour que vous m'en vouliez à ce point ?

– Vous, vous, vous, il n'y en a jamais que pour vous ! Walter par-ci, Walter par-là, car je suis certain que si vous me téléphonez c'est que vous avez besoin d'un service. Ne me dites pas que vous vouliez juste prendre de mes nouvelles ?

– C'est pourtant ce que j'essaie de faire, en vain, depuis que cette conversation a commencé.

Troisième silence, Walter réfléchissait.

– C'est vrai, soupira-t-il.

– Allez-vous enfin me dire ce qui vous affecte à ce point ?

Ivory s'impatientait, me faisant de grands gestes. Je m'éloignai et le laissai en compagnie de Keira et de Wim.

– Votre tante est repartie pour Hydra, et je ne me suis jamais senti aussi seul de ma vie, me confia Walter dans un nouveau sanglot.

– Votre week-end s'est bien passé ? demandai-je en priant pour que cela soit le cas.

– Mieux que cela encore, chaque moment fut idyllique, un accord parfait.

– Alors vous devriez être fou de bonheur, je ne comprends pas.

– Elle me manque, Adrian, vous n'imaginez pas combien elle me manque. Je n'avais jamais rien vécu de semblable. Jusqu'à ce que je rencontre Elena, ma vie sentimentale était un désert, clairsemé de quelques oasis qui se révélaient être des mirages, mais avec elle tout est vrai, tout existe.

– Je vous promets de ne pas répéter à Elena que vous la comparez à une palmeraie, cela restera entre nous.

Cette boutade avait dû faire sourire mon ami, je sentais que son humeur avait déjà changé.

– Quand devez-vous vous revoir ?

– Nous n'avons rien fixé, votre tante était terriblement troublée lorsque je l'ai reconduite à l'aéroport. Je crois qu'elle pleurait sur l'autoroute, vous connaissez sa pudeur, elle a regardé le paysage pendant tout le trajet. Quand même, je voyais bien qu'elle avait le cœur gros.

– Et vous n'avez pas fixé une date pour vous retrouver ?

– Non, avant de prendre son avion, elle m'a dit que notre histoire n'était pas raisonnable. Sa vie est à Hydra auprès de votre mère, a-t-elle ajouté, elle y a son commerce, et moi, ma vie se trouve à Londres, dans ce bureau sinistre à l'Académie. Deux mille cinq cents kilomètres nous séparent.

– Voyons, Walter, et vous me traitiez de maladroit ! Vous n'avez donc pas compris ce que ses paroles signifient ?

– Qu'elle préfère mettre un terme à notre histoire et ne plus jamais me revoir, dit Walter dans un sanglot.

Je laissai passer l'orage et attendis qu'il se calme pour lui parler.

– Pas du tout ! dus-je presque crier dans le combiné pour qu'il m'entende.

– Comment ça, pas du tout ?

– C'est même exactement le contraire. Ces mots voulaient dire « dépêchez-vous de me rejoindre sur mon île, je vous guetterai chaque matin à l'arrivée du premier bateau sur le port ».

Quatrième silence, si mes comptes étaient bons.

— Vous en êtes sûr ? demanda Walter.

— Certain.

— Comment cela ?

— C'est ma tante, pas la vôtre, à ce que je sache !

— Dieu merci ! Même fou d'amour, je ne pourrais jamais flirter avec ma tante, ce serait tout à fait indécent.

— Cela va de soi !

— Adrian, que dois-je faire ?

— Revendre votre voiture et prendre un billet d'avion pour Hydra.

— Mais quelle idée géniale ! s'exclama Walter qui avait retrouvé la voix que je lui connaissais.

— Merci, Walter.

— Je raccroche, je rentre chez moi, je me couche, je mets mon réveil à 7 heures et demain je me rends chez le garagiste et aussitôt après dans une agence de voyages.

— Avant cela, j'aurais une petite faveur à vous demander, Walter.

— Tout ce que vous voudrez.

— Vous vous souvenez de notre petite escapade en Crète ?

— Tu parles si je m'en souviens, quelle jolie course, quand j'y repense j'en rigole encore, si vous aviez vu votre tête lorsque j'ai assommé ce gardien...

— Je suis à Amsterdam et j'ai besoin d'avoir accès au même genre d'installations qu'en Crète, celles qui m'intéressent se trouvent sur le campus de l'université de Vrije. Croyez-vous pouvoir m'aider à y accéder ?

Dernier silence... Walter réfléchissait encore.

– Rappelez-moi dans une demi-heure, je vais voir ce que je peux faire.

Je retournai auprès de Keira. Ivory nous proposa d'aller dîner à l'hôtel. Il remercia Wim de son aide et le libéra pour la soirée. Keira me demanda des nouvelles de Walter, je lui répondis qu'il allait bien, très bien. Au cours du repas, je les abandonnai pour monter dans notre chambre. La ligne de Walter était occupée, je recomposai plusieurs fois le numéro ; enfin, il décrocha.

– Demain, à 9 h 30, vous avez rendez-vous au 1081 De Boelelaan, à Amsterdam. Soyez précis. Vous pourrez utiliser le laser pendant une heure, pas une minute de plus.

– Comment avez-vous réussi ce prodige ?

– Vous ne me croirez pas !

– Dites toujours !

– J'ai contacté l'université de Vrije, j'ai demandé à parler au responsable de permanence, je me suis fait passer pour le président de notre Académie. Je lui ai dit que j'avais besoin de parler de toute urgence à leur directeur général, qu'il le dérange à son domicile et que ce dernier me rappelle au plus tôt. Je lui ai donné le numéro de l'Académie, pour qu'il vérifie que ce n'était pas une plaisanterie, et celui de mon poste pour qu'il tombe directement sur moi. Puis ce fut un jeu d'enfant. Le directeur de la faculté d'Amsterdam, un certain professeur Ubach, m'a contacté un quart d'heure plus tard. Je l'ai chaleureusement remercié de m'appeler à cette heure tardive et lui ai appris que deux de nos plus distingués scientifiques se trouvaient actuellement en Hollande, qu'ils étaient sur le point d'achever des travaux nobélisables et qu'ils avaient besoin d'utiliser son laser pour vérifier quelques paramètres.

– Et il a accepté de nous accueillir ?

– Oui, j'ai ajouté qu'en échange de ce petit service, l'Académie doublerait son quota d'admission d'étudiants néerlandais et il a accepté. N'oubliez pas qu'il s'adressait tout de même au président de l'Académie royale des sciences ! Je me suis beaucoup amusé.

– Comment vous remercier, Walter ?

– Remerciez surtout la bouteille de bourbon que j'ai descendue ce soir, sans elle je n'aurais jamais été capable de tenir aussi bien mon rôle ! Adrian, faites attention à vous et revenez vite, vous aussi vous me manquez beaucoup.

– C'est tout à fait réciproque, Walter. De toute façon, je joue demain ma dernière carte, si mon idée ne fonctionne pas nous n'aurons d'autre choix que de tout abandonner.

– Ce n'est pas ce que je vous souhaite, même si je ne vous cache pas qu'il m'arrive parfois de l'espérer.

Après avoir raccroché, je retournai annoncer la bonne nouvelle à Keira et à Ivory.

*

Londres

Ashton sortit de table pour prendre la communication que son majordome était venu lui annoncer. Il s'excusa auprès de ses invités et se retira dans son bureau.

– Où en sommes-nous ? demanda-t-il.

– Ils passent la soirée tous les trois ensemble à leur hôtel. J'ai posté un homme dans une voiture, au cas où ils ressortiraient cette nuit, mais j'en doute. Je les rejoindrai demain matin et je vous rappellerai dès que j'en saurai plus.

– Ne les perdez surtout pas de vue.

– Vous pouvez compter sur moi.

– Je ne regrette pas d'avoir favorisé votre candidature, vous avez fait du bon travail pour une première journée dans vos nouvelles attributions.

– Merci, Sir Ashton.

– Je vous en prie, AMSTERDAM, passez une bonne soirée.

Ashton reposa le combiné sur son socle, referma la porte de son bureau et retourna auprès de ses convives.

✳

Université de Vrije, Amsterdam

Wim nous avait retrouvés devant la porte du LCVU à 9 h 25. Même si tout le monde ici parlait couramment l'anglais, il nous servirait d'interprète, si besoin était. Le directeur de l'université de recherches nous accueillit en personne. Je fus surpris par l'âge du professeur Ubach, il devait avoir à peine une quarantaine d'années. Sa franche poignée de main et sa simplicité me mirent tout de suite en confiance. Depuis le début de cette aventure, je n'avais pas souvent eu l'occasion de rencontrer quelqu'un de bienveillant, et je décidai de lui confier le but des expérimentations que j'espérais pouvoir conduire grâce à ses installations. Sans détour je lui expliquai comment je souhaitais procéder et le résultat que j'escomptais obtenir.

– Vous êtes sérieux ? me demanda-t-il, stupéfait. Si vous n'étiez pas recommandé par le président de votre Académie en personne, je dois vous avouer que je vous aurais pris pour un illuminé. Si ce que vous dites est avéré, alors je comprends mieux pourquoi il m'a parlé de prix Nobel ! Suivez-moi, notre laser se trouve au fond du bâtiment.

Keira me regarda d'un air intrigué, je lui fis signe de ne rien dire. Nous empruntâmes un long couloir, le directeur se déplaçait dans son université sans attirer d'attention particulière parmi les chercheurs et étudiants qui croisaient son chemin.

– C'est ici, nous dit-il, en tapant un code d'accès sur un clavier situé près d'une double porte. Compte tenu de ce que vous venez de me raconter, je préfère que nous travaillions en équipe restreinte, je manipulerai moi-même le laser.

Le laboratoire était d'une modernité à faire pâlir d'envie tous les centres de recherches européens et l'appareil mis à notre disposition gigantesque. J'imaginais sa puissance, impatient de le voir à l'œuvre.

Un rail s'étirait dans l'axe du canon du laser. Keira m'aida à installer sur un sabot le cercle qui enserrait les fragments.

– Quelle est la largeur du faisceau dont vous avez besoin ? demanda Ubach.

– π par dix, répondis-je.

Le professeur se pencha sur son pupitre et entra la valeur que je venais de lui communiquer. Ivory se tenait près de lui. Le laser se mit à tourner lentement.

– Quelle intensité ?

– La plus forte possible !

– Votre objet va fondre en un instant, je ne connais pas de matériau capable de résister à une charge maximale.

– Faites-moi confiance !

– Tu sais ce que tu fais ? me chuchota Keira.

– Je l'espère.

– Je vous demanderai de venir vous placer derrière les vitres de protection, ordonna Ubach.

Le laser se mit à grésiller, l'énergie fournie par les électrons stimulaient les atomes de gaz contenus dans le tube en verre. Les photons entrèrent en résonance entre les deux miroirs situés à chaque extrémité du tube. Le processus s'amplifia, ce n'était plus qu'une question de secondes avant que le faisceau soit assez puissant pour traverser la paroi semi-transparente du miroir et que je sache enfin si je m'étais trompé.

– Vous êtes prêts ? demanda Ubach, aussi impatient que nous.

– Oui, répondit Ivory, nous sommes plus prêts que jamais, vous n'avez pas idée du temps que nous avons attendu pour assister à ce moment.

– Attendez ! criai-je. Avez-vous un appareil photo ?

– Nous avons beaucoup mieux que ça, répondit Ubach, six caméras enregistrent sur cent quatre-vingts degrés ce qui se produit au-devant du laser aussitôt qu'il est mis en action. Pouvons-nous procéder ?

Ubach poussa un levier, un faisceau d'une intensité exceptionnelle jaillit de l'appareil, frappant les trois fragments de plein fouet. Le cerclage entra en fusion, les fragments prirent une couleur bleue, un bleu plus vif encore que ce que Keira et moi avions vu jusqu'alors. Leur surface se mit à scintiller, de seconde en seconde leur luminescence augmentait et soudain des milliards de points vinrent s'imprimer sur le mur en face du laser. Chacun dans le laboratoire reconnut l'immensité de la voûte céleste qui nous éblouissait.

À la différence de la première projection dont nous avions été témoins, l'Univers qui s'affichait se mit à tourner en spirale, se repliant lentement sur lui-même. Sur leur socle, les fragments tournaient à toute vitesse à l'intérieur de l'anneau.

– C'est prodigieux ! souffla Ubach.

– C'est encore bien plus que cela, lui répondit Ivory, les larmes aux yeux.

– Qu'est-ce que c'est ? demanda le directeur de l'université.

– Le déroulé des tout premiers instants de l'Univers, répondis-je.

Nous n'étions pas au bout de nos surprises. L'intensité lumineuse des fragments redoubla, la vitesse de rotation ne cessait d'augmenter. La voûte céleste continuait de s'enrouler sur elle-même, elle s'immobilisa un court instant. J'avais espéré qu'elle irait au bout de sa course, nous livrant l'image du premier éclat d'étoile, du temps zéro que j'avais tant espéré découvrir, mais ce que je vis était d'une tout autre nature. L'image projetée grossissait maintenant à vue d'œil. Certaines étoiles disparaissaient, comme chassées sur les côtés du mur au fur et à mesure que nous avancions. L'effet visuel était saisissant, nous avions l'impression de voyager à travers les galaxies et nous nous rapprochions de l'une d'entre elles, que je reconnus.

– Nous sommes entrés dans notre Voie lactée, dis-je à mes voisins, et le voyage se poursuit.

– Vers où ? demanda Keira stupéfaite.

– Je n'en sais encore rien.

Sur leur socle, les fragments tournaient toujours plus vite, émettant un sifflement strident. L'étoile vers laquelle la projection se recentrait grossissait encore et encore. Notre Soleil apparut au centre, Mercure lui succéda.

La rapidité à laquelle évoluaient maintenant les fragments était impressionnante, le cercle qui les retenait avait fondu depuis longtemps mais plus rien ne semblait pouvoir les dissocier. Leur couleur changea, du bleu ils virèrent à l'indigo. Mon regard revint vers le mur. Nous avancions résolument vers la Terre dont nous pouvions déjà reconnaître les océans et trois des continents. La projection se centra sur l'Afrique qui grossissait à vue d'œil. La descente vers l'est du continent africain était vertigineuse. Le bruit strident émis par le tournoiement des fragments devenait à peine supportable, Ivory se boucha les oreilles. Ubach garda les mains sur la console, prêt à tout arrêter. Kenya, Ouganda, Soudan, Érythrée et Somalie disparurent du champ alors que nous progressions vers l'Éthiopie. La rotation des fragments ralentit et l'image gagna en netteté.

– Je ne peux pas laisser fonctionner le laser à cette puissance, supplia Ubach, il faut arrêter !

– Non ! hurla Keira. Regardez !

Un infime point rouge apparut au centre de l'image. Plus nous nous en approchions, plus il gagnait en intensité.

– Tout ce que nous voyons est filmé ? demandai-je.

– Tout, répondit Ubach, je peux couper maintenant ?

– Attendez encore, supplia Keira.

Le sifflement cessa, les fragments s'immobilisèrent ; sur le mur, le point d'une rougeur éclatante était devenu fixe. Le cadre de l'image s'était stabilisé. Ubach ne nous demanda pas notre avis, il abaissa le levier et le faisceau du laser s'éteignit. La projection persista sur le mur quelques secondes et disparut.

Nous étions ébahis, Ubach le premier, Ivory ne disait plus un mot. À le regarder ainsi, j'avais l'impression qu'il avait soudainement vieilli, non que le visage auquel j'étais habitué fût particulièrement jeune, mais ses traits avaient changé.

– Cela fait trente ans que je rêve de ce moment, me dit-il, vous rendez-vous compte ? Si vous saviez tous les sacrifices que j'ai faits pour ces objets, je leur ai même sacrifié mon seul ami. C'est étrange, je devrais être soulagé, comme libéré d'un poids énorme, et pourtant ce n'est pas le cas. Je voudrais tant avoir quelques années de moins, vivre encore assez longtemps pour aller au bout de cette aventure, savoir ce que représente ce point rouge que nous avons vu, ce qu'il nous révèle. C'est bien la première fois de ma vie que j'ai peur de mourir, vous me comprenez ?

Il alla s'asseoir et soupira, sans attendre ma réponse. Je retournai vers Keira, elle se tenait debout face au mur, fixant la surface redevenue blanche.

– Qu'est-ce que tu fais ? lui demandai-je.

– J'essaie de me souvenir, dit-elle, j'essaie de me remémorer ces instants que nous venons de vivre. C'est bien l'Éthiopie qui est apparue. Je n'ai pas retrouvé les reliefs de cette région que je connais si bien mais je n'ai pas rêvé, c'était l'Éthiopie. Tu as bien vu la même chose que moi, non ?

– Oui, la dernière image était centrée sur la corne de l'Afrique. As-tu pu identifier l'endroit que désignait ce point ?

– Pas de façon certaine, j'ai bien une idée en tête mais je ne sais pas si ce sont mes désirs qui s'expriment ou si c'est la réalité.

– Nous allons pouvoir le découvrir très vite, dis-je en me retournant vers Ubach.

– Où est Wim ? demandai-je à Keira.

– Je crois que l'émotion a été trop forte pour lui, il ne se sentait pas bien, il est sorti prendre l'air.

– Pouvez-vous nous projeter les dernières images enregistrées par vos caméras ? demandai-je à Ubach.

– Oui, bien sûr, répondit ce dernier en se relevant, il faut juste que j'allume le projecteur et ce fichu appareil se met en route quand il le veut.

*

Londres

– Où en sommes-nous ?

– Ce à quoi je viens d'assister ici est tout simplement incroyable, répondit Wim.

AMSTERDAM fit une description exhaustive à Sir Ashton des événements qui s'étaient déroulés dans la salle du laser de l'université de Vrije. Il raconta toute la scène dans le détail.

– Je vous envoie des hommes, reprit Ashton, il est urgent de mettre un terme à cela avant qu'il soit trop tard.

– Non, je suis désolé, tant qu'ils sont en territoire hollandais, ils sont sous ma seule responsabilité. C'est moi qui interviendrai le moment venu.

– Vous êtes un peu novice dans vos fonctions pour vous adresser à moi sur ce ton, AMSTERDAM !

– Je vous en prie, Sir Ashton, je compte assumer pleinement mon rôle et ce, sans aucune ingérence de la part d'un pays ami ou de l'un de ses représentants. Vous connaissez la règle, unis mais indépendants ! Chacun mène ses affaires chez lui comme il l'entend.

– Je vous préviens, qu'ils quittent vos frontières et

414

je prendrai toutes les mesures qui sont en mon pouvoir pour les stopper.

– J'imagine que vous vous garderez bien d'en aviser le conseil. Je vous suis redevable, je ne vous dénoncerai pas, mais je ne vous couvrirai pas non plus. Comme vous me l'avez fait remarquer, je suis trop jeune dans mes nouvelles fonctions pour risquer de me compromettre.

– Je ne vous en demandais pas tant, répondit sèchement Ashton. Ne jouez pas à l'apprenti sorcier avec ces scientifiques, AMSTERDAM, vous ne mesurez pas les conséquences s'ils arrivaient à leur but, et ils sont déjà allés bien trop loin. Que comptez-vous faire d'eux puisque vous les avez sous la main ?

– Je leur confisquerai leur matériel et les ferai expulser vers leurs pays respectifs.

– Et Ivory, il est avec eux, n'est-ce pas ?

– Oui, je vous l'ai déjà dit, et que voulez-vous que je fasse, nous n'avons rien à lui reprocher, il est libre de circuler comme bon lui semble.

– J'ai une petite faveur à vous demander, prenez cela comme une façon de me remercier pour ce poste que vous semblez si heureux d'occuper.

*

Université de Vrije

Ubach avait allumé le projecteur suspendu au plafond. Les images filmées en haute définition par les caméras avaient été stockées sur le serveur de l'université, il nous faudrait attendre plusieurs heures avant que le logiciel de décompression finisse de les traiter. Keira et moi demandâmes que les calculateurs concentrent leurs efforts sur la dernière séquence à laquelle nous avions assisté. Ubach pianota sur son clavier et envoya une série d'instructions à l'ordinateur central. Les processeurs graphiques effectuaient leurs algorithmes tandis que nous attendions.

– Soyez patients, nous dit Ubach, cela ne va plus tarder. Le système est un peu lent le matin, nous ne sommes pas les seuls à le solliciter.

Enfin la lentille du projecteur commença à s'animer, elle projeta sur le mur les sept dernières secondes du déroulement que nous avaient dévoilé les fragments.

– Arrêtez-vous là, s'il vous plaît, demanda Keira à Ubach.

La projection se figea sur le mur, je m'attendais qu'elle perde en netteté, comme chaque fois que l'on fait un arrêt sur image, mais il n'en fut rien. Je compris mieux pourquoi il nous avait fallu patienter si longtemps pour visionner les sept dernières secondes. La résolution était telle que la quantité d'informations à traiter pour chaque image devait être colossale. Loin de partager mes préoccupations techniques, Keira s'approcha de la projection et l'observa attentivement.

– Je reconnais ces circonvolutions, dit-elle, ce trait qui serpente, cette forme qui fait penser à une tête, cette ligne droite, puis ces quatre boucles, c'est une partie de la rivière Omo, j'en suis presque certaine, mais il y a quelque chose qui cloche, là, dit-elle en désignant l'endroit où brillait le point rouge.

– Qu'est-ce qui ne va pas ? questionna Ubach.

– Si c'est bien la partie de l'Omo à laquelle je pense, on devrait y voir un lac, à droite sur cette image.

– Tu reconnais ce lieu ? demandai-je à Keira.

– Évidemment que je le reconnais, j'y ai passé trois ans de ma vie ! L'endroit que ce point désigne correspond à une minuscule plaine, encerclée d'un sousbois en lisière de la rivière Omo. Nous avions même failli y entreprendre des fouilles, mais la position était trop au nord, trop éloignée du triangle d'Ilemi. Ce que je te dis n'a aucun sens, si c'était bien l'endroit auquel je pense, le lac Dipa devrait apparaître.

– Keira, les fragments que nous avons trouvés ne composent pas seulement une carte. Ensemble, ils forment un disque qui contient probablement des milliards d'informations, même si, malheureusement pour nous, le morceau manquant contenait la séquence qui m'intéressait le plus, mais qu'importe pour l'instant. Ce disque mémoire nous a projeté une représentation de l'évolution du cosmos depuis ses tout premiers instants, jusqu'à l'époque où il fut enregistré. En ces temps reculés, le lac Dipa n'existait peut-être pas encore.

Ivory nous rejoignit et s'approcha du mur, examinant l'image attentivement.

– Adrian a raison, il faut que nous obtenions maintenant des coordonnées précises. Avez-vous dans vos serveurs une carte détaillée de l'Éthiopie ? demanda-t-il à Ubach.

– Je suppose que je dois pouvoir trouver cela sur Internet et la télécharger.

– Alors faites-le s'il vous plaît et essayez de voir si vous pourriez la superposer à cette image.

Ubach retourna derrière son pupitre. Il chargea la carte de la corne de l'Afrique et fit ce qu'Ivory lui avait demandé.

– À part une légère déviation du lit de la rivière, la correspondance est quasiment parfaite ! dit-il. Quelles sont les coordonnées de ce point ?

– 5° 10' 2'' 67 de latitude nord, 36° 10' 1'' 74 de longitude est.

Ivory se retourna vers nous.

– Vous savez ce qu'il vous reste à faire..., nous dit-il.

– Il faut que je libère ce laboratoire, nous dit Ubach, j'ai déjà décalé les travaux de deux chercheurs pour vous satisfaire. Je ne le regrette pas, mais je ne peux pas mobiliser cette salle plus longtemps.

Wim entra dans la pièce au moment même où Ubach venait de tout éteindre.

– J'ai raté quelque chose ?

– Non, répondit Ivory, nous nous apprêtions à partir.

Alors qu'Ubach nous amenait à son bureau, Ivory ne se sentit pas bien. Une sorte de vertige l'avait saisi. Ubach voulut appeler un médecin mais Ivory le supplia de n'en rien faire, il n'y avait pas de raison de s'inquiéter, c'était juste un coup de fatigue, assura-t-il. Il

nous demanda si nous aurions la gentillesse de le raccompagner à son hôtel, il s'y reposerait et tout irait
mieux. Wim proposa aussitôt de nous y conduire.

De retour au Krasnapolsky, Ivory le remercia et
l'invita à nous retrouver autour d'un thé en fin d'après-
midi. Wim accepta l'invitation et nous laissa. Nous
soutînmes Ivory jusqu'à sa chambre, Keira déplia le
couvre-lit et je l'aidai à s'allonger. Ivory croisa ses
deux mains sur sa poitrine et soupira.

– Merci, dit-il.

– Laissez-moi appeler un médecin, c'est ridicule.

– Non, mais pourriez-vous me rendre un autre petit
service ? demanda Ivory.

– Oui, bien sûr, répondit Keira.

– Allez regarder à la fenêtre, écartez discrètement le
rideau et dites-moi si cet imbécile de Wim est bien
parti.

Keira me regarda, intriguée, et s'exécuta.

– Oui, enfin, il n'y a personne devant l'hôtel.

– Et la Mercedes noire avec les deux abrutis à l'intérieur, garée juste en face, elle est toujours là ?

– Je vois en effet une voiture noire, mais d'ici je ne
peux pas vous dire si elle est occupée.

– Elle l'est, croyez-moi ! répliqua Ivory en se levant
d'un bond.

– Vous devriez rester allongé...

– Je n'ai pas cru une seconde au petit malaise de
Wim tout à l'heure et je doute qu'il ait cru au mien,
cela nous laisse peu de temps.

– Mais je pensais que Wim était notre allié ? dis-
je, surpris.

– Il l'était jusqu'à ce qu'il soit promu. Ce matin,
vous ne parliez plus à l'ancien assistant de Vackeers,
mais à l'homme qui le remplace, Wim est leur nouvel
AMSTERDAM. Je n'ai pas le temps de vous expliquer

419

tout cela. Filez dans votre chambre et préparez vos bagages pendant que je m'occupe de vos billets. Retrouvez-moi ici dès que vous serez prêts, et dépêchez-vous, il faut que vous ayez quitté la ville avant que le piège se referme, s'il n'est pas déjà trop tard.

– Et nous allons où ? demandai-je.

– Où voulez-vous aller ? En Éthiopie bien sûr !

– Hors de question ! C'est trop dangereux. Si ces hommes, dont vous ne voulez toujours rien nous dire, sont à nos trousses, je ne remettrai pas la vie de Keira en danger, et ne cherchez pas à me convaincre du contraire !

– À quelle heure part cet avion ? demanda Keira à Ivory.

– Nous n'irons pas là-bas ! insistai-je.

– Une promesse est une promesse, si tu espérais que j'avais oublié celle-là, tu t'es trompé. Allez, dépêchons-nous !

Une demi-heure plus tard, Ivory nous fit sortir par les cuisines de l'hôtel.

– Ne traînez pas à l'aéroport, aussitôt le contrôle des passeports franchi, promenez-vous dans les boutiques, séparément. Je ne pense pas que Wim soit assez intelligent pour deviner le tour que nous lui jouons, mais on ne sait jamais. Et promettez-moi de me donner de vos nouvelles aussitôt que possible.

Ivory me remit une enveloppe et me fit jurer de ne pas l'ouvrir avant le décollage ; il nous adressa un petit geste amical alors que le taxi s'éloignait.

L'embarquement à l'aéroport de Schiphol se déroula sans encombre. Nous n'avions pas suivi les conseils d'Ivory et nous étions installés à la table d'une cafétéria pour passer un moment en tête à tête. J'avais profité de ce moment pour informer Keira de ma petite conversation avec le professeur Ubach. Au moment de notre départ, je lui avais demandé une dernière faveur : en échange de la promesse de l'informer de l'avancement de nos recherches, il avait accepté de garder le plus grand silence jusqu'à ce que nous publiions un rapport sur nos travaux. Il conserverait les enregistrements effectués dans son laboratoire et en adresserait une copie sur disque à Walter. Avant que nous nous envolions, j'avais prévenu ce dernier de garder sous clé un colis expédié d'Amsterdam, qu'il recevrait sous peu, et de ne surtout pas l'ouvrir avant notre retour d'Éthiopie. J'avais ajouté que, s'il nous arrivait quelque chose, il aurait carte blanche et pourrait en disposer à sa guise. Walter avait refusé d'entendre mes dernières recommandations, il était hors de question qu'il nous arrive quoi que ce soit, avait-il dit en me raccrochant au nez.

Durant le vol, Keira fut prise d'un remords, elle n'avait pas donné de ses nouvelles à sa sœur ; je lui promis que nous l'appellerions ensemble dès que nous serions posés.

*

Addis-Abeba

L'aéroport d'Addis-Abeba fourmillait de monde. Une fois les formalités de douane passées, je cherchai la guérite de la petite compagnie privée dont j'avais déjà utilisé les services. Un pilote accepta de nous conduire à Jinka moyennant six cents dollars. Keira me regarda, effarée.

– C'est une folie, allons-y par la route, tu es fauché, Adrian.

– Alors qu'il expirait son dernier souffle dans la chambre d'un hôtel parisien, Oscar Wilde a déclaré : « Je meurs au-dessus de mes moyens. » Puisque nous allons au-devant des pires emmerdements, laisse-moi être aussi digne que lui !

Je sortis de ma poche une enveloppe qui contenait une petite liasse de billets verts.

– D'où vient cet argent ? demanda Keira.

– Un cadeau d'Ivory, il m'a remis cette enveloppe juste avant que nous le quittions.

– Et tu l'as acceptée ?

– Il m'avait fait promettre de ne la décacheter

qu'après avoir décollé ; à dix mille mètres d'altitude, je n'allais pas la jeter par la fenêtre...

Nous quittâmes Addis-Abeba, à bord d'un Piper. L'appareil ne volait pas très haut. Le pilote nous signala un troupeau d'éléphants qui migraient vers le nord, un peu plus loin des girafes gambadaient au milieu d'une vaste prairie. Une heure plus tard l'avion amorça sa descente. La courte piste du terrain de Jinka apparut devant nous. Les roues sortirent de la carlingue et rebondirent sur le sol, l'avion s'immobilisa et fit demi-tour en bout de piste. À travers le hublot j'aperçus une ribambelle de gamins se précipiter vers nous. Assis sur un vieux fût, un jeune garçon, plus âgé que les autres, regardait l'appareil rouler vers la case en paille qui faisait office de terminal aéroportuaire.

– J'ai l'impression de reconnaître ce petit bonhomme, dis-je à Keira en le désignant du doigt. C'est lui qui m'a aidé à te retrouver le jour où je suis venu te chercher ici.

Keira se pencha vers le hublot. En un instant, je vis ses yeux s'emplir de larmes.

– Moi, je suis certaine de le reconnaître, dit-elle.

Le pilote coupa les hélices. Keira descendit la première. Elle se fraya un chemin à travers la nuée d'enfants qui criaient et sautillaient autour d'elle, l'empêchant d'avancer. Le jeune garçon abandonna son tonneau et s'en alla.

– Harry ! hurla Keira, Harry, c'est moi.

Harry se retourna et se figea. Keira se précipita vers lui, passa la main dans sa chevelure ébouriffée, et le serra contre elle.

– Tu vois, dit-elle en sanglotant, j'ai tenu ma promesse.

Harry leva la tête.

– Tu en as mis du temps !

– J'ai fait de mon mieux, répondit-elle, mais je suis là maintenant.

– Tes amis ont tout reconstruit, c'est encore plus grand qu'avant la tempête, tu vas rester cette fois ?

– Je ne sais pas, Harry, je n'en sais rien.

– Alors tu repars quand ?

– Je viens juste d'arriver et tu veux déjà que je m'en aille ?

Le jeune garçon se libéra de l'étreinte de Keira et s'éloigna. J'hésitai un instant, courus derrière lui et le rattrapai.

– Écoute-moi, bonhomme, il ne s'est pas passé un jour sans qu'elle parle de toi, pas une nuit elle ne s'est endormie sans penser à toi, tu ne crois pas que cela mériterait que tu l'accueilles plus gentiment ?

– Elle est avec toi maintenant, alors pourquoi elle est revenue ? Pour moi ou pour fouiller encore dans la terre ? Rentrez chez vous, j'ai des choses à faire.

– Harry, tu peux refuser de le croire mais Keira t'aime, c'est comme ça. Elle t'aime, si tu savais à quel point tu lui as manqué. Ne lui tourne pas le dos. Je te le demande, d'homme à homme, ne la repousse pas.

– Laisse-le tranquille, murmura Keira en nous rejoi-gnant ; fais ce que tu veux, Harry, je comprends. Que tu m'en veuilles ou non ne changera rien à l'amour que je te porte.

Keira ramassa son sac et avança vers la case en paille, sans se retourner. Harry hésita un instant et se précipita au-devant d'elle.

– Tu vas où ?

– Je n'en sais rien, mon vieux, je dois essayer de rejoindre Éric et les autres, j'ai besoin de leur aide.

Le jeune garçon enfonça ses mains dans ses poches et donna un coup de pied dans un caillou.

– Ouais, je vois, dit-il.

– Qu'est-ce que tu vois ?

– Que tu ne peux pas te passer de moi.

– Ça, mon grand, je le sais depuis le jour où je t'ai rencontré.

– Tu veux que je t'aide à aller là-bas, c'est ça ?

Keira s'agenouilla et le regarda droit dans les yeux.

– Je voudrais d'abord que nous fassions la paix, dit-elle en lui ouvrant les bras.

Harry hésita un instant et tendit la main, mais Keira cacha la sienne dans son dos.

– Non, je veux que tu m'embrasses.

– Je suis trop vieux pour ça maintenant, dit-il sur un ton très sérieux.

– Oui, mais pas moi. Tu vas me prendre dans tes bras, oui ou non ?

– Je vais réfléchir. En attendant, suis-moi, il faut que vous dormiez quelque part, et puis demain, je te donnerai ma réponse.

– D'accord, dit Keira.

Harry me lança un regard de défi, et ouvrit la marche. Nous prîmes nos sacs et le suivîmes sur le chemin qui menait au village.

Un homme en maillot de corps effiloché se tenait devant son cabanon, il se souvenait de moi et me fit de grands signes.

– Je ne te savais pas si populaire dans le coin, me dit Keira en se moquant de moi.

– C'est peut-être parce que la première fois que je suis venu, je me suis présenté comme l'un de tes amis...

L'homme qui nous avait accueillis chez lui nous offrit deux nattes où dormir et de quoi nous restaurer.

Pendant le repas, Harry resta face à nous, sans quitter Keira des yeux, puis soudain il se leva et se dirigea vers la porte.

– Je reviendrai demain, dit-il en sortant de la maison.

Keira se précipita dehors, je la suivis, mais le jeune garçon s'éloignait déjà sur la piste.

– Laisse-lui un peu de temps, dis-je à Keira.

– Nous n'en avons pas beaucoup, me répondit-elle en rentrant dans la case, le cœur lourd.

Je fus réveillé à l'aube par le bruit d'un moteur qui se rapprochait. Je sortis sur le pas de la porte, une traînée de poussière précédait un 4 × 4. Le tout-terrain freina à ma hauteur et je reconnus aussitôt les deux Italiens qui m'avaient aidé lors de mon premier séjour.

– Quelle surprise, qu'est-ce qui vous ramène ici ? me demanda le plus costaud des deux en descendant de la voiture.

Son ton faussement amical éveilla en moi une certaine méfiance.

– Comme vous, lui répondis-je, l'amour du pays. Lorsqu'on y est venu une fois, il est difficile de résister à l'envie d'y revenir.

Keira me rejoignit sur le porche de la maison et passa son bras autour de moi.

– Je vois que vous avez retrouvé votre amie, dit le second Italien en avançant vers nous. Jolie comme elle est, je comprends que vous vous soyez donné autant de mal.

– Qui sont ces types, me chuchota Keira, tu les connais ?

– Je n'irais pas jusque-là, je les ai croisés quand je cherchais ton campement et ils m'ont donné un coup de main.

– Est-ce qu'il y a quelqu'un dans la région qui ne t'a pas aidé à me retrouver ?

– Ne les agresse pas, c'est tout ce que je te demande.

Les deux Italiens s'approchèrent.

– Vous ne nous invitez pas à entrer ? demanda le plus costaud, il est tôt mais il fait déjà drôlement chaud.

– Nous ne sommes pas chez nous et vous ne vous êtes pas présentés, répondit Keira.

– Lui c'est Giovanni et moi Marco, nous pouvons entrer maintenant ?

– Je vous l'ai dit, ce n'est pas chez nous, insista Keira sur un ton peu affable.

– Allons, allons, reprit celui qui se faisait appeler Giovanni, et l'hospitalité africaine, qu'en faites-vous ? Vous pourriez nous offrir un peu d'ombre et quelque chose à boire, je meurs de soif.

L'homme qui nous avait accueillis dans sa cabane se présenta sur le pas de sa porte et nous invita tous à entrer chez lui. Il posa quatre verres sur une caisse, nous servit du café et se retira, il partait pour les champs.

Le dénommé Marco reluquait Keira d'une façon qui me déplaisait grandement.

– Vous êtes archéologue, si je me souviens bien ? demanda-t-il à Keira.

– Vous êtes bien informé, répondit-elle, et, d'ailleurs, nous avons du travail, nous devons y aller.

– Décidément, vous n'êtes pas très accueillante. Vous pourriez être plus aimable ; après tout, c'est nous qui avons aidé votre ami à vous retrouver il y a quelques mois, il ne vous l'a pas dit ?

– Si, tout le monde dans le coin l'a aidé à me retrouver, et pourtant je n'étais pas perdue. Maintenant, excusez-moi d'être aussi directe, mais il faut vraiment que nous y allions, dit-elle sèchement en se levant.

Giovanni se leva d'un bond et lui barra la route, je m'interposai aussitôt.

– Qu'est-ce que vous nous voulez, enfin ?

– Mais rien, discuter avec vous, c'est tout, nous n'avons pas souvent l'occasion de croiser des Européens par ici.

– Maintenant que nous avons échangé quelques mots, laissez-moi passer, insista Keira.

– Rasseyez-vous ! ordonna Marco.

– Je n'ai pas l'habitude que l'on me donne des ordres, répondit Keira.

– Je crains que vous ne deviez changer vos habitudes. Vous allez vous rasseoir et vous taire.

Cette fois, la grossièreté de ce type dépassait les bornes, je m'apprêtais à en découdre avec lui quand il sortit un pistolet de sa poche et le braqua sur Keira.

– Ne jouez pas au petit héros, dit-il en ôtant la sûreté de son arme. Restez tranquilles et tout se passera bien. Dans trois heures, un avion arrivera. Nous sortirons tous les quatre de cette case et vous nous accompagnerez jusqu'à l'appareil sans faire de bêtises. Vous embarquerez gentiment, Giovanni vous escortera. Vous voyez, rien de très compliqué là-dedans.

– Et où ira cet avion ? demandai-je.

– Vous le verrez en temps voulu. Maintenant, puisque nous avons du temps à tuer, si vous nous racontiez ce que vous êtes venus faire ici.

– Rencontrer deux emmerdeurs qui nous menacent avec un revolver ! répondit Keira.

– Elle a son caractère, ricana Giovanni.

– « Elle » s'appelle Keira, lui répondis-je, vous n'avez pas besoin d'être grossier.

Nous restâmes deux heures durant à nous regarder. Giovanni se curait les dents avec une allumette, Marco, impassible, fixait Keira. Un bruit de moteur se fit entendre dans le lointain, Marco se leva et alla voir sur le perron.

– Deux 4 × 4 viennent par ici, dit-il en revenant. On reste bien sagement à l'intérieur, on attend que la caravane passe et le chien n'aboie pas, c'est clair ?

La tentation d'agir était forte, mais Marco tenait Keira en joue. Les voitures se rapprochaient, on entendit des freins crisser à quelques mètres de la maisonnette. Les moteurs s'arrêtèrent, s'ensuivit une série de claquements de portières. Giovanni s'approcha de la fenêtre.

– Merde, il y a une dizaine de types qui se dirigent vers nous.

Marco se leva et rejoignit Giovanni, sans pour autant cesser de viser Keira. La porte de la case s'ouvrit brusquement.

– Éric ? souffla Keira. Je n'ai jamais été aussi contente de te voir !

– Il y a un problème ? demanda son collègue.

Dans mes souvenirs, Éric n'était pas aussi baraqué mais j'étais ravi de me tromper. Je profitai que Marco se soit retourné pour lui envoyer un sérieux coup de pied à l'entrejambe. Je ne suis pas violent, mais lorsque je perds mon calme, je ne le fais pas à moitié. Le souffle coupé, Marco lâcha son pistolet, Keira l'envoya à l'autre bout de la pièce. Giovanni n'eut pas le temps de réagir, je lui retournai un coup de poing en pleine figure, ce qui fut aussi douloureux pour mon poignet que pour sa mâchoire. Marco se redressait déjà, mais Éric l'attrapa à la gorge et le plaqua contre le mur.

– À quoi vous jouez ici ? Et c'est quoi cette arme à feu ? cria Éric.

Tant qu'Éric n'aurait pas desserré l'étreinte autour de sa gorge, Marco aurait du mal à lui répondre ; il devenait de plus en plus pâle, je suggérai à Éric de cesser de le secouer violemment et de le laisser respirer un tout petit peu pour qu'il reprenne des couleurs.

– Arrêtez, je vais vous expliquer, supplia Giovanni. Nous travaillons pour le gouvernement italien, nous avions pour mission de reconduire ces deux énergumènes à la frontière. Nous n'allions pas leur faire de mal.

– Qu'est-ce que nous avons à voir avec le gouvernement italien ? demanda Keira, stupéfaite.

– Ça je n'en ai aucune idée, mademoiselle, et ça ne me regarde pas, nous avons reçu des instructions hier soir et nous ne savons rien d'autre que ce que je viens de vous dire.

– Vous avez fait des conneries en Italie ? nous demanda Éric en se tournant vers nous.

– Mais nous n'avons même pas mis les pieds en Italie, ces types disent n'importe quoi ! Et qu'est-ce qui prouve qu'ils sont vraiment ce qu'ils prétendent être ?

– Est-ce que nous vous avons malmenés ? Vous croyez que nous serions restés là à attendre si nous avions voulu vous descendre ? reprit Marco entre deux quintes de toux.

– Comme vous l'avez fait avec le chef de village au lac Turkana ? demandai-je.

Éric nous regarda tour à tour, Giovanni, Marco, Keira et moi. Il s'adressa à l'un des membres de son équipe et lui ordonna d'aller chercher des cordages dans la voiture. Le jeune homme s'exécuta et revint avec des sangles.

– Attachez ces deux types, et on se tire d'ici, ordonna Éric.

– Écoute, Éric, s'opposa l'un de ses collègues, nous sommes des archéologues, pas des flics. Si ces hommes sont vraiment des officiels italiens, pourquoi nous attirer des ennuis ?

– Ne vous inquiétez pas, dis-je, je vais m'en charger.

Marco voulut s'opposer au sort qui l'attendait mais Keira ramassa son arme et la lui pointa sur le ventre.

– Je suis très maladroite avec ce genre de truc, lui-dit-elle. Ainsi que mon camarade l'a fait remarquer, nous ne sommes que des archéologues et le maniement des armes à feu n'est pas notre fort.

Pendant que Keira les tenait en joue, Éric et moi attachâmes nos deux agresseurs. Ils se retrouvèrent dos à dos, pieds et mains liés. Keira rangea le revolver sous sa ceinture, s'agenouilla et s'approcha de Marco.

– Je sais que c'est moche, vous avez même le droit de me trouver lâche, je ne pourrais pas vous en faire le reproche, mais « elle » a un dernier truc à vous dire...

Et Keira lui retourna une gifle qui fit rouler Marco au sol.

– Voilà, maintenant nous pouvons y aller.

Alors que nous quittions la pièce, je pensai à ce pauvre homme qui nous avait accueillis ; en rentrant chez lui, il trouverait deux invités d'assez mauvaise humeur...

Nous grimpâmes à bord de l'un des deux 4 × 4. Harry nous attendait sur la banquette arrière.

– Tu vois que tu as besoin de moi, dit-il à Keira.

– Vous pouvez le remercier, c'est lui qui est venu nous prévenir que vous aviez des ennuis.

– Mais comment as-tu su ? demanda Keira à Harry.

– J'ai reconnu la voiture, personne n'aime ces hommes au village. Je me suis approché de la fenêtre et j'ai vu ce qui se passait, alors je suis allé chercher tes amis.

– Et comment as-tu fait pour aller jusqu'au terrain de fouilles en si peu de temps ?

– Le campement n'est pas très loin d'ici, Keira,

répondit Éric. Après ton départ nous avons déplacé le périmètre des fouilles. Nous n'étions plus vraiment les bienvenus dans la vallée de l'Omo après la mort du chef du village, si tu vois ce que je veux dire. Et puis, de toute façon, nous n'avons rien trouvé à l'endroit où tu creusais. Entre l'insécurité ambiante et le ras-le-bol général, nous sommes allés plus au nord.

– Ah, dit Keira, je vois que tu as vraiment repris le contrôle des opérations.

– Tu sais combien de temps tu es restée sans nous donner de nouvelles ? Tu ne vas pas me faire la leçon.

– Je t'en prie, Éric, ne me prends pas pour une conne ; en déplaçant les fouilles tu effaçais toute trace de mes travaux et t'attribuais la paternité des découvertes que vous pouviez faire.

– Cette idée ne m'avait pas effleuré l'esprit, je crois que c'est toi qui as un problème d'ego, Keira, pas moi. Maintenant, tu vas nous expliquer pourquoi ces Italiens en avaient après vous ?

En route, Keira fit le récit à Éric de nos aventures depuis son départ d'Éthiopie. Elle lui raconta notre périple en Chine, ce que nous avions découvert sur l'île de Narcondam, fit l'impasse sur son séjour à la prison de Garther, lui parla des recherches que nous avions menées sur le plateau de Man-Pupu-Nyor et des conclusions auxquelles elle était arrivée quant à l'épopée entreprise par les Sumériens. Elle ne s'attarda ni sur l'épisode douloureux de notre départ de Russie, ni sur les désagréments de notre dernière nuit à bord du Transsibérien, mais elle lui décrivit dans les moindres détails le surprenant spectacle auquel nous avions assisté dans la salle du laser de l'université de Vrije.

Éric arrêta la voiture et se retourna vers Keira.

– Mais qu'est-ce que tu racontes ? Un enregistrement des premiers instants de l'Univers qui serait vieux de quatre cents millions d'années ? Et puis quoi encore ! Comment quelqu'un d'aussi instruit que toi peut avancer de telles absurdités ? Ce sont les tétrapodes du Dévonien qui ont enregistré ton disque ? C'est grotesque.

Keira n'essaya pas d'argumenter avec Éric ; du regard elle me dissuada d'intervenir, nous arrivions au campement.

Je m'attendais qu'elle soit fêtée par ses équipiers, heureux de la retrouver, il n'en fut rien ; comme s'ils lui en voulaient encore de ce qui était arrivé lors de notre voyage au lac Turkana. Mais Keira avait le commandement dans le sang. Elle attendit patiemment que la journée s'achève. Quand les archéologues abandonnèrent leur travail, elle se leva et demanda à son ancienne équipe de se réunir, elle souhaitait leur annoncer quelque chose d'important. Éric était manifestement furieux de son initiative, je lui rappelai à l'oreille que la dotation qui leur permettait à tous d'effectuer ces fouilles dans la vallée de l'Omo avait été attribuée à Keira et non à lui. Que la fondation Walsh apprenne qu'elle avait été mise à l'écart de ses recherches et les généreux bienfaiteurs du comité pourraient reconsidérer le versement des soldes à la fin du mois. Éric la laissa s'exprimer.

Keira avait attendu que le soleil disparaisse derrière la ligne d'horizon. Dès qu'il fit assez sombre, elle prit les trois fragments en notre possession et les rapprocha. Aussitôt réunis, ils reprirent la couleur bleutée qui nous avait tant émerveillés. L'effet produit sur les archéologues valait de loin toutes les explications qu'elle aurait pu leur donner. Même Éric fut troublé. Alors qu'un murmure parcourait l'assemblée, il fut le premier à applaudir.

– C'est un très bel objet, dit-il, bravo pour ce joli

tour de magie, et votre collègue ne vous a pas tout dit, elle voudrait vous faire croire que ces joujoux lumineux ont quatre cents millions d'années, rien que ça !

Certains ricanèrent, d'autres pas. Keira grimpa sur une caisse.

– Est-ce que quelqu'un parmi vous a pu déceler en moi, dans le passé, le moindre signe d'un comportement fantaisiste ? Lorsque vous avez accepté cette mission au cœur de la vallée de l'Omo, de quitter famille et amis durant de longs mois, aviez-vous vérifié avec qui vous vous engagiez ? Y en a-t-il un parmi vous qui doutait de ma crédibilité avant de prendre l'avion ? Croyez-vous que je sois revenue pour vous faire perdre votre temps et me ridiculiser devant vous ? Qui vous a choisis, qui vous a sollicités, sinon moi ?

– Qu'attendez-vous de nous exactement ? demanda Wolfmayer, l'un des archéologues.

– Cet objet aux particularités stupéfiantes est aussi une carte, reprit Keira. Je sais que cela paraît difficile à croire, mais si vous aviez été témoins de ce que nous avons vu, vous n'en reviendriez pas. En quelques mois, j'ai appris à remettre en cause toutes mes certitudes, et quelle leçon d'humilité ! 5° 10' 2'' 67 de latitude nord, 36° 10' 1'' 74 de longitude est, c'est le point qu'elle nous indique. Je vous demande de m'accorder votre confiance une semaine tout au plus. Je vous propose de charger tous les équipements nécessaires à bord de ces deux 4 × 4 et de partir avec moi dès demain pour aller y entreprendre des fouilles.

– Et pour trouver quoi ? protesta Éric.

– Je n'en sais encore rien, avoua Keira.

– Et voilà ! Non contente de nous avoir tous fait chasser de la vallée de l'Omo, notre grande archéologue nous demande de foutre en l'air huit jours de travail, et Dieu sait combien notre temps est compté, pour nous rendre je ne sais où afin d'aller chercher je ne sais quoi ! Mais de qui se moque-t-on ?

– Attends un peu, Éric, reprit Wolfmayer. Qu'avons-nous à perdre au juste ? Nous creusons depuis des mois et n'avons rien trouvé de bien concluant jusque-là. Et puis, Keira a raison sur un point, c'est auprès d'elle que nous nous sommes engagés, je suppose qu'elle ne prendrait pas le risque de se ridiculiser en nous entraînant avec elle, sans bonnes raisons.

– Soit, mais tu les connais, ses raisons ? s'insurgea Éric. Elle est incapable de nous dire ce qu'elle espère trouver. Savez-vous combien coûte une semaine de travail pour notre équipe ?

– Si tu fais allusion à nos salaires, reprit Karvelis, un autre confrère, cela ne devrait ruiner personne ; et puis, à ce que je sache, cet argent, c'est elle qui en est responsable. Depuis qu'elle est partie, nous faisons tous comme si de rien n'était, mais Keira est l'initiatrice de cette campagne de fouilles. Je ne vois pas pourquoi on ne lui accorderait pas quelques jours.

Normand, l'un des Français de l'équipe, demanda la parole.

– Les coordonnées que Keira nous communique sont plutôt précises ; même en déployant le carroyage sur une cinquantaine de mètres carrés, nous n'avons pas besoin de démonter nos installations ici. Peu de matériel devrait suffire, ce qui limite considérablement l'impact d'une petite semaine d'absence sur nos travaux en cours.

Éric se pencha vers Keira et lui demanda de s'entretenir avec elle en aparté. Ils firent quelques pas ensemble.

– Bravo, je vois que tu as conservé ton sens de l'à-propos, tu les as presque convaincus de te suivre. Après tout, pourquoi pas ? Mais je n'ai pas dit mon dernier mot, je peux mettre ma démission en jeu, les obliger à choisir entre nous deux ou au contraire te soutenir.

– Dis-moi ce que tu veux, Éric, j'ai fait une longue route et je suis fatiguée.

– Quoi que nous trouvions, si tant est que nous trouvions quelque chose, je veux partager avec toi l'attribution de la découverte. Je n'ai pas épargné ma sueur pendant ces longs mois où tu te la coulais douce en voyage, et je n'ai pas fait tout cela pour me voir relégué au simple rang d'assistant. J'ai pris ta relève quand tu nous as lâchés ; depuis ton départ c'est moi qui ai tout assumé ici. Si tu retrouves cette équipe soudée et opérationnelle, c'est à moi que tu le dois, je ne te laisserai pas débarquer sur un terrain dont j'ai désormais la responsabilité, pour que tu me relègues au second rang.

– Tu me parlais d'ego tout à l'heure ? Tu es épatant, Éric. Si nous faisons une découverte majeure, c'est l'équipe au complet qui en partagera le mérite, tu y seras associé, je te le promets, et Adrian aussi, car, crois-moi, il y aura contribué bien plus que quiconque ici. Je peux compter sur ton soutien maintenant que tu es rassuré ?

– Huit jours, Keira, je te donne huit jours et si nous faisons chou blanc, tu prends ton sac et ton copain et vous vous tirez d'ici.

– Je te laisse le soin de répéter ça à Adrian, je suis sûre qu'il va adorer...

Keira revint vers nous et grimpa à nouveau sur la caisse.

– L'endroit dont je vous parle se situe à trois kilomètres à l'ouest du lac Dipa. En prenant la piste demain au lever du jour, nous pouvons y être avant midi et nous mettre aussitôt au travail. Ceux qui veulent me suivre sont les bienvenus.

Un nouveau murmure parcourut l'assemblée. Kar-velis sortit le premier du rang et se posta devant Keira. Alvaro, Normand et Wolfmayer le rejoignirent. Keira avait réussi son pari, bientôt ce fut toute l'équipe qui se groupa autour d'elle et d'Éric, qui ne la quittait plus d'une semelle.

Nous avions chargé le matériel juste avant le lever du soleil ; aux premières heures du matin, les deux 4×4 quittèrent le campement. Keira en conduisait un, Éric l'autre. Après avoir roulé trois heures sur la piste, nous abandonnâmes les véhicules en lisière d'un sous-bois que nous dûmes traverser en portant nos équipements à l'épaule. Harry ouvrait la marche, taillant à grands coups de machette les branchages qui gênaient notre progression. Je voulus l'aider mais il me dit de le laisser faire, sous prétexte que je risquais de me blesser !

Un peu plus loin s'ouvrit devant nous la clairière dont Keira m'avait parlé. Un cercle de terre de huit cents mètres de diamètre, situé au creux d'une boucle de la rivière Omo et qui prenait étrangement la forme d'un crâne humain.

Karvelis tenait son GPS à la main. Il nous guida jusqu'au centre de la clairière.

– 5° 10' 2'' 67 de latitude nord, 36° 10' 1'' 74 de longitude est, nous y sommes, dit-il.

Keira s'agenouilla et caressa la terre.

– Quel voyage incroyable pour finalement revenir jusqu'ici ! me dit-elle. Si tu savais ce que j'ai le trac.

– Moi aussi, lui confiai-je.

Alvaro et Normand commençaient à tracer le péri-mètre des fouilles, tandis que les autres montaient les tentes à l'ombre des bruyères géantes. Keira s'adressa à Alvaro.

– Inutile d'étendre le carroyage, concentrez-vous sur une zone de vingt mètres carrés tout au plus, c'est en profondeur que nous allons creuser.

Alvaro rembobina son fil et suivit les instructions de Keira. À la fin de l'après-midi, trente mètres cubes de terre avaient été extraits. Au fur et à mesure que les travaux progressaient, je voyais se dessiner une fosse. Alors que le soleil déclinait, nous n'avions encore rien trouvé. Les recherches s'interrompirent faute de lumière. Elles reprirent tôt le lendemain.

À 11 heures, Keira commença à manifester des signes de nervosité. Je m'approchai d'elle.

– Nous avons encore une semaine devant nous.

– Je ne crois pas que ce soit une question de jours, Adrian, nous avons des coordonnées très précises, elles sont justes ou fausses, il n'y a pas de demi-mesure. Et puis nous ne sommes pas équipés pour creuser au-delà de dix mètres.

– À combien sommes-nous ?

– À mi-chemin.

– Alors rien n'est encore perdu et je suis certain que plus nous creusons, plus nos chances augmentent.

– Si je me suis trompée, soupira Keira, nous aurons tout perdu.

– C'est le jour où notre voiture a plongé dans les eaux de la rivière Jaune que j'ai cru avoir tout perdu, dis-je en m'éloignant.

L'après-midi passa sans plus de résultats. Keira était allée prendre un peu de repos à l'ombre des bruyères. À 16 heures, Alvaro, qui avait disparu depuis longtemps dans les profondeurs du trou qu'il creusait sans relâche, poussa un hurlement qui retentit dans tout le campement. Quelques instants plus tard, Karvelis cria à son tour. Keira se leva et s'immobilisa, comme tétanisée.

438

Je la vis avancer lentement à travers la clairière, la tête d'Alvaro apparut, il souriait comme jamais je n'ai vu un homme sourire, Keira accéléra le pas et se mit à courir jusqu'à ce qu'une petite voix la rappelle à l'ordre.

– Combien de fois a-t-on dit de ne pas courir sur le terrain de fouilles ? dit Harry en la rejoignant.

Il la prit par la main et l'entraîna vers le rebord de la fosse où l'équipe se regroupait. Au fond du trou, Alvaro et Karvelis avaient trouvé des ossements. Les os fossilisés avaient forme humaine, l'équipe avait découvert un squelette presque intact.

Keira y rejoignit ses deux collègues et s'agenouilla. Les ossements apparaissaient à fleur de terre. Il faudrait encore de nombreuses heures avant de libérer celui qui gisait là de la gangue qui l'emprisonnait.

– Tu m'as donné du fil à retordre mais j'ai fini par te trouver, dit Keira en caressant délicatement le crâne qui émergeait. Il faudra te baptiser, plus tard, d'abord tu nous raconteras qui tu étais et, surtout, l'âge que tu as.

– Il y a quelque chose de pas net, dit Alvaro, je n'ai jamais vu des ossements humains fossilisés à ce point. Sans faire de mauvais jeu de mots, ce squelette est trop évolué pour son âge...

Je me penchai vers Keira et l'entraînai à l'écart des autres.

– Crois-tu que cette promesse que je t'avais faite ait pu se réaliser et que ces ossements soient aussi vieux que nous le pensons ?

– Je n'en sais encore rien, cela paraît tellement improbable, et pourtant... Seules des analyses poussées nous permettront de savoir si un tel rêve est devenu réalité. Mais je peux t'assurer que, si tel est le cas, c'est la plus grande découverte jamais faite sur l'histoire de l'humanité.

Keira retourna dans la fosse auprès de ses confrères. Les fouilles s'arrêtèrent au coucher du soleil et reprirent au matin suivant, mais plus personne ici ne pensait à compter les jours.

Nous n'étions pas au bout de nos peines, le troisième jour nous révéla une surprise encore plus grande. Depuis le matin, je voyais Keira œuvrer avec une minutie qui dépassait l'entendement. Millimètre par millimètre, maniant le pinceau telle une pointilliste, elle libérait les ossements de leur écrin terreux. Soudain, son geste s'arrêta net. Keira connaissait cette légère résistance au bout de son outil, il ne fallait pas forcer, m'expliqua-t-elle, mais contourner le relief qui s'imposait pour en appréhender les formes. Cette fois, elle n'arrivait pas à identifier ce qui se dessinait sous la fine brosse.

– C'est très étrange, me dit-elle, on dirait quelque chose de sphérique, peut-être une rotule ? Mais, au milieu du thorax, c'est pour le moins étonnant...

La chaleur était intenable, de temps à autre une goutte de sueur ruisselant de son front venait mouiller la poussière, alors je l'entendais vitupérer.

Alvaro avait fini sa pause, il proposa de prendre la relève. Keira était épuisée, elle lui céda la place en le suppliant d'agir avec la plus grande précaution.

– Viens, me dit-elle, la rivière n'est pas loin, traversons le sous-bois, j'ai besoin d'un bain.

La berge de l'Omo était sableuse, Keira se déshabilla et plongea sans m'attendre ; le temps d'enlever ma chemise et mon pantalon, je la rejoignis et la pris dans mes bras.

– Le paysage est assez romantique et se prête idéalement à des ébats amoureux, me dit-elle, ne crois pas que l'envie m'en manque, mais si tu continues à t'agiter comme ça, nous ne tarderons pas à avoir de la visite.

– Quel genre de visite ?

– Du genre crocodiles affamés. Viens, il ne faut pas traîner dans ces eaux, je voulais juste me rafraîchir. Allons nous sécher sur la terre ferme et retournons aux fouilles.

Je n'ai jamais su si son histoire d'alligators était véridique, ou s'il s'agissait d'un prétexte délicatement inventé pour lui permettre de retourner à ce travail qui l'obsédait plus que tout. Lorsque nous retournâmes près de la fosse, Alvaro nous attendait, ou plutôt, il attendait Keira.

– Qu'est-ce que nous déterrons ? dit-il à voix basse à Keira, pour que les autres n'entendent pas. Est-ce que tu en as la moindre idée ?

– Pourquoi fais-tu cette tête ? Tu as l'air inquiet.

– À cause de cela, répondit Alvaro en lui tendant ce qui ressemblait à un calot, ou une grosse bille d'agate.

– C'est bien ce sur quoi je travaillais avant d'aller me baigner ? demanda Keira.

– Je l'ai trouvée à dix centimètres des premières vertèbres dorsales.

Keira prit la bille entre ses doigts et l'épousseta.

– Donne-moi de l'eau, dit-elle, intriguée.

Alvaro ôta le bouchon de sa gourde.

– Attends, pas ici, sortons de la fosse.

– Tout le monde va nous voir..., chuchota Alvaro.

Keira sauta hors du trou, cachant la bille au creux de ses mains. Alvaro la suivit.

– Verse doucement, dit-elle.

441

Personne ne leur prêtait attention. De loin, ils avaient l'air de deux collègues se lavant les mains.

Keira frottait délicatement la bille, décollant les sédiments qui la recouvraient.

– Encore un peu, dit-elle à Alvaro.

– Qu'est-ce que c'est que ce truc ? demanda l'archéologue, aussi troublé que Keira.

– Redescendons.

À l'abri des regards, Keira nettoya la surface de la bille. Elle l'observa de plus près.

– Elle est translucide, dit-elle, il y a quelque chose à l'intérieur.

– Montre ! supplia Alvaro.

Il prit la bille dans ses doigts et la plaça dans l'axe du soleil.

– Là, on voit beaucoup mieux, dit-il, on dirait une sorte de résine. Tu crois que c'était un genre de pendentif ? Je suis complètement désarçonné, je n'ai jamais rien vu de pareil. Bon sang, Keira, quel âge a notre squelette ?

Keira récupéra l'objet et fit le même geste qu'Alvaro.

– Je crois que cet objet va peut-être nous apporter la réponse à ta question, dit-elle en souriant à son confrère. Tu te souviens du sanctuaire de San Gennaro ?

– Rafraîchis ma mémoire, s'il te plaît, demanda Alvaro.

– Saint Janvier était évêque de Bénévent, il est mort en martyr en 300 et quelques, près de Pouzzoles, pendant la grande persécution de Dioclétien. Je te fais grâce des détails qui nourrissent la légende de ce saint. Gennaro fut condamné à mort par Timothée, proconsul de Campanie. Après être sorti indemne du bûcher et avoir résisté aux lions qui refusèrent de le dévorer,

Gennaro fut décapité. Le bourreau lui coupa la tête et un doigt. Comme l'usage le voulait à l'époque, une parente recueillit son sang et en remplit les deux burettes avec lesquelles il avait célébré sa dernière messe. Le corps de ce saint fut souvent déplacé. Au début du IVe siècle, lorsque la relique de l'évêque passa à Antignano, la parente qui avait conservé les fioles les approcha de la dépouille de l'évêque. Le sang séché qu'elles contenaient se liquéfia. Le phénomène se reproduisit en 1492 lorsque le corps fut ramené dans le Duomo San Gennaro, la chapelle qui lui est dédiée. Depuis, la liquéfaction du sang de Gennaro fait l'objet, chaque année, d'une cérémonie en présence de l'archevêque de Naples. Les Napolitains célèbrent le jour anniversaire de son exécution dans le monde entier. Le sang séché préservé dans deux ampoules hermétiques est présenté devant des milliers de fidèles, il se liquéfie et entre parfois même en ébullition.

– Comment sais-tu cela ? demandai-je à Keira.

– Pendant que tu lisais Shakespeare, moi je lisais Alexandre Dumas.

– Et comme pour San Gennaro, cette bille translucide que vous avez trouvée dans la fosse contiendrait le sang de celui qui y repose ?

– Il est possible que la matière rouge solidifiée que nous voyons à l'intérieur de cette bille soit du sang et, si c'est le cas, ce serait aussi un miracle. Nous pourrions presque tout apprendre de la vie de cet homme, son âge, ses particularités biologiques. Si nous pouvons faire parler son ADN, il n'aura plus de secrets pour nous. Maintenant nous devons emmener cet objet en lieu sûr et faire analyser son contenu par un laboratoire spécialisé.

– Qui comptes-tu charger d'une telle mission ? demandai-je.

Keira me fixa avec une intensité dans le regard qui trahissait ses intentions.

– Pas sans toi ! répondis-je avant même qu'elle parle. C'est hors de question.

– Adrian, je ne peux pas le confier à Éric, et si je quitte mon équipe une seconde fois, on ne me le pardonnera pas.

– Je me fiche de tes collègues, de tes recherches, de ce squelette et même de cette bille ! S'il t'arrivait quelque chose, je ne te le pardonnerais pas non plus ! Même pour la plus importante découverte scientifique qui soit, je ne partirai pas d'ici sans toi.

– Adrian, je t'en prie !

– Écoute-moi bien, Keira, ce que j'ai à dire me demande beaucoup d'efforts et je ne me répéterai pas. J'ai consacré la plus grande partie de ma vie à scruter les galaxies, à chercher les traces infimes des premiers instants de l'Univers. Je pensais être le meilleur dans mon domaine, le plus avant-gardiste, le plus culotté, je me croyais incollable et j'étais fier de l'être. Quand j'ai pensé t'avoir perdue, j'ai passé mes nuits, la tête levée vers le ciel, incapable de me souvenir du nom d'une seule étoile. Je me moque de l'âge de ce squelette, je me fiche de ce qu'il nous apprendra sur l'espèce humaine ; qu'il ait cent ans ou quatre cents millions d'années m'est totalement égal si tu n'es plus là.

J'avais totalement oublié la présence d'Alvaro qui toussota, un peu embarrassé.

– Je ne veux pas me mêler de vos histoires, dit-il, mais avec la découverte que tu viens de nous offrir, tu peux revenir dans six mois et nous demander de faire une course en sac de pommes de terre autour du Machu Picchu, je serais prêt à parier que tout le monde te suivrait, moi le premier.

Je sentis Keira hésiter, elle regarda les ossements dans le sol.

– *Madre de Dios !* cria Alvaro, après ce que vient de te dire cet homme, tu préfères passer tes nuits à côté d'un squelette ? Fiche le camp d'ici et reviens vite me dire ce que contient cette bille de résine !

Keira me tendit la main pour que je l'aide à sortir de son trou. Elle remercia Alvaro.

– File, je te dis ! Demande à Normand de te ramener à Jinka, tu peux lui faire confiance, il est discret. J'expliquerai tout aux autres quand tu seras partie.

Pendant que je regroupais nos affaires, Keira alla parler à Normand. Par chance, le reste du groupe avait délaissé le campement pour aller se rafraîchir à la rivière. Nous retraversâmes tous les trois le sous-bois et lorsque nous arrivâmes devant le 4 × 4, Harry nous y attendait, les bras croisés.

– Tu allais encore repartir sans me dire au revoir ? dit-il en toisant Keira.

– Non, cette fois, ce ne sera l'affaire que de quelques semaines. Je serai bientôt de retour.

– Cette fois, je n'irai plus t'attendre à Jinka, tu ne reviendras pas, je le sais, répondit Harry.

– Je te promets le contraire, Harry, je ne t'abandonnerai jamais ; la prochaine fois, je t'emmènerai avec moi.

– Je n'ai rien à faire dans ton pays. Toi qui passes ton temps à chercher les morts, tu devrais savoir que ma place est là où mes vrais parents sont enterrés, c'est ma terre ici. Va-t'en maintenant.

Keira s'approcha d'Harry.

– Tu me détestes ?

– Non, je suis triste et je ne veux pas que tu me voies triste, alors va-t'en.

– Moi aussi je suis triste, Harry, il faut que tu me croies, je suis revenue une fois, je reviendrai à nouveau.

– Alors peut-être que j'irai à Jinka, mais de temps en temps seulement.

– Tu m'embrasses ?

– Sur la bouche ?

– Non, pas sur la bouche, Harry, répondit Keira dans un éclat de rire.

– Alors je suis trop vieux maintenant, mais je veux bien que tu me serres dans tes bras.

Keira prit Harry dans ses bras, elle déposa un baiser sur son front et le garçon fila vers la forêt sans se retourner.

– Si tout va bien, dit Normand, nous arriverons à Jinka avant la navette postale, vous pourrez repartir à son bord, je connais le pilote. Vous devriez vous poser à temps à Addis-Abeba pour attraper l'avion de Paris, sinon il y a toujours le vol de Francfort qui part le dernier, celui-là vous êtes sûrs de l'avoir.

Alors que nous roulions sur la piste, je me tournai vers Keira, une question me trottait dans la tête.

– Qu'est-ce que tu aurais fait si Alvaro n'avait pas plaidé en ma faveur ?

– Pourquoi me demandes-tu cela ?

– Parce que quand j'ai vu ton regard aller de ce squelette à moi, je me suis demandé lequel de nous deux te plaisait le plus.

– Je suis dans cette voiture, cela devrait répondre à ta question.

– Mouais, grommelai-je en me retournant vers la route.

– C'est quoi ce « mouais »... tu en doutais ?

– Non, non.

446

– Si Alvaro ne m'avait pas parlé, j'aurais peut-être fait ma fière et je serais restée, mais, dix minutes après ton départ, j'aurais supplié quelqu'un de m'emmener à bord du second 4×4 pour te rattraper. Tu es content maintenant ?

*

Paris

Ce fut une course folle pour réussir à monter dans l'avion de Paris. Lorsque nous nous présentâmes au comptoir d'Air France, l'embarquement du vol était presque terminé. Heureusement il restait une dizaine de places libres et une hôtesse bienveillante accepta de nous faire traverser les filtres de sécurité en coupant la longue file des passagers qui attendaient leur tour. Avant que l'avion ait quitté le terminal, j'avais réussi à passer deux brefs appels téléphoniques, l'un à Walter que j'avais réveillé au milieu de sa nuit, l'autre à Ivory qui ne dormait pas. Annonçant notre retour en Europe, je leur avais posé la même question : où pouvions-nous trouver le laboratoire le plus compétent pour procéder à des tests complexes sur de l'ADN ?

Ivory nous pria de le rejoindre à son domicile dès notre arrivée. À 6 heures du matin un taxi nous conduisit de l'aéroport Charles-de-Gaulle à l'île Saint-Louis. Ivory nous ouvrit la porte en robe de chambre.

– Je ne savais pas exactement quand vous arriveriez, nous dit-il, je me suis laissé surprendre tardivement par le sommeil.

Il se retira dans la cuisine pour nous faire du café et nous invita à l'attendre dans le salon. Il revint avec un plateau dans les mains et s'assit dans un fauteuil en face de nous.

– Alors, qu'avez-vous trouvé en Afrique ? C'est à cause de vous si je n'ai pas dormi, impossible de fermer l'œil après votre appel.

Keira sortit la bille de sa poche et la présenta au vieux professeur. Ivory ajusta ses lunettes et examina attentivement l'objet.

– C'est de l'ambre ?

– Je n'en sais encore rien, mais les taches rouges à l'intérieur sont probablement du sang.

– Quelle merveille ! Où avez-vous trouvé cela ?

– À l'endroit précis indiqué par les fragments, répondis-je.

– Sur le thorax d'un squelette que nous avons exhumé, reprit Keira.

– Mais c'est une découverte majeure ! s'exclama Ivory.

Il se dirigea vers son secrétaire, ouvrit un tiroir et en sortit une feuille de papier.

– Voici l'ultime traduction que j'ai faite du texte en guèze, lisez.

Je pris le document qu'Ivory agitait sous mon nez et le lus à voix haute :

J'ai dissocié le disque des mémoires, confié aux maîtres des colonies les parties qu'il conjugue. Sous les trigones étoilés, que restent celées les ombres de l'infinité. Qu'aucun ne sache où l'hypogée se trouve. La nuit de l'un est gardienne de l'origine. Que personne ne l'éveille, à la réunion des temps imaginaires, se dessinera la fin de l'aire.

– Je crois que cette énigme prend désormais tout son sens, n'est-ce pas ? dit le vieux professeur. Grâce au bricolage d'Adrian à Vrije nous avons fait parler le disque qui nous a indiqué la position d'une tombe. Le fameux hypogée où il fut probablement découvert au IVe millénaire. Ceux qui en comprirent l'importance en dissocièrent les fragments et allèrent les porter aux quatre coins du monde.

– Dans quel but ? demandai-je, pourquoi un tel voyage ?

– Mais pour que personne ne retrouve le corps que vous avez mis au jour, celui sur lequel ils ont précisément trouvé le disque des mémoires. *La nuit de l'un est gardienne de l'origine*, souffla Ivory en grimaçant.

Le visage du vieux professeur était devenu pâle, une fine sueur perlait sur son front.

– Ça ne va pas ? demanda Keira.

– Je lui ai consacré toute mon existence, et vous l'avez enfin trouvé, personne ne voulait me croire, je vais très bien, je n'ai jamais été aussi bien de ma vie, dit-il avec un rictus aux lèvres.

Mais le vieux professeur posa sa main sur sa poitrine et se rassit dans son fauteuil, il était blanc comme un linge.

– Ce n'est rien, dit-il, un coup de fatigue. Alors, comment est-il ?

– Qui ? demandai-je.

– Mais ce squelette, bon sang !

– Complètement fossilisé et étrangement intact, répondit Keira qui s'inquiétait de l'état d'Ivory.

Le professeur gémit et se plia en deux.

– J'appelle les secours, dit Keira.

– N'appelez personne, ordonna le professeur, je vous dis que ça va passer. Écoutez-moi, nous avons peu de temps devant nous. Le laboratoire que vous

450

cherchez se trouve à Londres, je vous ai griffonné l'adresse sur le bloc-notes qui est à l'entrée. Redoublez de prudence, s'ils apprennent ce que vous avez découvert, ils ne vous laisseront pas aller jusqu'au bout, ils ne reculeront devant rien. Je suis désolé de vous avoir mis en danger, mais il est trop tard maintenant.

– Qui sont ces gens ? demandai-je.

– Je n'ai plus le temps de vous expliquer, il y a plus urgent. Dans le petit tiroir de mon secrétaire, prenez l'autre texte, je vous en prie.

Ivory s'effondra sur le tapis.

Keira saisit le combiné du téléphone posé sur la table basse et composa le numéro du Samu, mais Ivory tira sur le fil et l'arracha.

– Partez d'ici, je vous en prie !

Keira s'agenouilla auprès de lui et passa un coussin sous sa tête.

– Il n'est pas question que nous vous laissions, vous m'entendez ?

– Je vous adore, vous êtes encore plus têtue que moi. Vous n'aurez qu'à laisser la porte ouverte, appelez les secours quand vous serez partis. Mon Dieu que cela fait mal, dit-il en se serrant la poitrine. Je vous en prie, continuez ce que je ne peux plus faire, vous touchez au but.

– Quel but, Ivory ?

– Ma chère, vous avez fait la découverte la plus sensationnelle qui soit, celle que tous vos confrères vous jalouseront. Vous avez trouvé l'homme zéro, le premier d'entre nous, et cette bille de sang que vous possédez en apportera la preuve. Mais vous verrez, si je ne me suis pas trompé, vous n'êtes pas au bout de vos surprises. Le second texte, dans mon secrétaire, Adrian

451

le connaît déjà, ne l'oubliez pas, vous finirez tous les deux par comprendre.

Ivory perdit connaissance. Keira n'écouta pas ses dernières recommandations, pendant que je fouillais le secrétaire, elle appela les secours avec mon portable.

En sortant de l'immeuble, nous fûmes pris d'un remords.

– Nous n'aurions pas dû le laisser seul là-haut.

– Il nous a fichus à la porte...

– Pour nous protéger. Viens, on remonte.

Une sirène retentit dans le lointain, elle se rapprochait de seconde en seconde.

– Pour une fois écoutons-le, dis-je à Keira, ne traînons pas.

Un taxi remontait le quai d'Orléans, je l'arrêtai et lui demandai de nous conduire gare du Nord. Keira me regarda, étonnée, je lui montrai la feuille que j'avais arrachée sur le bloc-notes dans l'entrée de l'appartement d'Ivory, juste avant que nous en partions. L'adresse qu'il avait griffonnée se trouvait à Londres, British Society for Genetic Research, 10 Hammersmith Grove.

*

Londres

J'avais prévenu Walter de notre arrivée. Il vint nous chercher à la gare de St. Pancras ; il nous attendait à la descente des escalators, les mains derrière sa gabardine.

– Vous n'avez pas l'air de bonne humeur ? lui dis-je en le voyant.

– Figurez-vous que j'ai mal dormi, et on se demande à qui la faute !

– Je suis désolé de vous avoir réveillé.

– Vous n'avez pas bonne mine tous les deux, dit-il en nous regardant attentivement.

– Nous avons passé la nuit dans l'avion et ces dernières semaines n'étaient pas particulièrement reposantes. Bien, si nous y allions ? demanda Keira.

– J'ai trouvé l'adresse que vous m'aviez demandée, dit Walter en nous guidant vers la file des taxis. Au moins, mon sommeil n'aura pas été gâché pour rien, j'espère que cela en valait la peine.

– Vous n'avez plus votre petite voiture ? lui demandai-je en grimpant à bord du black cab.

– À la différence de certains que je ne nommerais

pas, me répondit-il, j'écoute les conseils que me donnent mes amis. Je l'ai revendue et je vous réserve une surprise, mais plus tard. 10 Hammersmith Grove, dit-il au chauffeur. Nous allons à la Société anglaise de recherches génétiques, c'est l'endroit que vous cherchiez.

Je décidai de garder le papier d'Ivory au fond de ma poche et de ne pas en faire état à Walter...

– Alors ? demanda-t-il, puis-je savoir ce que nous allons faire là-bas, un test de paternité peut-être ?

Keira lui montra la bille, Walter la regarda attentivement.

– Bel objet, dit-il, et qu'est-ce que c'est que cette chose rouge au centre ?

– Du sang, répondit Keira.

– Beurk !

Walter avait réussi à nous obtenir un rendez-vous avec le docteur Poincarno, responsable de l'unité de paléo-ADN. L'Académie royale ouvrait bien des portes, alors pourquoi s'en priver, nous dit-il goguenard.

– Je me suis permis de décliner vos qualités respectives. Rassurez-vous, je ne me suis pas étendu sur la nature de vos travaux, mais, pour obtenir un entretien dans des délais aussi courts, il m'a fallu révéler que vous arriviez d'Éthiopie avec des choses extraordinaires à faire analyser. Je ne pouvais pas en dire plus puisque Adrian s'est bien gardé de me raconter quoi que ce soit !

– Les portes de notre avion se fermaient, j'avais très peu de temps, et puis j'ai eu l'impression de vous avoir réveillé...

Walter me lança un regard incendiaire.

– Vous allez me dire ce que vous avez découvert en Afrique, ou vous allez me laisser mourir idiot ? Avec le mal que je me donne pour vous, j'ai quand même le droit d'être un peu informé. Je ne suis pas que coursier, chauffeur, facteur...

– Nous avons trouvé un incroyable squelette, lui dit Keira en lui tapotant affectueusement le genou.

– Et c'est ce qui vous met dans un état pareil tous les deux ? Des ossements ? Vous avez dû être incarnés en chiens dans une vie antérieure. D'ailleurs vous avez un peu une tête d'épagneul, Adrian. Vous ne trouvez pas, Keira ?

– Et moi j'aurais une tête de cocker, selon vous ? lui demanda-t-elle en le menaçant avec son journal.

– Ne me faites pas dire ce que je n'ai pas dit !

Le taxi se rangea devant la Société anglaise de recherches génétiques. Le bâtiment était de facture moderne et les locaux d'un luxe assez remarquable. De longs couloirs donnaient accès à des salles d'examen suréquipées. Pipettes, centrifugeuses, microscopes électroniques, chambres froides, la liste semblait sans fin. Autour de ces appareillages modernes, une fourmilière de chercheurs en blouse rouge travaillaient dans un calme impressionnant. Poincarno nous fit visiter les locaux, nous expliquant le fonctionnement du laboratoire.

– Nos travaux ont de multiples débouchés scientifiques. Aristote disait : « Est vivant ce qui se nourrit, croit et dépérit de lui-même », on pourrait dire : « Est vivant tout ce qui enferme en lui des programmes, une sorte de logiciel. » Un organisme doit pouvoir se développer en évitant le désordre et l'anarchie, et pour construire quelque chose de cohérent il faut un plan. Où la vie cache-t-elle le sien ? Dans l'ADN. Ouvrez n'importe quel noyau de cellule, vous trouverez des filaments d'ADN qui portent toute l'information génétique d'une espèce en un immense message codé.

L'ADN est le support de l'hérédité. En lançant de vastes campagnes de prélèvements cellulaires sur diverses populations du globe, nous avons établi des liens de parenté insoupçonnés et retracé, à travers les âges, les grandes migrations de l'humanité. L'étude ADN de milliers d'individus nous a aidés à décrypter le processus de l'évolution au fur et à mesure de ces migrations. L'ADN transmet une information de génération en génération, le programme évolue et nous fait évoluer. Nous descendons tous d'un être unique, n'est-ce pas ? Remonter jusqu'à lui revient à découvrir les sources de la vie. On retrouve chez les Inuits des liens héréditaires avec les peuples du nord de la Sibérie. C'est ainsi que nous apprenons aux uns et aux autres d'où sont partis leurs arrière-arrière-arrière-grands-parents... Mais nous étudions aussi l'ADN des insectes ou des végétaux. Nous avons récemment fait parler les feuilles d'un magnolia vieux de vingt millions d'années. Nous savons aujourd'hui extraire de l'ADN là où on n'imaginerait pas qu'il en reste le moindre picogramme.

Keira sortit la bille de sa poche et la tendit à Poincarno.

– C'est de l'ambre ? questionna-t-il.

– Je ne pense pas, plutôt une résine artificielle.

– Comment ça, artificielle ?

– C'est une longue histoire, pouvez-vous étudier ce qui est à l'intérieur ?

– À condition que nous arrivions à pénétrer la matière qui l'entoure. Suivez-moi ! dit Poincarno, qui regardait la bille, de plus en plus intrigué.

Le laboratoire baignait dans une pénombre rougeâtre. Poincarno alluma la lumière, les néons grésillèrent au plafond. Il s'installa sur un tabouret et plaça la bille entre les mâchoires d'un minuscule étau. Avec la lame d'un bistouri, il essaya d'en entailler la surface, sans résultat, il rangea son outil et le remplaça par une pointe diamant qui ne fut même pas capable de rayer la bille. Changement de salle et de méthodologie, cette fois ce fut au laser que le docteur s'attaqua à la bille, mais le résultat ne fut guère plus concluant.

– Bon, dit-il. Aux grands maux les grands remèdes, suivez-moi !

Nous entrâmes dans un sas où le docteur nous fit passer d'étranges combinaisons. Nous étions rhabillés de la tête aux pieds, lunettes, gants, calotte, rien ne dépassait.

– Nous allons opérer quelqu'un ? demandai-je derrière le masque collé sur ma bouche.

– Non, mais nous devons éviter de contaminer le prélèvement avec le moindre ADN étranger, le vôtre par exemple. Nous allons entrer dans une chambre stérile.

Poincarno s'assit sur un tabouret devant une cuve hermétiquement close. Il plaça la bille dans un premier compartiment qu'il referma. Puis il plongea ses mains dans deux manchons en caoutchouc et opéra depuis l'intérieur pour la faire passer dans la seconde chambre de la cuve, après qu'elle eut été nettoyée. Il posa la bille sur un socle et fit tourner une petite valve. Un liquide transparent envahit le compartiment.

– Qu'est-ce que c'est ? demandai-je.

– De l'azote liquide, répondit Keira.

– Moins 195,79 ° Celsius, ajouta Poincarno. La très basse température de l'azote liquide empêche le fonctionnement des enzymes susceptibles de dégrader l'ADN, l'ARN ou les protéines que l'on désire extraire. Les gants que j'utilise sont des isolants spécifiques pour prévenir des brûlures. L'enveloppe de la bille ne devrait pas tarder à se fissurer.

Il n'en fut rien, hélas. Mais Poincarno, de plus en plus intrigué par la chose, n'était pas prêt à renoncer.

– Je vais abaisser radicalement la température en utilisant de l'hélium 3. Ce gaz permet de se rapprocher du zéro absolu. Si votre objet résiste à un tel choc thermique, je baisse les bras, je n'aurai pas d'autre solution.

Poincarno fit tourner un petit robinet, rien d'apparent ne se produisit.

– Le gaz est invisible, nous dit-il. Attendons quelques secondes.

Walter, Keira et moi avions les yeux rivés sur la vitre de la cuve et retenions notre respiration. Nous ne pouvions accepter l'idée de rester ainsi impuissants, après tant d'efforts, devant l'écorce inviolable d'un si petit récipient. Mais, soudain, un minuscule impact se forma sur la paroi translucide. Une infime fracture striait la bille. Poincarno colla ses yeux sur les œilletons de son microscope électronique et manipula une fine aiguille.

– J'ai votre prélèvement ! s'exclama-t-il en se retournant vers nous. Nous allons pouvoir procéder aux analyses. Cela demandera quelques heures, je vous appellerai dès que nous aurons quelque chose.

Nous le laissâmes dans son laboratoire et ressortîmes par le sas stérile après avoir abandonné nos combinaisons.

Je proposai à Keira de rentrer à la maison. Elle me rappela les avertissements d'Ivory et me demanda si cela était bien prudent. Walter offrit de nous héberger, mais j'avais envie d'une douche et de vêtements propres. Nous nous quittâmes sur le trottoir, Walter prit le métro pour rejoindre l'Académie, Keira et moi grimpâmes dans un taxi en direction de Cresswell Place.

La maison était poussiéreuse, le réfrigérateur aussi vide que possible et les draps de la chambre tels que nous les avions laissés. Nous étions épuisés et, après avoir tenté de remettre un peu d'ordre, nous nous sommes endormis dans les bras l'un de l'autre.

La sonnerie du téléphone nous réveilla, je cherchai l'appareil à tâtons et décrochai, Walter semblait surexcité.

– Mais enfin qu'est-ce que vous fabriquez ?

– Figurez-vous que nous nous reposions, vous nous avez réveillés. Nous sommes quittes.

– Vous avez vu l'heure ? Cela fait quarante-cinq minutes que je vous attends au laboratoire, ce n'est pas faute de vous avoir appelés.

– Je n'ai pas dû entendre mon portable, qu'y a-t-il de si pressé ?

– Justement, le docteur Poincarno refuse de me le dire hors de votre présence, mais il m'a contacté à l'Académie en me demandant de venir au laboratoire de toute urgence, alors habillez-vous et rejoignez-moi.

Walter me raccrocha au nez. Je réveillai Keira et l'informai que nous étions vivement attendus au labo. Elle sauta dans son pantalon, enfila un pull et m'attendait déjà dans la rue alors que je refermais les fenêtres de la maison. Il était 19 heures environ lorsque nous arrivâmes à Hammersmith Grove. Poincarno faisait les cent pas dans le hall désert du laboratoire.

– Vous en avez mis du temps, grommela-t-il, suivez-moi dans mon bureau, il faut que nous parlions.

Il nous fit asseoir face à un mur blanc, tira les rideaux, éteignit la lumière et alluma un projecteur.

La première diapositive qu'il nous présenta ressemblait à une colonie d'araignées agglutinées sur leur toile.

– Ce que j'ai vu relève de l'absurdité la plus totale et j'ai besoin de savoir si tout cela est une gigantesque supercherie ou un canular de mauvais goût. J'ai accepté de vous recevoir ce matin en raison de vos qualités respectives et des recommandations de l'Académie royale, mais cela dépasse les bornes et je ne mettrai pas ma réputation en jeu pour donner un quelconque crédit à deux imposteurs qui me font perdre mon temps.

Keira et moi avions du mal à comprendre la véhémence de Poincarno.

– Qu'avez-vous découvert ? demanda Keira.

– Avant que je vous réponde, dites-moi où vous avez trouvé cette bille de résine et dans quelles circonstances.

– Au fond d'une sépulture située au nord de la vallée de l'Omo. Elle reposait sur le sternum d'un squelette humain fossilisé.

– Impossible, vous mentez !

– Écoutez, docteur, je n'ai pas plus de temps à perdre que vous, si vous pensez que nous sommes des imposteurs, libre à vous ! Adrian est un astrophysicien dont la réputation n'est plus à faire, quant à moi, j'ai aussi quelques mérites à faire valoir, alors si vous nous disiez de quoi vous nous accusez !

– Mademoiselle, vous pourriez tapisser les murs de mon bureau de vos diplômes que cela ne changerait rien. Que voyez-vous sur cette image ? dit-il en faisant apparaître une deuxième diapositive.

– Des mitochondries et des filaments d'ADN.

– Oui, en effet, c'est exactement cela.

– Et cela vous pose un problème ? demandai-je.

– Il y a vingt ans, nous avons réussi à prélever et à analyser l'ADN d'un charançon conservé dans de l'ambre. L'insecte venait du Liban, il avait été découvert entre Jezzine et Dar el-Beida où il s'était fait engluer dans de la résine. La pâte devenue pierre avait préservé son intégrité. Cet insecte avait cent trente millions d'années. Vous imaginez tout ce que nous avons pu apprendre de cette découverte qui constitue, à ce jour encore, le plus ancien témoignage d'un organisme complexe vivant.

– J'en suis ravi pour vous, dis-je, mais en quoi cela nous concerne ?

– Adrian a raison, intervint Walter, je ne vois toujours pas où est le problème.

– Le problème, messieurs, reprit sèchement Poincarno, c'est que l'ADN que vous m'avez demandé d'étudier serait trois fois plus ancien, c'est en tout cas ce que nous indique la spectroscopie. Il aurait même quatre cents millions d'années !

– Mais c'est une découverte fantastique, dis-je, plein d'enthousiasme.

– C'est aussi ce que nous pensions en début d'après-midi, même si certains de mes confrères que j'avais aussitôt appelés étaient dubitatifs. Les mitochondries que vous voyez sur cette troisième image sont dans un état si parfait que cela a suscité quelques interrogations. Mais soit, admettons que cette résine particulière, que nous n'avons toujours pas pu identifier, les ait protégées durant tout ce temps, ce dont je doute fort. Maintenant, regardez bien cette diapositive, c'est un grossissement au microscope électronique de la précédente photographie. Approchez-vous du mur, je vous en prie, je voudrais que vous ne ratiez ce spectacle sous aucun prétexte.

Keira, Walter et moi nous rapprochâmes, comme nous l'avait demandé Poincarno.

– Alors, que voyez-vous ?

– C'est un chromosome X, le premier homme était une femme ! annonça Keira visiblement bouleversée.

– Oui, de toute évidence, le squelette que vous avez

461

trouvé est bien celui d'une femme et non d'un homme ;
mais ne croyez pas que je sois en colère à cause de
cela, je ne suis pas misogyne.

– Je ne comprends toujours pas, me chuchota Keira,
c'est fantastique, te rends-tu compte, Ève est née avant
Adam, dit-elle en souriant.

– L'ego des hommes va en prendre un sacré coup,
ajoutai-je.

– Vous avez raison de faire de l'humour, reprit Poincarno, et il y a encore plus drôle ! Regardez de plus
près et dites-moi ce que vous observez.

– Je n'ai pas envie de jouer aux devinettes, docteur,
cette découverte est bouleversante, elle est pour moi
l'aboutissement d'une décennie de travail et de sacrifices, alors dites-nous ce qui vous fâche, nous gagnerions tous du temps et j'ai cru comprendre que le vôtre
était précieux.

– Mademoiselle, votre découverte serait extraordinaire si l'évolution acceptait le principe d'un retour en
arrière, mais, vous le savez aussi bien que moi, la
nature veut que nous progressions... et ne régressions
pas. Or ces chromosomes que nous voyons ici sont bien
plus élaborés que les vôtres et les miens !

– Et que les miens aussi ? demanda Walter.

– Plus évolués que ceux de tous les humains
vivants aujourd'hui.

– Ah ! qu'est-ce qui vous fait dire cela ? poursuivit
Walter.

– Cette petite partie ici, que nous appelons un allèle,
des gènes localisés sur chaque membre d'une paire de
chromosomes homologues. Ceux-ci ont été génétiquement modifiés, et je doute qu'une telle chose fût
envisageable il y a quatre cents millions d'années. Si
vous m'expliquiez maintenant la façon dont vous avez
procédé pour mettre au point cette farce, à moins que

vous ne préfériez que j'en réfère directement au conseil d'administration de l'Académie ?

Abasourdie, Keira s'assit sur une chaise.

– Dans quel but ces chromosomes ont-ils été modifiés ? demandai-je.

– La manipulation génétique n'est pas le sujet du jour, mais je vais répondre à votre question. Nous expérimentons ce genre d'intervention sur les chromosomes aux fins de prévenir les maladies héréditaires ou certains cancers, de provoquer des mutations et de nous permettre de faire face à des conditions de vie qui évoluent plus vite que nous. Intervenir sur les gènes c'est en quelque sorte rectifier l'algorithme de la vie, réparer certains désordres, dont ceux que nous provoquons ; bref, les intérêts médicaux sont infinis, mais ce n'est pas ce qui nous préoccupe ce soir. Cette femme que vous avez découverte dans votre vallée de l'Omo ne peut à la fois appartenir à un lointain passé et contenir dans son ADN les traces du futur. Maintenant dites-moi pourquoi une telle supercherie ? Vous rêviez tous deux au Nobel et espériez ma caution en me bernant de façon si grossière ?

– Il n'y a aucune supercherie, protesta Keira. Je comprends vos suspicions, mais nous n'avons rien inventé, je vous le jure. Cette bille que vous avez analysée, nous l'avons sortie de terre avant-hier et, croyez-moi, l'état de fossilisation des ossements qui l'accompagnaient ne pouvait être contrefait. Si vous saviez ce qu'il nous en a coûté de trouver ce squelette, vous ne douteriez pas une seconde de notre sincérité.

– Vous rendez-vous compte de ce que cela impliquerait si je vous croyais ? questionna le docteur.

Poincarno avait changé de ton et semblait soudainement disposé à nous écouter. Il se rassit derrière son bureau et ralluma la lumière.

– Cela signifie, répondit Keira, qu'Ève est née avant Adam et surtout que la mère de l'humanité est bien plus vieille que nous ne l'imaginions tous.

– Non, mademoiselle, pas seulement cela. Si ces mitochondries que j'ai étudiées sont réellement âgées de quatre cents millions d'années, cela présuppose bien d'autres choses que votre complice astrophysicien vous a certainement déjà expliquées, car j'imagine qu'avant de venir ici vous aviez rodé votre numéro à la perfection.

– Nous n'avons rien fait de tel, dis-je en me levant. Et de quelle théorie parlez-vous ?

– Allons, ne me prenez pas pour plus ignorant que je ne le suis. Les études que nous faisons dans nos métiers respectifs se rejoignent parfois, vous le savez très bien. De nombreux scientifiques s'accordent sur le fait que l'origine de la vie sur la Terre pourrait être le fruit de bombardements de météorites, n'est-ce pas, monsieur l'astrophysicien ? Et cette théorie s'est trouvée renforcée depuis que des traces de glycine ont été découvertes dans la queue d'une comète, vous n'êtes pas sans le savoir ?

– On a trouvé une plante dans la queue d'une comète ? demanda Walter effaré.

– Non, pas cette glycine-là, Walter, la glycine est le plus simple des acides aminés, une molécule essentielle à l'apparition de la vie. La sonde Stardust en a prélevé dans la queue de la comète Wild 2 alors qu'elle passait à trois cent quatre-vingt-dix millions de kilomètres de la Terre. Les protéines qui forment l'intégralité des organes, cellules et enzymes des organismes vivants sont formées de chaînes d'acides aminés.

– Et au grand bonheur des astrophysiciens, cette découverte est venue renforcer l'idée que la vie sur la Terre pouvait avoir trouvé son origine dans l'espace où elle serait plus répandue que l'on veut bien l'entendre, je n'exagère rien en disant cela ? reprit Poincarno en me coupant la parole. Mais de là à vouloir nous faire croire par de sinistres manipulations que la Terre ait été peuplée par des êtres aussi complexes que nous, cela relève de la folie.

– Qu'est-ce que vous suggérez ? demanda Keira.

– Je vous l'ai déjà dit, votre Ève ne peut appartenir au passé et être porteuse de cellules génétiquement modifiées, sauf si vous voulez nous faire avaler que le premier des humains, la première en l'occurrence, serait arrivé dans la vallée de l'Omo en provenance d'une autre planète !

– Je ne veux pas me mêler de ce qui ne me regarde pas, intervint Walter, mais si vous aviez raconté à mon arrière-grand-mère que l'on voyagerait de Londres à Singapour en quelques heures, volant à dix mille mètres d'altitude dans une boîte de conserve qui pèse cinq cent soixante tonnes, elle vous aurait dénoncé illico au médecin de son village et vous auriez été bon pour l'asile en moins de temps qu'il n'en faut pour le dire ! Je ne vous parle là ni de vols supersoniques, ni de se poser sur la Lune, et encore moins de cette sonde qui a su repêcher vos acides aminés dans la queue d'une comète à trois cent quatre-vingt-dix millions de kilomètres de la Terre ! Pourquoi faut-il toujours que les plus savants d'entre nous manquent autant d'imagination ?

Walter s'était mis en colère, il arpentait la pièce de long en large, personne à ce moment n'aurait risqué de l'interrompre. Il s'arrêta net et pointa un doigt rageur vers Poincarno.

– Vous, les scientifiques, passez votre temps à vous tromper. Vous reconsidérez en permanence les erreurs de vos pairs, quand ce ne sont pas les vôtres, et ne me dites pas le contraire, j'ai perdu mes cheveux à tenter d'équilibrer des budgets pour que vous ayez l'argent nécessaire à tout réinventer. Et pourtant, chaque fois qu'une idée novatrice se présente, c'est la même litanie : impossible, impossible et impossible ! C'est tout de même incroyable ! Parce que modifier des chromosomes était envisageable il y a cent ans ? Aurait-on accordé le moindre crédit à vos recherches ne serait-ce qu'au début du XXᵉ siècle ? Pas mes administrateurs en tout cas... Vous seriez tout bonnement passé pour un illuminé et rien d'autre. Monsieur le docteur en génie génétique, je connais Adrian depuis des mois, et je vous interdis, vous m'entendez, de le soupçonner de la moindre forfaiture. Cet homme assis devant vous est d'une honnêteté... qui frise parfois la bêtise !

Poincarno nous regarda tour à tour.

– Vous êtes passé à côté de votre carrière, monsieur le gestionnaire de l'Académie des sciences, vous auriez dû être avocat ! Très bien, je ne dirai rien à votre conseil d'administration, nous allons poursuivre plus avant nos études sur ce sang. Je confirmerai ce que nous aurons découvert et strictement cela. Mon rapport fera mention des anomalies et incohérences que nous aurons révélées et se gardera bien d'émettre la moindre hypothèse, d'appuyer la moindre théorie. Il vous appartient de publier ce que bon vous semble, mais vous en assumerez seuls l'entière responsabilité. Si je lis dans la rédaction de vos travaux la moindre ligne me mettant en cause ou me prenant à témoin, je vous assignerai aussitôt, est-ce clair ?

– Je ne vous ai rien demandé de tel, répondit Keira. Si vous acceptez de certifier l'âge de ces cellules, d'attester scientifiquement qu'elles sont vieilles de quatre cents millions d'années, ce sera déjà une contribution énorme. Rassurez-vous, il est bien trop tôt pour que nous pensions à publier quoi que ce soit, et sachez que nous sommes, tout autant que vous, stupéfaits de ce que vous nous avez appris et encore incapables d'en tirer des conclusions.

Poincarno nous raccompagna jusqu'à la porte du laboratoire et promit de nous recontacter d'ici quelques jours.

Il pleuvait sur Londres ce soir-là, nous nous retrouvâmes, Walter, Keira et moi sur le trottoir détrempé d'Hammersmith Grove. Il faisait nuit et froid, nous étions tous épuisés par cette journée. Walter nous proposa d'aller dîner dans un pub voisin, il était difficile de le laisser seul.

Assis à une table près de la baie vitrée, il nous posa cent questions sur notre voyage en Éthiopie et Keira le lui raconta dans les moindres détails. Walter, captivé, sursauta quand elle lui fit le récit de la découverte du squelette. Face à un si bon public, elle ne ménageait pas ses effets, mon camarade frissonna plusieurs fois. Il y avait un côté grand enfant chez lui qu'elle appréciait beaucoup. De les regarder rire ainsi tous les deux me fit oublier tous les désagréments que nous avions vécus ces derniers mois.

Je demandai à Walter ce qu'il avait voulu dire tout à l'heure à Poincarno, la phrase exacte, si je m'en souvenais bien, était : « Adrian est d'une honnêteté qui frise parfois la bêtise... »

– Que vous alliez encore payer l'addition ce soir ! répondit-il en commandant une mousse au chocolat. Et ne montez pas sur vos grands chevaux, c'était un effet de manches, pour la bonne cause.

Je priai Keira de me remettre son pendentif, sortis les deux autres fragments de ma poche et les confiai à Walter.

– Pourquoi me donnez-vous cela ? Ils vous appartiennent, me dit-il, gêné.

– Parce que je suis d'une honnêteté qui frise parfois la bêtise, lui répondis-je. Si nos travaux aboutissent à une publication majeure, elle sera pour ma part faite au nom de l'Académie à laquelle j'appartiens, et je tiens à ce que vous y soyez associé. Cela vous permettra peut-être enfin de faire réparer cette toiture au-dessus de votre bureau. En attendant, gardez-les en lieu sûr.

Walter les rangea dans sa poche, je vis dans son regard qu'il était ému.

De cette incroyable aventure étaient nés un amour que je ne soupçonnais pas et une vraie amitié. Après avoir passé la plus grande partie de mon existence exilé dans les contrées les plus reculées du monde, à scruter l'Univers à la recherche d'une lointaine étoile, j'écoutais, dans un vieux pub d'Hammersmith, la femme que j'aime converser et rire avec mon meilleur ami. Ce soir-là, je réalisai que ces deux êtres, si près de moi, avaient changé ma vie.

Chacun de nous a en lui un peu de Robinson avec un nouveau monde à découvrir et, finalement, un Vendredi à rencontrer.

Le pub fermait, nous partîmes les derniers. Un taxi passait par là, nous le laissâmes à Walter, Keira avait envie de faire quelques pas.

L'enseigne s'éteignit derrière nous. Hammersmith Grove était silencieuse, plus un chat à l'horizon dans cette impasse. La gare du même nom était à quelques rues d'ici, nous trouverions certainement un taxi aux alentours.

Le moteur d'une camionnette vint briser le silence, le véhicule sortit de sa place de stationnement. Lorsqu'il arriva à notre hauteur, la portière latérale s'ouvrit et quatre hommes encagoulés en surgirent. Ni Keira ni moi n'eûmes le temps de comprendre ce qui nous arrivait. On nous empoigna violemment, Keira poussa un cri, mais il était déjà trop tard, nous fûmes projetés à l'intérieur du van alors que celui-ci redémarrait à toute vitesse.

Nous avions eu beau nous débattre – j'avais réussi à renverser l'un de mes assaillants, Keira avait presque crevé l'œil de celui qui tentait de la maintenir plaquée au sol –, nous fûmes ligotés et bâillonnés. On nous banda les yeux et fit inhaler un gaz soporifique. Ce fut, pour nous deux, le dernier souvenir d'une soirée qui avait pourtant bien commencé.

*

Lieu inconnu

Lorsque je repris conscience, Keira était penchée au-dessus de moi. Son sourire était pâle.

– Où sommes-nous ? lui demandai-je.

– Je n'en ai pas la moindre idée, me répondit-elle.

Je regardai tout autour, quatre murs bétonnés, sans aucune ouverture hormis une porte blindée. Un néon au plafond diffusait une lumière blafarde.

– Qu'est-ce qui s'est passé ? questionna Keira.

– Nous n'avons pas écouté les recommandations d'Ivory.

– Nous avons dû dormir un long moment.

– Qu'est-ce qui te laisse croire ça ?

– Ta barbe, Adrian. Tu étais rasé de près quand nous avons dîné avec Walter.

– Tu as raison, nous devons être là depuis long-temps, j'ai faim et soif.

– Moi aussi, je suis assoiffée, répondit Keira.

Elle se leva et alla tambouriner à la porte.

– Donnez-nous au moins à boire ! cria-t-elle.

Nous n'entendîmes aucun bruit.

– Ne t'épuise pas. Ils viendront bien à un moment donné.

– Ou pas !

– Ne dis pas de bêtises, ils ne vont pas nous laisser crever de soif et de faim dans ce cachot.

– Je ne voudrais pas t'inquiéter, mais je n'ai pas eu l'impression que les balles qui nous visaient dans le Transsibérien étaient en caoutchouc. Mais pourquoi, pourquoi nous en veut-on à ce point ? gémit-elle en s'asseyant par terre.

– À cause de ce que tu as trouvé, Keira.

– En quoi des ossements, aussi vieux soient-ils, justifient-ils un tel acharnement ?

– Ce n'est pas n'importe quel squelette. Je ne crois pas que tu aies bien compris la raison du trouble de Poincarno.

– Cet imbécile qui nous accuse d'avoir falsifié l'ADN que nous lui avons fait étudier.

– C'est ce que je pensais, tu n'as pas tout saisi de la portée de ta découverte.

– Ce n'est pas *ma* découverte, mais la nôtre !

– Poincarno tentait de t'expliquer le dilemme auquel les analyses l'ont confronté. Tous les organismes vivants contiennent des cellules, une seule pour les plus simples, l'homme en possède plus de dix milliards, et toutes ces cellules se construisent sur le même modèle, à partir de deux matériaux de base, les acides nucléiques et les protéines. Ces briques du vivant sont elles-mêmes issues de la combinaison chimique dans l'eau de quelques éléments, le carbone, l'azote, l'hydrogène et l'oxygène. Voilà pour les certitudes sur le pourquoi de la vie, mais comment tout a commencé ? Là, les scientifiques envisagent deux scénarios. Soit la vie est apparue sur la Terre après une série de réactions complexes, soit des matériaux provenant de l'espace

471

ont déclenché le processus de la vie sur la Terre. Tous les êtres vivants évoluent, ils ne régressent pas. Si l'ADN de ton Ève éthiopienne contient des allèles génétiquement modifiés, son corps est pour ainsi dire plus évolué que le nôtre, ce qui est donc impossible, sauf si...

– Sauf si quoi ?

– Sauf si ton Ève est morte sur la Terre sans pour autant y être née...

– C'est impensable !

– Si Walter était là, tu le mettrais en colère.

– Adrian, je n'ai pas passé dix ans de ma vie à chercher le chaînon manquant pour expliquer à mes pairs que le premier des humains est venu d'un autre monde.

– À l'heure où je te parle, six astronautes sont enfermés dans un caisson quelque part près de Moscou, en préparation d'un voyage vers Mars. Je n'invente rien. Aucune fusée à l'horizon, il ne s'agit aujourd'hui que d'une expérimentation organisée par l'Agence spatiale européenne et l'Institut russe des problèmes biomédicaux, afin de tester les capacités de l'homme à voyager dans l'espace sur de longues distances. L'aboutissement de ce projet baptisé Mars 500 est prévu dans quarante ans. Mais qu'est-ce qu'une quarantaine d'années dans l'histoire de l'humanité ? Six astronautes partiront vers Mars en 2050 comme le firent moins de cent ans plus tôt ceux qui posèrent les premiers pas de l'homme sur la Lune. Maintenant, imagine le scénario suivant : si l'un d'eux décédait sur Mars, que feraient les autres à ton avis ?

– Ils mangeraient son goûter !

– Keira, je t'en prie, sois sérieuse deux secondes !

– Désolée, le fait de me retrouver en cellule me rend nerveuse.

– Raison de plus pour que tu me laisses te changer les idées.

– Je ne sais pas ce que feraient les autres. Ils l'enterreraient je suppose.

– Exactement ! Je doute qu'ils aient envie de faire le voyage retour avec un corps en décomposition à bord. Donc, ils l'inhument. Mais sous la poussière de Mars, ils trouvent de la glace, comme dans le cas de ces tombes sumériennes sur le plateau de Man-Pupu-Nyor.

– Pas exactement, corrigea Keira, eux ont été ensevelis, mais il y a beaucoup de ces tombes de glace en Sibérie.

– Alors comme en Sibérie..., dans l'espoir qu'une autre mission reviendra, nos astronautes enterrent avec le corps de leur compagnon une balise et un échantillon de son sang.

– Pourquoi ?

– Pour deux raisons distinctes. Permettre de localiser la sépulture, en dépit des tempêtes qui peuvent bouleverser le paysage, et pouvoir identifier de façon certaine celui ou celle qui y repose... ainsi que nous l'avons fait. L'équipage repart, comme les astronautes qui firent les premiers pas de l'homme sur la Lune. Rien de scientifiquement extravagant à ce que je viens de te dire, nous n'avons finalement en un siècle appris qu'à voyager plus loin dans l'espace. Mais entre le premier vol d'Ader qui avait parcouru quelques mètres au-dessus du sol et le premier pas d'Armstrong sur la Lune, il ne s'est écoulé que quatre-vingts ans. Les progrès techniques, la connaissance qu'il aura fallu acquérir pour passer de ce petit vol à la possibilité d'arracher une fusée de plusieurs tonnes à l'attraction terrestre sont inimaginables. Bien, je poursuis, notre équipage est revenu sur la Terre et leur compagnon repose sous la glace de Mars. L'Univers se moque bien

473

de tout cela et son expansion continue, les planètes de notre système solaire tournent autour de leur étoile, qui les réchauffe et les réchauffe encore. Dans quelques millions d'années, ce qui n'est pas beaucoup dans l'histoire de l'Univers, Mars se réchauffera, les glaces souterraines se mettront à fondre. Alors, le corps congelé de notre astronaute commencera à se décomposer. On dit que quelques graines suffisent à faire naître une forêt. Que des fragments d'ADN appartenant au corps de ton Ève éthiopienne se soient mélangés à l'eau lorsque notre planète sortait de sa période glaciaire et le processus de fertilisation de la vie commençait sur la Terre. Le programme que contenait chacune de ses cellules suffirait à faire le reste et il ne faudrait plus que quelques centaines de millions d'années supplémentaires pour que l'évolution aboutisse à des êtres vivants aussi complexes que l'Ève qui fut à leur origine... « La nuit de l'un est gardienne de l'origine. » D'autres avant nous avaient compris ce que je viens de te dire...

Le néon au-dessus de nous s'éteignit.

Nous étions dans le noir absolu.

Je pris la main de Keira.

– Je suis là, n'aie pas peur, nous sommes ensemble.

– Tu crois à ce que tu viens de me raconter, Adrian ?

– Je ne sais pas, Keira, si tu me demandes si un tel scénario est possible, ma réponse est oui. Tu me demandes s'il est probable ? Au regard des preuves que nous avons trouvées, la réponse est pourquoi pas. Comme dans toute enquête ou dans tout projet de recherches, il faut bien commencer par une hypothèse. Depuis l'Antiquité, ceux qui firent les plus grandes découvertes sont ceux qui eurent l'humilité de regarder les choses autrement. Au collège, notre professeur de sciences nous disait : *Pour découvrir, il faut sortir de son propre système. De l'intérieur, on ne voit pas grand-chose, en tout cas rien de ce qui se passe au-dehors.* Si nous étions libres et publiions de telles conclusions à l'appui des preuves dont nous disposons, nous susciterions différentes réactions, de l'intérêt comme de l'incrédulité ; sans compter la jalousie qui ferait crier à l'hérésie nombre de confrères. Et pourtant, tant de gens ont la foi, Keira, tant d'hommes croient en un Dieu, sans aucune preuve de son existence. Entre ce que nous ont appris les fragments, les ossements découverts à Dipa, et les extraordinaires révélations de ces analyses ADN, nous avons le droit de nous poser toute sorte de questions sur la façon dont la vie est apparue sur la Terre.

— J'ai soif, Adrian.

— Moi aussi, j'ai soif.

— Tu crois qu'ils vont nous laisser mourir comme ça ?

— Je n'en sais rien, cela commence à faire long.

— Il paraît que c'est terrible de mourir de soif, au bout d'un certain temps, la langue se met à gonfler et on étouffe.

— Ne pense pas à ça.

— Tu regrettes ?

— D'être enfermé ici, oui, mais pas le moindre des instants que nous avons passés ensemble.

— Je l'aurai quand même trouvée, ma grand-mère de l'humanité, soupira Keira.

— Tu peux même dire que tu as trouvé son arrière-arrière-grand-mère, je n'ai pas encore eu l'occasion de te féliciter.

— Je t'aime, Adrian.

Je serrai Keira dans mes bras, cherchai ses lèvres dans le noir et l'embrassai. D'heure en heure, nos forces s'amenuisaient.

– Walter doit s'inquiéter.

– Il a pris l'habitude de nous voir disparaître.

– Nous ne sommes jamais partis sans le prévenir.

– Cette fois, il s'inquiétera peut-être de notre sort.

– Il ne sera pas le seul, nos recherches ne seront pas vaines, je le sais, souffla Keira. Poincarno poursuivra ses analyses sur l'ADN, mon équipe ramènera le squelette d'Ève.

– Tu veux vraiment la baptiser ainsi ?

– Non, je voulais l'appeler Jeanne. Walter a mis les fragments en lieu sûr, l'équipe de Vrije étudiera l'enregistrement. Ivory a ouvert une voie, nous l'avons suivie, d'autres continueront sans nous. Tôt ou tard, ensemble, ils recolleront les pièces du puzzle.

Keira se tut.

– Tu ne dis plus rien ?

– Je suis si fatiguée, Adrian.

– Ne t'endors pas, résiste.

– À quoi bon ?

Elle n'avait pas tort, mourir en s'endormant serait plus doux.

*

Le néon s'alluma, je n'avais aucune idée du temps qui s'était écoulé depuis que nous avions perdu connaissance. Mes yeux eurent du mal à s'accommoder à la lumière.

Devant la porte, deux bouteilles d'eau, des barres de chocolat et des biscuits.

Je secouai Keira, lui humectai les lèvres et la berçai en la suppliant d'ouvrir les yeux.

– Tu as préparé le petit déjeuner ? murmura-t-elle.

– Quelque chose comme ça, oui, mais ne bois pas trop vite.

Désaltérée, Keira se jeta sur le chocolat, nous partageâmes les biscuits. Nous avions recouvré quelques forces et elle reprenait des couleurs.

– Tu crois qu'ils ont changé d'avis ? me demanda-t-elle.

– Je n'en sais pas plus que toi, attendons.

La porte s'ouvrit. Deux hommes portant des cagoules entrèrent en premier, un troisième, tête nue, vêtu d'un costume en tweed fort bien coupé se présenta à nous.

– Debout et suivez-nous, dit-il.

Nous sortîmes de notre cellule et empruntâmes un long couloir.

– Là, nous dit l'homme, ce sont les douches du personnel, allez faire votre toilette, vous en avez besoin. Mes hommes vous escorteront jusqu'à mon bureau lorsque vous serez prêts.

– Puis-je savoir à qui nous avons l'honneur ? demandai-je.

– Vous êtes arrogant, j'aime bien cela, répondit l'homme. Je m'appelle Edward Ashton. À tout à l'heure.

*

Nous étions redevenus presque présentables. Les hommes d'Ashton nous escortèrent à travers une somptueuse demeure en pleine campagne anglaise. La cave où nous avions été enfermés se situait dans les sous-sols d'un bâtiment tout près d'une grande serre. Nous parcourûmes un jardin remarquablement entretenu, gravîmes les marches d'un perron et l'on nous fit entrer dans un immense salon aux murs recouverts de boiseries.

Sir Ashton nous y attendait, assis derrière un bureau.

– Vous m'aurez donné bien du fil à retordre.

– La réciproque est tout aussi vraie, répondit Keira.

– Je vois que vous non plus ne manquez pas d'humour.

– Je ne trouve rien de drôle à ce que vous nous avez fait subir.

– Ne vous en prenez qu'à vous-mêmes, ce n'est pas faute de vous avoir adressé maints avertissements, mais rien ne semblait pouvoir vous décider à arrêter vos recherches.

– Mais pourquoi aurions-nous dû renoncer ? demandai-je.

– S'il ne tenait qu'à moi, vous n'auriez plus le loisir de me poser la question, mais je ne suis pas seul décisionnaire.

Sir Ashton se leva et retourna derrière son bureau. Il appuya sur un commutateur, les panneaux boisés ornant les murs circulaires de la pièce se rétractèrent, dévoilant une quinzaine d'écrans qui s'allumèrent simultanément. Sur chacun d'eux apparut le visage d'un individu. Je reconnus aussitôt notre contact d'Amsterdam. Hommes et femme se présentèrent sous le nom d'emprunt d'une ville. ATHÈNES, BERLIN, BOSTON, ISTANBUL, LE CAIRE, MADRID, MOSCOU, NEW DELHI, PARIS, PÉKIN, ROME, RIO, TEL-AVIV, TOKYO.

– Mais qui êtes-vous ? interrogea Keira.

– Des représentants officiels de chacun de nos pays, nous sommes en charge du dossier qui vous concerne.

– Quel dossier ? demandai-je à mon tour.

La seule femme de cette assemblée fut la première à s'adresser à nous, elle se présenta sous le nom d'Isabel et nous posa une étrange question :

– Si vous aviez la preuve que Dieu n'existait pas, êtes-vous certain que les hommes voudraient la voir ?

Et avez-vous bien mesuré les conséquences de la diffusion d'une telle nouvelle ? Deux milliards d'êtres humains vivent sur cette planète en dessous du seuil de pauvreté. La moitié de la population mondiale subsiste en se privant de tout. Vous êtes-vous demandé ce qui fait tenir debout ce monde si bancal, si déséquilibré ? C'est l'espoir ! L'espoir qu'il existe une force supérieure et bienveillante, l'espoir d'une vie meilleure après la mort. Appelez cet espoir Dieu ou foi, comme vous voudrez.

– Pardonnez-moi, madame, mais les hommes n'ont cessé de s'entretuer au nom de Dieu. Leur apporter la preuve qu'il n'existe pas les libérerait une fois pour toutes de la haine de l'autre. Regardez combien d'entre nous les guerres de Religion ont fait mourir, combien de victimes elles provoquent encore chaque année, combien de dictatures reposent sur un socle religieux.

– L'homme n'a pas eu besoin de croire en Dieu pour s'entretuer, rétorqua Isabel, mais pour survivre, pour faire ce que la nature lui commande et assurer la continuité de son espèce.

– Les animaux le font sans croire en Dieu, rétorqua Keira.

– Mais l'homme est le seul être vivant sur cette terre à avoir conscience de sa propre mort, mademoiselle, il est le seul à la redouter. Savez-vous à quand remontent les premiers signes de religiosité ?

– Il y a cent mille ans, près de Nazareth, répondit Keira, des *Homo sapiens* inhumèrent, probablement pour la première fois dans l'histoire de l'humanité, la dépouille d'une femme d'une vingtaine d'années. À ses pieds reposait aussi celle d'un enfant de six ans. Ceux qui découvrirent leur sépulture trouvèrent également autour de leurs squelettes quantité d'ocre rouge et d'objets rituels. Les deux corps étaient dans la position

479

de l'orant. À la peine qui accompagnait la perte d'un proche était venue se greffer l'impérieuse nécessité d'honorer la mort..., conclut-elle en répétant mot à mot la leçon d'Ivory.

– Cent mille ans, reprit Isabel, mille siècles de croyances... Si vous apportiez au monde la preuve scientifique que Dieu n'a pas créé la vie sur la Terre, ce monde se détruirait. Un milliard et demi d'êtres humains vivent dans une misère intolérable, inacceptable, insupportable. Quel homme, quelle femme et quel enfant dans la souffrance accepterait sa condition s'il était privé d'espoir ? Qui le retiendrait de tuer son prochain, de s'emparer de ce dont il manque si sa conscience était libre de tout ordre transcendant ? La religion a tué, mais la foi a sauvé tant de vies, donné tant de forces aux plus démunis. Vous ne pouvez pas éteindre pareille lumière. Pour vous, scientifiques, la mort est nécessaire, nos cellules meurent afin que d'autres vivent, nous mourons pour laisser place à ceux qui doivent nous succéder. Naître, se développer et puis mourir est dans l'ordre des choses, mais pour le plus grand nombre, mourir n'est qu'une étape vers un ailleurs, un monde meilleur où tout ce qui n'est pas sera, où tous ceux qui ont disparu les attendent. Vous n'avez connu ni la faim ni la soif, pas plus que le dénuement, et vous avez poursuivi vos rêves, quels que soient vos mérites, vous avez eu cette chance. Mais avez-vous pensé à ceux qui n'ont pas eu une telle chance ? Seriez-vous assez cruels pour leur dire que leurs souffrances sur la Terre n'avait d'autre fin que l'évolution ?

J'avançai vers les écrans pour faire face à nos juges.

– Cette triste séance, dis-je, me fait penser à celle qu'a dû subir Galilée. L'humanité a fini par apprendre ce que ses censeurs voulaient cacher, et pourtant le monde ne s'est pas arrêté de tourner ! Bien au contraire. Lorsque l'homme libéré de ses peurs se décida à avancer vers l'horizon, c'est l'horizon qui a reculé devant lui. Que serions-nous aujourd'hui, si les croyants d'hier avaient réussi à interdire la vérité ? La connaissance fait partie de l'évolution de l'homme.

– Si vous révélez vos découvertes, le premier jour comptera des centaines de milliers de morts dans le quart-monde, la première semaine des millions dans le tiers-monde. La suivante débutera la plus grande migration de l'humanité. Un milliard d'êtres affamés traverseront les continents et prendront la mer pour aller s'emparer de tout ce qu'ils n'ont pas. Chacun tentera de vivre au présent ce qu'il réservait au futur. La cinquième semaine marquera le commencement de la première nuit.

– Si nos révélations sont si redoutables, pourquoi nous avoir libérés ?

– Nous n'avions pas l'intention de le faire, jusqu'à ce que votre conversation, dans votre cellule, nous apprenne que vous n'êtes plus seuls à savoir. Votre disparition soudaine pousserait les scientifiques qui vous ont côtoyés à achever vos travaux. Vous seuls désormais pouvez les arrêter. Vous êtes libres de partir et seuls face à la décision que vous prendrez. Depuis la découverte de la fission nucléaire, jamais un homme et une femme n'auront porté une telle responsabilité sur leurs épaules.

Les écrans s'éteignirent l'un après l'autre. Sir Ashton se leva et avança vers nous.

– Ma voiture est à votre disposition, mon chauffeur vous reconduira à Londres.

*

Londres

Nous passâmes quelques jours à la maison. Jamais Keira et moi n'étions restés aussi silencieux. Lorsque l'un ouvrait la bouche pour dire quelques mots, des banalités, il se taisait aussitôt. Walter avait laissé un message sur mon répondeur, furieux que nous ayons disparu sans lui avoir donné de nos nouvelles. Il nous imaginait à Amsterdam ou repartis en Éthiopie. J'essayai de le contacter mais il restait injoignable.

L'atmosphère à Cresswell Place était pesante. J'avais surpris une communication téléphonique entre Jeanne et Keira ; même avec sa sœur, elle n'arrivait pas à parler. Je décidai de changer d'air et de l'emmener à Hydra. Un peu de soleil nous ferait le plus grand bien.

*

Grèce

La navette d'Athènes nous déposa sur le port à 10 heures du matin. Depuis le quai, je pouvais voir tante Elena, elle portait un tablier et redonnait du bleu à la façade de son magasin à grands coups de pinceau.

Je posai nos valises et avançai vers elle pour lui faire une surprise, quand... Walter sortit de sa boutique, affublé de son short à carreaux, d'un chapeau ridicule et de lunettes de soleil deux fois trop grandes pour lui. Truelle à la main, il grattait le bois en chantant à tue-tête et terriblement faux l'air de *Zorba le Grec*. Il nous vit et se tourna vers nous.

– Mais où étiez-vous donc passés ? dit-il en se précipitant à notre rencontre.

– Nous étions enfermés à la cave ! lui répondit Keira en le prenant dans ses bras. Vous nous avez manqué, Walter.

– Qu'est-ce que vous fichez à Hydra en pleine semaine ? Vous ne devriez pas être à l'Académie ? lui demandai-je.

– Lorsque nous nous sommes vus à Londres, je vous ai dit que j'avais revendu ma voiture et que je vous réservais une surprise. Mais vous ne m'écoutez jamais !

– Je m'en souviens très bien, protestai-je. Mais vous ne m'avez pas dit quelle était cette surprise.

– Eh bien, j'ai décidé de changer de travail. J'ai confié le reste de mes petites économies à Elena et, comme vous pouvez le constater, nous retapons le magasin. Nous allons augmenter la surface des étals et j'espère bien lui faire doubler son chiffre d'affaires dès la saison prochaine. Vous n'y voyez pas d'inconvénient ?

– Je suis ravi que ma tante ait enfin trouvé un gestionnaire hors pair pour l'aider, dis-je en tapant sur l'épaule de mon ami.

– Vous devriez monter voir votre mère, elle doit déjà être au courant de votre arrivée, je vois Elena au téléphone...

Kalibanos nous prêta deux ânes, des « rapides », nous dit-il en nous les confiant. Maman nous accueillit comme il se doit sur l'île. Le soir, sans nous demander notre avis, elle organisa une grande fête à la maison. Walter et Elena étaient assis côte à côte, ce qui à la table de ma mère signifiait bien plus qu'être simples voisins.

À la fin du repas, Walter nous convoqua, Keira et moi, sur la terrasse. Il prit un petit paquet dans sa poche – un mouchoir entouré d'une ficelle – et nous le remit.

– Ces fragments sont à vous. J'ai tourné la page. L'Académie des sciences appartient désormais au passé et mon avenir est devant vous, dit-il en ouvrant les bras vers la mer. Faites-en ce que bon vous semble. Ah, une dernière chose ! ajouta-t-il en me regardant. J'ai laissé une lettre dans votre chambre. Elle est pour vous,

Adrian, mais je préférerais que vous attendiez pour la lire. Disons une semaine ou deux...

Puis il tourna les talons et rejoignit Elena.

Keira prit le paquet et alla le ranger dans sa table de nuit.

Le matin suivant, elle me demanda de l'accompagner à la crique où nous nous étions baignés lors de son premier séjour. Nous nous installâmes au bout de la longue jetée en pierre qui avance sur la mer. Keira me tendit le paquet et me regarda fixement. Ses yeux étaient emplis de tristesse.

– Ils sont à toi, je sais ce que représente pour nous deux cette découverte, j'ignore si ces gens disent vrai, si leurs peurs sont fondées, je n'ai pas l'intelligence pour en juger. Ce que je sais, c'est que je t'aime. Si la décision de révéler ce que nous savons devait entraîner la mort d'un seul enfant, je ne pourrais plus nous regarder en face, ni vivre à tes côtés, alors même que tu me manquerais à en crever. Tu l'as dit plusieurs fois au cours de cet incroyable voyage, les décisions nous appartiennent à tous les deux. Alors prends ces fragments, et fais-en ce que tu veux. Quoi que tu décides, je respecterai toujours l'homme que tu es.

Elle me remit le petit paquet et se retira, me laissant seul.

Après le départ de Keira, je m'approchai de la barque qui reposait sur le sable de la crique, la repoussai vers l'eau et ramai vers le large.

À un mile des côtes, je défis la cordelette qui entourait le mouchoir de Walter et regardai longuement les fragments. Des milliers de kilomètres défilèrent devant mes yeux. Je revis le lac Turkana, l'île du centre, le temple au sommet du mont Hua Shan, le monastère de Xi'an et le lama qui nous avait sauvé la vie ; j'entendis le vrombissement de l'avion survolant la Birmanie, la rizière où nous nous étions posés pour refaire un plein, le clin d'œil du pilote lorsque nous arrivâmes à Port Blair, l'escapade en bateau vers l'île de Narcondam ; je revisitai Pékin, la prison de Garther, Paris, Londres et Amsterdam, la Russie et le haut plateau de Man-Pupu-Nyor, les merveilleuses couleurs de la vallée de l'Omo où le visage d'Harry m'apparut. Et dans chacun de ces souvenirs, le plus beau paysage était toujours le visage de Keira.

Je dépliai le mouchoir...

*

Alors que je regagnais la berge, mon portable sonna. Je reconnus la voix de l'homme qui s'adressait à moi.

– Vous avez pris une sage décision et nous vous en remercions, déclara Sir Ashton.

– Mais comment le savez-vous, je viens seulement...

– Depuis votre départ, vous n'avez jamais quitté la mire de nos fusils. Un jour peut-être... mais, croyez-moi, il est trop tôt, nous avons encore tant de progrès à accomplir.

Je raccrochai au nez d'Ashton, lançai rageusement mon portable vers le large et retournai à la maison, à dos d'âne.

Keira m'y attendait sur la terrasse. Je lui confiai le mouchoir vide de Walter.

– Je crois qu'il appréciera que ce soit toi qui le lui rendes.

Keira plia le mouchoir et m'entraîna vers notre chambre.

*

La première nuit

La maison dormait, Keira et moi prîmes mille précautions pour sortir sans faire le moindre bruit. À pas
de loup, nous avancions vers les ânes pour les détacher.
Ma mère sortit sur le perron et vint vers nous.

– Si vous allez sur la plage, ce qui est une pure folie
en cette saison, prenez au moins ces serviettes, le sable
est humide et vous allez attraper froid.

Elle nous tendit aussi deux lampes de poche et se
retira.

Un peu plus tard, nous nous assîmes au bord de
l'eau. La lune était pleine, Keira posa sa tête sur mon
épaule.

– Tu n'as aucun regret ? me demanda-t-elle.

Je regardai le ciel et repensai à Atacama.

– Chaque être humain est composé de milliards de
cellules, nous sommes des milliards d'humains à
habiter cette planète, et toujours plus nombreux ;
l'Univers est peuplé de milliards de milliards d'étoiles.
Et si cet Univers dont je croyais connaître les limites
n'était lui-même qu'une infime partie d'un ensemble
encore plus grand ? Si notre Terre n'était qu'une cellule

dans le ventre d'une mère ? La naissance de l'Univers est semblable à celle de chaque vie, le même miracle se reproduit, de l'infiniment grand à l'infiniment petit. Imagines-tu l'incroyable voyage qui consisterait à remonter jusqu'à l'œil de cette mère et voir au travers de l'iris ce que serait son monde ? La vie est un incroyable programme.

– Mais qui a élaboré ce programme aussi parfait, Adrian ?

*

Épilogue

Iris est née neuf mois plus tard. Nous ne l'avons pas baptisée, mais le jour de ses un an, alors que nous l'emmenions pour la première fois dans la vallée de l'Omo où elle rencontra Harry, sa mère et moi lui avons offert un pendentif...

Je ne sais pas ce qu'elle choisira de faire de sa vie, mais lorsqu'elle sera grande, si elle venait à me demander ce que représente cet étrange objet qu'elle porte autour du cou, je lui lirai les lignes d'un texte ancien qu'un vieux professeur m'avait confié.

Il est une légende qui raconte que l'enfant dans le ventre de sa mère connaît tout du mystère de la Création, de l'origine du monde jusqu'à la fin des temps. À sa naissance, un messager passe au-dessus de son berceau et pose un doigt sur ses lèvres pour que jamais il ne dévoile le secret qui lui fut confié, le secret de la vie. Ce doigt posé qui efface à jamais la mémoire de l'enfant laisse une marque. Cette marque, nous l'avons tous au-dessus de la lèvre supérieure, sauf moi.

Le jour où je suis né, le messager a oublié de me rendre visite, et je me souviens de tout...

À Ivory, avec toute notre reconnaissance,
Keira, Iris, Harry et Adrian.

Merci à

Pauline.
Louis.

Susanna Lea et Antoine Audouard.

Emmanuelle Hardouin.
Raymond, Danièle et Lorraine Levy.

Nicole Lattès, Leonello Brandolini, Antoine Caro, Élisabeth Villeneuve, Anne-Marie Lenfant, Arié Sberro, Sylvie Bardeau, Tine Gerber, Lydie Leroy, Joël Renaudat, et toutes les équipes des Éditions Robert Laffont.

Pauline Normand, Marie-Ève Provost.

Léonard Anthony, Romain Ruetsch, Danielle Melconian, Katrin Hodapp, Marie Garnero, Mark Kessler, Laura Mamelok, Lauren Wendelken, Kerry Glencorse, Moïna Macé.

Brigitte et Sarah Forissier.

Kamel, Carmen Varela.

Igor Bogdanov.

Retrouvez toute l'actualité de Marc Levy

www.marclevy.info

www.facebook.com/marc.levy.fanpage

Pour en savoir plus sur *La première nuit*

www.lapremierenuit-lelivre.com

Mon père, ce héros

(Pocket n° 12413)

En 1943, Raymond Levy entre en résistance contre l'occupant. Avec lui, une poignée d'adolescents. Comme lui, ils n'ont pas vingt ans, beaucoup ne sont pas français, mais tous ont choisi au péril de leur vie de défendre un idéal qui n'a pas de frontière : la liberté. Soixante-cinq ans plus tard, Marc Levy raconte l'histoire bouleversante de ce père héroïque et de ses compagnons.

Il y a toujours un Pocket à découvrir

Comédie romantique

Marc Levy

Mes amis
Mes amours

POCKET

(Pocket n° 13248)

Quand deux amis de toujours, pères solitaires et trentenaires, réinventent la vie en s'installant sous un même toit. Antoine a convaincu Mathias de venir s'installer à Londres pour y tenir une librairie. Une seule règle : nulle présence féminine à la maison, qui, seule, pourrait mettre en péril l'équilibre de ce ménage peu ordinaire. Pari difficile et séduisant. L'enjeu d'une histoire d'amitié se complique bientôt d'histoires d'amour où les destins se croisent au fil d'une comédie tendre et enlevée.

Il y a toujours un Pocket à découvrir

Le fil du temps

Marc Levy

La prochaine fois

POCKET

(Pocket n° 11063)

Jonathan Gardner est expert en peinture à Boston. À la recherche d'une toile mystérieuse, il est invité à se rendre dans une galerie en Angleterre pour préparer une importante vente aux enchères. Il y rencontre alors sa propriétaire, une belle jeune femme du nom de Clara. Ne s'étant jamais vus, ils semblent pourtant s'être déjà rencontrés. Mais où et quand ? À Londres ? Il y a plus d'un siècle ?

Il y a toujours un Pocket à découvrir

*Cet ouvrage a été composé et mis en pages
par ÉTIANNE COMPOSITION
à Montrouge.*

Imprimé en France par

MAURY-IMPRIMEUR
à Malesherbes (Loiret)
en septembre 2010

POCKET – 12, avenue d'Italie - 75627 Paris cedex 13

N° d'impression : 158212
Dépôt légal : octobre 2010
S20336/01